GRöLS Verlage

„Bücher sind wie Fallschirme. Sie nützen uns nichts, wenn wir sie nicht öffnen."

Gröls Verlag

Redaktionelle Hinweise und Impressum

Das vorliegende Werk wurde zugunsten der Authentizität sehr zurückhaltend bearbeitet. So wurden etwa ursprüngliche Rechtschreibfehler regelmäßig *nicht* behoben, denn kleine Unvollkommenheiten machen das Buch – wie im Übrigen den Menschen – erst authentisch. Mitunter wurden jedoch zum Beispiel Absätze behutsam neu getrennt, um den Lesefluss zu erleichtern.

Um die Texte zu rekonstruieren, werden antiquarische Bücher von Lesegeräten gescannt und dann durch eine Software lesbar gemacht. Der so entstandene Text wird von Menschen gegengelesen und korrigiert – hierbei treten auch Fehler auf. Wenn Sie ebenfalls antiquarische Texte einreichen möchten, finden Sie weitere Informationen auf www.groels.de

Viel Freude bei der Lektüre wünscht Ihnen das Team des Gröls-Verlags.

Adressen

Verleger: Hermann-Josef Gröls,

Im Borngrund 26, 61440 Oberursel

Externer Dienstleister für Distribution & Herstellung:

BoD, In de Tarpen 42, 22848 Norderstedt

Edward Bellamy
Ein Rückblick aus dem Jahre 2000 auf 1887

Vorwort.

Historische Sektion der Shawmut-Universität in Boston, am 26. Dezember 2000.

Für uns, die wir im letzten Jahre des zwanzigsten Jahrhunderts leben und uns der Segnungen einer socialen Ordnung erfreuen, die so einfach und zugleich so logisch ist, daß sie nur der Triumph des gesunden Menschenverstandes zu sein scheint, ist es sicherlich, sofern wir nicht ausgedehnte geschichtliche Studien getrieben haben, schwer uns vorzustellen, daß die gegenwärtige Ordnung der Gesellschaft in ihrer Vollkommenheit weniger als hundert Jahre alt ist. Keine geschichtliche Thatsache ist jedoch besser bewiesen als die, daß es noch bis fast zum Ende des neunzehnten Jahrhunderts allgemeiner Glaube war, die alte industrielle Ordnung mit allen ihren schlimmen Folgen sei bestimmt, – möglicherweise mit einigen kleinen Ausbesserungen, – bis ans Ende der Tage zu dauern. Wie seltsam und beinahe unglaublich erscheint es, daß eine so wunderbare moralische und materielle Umwandlung wie die, welche seitdem stattgefunden hat, in einem so kurzen Zeitraum hat vollbracht werden können! Die Leichtigkeit, womit die Leute sich, als an etwas Selbstverständliches, an Verbesserungen ihrer Lage gewöhnen, welche, als man zuerst an sie dachte, nichts zu wünschen übrig zu lassen schienen, hätte nicht schlagender bewiesen werden können. Welche Betrachtung könnte besser geeignet sein als diese, den Enthusiasmus von Weltverbesserern zu dämpfen, welche auf die lebhafte Dankbarkeit künftiger Geschlechter rechnen?

Der Zweck dieses Buches ist, solchen Personen beizustehen, die eine bestimmtere Vorstellung von den socialen Gegensätzen zwischen dem neunzehnten und dem zwanzigsten Jahrhundert zu erlangen wünschen, jedoch vor dem trockenen Anblick der Geschichtsdarstellungen, welche den Gegenstand behandeln, erschrecken. Gewarnt durch seine Erfahrung als Lehrer, daß nüchternes Studium für gar ermüdend gilt, hat der Verfasser den belehrenden Ton des Buches dadurch zu mildern gesucht, daß er dasselbe in die Form eines Romans gebracht hat, welcher, wie er gern glauben möchte, auch an sich selbst nicht ohne jedes Interesse ist.

Der Leser, dem unsere modernen socialen Einrichtungen und deren zu Grunde liegende Prinzipien etwas so Selbstverständliches sind, mag zuweilen Dr. Leetes Erklärungen derselben ziemlich alltäglich finden; aber man muß dessen eingedenk bleiben, daß sie dem Gaste des Dr. Leete nicht selbstverständlich waren, und daß dieses Buch zu dem ausdrücklichen Zwecke geschrieben ist, den Leser für den Augenblick vergessen zu lassen, daß sie es für ihn sind. Noch ein Wort. Das fast allgemeine Thema der Schriftsteller und Redner, welche diese zweitausendjährige Epoche gefeiert haben, ist die Zukunft und nicht die Vergangenheit gewesen; nicht der Fortschritt, der gemacht worden ist, sondern der Fortschritt, der noch zu machen ist, immer vorwärts und aufwärts, bis das Menschengeschlecht seine unbeschreibbare Bestimmung erreicht hat. Das ist gut, ganz gut; aber es scheint mir, daß wir nirgends einen festeren Grund für kühne Ahnungen menschlicher Entwicklung während der nächsten tausend Jahre finden können, als indem wir auf den Fortschritt der letzten hundert einen „Rückblick“ werfen.

Daß dieses Buch so glücklich sein möchte, Leser zu finden, deren Interesse an dem Gegenstande sie die Mängel der Behandlung übersehen lassen wird, ist die Hoffnung, mit welcher der Verfasser beiseite tritt und Herrn Julian West überläßt, für sich selbst zu sprechen.

Erstes Kapitel.

Ich erblickte das Licht der Welt in Boston im Jahre 1857. „Was!“ sagt der geehrte Leser, „1857? Das ist ein sonderbarer Fehler, er meint natürlich 1957.“ Ich bitte um Entschuldigung, aber es ist kein Irrtum. Es war ungefähr vier Uhr nachmittags am 26. Dezember, einen Tag nach

Weihnachten, im Jahre 1857, nicht 1957, als ich zum erstenmale den Ostwind Bostons einatmete, welcher, wie ich dem Leser versichern kann, in jener vergangenen Zeit sich durch die nämliche Ein- und Zudringlichkeit auszeichnete, wie im gegenwärtigen Jahre des Heils 2000.

Diese Auskunft über meine Geburt wird augenscheinlich jedem so verkehrt vorkommen, zumal wenn ich hinzufüge, daß ich dem Anscheine nach ein Mann von ungefähr dreißig Jahren bin, daß niemand getadelt werden kann, wenn er ohne weiteres ein Buch beiseite legt, welches in so hohem Grade seine Leichtgläubigkeit auf die Probe zu stellen verspricht. Nichtsdestoweniger versichere ich dem Leser in vollem Ernste, daß es nicht in meiner Absicht liegt, ihn zu hintergehen, und ich werde versuchen, ihn davon vollständig zu überzeugen, wenn er mir nur noch eine kurze Weile Gehör gibt. Wenn es mir daher erlaubt ist, auf das Versprechen hin, daß ich meine Aussage rechtfertigen werde, anzunehmen, daß ich besser weiß als der Leser, wann ich geboren bin, so will ich meine Erzählung fortsetzen. Jeder Schulknabe weiß, daß gegen das Ende des neunzehnten Jahrhunderts weder eine Civilisation, wie sie heute vorhanden, noch irgend eine ihr ähnliche, existierte, obgleich die Elemente, durch welche sie entwickelt wurde, bereits in Gährung begriffen waren. Nichts jedoch hatte sich ereignet, die seit undenklichen Zeiten vorhandene Spaltung der Gesellschaft in die vier Klassen – oder Nationen, wie sie schicklicher genannt werden können – abzuändern. In der That, die Unterschiede zwischen denselben waren bei weitem größer als diejenigen, welche heut zwischen den Nationen bestehen, die Unterschiede nämlich zwischen den Reichen und den Armen, den Gebildeten und den Unwissenden. Ich selbst war reich und auch gebildet und besaß daher alle Vorbedingungen für das Glück, dessen sich die am meisten vom Schicksal Begünstigten in jenem Zeitalter erfreuten. Ich lebte im Luxus und beschäftigte mich nur mit den Vergnügungen und Annehmlichkeiten des Lebens. Die Mittel zu meinem Unterhalte empfing ich durch die Arbeit anderer, obgleich ich nicht den geringsten Dienst als Äquivalent dafür leistete. Meine Eltern und Großeltern hatten in derselben Weise gelebt, und ich erwartete, daß meine Nachkommen, wenn ich deren hätte, sich einer ähnlichen, leichten Existenz erfreuen würden.

Der Leser fragt, wie ich denn leben konnte, ohne der Welt irgend einen Dienst zu leisten. Warum sollte die Welt jemanden im Nichtsthun unterhalten, der fähig war, Dienste zu leisten? Die Antwort ist, daß mein Urgroßvater eine Summe Geldes aufgespeichert hatte, von welcher seine Nachkommen seitdem stets gelebt hatten. Man wird natürlich schließen, daß diese Summe sehr groß gewesen sein müsse, um nicht durch den Unterhalt dreier nichtsthuender Generationen erschöpft worden zu sein. Dies jedoch war nicht der Fall. Die Summe war anfänglich nicht groß gewesen. Sie war tatsächlich viel größer jetzt, nachdem sie drei Geschlechter in Trägheit erhalten hatte, als sie zuerst gewesen war. Dieses Geheimnis eines Gebrauches ohne Verzehrung, einer Wärme ohne Verbrennung, erscheint fast wie Zauberei; aber es war nichts weiter als eine schlaue Anwendung der Kunst, welche glücklicherweise jetzt verloren gegangen ist, von unsern Vorfahren aber zu großer Vollkommenheit gebracht worden war: der Kunst, die Last des eigenen Unterhalts auf die Schultern anderer zu wälzen. Wer dies erreicht hatte, – und es war das Ziel, nach dem alle strebten, – der lebte, so sagte man, von den Zinsen seines Kapitals. Es würde uns zu sehr aufhalten, hier zu erklären, wie die alte Gesellschaftsordnung dies möglich machte; ich will nur bemerken, daß die Zinsen eines Kapitals eine Art beständiger Steuer waren, welche die Geld besitzenden Personen von der Produktion der gewerbthätigen Arbeiter erhoben. Es muß nicht vorausgesetzt werden, daß eine Einrichtung, die so unnatürlich und absurd nach unseren modernen Anschauungen ist, niemals von unseren Voreltern kritisiert worden sei; im Gegenteil, es war seit den ältesten Zeiten stets das Ziel von Gesetzgebern und Propheten gewesen, den Zins abzuschaffen, oder ihn wenigstens zu dem möglichst geringen Fuße herunterzubringen. Alle diese Bestrebungen waren jedoch ohne Erfolg geblieben, wie sie es natürlicherweise mußten, so lange die alte sociale Organisation herrschte. Zu der Zeit, über welche ich schreibe, am Ende des neunzehnten

Jahrhunderts, hatten die Regierungen meistens den Versuch aufgegeben, diesen Gegenstand überhaupt zu regeln.

Um dem Leser einen allgemeinen Einblick in die Art und Weise zu geben, wie die Menschen in jenen Tagen zusammenlebten und wie im besonderen die Beziehungen der Reichen und der Armen zu einander waren, kann ich vielleicht nichts Besseres thun, als die Gesellschaft, wie sie damals war, mit einer riesenhaften Kutsche zu vergleichen, vor welche die Massen der Menschen gespannt waren, um sie mühselig auf einer sehr hügeligen und sandigen Straße dahin zu schleppen. Der Kutscher war der Hunger, und er verstattete keine Rast; dennoch kam man nur sehr langsam vorwärts. Ungeachtet der Schwierigkeiten, diese Kutsche auf einer so mühseligen Bahn vorwärts zu bringen, war das Verdeck des Wagens mit Passagieren gefüllt, die niemals abstiegen, selbst nicht an den steilsten Stellen. Die Decksitze waren sehr luftig und angenehm. Sie waren außer Bereich des Staubes, und die Inhaber konnten sich mit Muße der Scenerie erfreuen oder über die Verdienste des sich anstrengenden Vorspannes ihre kritischen Bemerkungen machen. Solche Plätze waren natürlicherweise sehr begehrt, und der Mitbewerb um dieselben war sehr hitzig, da jeder es als seine erste Lebensaufgabe betrachtete, einen Sitz auf dem Wagen für sich selbst zu erlangen und ihn seinem Kinde zu hinterlassen. Nach dem Kutschenreglement konnte jeder seinen Sitz überlassen, wem er wollte; aber andererseits gab es manche Zufälle, durch welche ein Sitz jederzeit völlig verloren werden konnte. Denn obschon diese Sitze sehr bequem waren, so waren sie doch sehr unsicher, und bei jedem plötzlichen Stoße der Kutsche flogen Personen aus ihnen und fielen zu Boden, Wo sie sogleich gezwungen wurden, den Strick zu ergreifen und die Kutsche, in welcher sie noch kurz zuvor so angenehm gefahren waren, fortziehen zu helfen. Es wurde natürlich für ein schreckliches Unglück gehalten, seinen Sitz zu verlieren, und die Besorgnis, daß dies ihnen oder den Ihrigen begegnen könnte, lastete stets wie eine Wolke auf dem Glücke derer, welche fuhren.

Aber man fragt: Dachten diese Leute nur allein an sich? Wurde nicht gerade ihr Luxus ihnen dadurch unerträglich gemacht, daß sie ihn mit dem Lose ihrer Brüder und Schwestern verglichen, die an den Wagen gespannt waren, oder durch die Erkenntnis, daß ihr eigenes Gewicht zu deren Beschwerden beitrage? Hatten sie kein Mitleid mit ihren Mitgeschöpfen, von welchen nur der glückliche Zufall sie unterschied? O ja; Mitleid wurde oft gezeigt von denen, welche fuhren, für die, welche den Wagen zu ziehen hatten, besonders, wenn er, was immer wieder geschah, an eine schlimme Stelle in der Straße geriet, oder an einen besonders steilen Hügel gelangte. Zu solchen Zeiten boten die verzweifelten Anstrengungen des Vorspannes, das krampfhafte Springen und Zurückfallen der Ziehenden unter den unbarmherzigen Peitschenhieben des Hungers, die vielen, welche ohnmächtig am Stricke niederstürzten und in den Kot getreten wurden, einen sehr peinlichen Anblick, welcher oft höchst anerkennungswerte Gefühlsäußerungen auf dem Verdecke der Kutsche hervorrief. Zu solchen Zeiten pflegten die Passagiere von oben herab ermutigend den sich am Stricke Mühenden zuzurufen, sie zur Geduld zu ermahnen, ihnen Hoffnungen zu machen auf eine mögliche Entschädigung in einer andern Welt für die Mühsal ihres Loses, während andere zusammenschossen, um Salben und Einreibungen für die Verwundeten und Verstümmelten zu kaufen. Man kam darin überein, daß es sehr zu bedauern wäre, daß der Wagen so schwer zu ziehen sei, und ein Gefühl allgemeiner Erleichterung trat ein, wenn das besonders schlechte Stück Weges überwunden war. Dieses Gefühl der Erleichterung war freilich nicht ganz dem Mitgefühl mit den Ziehenden zuzuschreiben; denn es lag ja stets einige Gefahr vor, daß an solch schlimmen Plätzen der Wagen ganz und gar umgeworfen werden und sie alle ihre Sitze verlieren könnten.

Es muß in Wahrheit zugestanden werden, daß die Hauptwirkung des Anblicks des Elendes der sich am Seile Abmühenden die war, die Passagiere den Wert ihrer Sitze auf dem Wagen noch stärker empfinden zu machen und sie zu veranlassen, sich an dieselben noch verzweifelter festzuklammern. Wenn die Passagiere nur sicher gewesen wären, daß weder sie noch die Ihrigen jemals herunterfallen würden, so ist es wahrscheinlich, daß sie, abgesehen von ihrer Beisteuer zu den

Sammlungen für Salben und Bandagen, sich äußerst wenig um die gekümmert haben würden, die den Wagen schleppten.

Ich weiß wohl, daß dies den Männern und Frauen des zwanzigsten Jahrhunderts als eine unerhörte Unmenschlichkeit erscheinen muß; aber es gibt zwei Thatsachen, beide höchst merkwürdig, die diese Abgestumpftheit zum Teil erklären. Erstens wurde fest und aufrichtig geglaubt, daß es keine andere Weise gäbe, in welcher die menschliche Gesellschaft vorwärts kommen könne, als daß die Menge an dem Seile zöge und die Wenigen führen, und nicht nur dies, sondern auch, daß selbst keine sehr radikale Verbesserung möglich wäre, weder in Bezug auf das Geschirr, die Kutsche, die Straße, noch in der Verteilung der Arbeit. Es wäre immer so gewesen, wie es war, und es würde immer so bleiben. Es sei zu beklagen; aber es sei nicht zu ändern, und die Philosophie verbiete, Mitleid zu verschwenden an Dinge, für die es keine Abhilfe gibt.

Die andere Thatsache ist noch merkwürdiger und bestand in einer sonderbaren Einbildung, welche die auf dem Verdecke des Wagens in der Regel hatten: nämlich, daß sie ihren Brüdern und Schwestern, welche an dem Stricke zogen, nicht genau glichen, sondern aus feinerem Thon wären und gewissermaßen zu einer höheren Klasse von Wesen gehörten, welche mit Recht erwarten durfte, gezogen zu werden. Dies erscheint unerklärlich, aber da ich einst selbst in dem nämlichen Wagen gefahren bin und jene Einbildung geteilt habe, so darf man mir schon Glauben schenken. Das sonderbarste bei dieser Einbildung war, daß diejenigen, welche soeben erst vom Boden zu einem Sitze hinaufgeklettert waren, davon ergriffen wurden, bevor noch die Schwielen, die das Seil an ihren Händen verursacht hatte, verschwunden waren. Die Überzeugung derjenigen, deren Eltern und Großeltern bereits so glücklich gewesen waren, ihre Sitze auf dem Wagen zu behaupten, daß ein wesentlicher Unterschied zwischen ihrer Art des Menschentums und dem gemeinen Artikel bestände, war absolut. Es ist ersichtlich, daß das Resultat einer solchen Einbildung dies sein mußte, das Mitgefühl für die Leiden der Masse in ein entferntes philosophisches Mitleid herunterzustimmen. Hierauf berufe ich mich als auf die einzige Entschuldigung, die ich für die

Gleichgültigkeit anführen kann, welche in der Periode, über die ich schreibe, meine eigne Stellung zum Elende meiner Brüder kennzeichnete.

1887 erreichte ich mein dreißigstes Jahr. Ich war noch unverheiratet, jedoch mit Edith Bartlett verlobt. Sie fuhr, wie ich, auf dem Decke des Wagens, oder mit anderen Worten, – damit wir uns nicht länger mit dem Vergleiche aufzuhalten haben, der, wie ich hoffe, seinen Zweck erfüllt hat, dem Leser einen allgemeinen Eindruck zu geben, wie wir damals lebten, – ihre Familie war reich. In jenem Zeitalter, als Geld allein alles gewährte, was angenehm im Leben war und zur Kultur gehörte, war es genug, daß ein Mädchen reich war, um ihr Bewerber zu verschaffen; Edith Bartlett war aber auch zugleich schön und anmutig.

Ich weiß, daß meine Leserinnen dagegen protestieren werden. „Hübsch mag sie wohl gewesen sein," höre ich sie sagen, „aber anmutig nimmer, in der Kleidung, welche zur damaligen Zeit Mode war, als die Kopfbedeckung ein fußhohes schwindelndes Gebäude war und die beinahe unglaubliche Ausbauschung des Kleides hinten, hergestellt durch eine künstliche Vorrichtung, die Gestalt mehr verunmenschlichte als irgend eine frühere Erfindung der Schneiderinnen. Kann man sich jemanden in einem solchen Kostüm als anmutig vorstellen?" Der Einwand ist sehr gut, und ich kann nur erwidern, daß, während die Damen des zwanzigsten Jahrhunderts holde Beweise der Wirkung schicklicher Gewänder, die weibliche Anmut hervorzuheben, sind, mich dennoch meine Erinnerung an deren Urgroßmütter zu behaupten in den Stand setzt, daß keine Unförmlichkeit der Kleidung das weibliche Geschlecht gänzlich zu entstellen vermag.

Unsere Hochzeit sollte stattfinden, sobald das Haus fertig geworden, welches ich für unseren Gebrauch in einem der gesuchtesten Stadtteile baute, d. i. in einem Stadtteile, der hauptsächlich von reichen Leuten bewohnt war; denn man muß wissen, daß die verschiedenen Stadtteile Bostons damals nicht im Vergleiche zu ihrer natürlichen Umgebung, sondern zu dem Charakter der dort wohnenden Bevölkerung gesucht waren. Jede Klasse oder Nation wohnte für sich, in ihren eigenen Vierteln. Der Reiche, der zwischen den Armen wohnte, oder der Gebildete, der sich unter den Ungebildeten aufhielt, glich einem Menschen, der in Abgeschiedenheit unter einer neidischen und fremden Rasse lebt. Als ich den Bau des Hauses begann, erwartete ich, daß es im Winter 1886 vollendet sein würde; der Frühling des folgenden Jahres fand es jedoch noch unfertig und meine Hochzeit noch als eine Sache der Zukunft. Die Ursache des Verzuges, der einen feurigen Liebhaber besonders aufbringen mußte, war eine Reihe von Streiks oder Ausständen, das heißt, eine vereinbarte Arbeitseinstellung der Maurer, Zimmerleute, Anstreicher, Klempner und anderer Handwerker, die am Bau des Hauses beschäftigt waren. Ich kann mich nicht mehr erinnern, was die Ursachen dieser Streiks waren. Ausstände waren zu jener Zeit so allgemein geworden, daß man sich gar nicht mehr um ihre besonderen Ursachen bekümmerte. In einem oder dem anderen Zweige der Industrie hatten sie seit der großen Geschäftskrisis im Jahre 1873 fast unausgesetzt stattgefunden. Es war in der That so weit gekommen, daß es eine Ausnahme schien, wenn irgend eine Arbeiterklasse ihren Beruf länger als einige wenige Monate hindurch ununterbrochen ausübte.

Der Leser, welcher die angeführten Daten beachtet, wird natürlich in diesen industriellen Störungen die erste und zusammenhangslose Phase der großen Bewegung erkennen, die damit endete, daß das moderne gewerbliche System, mit all seinen socialen Konsequenzen, hergestellt wurde. Dies ist im Rückblick alles so offenbar, daß ein Kind es verstehen kann; aber da wir keine Propheten waren, so hatten wir damals keine klare Idee von dem, was uns zustoßen würde. Wir sahen lediglich, daß hinsichtlich der Industrie das Land in einer höchst schiefen Lage war. Das Verhältnis zwischen dem Arbeiter und dem Unternehmer, zwischen der Arbeit und dem Kapital erschien in unerklärlicher Weise verrenkt zu sein. Die Arbeiterklassen waren ganz plötzlich und beinahe allgemein von einer tiefen Unzufriedenheit mit ihrer Lage angesteckt worden, sowie von der Idee, daß dieselbe verbessert werden könnte, wenn man nur wüßte, wie es recht anzufangen sei. Einstimmig wurde von allen Seiten das Verlangen höheren Lohnes, kürzerer Arbeitszeit, besserer Behausung, besserer Erziehung und eines Anteiles an den Bequemlichkeiten des

Lebens gestellt: Forderungen, welche zu erfüllen unmöglich schien, wenn nicht die Welt um ein bedeutendes reicher würde, als sie es damals war. Obgleich sie einigermaßen wußten, was sie wollten, wußten sie doch nicht, wie es zu erreichen wäre, und der Enthusiasmus, mit welchem sie sich um jeden scharten, der ihnen irgendwelche Aufklärung darüber geben zu können schien, lieh manchem, der sich gern als Parteiführer aufspielen wollte, einen plötzlichen Ruf, ob er gleich wenig genug Licht zu geben hatte. Wie chimärisch auch die Bestrebungen des Arbeiterstandes erscheinen mochten, so ließ dennoch die Hingabe, mit welcher sie einander während der Streiks, die ihre Hauptwaffe waren, unterstützten, und die Opfer, die sie brachten, um sie auszuführen, keinen Zweifel an ihrem vollen Ernste aufkommen.

Hinsichtlich des schließlichen Endes der Arbeiterunruhen – welches der Name war, womit man die Bewegung, die ich beschrieben habe, meistens bezeichnete – waren die Meinungen der Leute meiner Klasse sehr verschieden, je nach deren persönlichem Temperament. Der Sanguinische machte sehr kräftig geltend, daß es nach der Natur der Dinge unmöglich sei, daß die neuen Hoffnungen der Arbeiter befriedigt werden könnten, und zwar einfach darum, weil die Welt nicht den Stoff hätte, sie zufrieden zu stellen. Nur deshalb, weil die Massen so schwer arbeiteten und so kärglich lebten, verhungere das Menschengeschlecht nicht ganz und gar, und keine Verbesserung ihrer Lage sei möglich, so lange die Welt als Ganzes so arm bleibe. Es wären nicht die Kapitalisten, gegen welche die Arbeiter sich auflehnten, sagten diese Sanguiniker, sondern sie stritten gegen den eisernen Gürtel der Notwendigkeit, der die Menschheit umschlösse, und die Frage sei nur, wie lange noch ihre Dickköpfigkeit sie verhindern würde, diesen Sachbestand zu entdecken, um dann sich mit dem Gedanken zu beruhigen, daß man das Unabänderliche eben ertragen müsse.

Diejenigen, welche weniger sanguinisch waren, gestanden alles dieses zu. Die Hoffnungen der Arbeiter könnten selbstverständlich aus natürlichen Gründen nicht verwirklicht werden; es sei jedoch zu befürchten, daß sie diese Thatsache nicht eher entdecken würden, als bis sie aus der Gesellschaft einen argen Mischmasch gemacht haben würden. Sie hätten das Stimmrecht und die Macht, es zu thun, wenn es ihnen gefiele, und ihre Führer meinten, sie sollten es thun. Einige dieser schwarzsehenden Beobachter gingen so weit, daß sie einen totalen Umsturz aller socialen Zustände als nahe bevorstehend prophezeiten. Die Menschheit, sagten sie, wäre auf der höchsten Sprosse der Civilisation angelangt und jetzt im Begriffe, Hals über Kopf sich ins Chaos hinabzustürzen; wonach sie sich dann zweifellos wieder erholen und aufs neue zu klettern anfangen würde. Wiederholte Versuche dieser Art in geschichtlichen und vorgeschichtlichen Zeiten erklärten möglicherweise die rätselhaften Beulen am menschlichen Schädel. Die Geschichte der Menschheit, wie alle großen Bewegungen, drehe sich im Kreise und kehre immer wieder zum Anfangspunkte zurück. Die Idee eines unendlichen Fortschrittes in gerader Linie sei ein Gespinst der Einbildung, durch keine Analogie in der Natur begründet. Die Bahn eines Kometen sei vielleicht eine bessere Illustration der menschlichen Laufbahn. Aufwärts und der Sonne entgegen strebend, steige das Menschengeschlecht von der Nacht der Barbarei zur Sonnenhöhe der Civilisation, um alsdann wieder zum entgegengesetzten Ende, in die untersten Regionen des Chaos, niederzusteigen.

Dieses war selbstverständlich eine extreme Ansicht; aber ich erinnere mich, daß ernste Männer meiner Bekanntschaft, wenn sie über die Zeichen der Zeit sprachen, einen ähnlichen Ton anschlugen. Ohne Zweifel war es die Meinung aller denkenden Leute, daß die Gesellschaft sich einer kritischen Periode nähere, welche zu großen Veränderungen führen könne. Die Arbeiterunruhen, ihre Ursachen, Richtung und Heilung waren der Hauptgegenstand der Erörterungen in der Presse wie der ernsthaften Unterredungen.

Die nervöse Spannung der öffentlichen Meinung hätte durch nichts schlagender bewiesen werden können, als durch die Aufregung, welche durch das müßige Geschwätz einer kleinen Anzahl Leute, die sich Anarchisten nannten, entstand. Diese hatten es versucht, das amerikanische Volk zu terrorisieren und ihnen ihre Ideen durch

Androhung von Gewaltthätigkeiten aufzudrängen, – als wenn eine mächtige Nation, die erst kürzlich eine Rebellion der Hälfte ihrer Bürger niedergeschlagen hatte, um ihr politisches System aufrecht zu erhalten, aus bloßer Furcht eine neue sociale Ordnung einführen werde.

Als einer der Reichen, der ein großes Interesse an der bestehenden Ordnung hatte, teilte ich natürlich die Befürchtungen der Klasse, der ich angehörte. Die persönliche Klage, welche ich zu der Zeit, von welcher ich schreibe, gegen die Arbeiterklasse hatte, weil ihre Streiks einen Aufschub meines Eheglückes verursachten, lieh ohne Zweifel meinen Gefühlen gegen dieselbe eine besondere Feindseligkeit.

Zweites Kapitel.

Der dreißigste Mai 1887 fiel auf einen Montag. Dieser Tag war im letzten Drittel des neunzehnten Jahrhunderts einer der nationalen Feiertage, nämlich der sogenannte „Dekorationstag“, an welchem das Andenken der Soldaten der Nordstaaten geehrt wurde, welche an dem Kriege für die Erhaltung der Union teilgenommen hatten. Die Veteranen pflegten an diesem Tage unter militärischem und bürgerlichem Geleit, Musikcorps an der Spitze, nach den Kirchhöfen zu ziehen und auf die Gräber ihrer gefallenen Kameraden Blumenkränze zu legen, eine Ceremonie, die sehr feierlich und ergreifend war. Der älteste Bruder Edith Bartletts war im Kriege gefallen, und die Familie war gewohnt, am Dekorationstage seine Ruhestätte in Mount Auburn zu besuchen.

Ich hatte mir die Erlaubnis erbeten, sie zu begleiten, und blieb, als wir gegen Abend in die Stadt zurückkehrten, bei der Familie meiner Verlobten zur Mahlzeit. Im Gesellschaftszimmer nahm ich nach dem Essen eine Abendzeitung zur Hand und las von einem neuen Streik der Bauarbeiter, welcher wahrscheinlich die Vollendung meines unglücklichen Hauses noch weiter hinausschieben würde. Ich erinnere mich deutlich, wie aufgebracht ich darüber war. Ich verwünschte in so kräftigen Ausdrücken, wie es die Gegenwart von Damen nur gestattete, die Arbeiter im allgemeinen und diese Streikenden im besondern.

Die Anwesenden stimmten mir völlig bei, und die Bemerkungen, welche in der Unterhaltung, die darauf folgte, von allen über das sittenlose Verhalten der Volksverführer gemacht wurden, waren so, daß jenen Herren die Ohren davon geklungen haben müssen. Man war darüber einig, daß es mit jedem Tage schlimmer würde, und daß man kaum mehr wisse, wie das alles noch enden solle. „Das schlimmste dabei ist," sagte Frau Bartlett, „daß die Arbeiterklasse der ganzen Welt gleichzeitig verrückt geworden zu sein scheinen. In Europa ist es sogar noch schlimmer als hier. Dort möchte ich überhaupt nicht zu leben wagen. Ich fragte neulich meinen Mann, wohin wir auswandern sollten, wenn alle die schrecklichen Dinge sich ereigneten, welche diese Socialisten androhen. Er sagte, er kenne jetzt keinen Ort, wo sichere gesellschaftliche Zustände herrschten, außer Grönland, Patagonien und dem chinesischen Reich." „Diese Chinesen wußten sehr gut, was sie wollten," fügte jemand hinzu, „als sie die westliche Civilisation nicht einlassen wollten. Sie wußten es besser, wozu sie führen würde, als wir. Sie sahen, daß sie nichts anderes sei als verkappter Dynamit."

Ich erinnere mich, wie ich darauf Edith beiseite zog und sie zu überreden suchte, daß es besser wäre, wenn wir uns sogleich heirateten, ohne auf die Vollendung des Hauses zu warten, und daß wir ja eine Zeitlang reisen könnten, bis unser Heim in Ordnung sei. Sie war an jenem Abend besonders schön; das schwarze Kleid, welches sie in Anbetracht des Tages trug, hob die Reinheit ihres Teints sehr vorteilhaft hervor. Ich sehe sie noch im Geiste, wie sie an jenem Abende aussah. Als ich mich empfahl, folgte sie mir in die Vorhalle, und ich küßte sie wie gewöhnlich zum Abschied. Kein außergewöhnlicher Umstand unterschied diesen Abschied von anderen Gelegenheiten, wo wir für den Abend oder für einen Tag einander Lebewohl gesagt hatten. Nicht die leiseste Vorahnung, daß dies mehr als ein gewöhnlicher Abschied sei, bedrückte meinen Geist oder den ihren.

Ach ja!

Es war noch ziemlich früh für einen Liebenden, als ich meine Braut verließ; aber dieser Umstand hatte mit meiner Liebe zu ihr nichts zu thun.

Ich litt vielmehr fortdauernd an Schlaflosigkeit, und obwohl ich sonst ganz gesund war, fühlte ich mich doch an diesem Tage völlig ermattet, weil ich in den beiden vorangegangenen Nächten fast gar nicht geschlafen hatte. Edith wußte dies und hatte darauf bestanden, mich um neun Uhr nach Hause zu schicken mit dem strengen Befehl, sofort zu Bett zu gehen.

Das Haus, in welchem ich wohnte, hatte seit drei Generationen meiner Familie gehört, deren letzter und alleiniger Repräsentant ich nunmehr war. Es war ein großes, altes, hölzernes Gebäude; im Innern mit altmodischer Eleganz ausgestattet, aber in einem Viertel gelegen, welches wegen des Eindringens von Mietshäusern und Fabriken schon längst aufgehört hatte, eine begehrenswerte Gegend zu sein. Es war kein Haus, in welches ich eine junge Frau einzuführen denken konnte, am allerwenigsten ein so feines Wesen wie Edith Bartlett. Ich hatte es zum Verkauf ausgeboten und benutzte es inzwischen nur zum Schlafen; meine Mahlzeiten nahm ich im Klub ein. Mein Diener, ein treuer Neger Namens Sawyer, wohnte bei mir und sorgte für meine geringen Bedürfnisse.

Eine Eigentümlichkeit des Hauses fürchtete ich sehr zu vermissen, wenn ich es verlassen würde, und dies war das Schlafzimmer, welches ich mir unter den Grundmauern hatte bauen lassen. Ich hätte in der Stadt mit ihrem nimmer aufhörenden nächtlichen Lärm überhaupt nicht schlafen können, wenn ich ein Zimmer in einem oberen Stocke hätte benutzen müssen. Aber in dies unterirdische Gemach drang kein Laut der Oberwelt. Sobald ich es betreten und die Thür geschlossen hatte, empfing mich Grabesstille. Um die Feuchtigkeit des Bodens von diesem Zimmer abzuhalten, waren die dicken Wände sowohl wie der Boden mit hydraulischem Cement belegt worden. Damit das Zimmer auch der Gewalt von Dieben und der des Feuers widerstehen und als Aufbewahrungsort für Wertsachen dienen könne, hatte ich es mit Steinplatten, die hermetisch aneinander schlossen, decken lassen, ebenso war die äußere eiserne Thür mit einer dicken Lage von Asbest überzogen worden. Eine dünne Röhre, die mit einem Windrade auf dem Dache des Hauses in Verbindung stand, sicherte den Luftwechsel.

Man hätte erwarten sollen, daß der Bewohner einer solchen Kammer sich eines gesunden Schlafes hätte erfreuen müssen; es war jedoch selbst da selten der Fall, daß ich zwei Nächte hintereinander gut schlief. Ich war so an das Wachen gewöhnt, daß mich der Verlust einer Nachtruhe wenig kümmerte. Wenn ich dagegen eine zweite Nacht lesend im Stuhle statt schlafend im Bette verbrachte, ward ich so erschöpft, daß ich eine Nervenkrankheit befürchten mußte. Ich griff daher als letzte Aushilfe zu künstlichen Mitteln. Wenn ich nach zwei durchwachten Nächten fand, daß auch in der dritten der Schlaf sich nicht einstellen wollte, so ließ ich Dr. Pillsbury rufen.

Er wurde nur aus Höflichkeit Doktor genannt, denn er war, was man in jenen Tagen einen „Naturarzt" oder „Quacksalber" nannte. Er selbst nannte sich „Professor des tierischen Magnetismus". Ich war mit ihm bei Gelegenheit einiger dilettantischer Forschungen in betreff der Erscheinungen des tierischen Magnetismus bekannt geworden. Ich glaube nicht, daß er irgend etwas von Medizin verstand; aber sicherlich war er ein vorzüglicher Magnetiseur. Wenn ich daher eine dritte schlaflose Nacht erwartete, pflegte ich zu ihm zu senden, damit er mich durch seine Manipulationen einschläfere. Mochte meine nervöse Aufregung auch noch so groß sein, so verfehlte doch Dr. Pillsbury nie, mich nach einer kurzen Zeit im tiefsten Schlummer zurückzulassen, welcher anhielt, bis ich durch die Umkehrung der hypnotischen Prozedur wieder aufgeweckt wurde. Das Verfahren, den Schlafenden aufzuwecken, war viel einfacher als das, Schlaf herbeizuführen, und der Bequemlichkeit wegen hatte ich Dr. Pillsbury es Sawyer lehren lassen, wie es zu machen sei.

Niemand als mein treuer Diener wußte, warum Dr. Pillsbury mich besuchte, oder daß er überhaupt zu mir kam. Natürlich war es meine Absicht, Edith mein Geheimnis mitzuteilen, nachdem sie meine Frau geworden sei. Bisher hatte ich ihr noch nichts davon gesagt, weil unfraglich mit dem magnetischen Schlafe eine kleine Gefahr verbunden war und ich wußte, daß sie gegen meine Gewohnheit Einspruch erheben würde. Die Gefahr war natürlich die, daß der Schlaf zu tief werden und in einen Starrkrampf übergehen könnte, den die Gewalt des Magnetiseurs nicht zu brechen vermöchte, und der deshalb mit dem Tode endigen würde. Wiederholte Versuche hatten mich völlig überzeugt, daß die Gefahr außerordentlich gering sei, wenn die nötigen Vorsichtsmaßregeln getroffen wurden, und ich hoffte, obwohl nicht ganz zuversichtlich, auch Edith davon zu überzeugen. Nachdem ich sie verlassen hatte, ging ich direkt nach Hause und sandte Sawyer sofort zum Dr. Pillsbury. Inzwischen begab ich mich in mein unterirdisches Schlafgemach, vertauschte meinen Anzug mit einem bequemen Schlafrock und begann die Briefe zu lesen, welche die Abendpost gebracht und Sawyer auf meinen Lesetisch gelegt hatte.

Einer derselben war von dem Baumeister meines neuen Hauses, und bestätigte, was ich aus den Zeitungsnachrichten bereits geschlossen hatte. Die neuen Streiks, sagte er, würden die Erfüllung seiner kontraktlichen Verpflichtungen auf unbestimmte Zeit hinausschieben, da weder die Meister noch die Arbeiter ohne langen Kampf nachgeben würden. Caligula wünschte dem römischen Volke nur einen einzigen Kopf, damit er ihn abschlagen könne, und ich fürchte, daß, als ich diesen Brief las, ich für einen Augenblick in betreff der Arbeiterklasse Amerikas desselben Wunsches fähig war. Die Rückkehr Sawyers mit dem Doktor unterbrach meine düsteren Gedanken.

Er hatte Schwierigkeit gehabt, sich die Dienste des Doktors zu sichern, da dieser im Begriffe stand, noch in derselben Nacht die Stadt zu verlassen. Pillsbury erklärte mir, daß er, seit er mich zum letztenmale gesehen, von einer einträglichen Vakanz in einer entfernten Stadt gehört und sich entschlossen habe, die Gelegenheit schleunigst wahrzunehmen. Als ich ihn erschreckt fragte, was ich denn ohne ihn beginnen solle, gab er mir die Adressen einiger Magnetiseure in Boston, die, wie er versicherte, die gleichen Kräfte besäßen wie er.

Über diesen Punkt einigermaßen beruhigt, wies ich Sawyer an, mich am nächsten Morgen um neun Uhr zu wecken, legte mich, wie ich war, auf das Bett und überließ mich den Hantierungen des Magnetiseurs. Mein ungewöhnlich nervöser Zustand war vielleicht schuld daran, daß ich langsamer als gewöhnlich das Bewußtsein verlor, aber schließlich überkam mich eine köstliche Schläfrigkeit.

Drittes Kapitel.

„Er wird gleich die Augen öffnen. Es ist besser, wenn er zuerst nur einen von uns sieht."

„Versprich mir also, daß du ihm nichts sagen wirst." Die erste Stimme war die eines Mannes, die zweite die einer Frau, und beide sprachen im Flüsterton.

„Ich will sehen, wie es ihm geht," erwiderte der Mann. „Nein, nein, versprich es mir," verlangte die andere Stimme. „Laß ihr den Willen," flüsterte eine dritte, ebenfalls weibliche Stimme.

„Gut, gut, ich verspreche es also," antwortete der Mann. „Geht schnell! Er kommt zu sich."

Kleider rauschten, und ich öffnete die Augen. Ein stattlich aussehender Mann von etwa sechzig Jahren beugte sich über mich, mit einem Ausdrucke großen Wohlwollens, gemischt mit starker Neugierde, in seinen Zügen. Er war mir völlig unbekannt. Ich stützte mich auf den Ellbogen und sah mich um. Das Zimmer war leer. Ich war sicherlich nie darin gewesen, auch in keinem, welches ähnlich möbliert gewesen wäre. Ich sah wieder meinen Gefährten an. Er lächelte.

„Wie befinden Sie sich?" forschte er.

„Wo bin ich?" fragte ich.

„Sie sind in meinem Hause," war die Antwort.

„Wie kam ich hierher?"

„Wir werden darüber sprechen, wenn Sie kräftiger sind. Inzwischen, bitte ich, seien Sie unbesorgt. Sie sind unter Freunden und in guten Händen. Wie befinden Sie sich?"

„Etwas seltsam," erwiderte ich, „aber ich glaube, ich bin ganz wohl. Wollen Sie mir sagen, wie ich dazu komme, Ihre Gastfreundschaft zu genießen? Was ist mir zugestoßen? Wie kam ich hierher? Ich war in meinem eigenen Hause, als ich einschlief."

„Zu Erklärungen werden wir später Zeit genug haben," erwiderte mein unbekannter Wirt mit einem beruhigenden Lächeln. „Es ist besser, aufregende Gespräche zu vermeiden, bis Sie sich etwas erholt haben werden. Thun Sie mir den Gefallen und nehmen Sie einen Schluck von dieser Medizin. Sie wird Ihnen gut thun. Ich bin Arzt."

Ich stieß das Glas mit der Hand zurück und setzte mich auf meinem Lager aufrecht, jedoch mit Anstrengung; denn mir war sonderbar schwindlig zu Mute.

„Ich bestehe darauf, sofort zu erfahren, wo ich bin und was Sie mit mir gemacht haben," sagte ich.

„Mein lieber Herr," erwiderte mein Gefährte, „ich bitte Sie, regen Sie sich nicht auf. Es wäre mir lieber, wenn Sie nicht so bald Auskunft verlangten; aber, wenn Sie darauf bestehen, will ich es versuchen, Sie zufrieden zu stellen. Zuerst jedoch müssen Sie diesen Trank nehmen, der Sie etwas stärken wird."

Ich trank, was er mir anbot. Dann sagte er: „Es ist nicht so einfach, wie Sie augenscheinlich meinen, Ihnen zu sagen, wie Sie hierher gekommen sind. Sie können mir eben so viel darüber erzählen, als ich Ihnen berichten kann. Sie sind soeben aus einem tiefen Schlaf oder vielmehr aus einem Starrkrampf erwacht. Soviel kann ich Ihnen mitteilen. Sie sagen, daß Sie in Ihrem eigenen Hause waren, als Sie in jenen Schlaf verfielen. Darf ich fragen, wann das war?"

„Wann?" erwiderte ich, „wann? Nun, gestern Abend, etwa um zehn Uhr. Ich gab meinem Diener Sawyer den Auftrag, mich um neun Uhr zu wecken. Was ist aus Sawyer geworden?"

„Das kann ich Ihnen nicht genau sagen," erwiderte mein Gefährte, indem er mich dabei ganz merkwürdig ansah, „aber ich bin sicher, daß seine Abwesenheit genügend entschuldigt ist. Und können Sie mir nun nicht etwas bestimmter angeben, wann es war, als Sie in jenen Schlaf verfielen, ich meine das Datum."

„Wie? gestern Abend natürlich, wie ich schon sagte, – das heißt, wenn ich nicht etwa gar einen ganzen Tag verschlafen habe. Himmel! das kann gar nicht sein; und doch habe ich ein seltsames Gefühl, als ob ich sehr lange geschlafen hätte. Es war am Dekorationstage, als ich schlafen ging."

„Dekorationstag?"

„Ja, Montag den dreißigsten."

„Verzeihung, welchen dreißigsten?"

„Nun, dieses Monats, wenn ich nicht etwa bis in den Juni hinein geschlafen habe; aber das kann doch nicht sein."

„Wir befinden uns im September."

„September! Sie wollen doch nicht etwa sagen, daß ich seit Mai geschlafen habe! Herr im Himmel! Das ist ja unglaublich!"

„Wir werden sehen," erwiderte mein Gefährte. „Sie sagen, daß es am 30. Mai war, als Sie schlafen gingen?"

„Ja."

„Darf ich fragen, in welchem Jahre?"

Ich starrte ihn einige Augenblicke sprachlos an.

„In welchem Jahre?" wiederholte ich endlich mit schwacher Stimme.

„Ja, in welchem Jahre, wenn ich bitten darf? Dann werde ich im stande sein, Ihnen zu sagen, wie lange Sie geschlafen haben."

„Es war im Jahre 1887," sagte ich. Mein Gefährte nötigte mir noch einen Schluck von der Flüssigkeit aus dem Glase auf und fühlte mir den Puls.

„Mein werter Herr," sagte er, „Ihr Benehmen zeigt mir, daß Sie ein Mann von Bildung sind, – welche, wie ich weiß, zu Ihrer Zeit keineswegs etwas Selbstverständliches war, wie sie es jetzt ist. Sie werden deshalb ohne Zweifel schon selbst die Bemerkung gemacht haben, daß in dieser Welt eigentlich keine Sache wunderbarer genannt werden kann als irgend eine andere. Alle Erscheinungen haben gleicherweise ihre zureichenden Ursachen, und die Wirkungen sind gleicherweise natürlich. Daß Sie über das, was ich Ihnen zu sagen habe, staunen werden, ist zu erwarten; aber ich hege die Zuversicht, daß Sie sich dadurch Ihre Gemütsruhe nicht allzusehr stören lassen werden. Ihr Äußeres ist das eines jungen Mannes von kaum dreißig Jahren, und Ihr körperlicher Zustand scheint von dem einer Person, die soeben von einem etwas zu langen und tiefen Schlafe erwacht ist, nicht sehr verschieden zu sein; und doch ist heute der zehnte Tag des September in dem Jahre Zweitausend, und Sie haben genau einhundertunddreizehn Jahre, drei Monate und elf Tage geschlafen."

Ich fühlte mich wie betäubt, trank auf meines Gefährten Zureden eine Tasse von einer Art Brühe, wurde unmittelbar darauf sehr schläfrig und verfiel von neuem in tiefen Schlummer.

Als ich erwachte, war es heller Tag im Zimmer, das, als ich zuvor erwacht war, künstliche Beleuchtung gehabt hatte. Mein geheimnisvoller Wirt saß in meiner Nähe. Er sah mich nicht an, als ich die Augen öffnete, und ich hatte eine gute Gelegenheit, ihn zu beobachten und meine ungewöhnliche Lage zu überdenken, bevor er bemerkte, daß ich wach sei. Mein Schwindel war ganz verschwunden und mein Geist vollkommen klar. Die Geschichte, daß ich einhundertunddreizehn Jahre lang geschlafen habe, welche ich in meinem früheren Zustande der Schwäche und Verwirrung ohne weiteres hingenommen hatte, fiel mir jetzt wieder ein, um sofort als ein alberner Versuch mich zu täuschen, verworfen zu werden, obgleich ich nicht im entferntesten im stande war, das Motiv desselben zu erraten.

Etwas Außerordentliches war sicherlich vorgefallen, denn ich war in einem fremden Hause bei diesem unbekannten Genossen erwacht; aber meine Einbildungskraft war völlig unvermögend, mehr als die wildesten Vermutungen zu hegen, was dieses Etwas wohl gewesen sein möge. Sollte ich das Opfer irgend einer Verschwörung geworden sein? Es hatte ganz den Anschein; und doch, wenn menschlichen Gesichtszügen jemals zu trauen war, so war es sicher, daß dieser Mann an meiner Seite mit einem so edlen und geistvollen Antlitz an keinem verbrecherischen Plane Anteil haben konnte. Dann stieß mir die Frage auf, ob ich nicht vielleicht die Zielscheibe eines Plumpen Scherzes meiner Freunde geworden sei, die irgendwie das Geheimnis meines unterirdischen Gemachs erfahren und dieses Mittel ergriffen hatten, mir die Gefahr solcher magnetischer Experimente eindringlich zu machen. Aber auch diese Hypothese war unwahrscheinlich: Sawyer würde mich nie verraten haben, auch hatte ich keinen einzigen Freund, dem ich ein solches Unternehmen zutrauen konnte. Nichtsdestoweniger schien die Annahme, daß ich das Opfer eines plumpen Scherzes sei, alles in allem die einzig haltbare zu sein. Indem ich so halb und halb erwartete, irgend ein bekanntes Gesicht lachend hinter einem Stuhle oder einer Gardine auftauchen zu sehen, blickte ich aufmerksam im Zimmer umher. Als meine Augen wieder auf meinen Gefährten fielen, war sein Blick auf mich gerichtet.

„Sie haben ein schönes Schläfchen von zwölf Stunden gehabt“, sagte er munter, „und ich kann sehen, daß es Ihnen recht gut bekommen ist. Sie sehen viel wohler aus. Ihre Gesichtsfarbe ist gut und Ihre Augen sind klar. Wie befinden Sie sich?“

„Ich habe mich nie wohler befunden,“ sagte ich, indem ich mich aufrichtete.

„Sie erinnern sich ohne Zweifel Ihres ersten Erwachens,“ fuhr er fort, „und Ihres Erstaunens, als ich Ihnen sagte, wie lange Sie geschlafen hätten!“

„Ich glaube, Sie sagten, ich hätte hundertunddreizehn Jahre lang geschlafen.“

„Ganz recht.“

„Sie werden zugeben,“ sagte ich mit einem ironischen Lächeln, „daß die Geschichte etwas unwahrscheinlich war.“

„Merkwürdig ist sie, das gebe ich zu,“ antwortete er, „aber wenn die nötigen Bedingungen gegeben sind, ist sie weder unwahrscheinlich, noch widerspricht sie dem, was wir über den Starrkrampf wissen. Wenn derselbe, wie in Ihrem Falle, ein vollständiger ist, so sind die Funktionen des Lebens absolut aufgehoben und es findet kein Verbrauch der Gewebe statt. Auch gibt es keine Grenze für die mögliche Dauer eines Starrkrampfes, wenn die äußeren Bedingungen den Körper vor Physischen Verletzungen schützen. Ihr Scheintod ist freilich der längste, von dem eine positive Nachricht vorhanden ist; aber es gibt keinen bekannten Grund, weshalb, wenn Sie nicht entdeckt worden wären und das Zimmer, in welchem wir Sie fanden, unversehrt geblieben wäre, Sie nicht noch zahllose Jahrhunderte in jenem Zustande unterbrochener Lebensthätigkeit hätten bleiben können, bis die allmähliche Erkaltung der Erde die Gewebe des Körpers zerstört und die Seele in Freiheit gesetzt hätte."

Ich mußte zugestehen, daß, wenn ich wirklich das Opfer eines Scherzes war, die Urheber desselben einen Mann gefunden hatten, der es bewundernswert verstand, den Betrug durchzuführen. Die eindringliche und sogar beredte Weise dieses Mannes würde selbst der Behauptung, daß der Mond aus Käse bestehe, Würde verliehen haben. Das Lächeln, mit dem ich ihn angesehen hatte, als er die Hypothese des Starrkrampfes vorbrachte, schien ihn nicht im geringsten zu stören.

„Vielleicht," sagte ich, „werden Sie so freundlich sein, fortzufahren und mir einige Einzelheiten zu erzählen hinsichtlich der Umstände, unter denen Sie dies Gemach, von dem Sie sprechen, und dessen Inhalt entdeckten. Ich höre gute Märchen gern."

„In diesem Falle," war seine ernste Antwort, „könnte kein Märchen so seltsam sein, wie die Wahrheit es ist. Sie müssen wissen, daß ich es schon seit langen Jahren vorhatte, in dem großen Garten neben diesem Hause ein Laboratorium für chemische Versuche zu bauen, für die ich eine Vorliebe habe. Vergangenen Donnerstag begannen wir endlich, den Keller auszugraben. Am Abend waren wir damit fertig, und am Freitag sollten die Maurer kommen. Donnerstag Nacht hatten wir einen furchtbaren Regen, so daß ich am Freitag Morgen meinen Keller in einen Froschteich verwandelt und die Wände abgespült fand. Meine Tochter, die mit mir gekommen war, um das Unheil zu betrachten, machte mich auf ein Stück

Mauerwerk aufmerksam, welches durch die Abspülung der einen Kellerwand bloßgelegt worden war. Ich scharrte ein wenig mehr von der Erde fort, und da es ein großes Stück zu sein schien, beschloß ich, es näher zu untersuchen. Die Arbeiter, welche ich holen ließ, gruben ein rechteckiges Gewölbe aus, welches etwa acht Fuß unter der Oberfläche der Erde in die Ecke von Etwas hineingebaut war, was augenscheinlich das Fundament eines alten Hauses gewesen war. Eine Aschen- und Kohlenschicht aus dem Dache des Gewölbes bewies, daß das Haus durch Feuer zerstört worden sei. Das Gewölbe selbst war wohl erhalten und der Cement so gut wie neu. Es hatte eine Thür, welche jedoch nicht erbrochen werden konnte, und wir schafften uns Zutritt, indem wir einige Quadersteine der Bedachung aushoben. Die Luft, welche ausströmte, war dumpf, aber rein, trocken und nicht kalt. Ich stieg mit einer Laterne hinab und befand mich in einem Schlafzimmer, ausgestattet im Stile des neunzehnten Jahrhunderts. Auf dem Bette lag ein junger Mann. Daß er tot sei, und ein Jahrhundert lang bereits tot gewesen sein müsse, war natürlich als selbstverständlich anzunehmen; aber der auffallend wohlerhaltene Zustand des Körpers setzte sowohl mich als meine Kollegen, die ich hatte rufen lassen, in Verwunderung. Daß die Einbalsamierungskunst je so vollkommen gewesen sei, würden wir nicht geglaubt haben; aber hier schien der bündige Beweis vorzuliegen, daß unsere nächsten Vorfahren in ihrem Besitz gewesen sein mußten. Meine medizinischen Kollegen, deren Wißbegierde auf das Höchste erregt war, wollten sogleich einige Experimente beginnen, um die Natur des angewandten Verfahren kennen zu lernen; aber ich hielt sie zurück. Mein Motiv dabei, wenigstens das einzige Motiv, von dem ich jetzt zu sprechen brauche, war die Erinnerung, daß ich einst irgendwo gelesen, bis zu welchem Umfange Ihre Zeitgenossen sich mit dem tierischen Magnetismus beschäftigt hätten. Mir kam der Gedanke, es sei doch vielleicht möglich, daß Sie in einem Zustande des Starrkrampfs sich befänden und das Geheimnis Ihrer körperlichen Unversehrtheit nach so langer Zeit nicht die Einbalsamierungskunst, sondern das Leben sei. Diese Idee erschien mir selbst so phantastisch, daß ich mich nicht durch Erwähnung derselben dem Spotte meiner Kollegen aussetzen wollte, sondern irgend einen anderen Grund für die Aufschiebung ihrer Experimente anführte. Kaum jedoch hatten sie mich verlassen, als ich einen systematischen Wiederbelebungsversuch begann, dessen Erfolg Ihnen bekannt ist.“

Wäre das Thema noch unglaublicher gewesen, so hatte doch die Umständlichkeit dieser Erzählung sowohl als die eindringliche Weise und die Persönlichkeit des Erzählers einen Zuhörer stutzig machen können, und ein sonderbares Gefühl fing an mich zu durchschauern. Da erblickte ich zufällig, als er seine Erzählung schloß, mein Bild in einem Spiegel, der an der Wand hing. Ich stand auf und ging darauf zu. Das Gesicht, welches ich sah, war auf ein Haar dasselbe und nicht einen Tag älter als das, welches mich am Dekorationstage angeblickt hatte, als ich mir meine Halsbinde umband, ehe ich Edith meinen Besuch abstattete, – und seitdem waren, wie dieser Herr mir weismachen wollte, hundertunddreizehn Jahre vergangen. Dadurch trat der kolossale Charakter des Betruges, dessen Opfer ich war, aufs neue vor meinen Geist. Zorn ergriff mich, als ich mir die unerhörte Freiheit, die man sich mit mir genommen hatte, vergegenwärtigte.

„Sie sind wahrscheinlich erstaunt,“ sagte mein Gefährte, „zu sehen, daß, obgleich Sie hundert Jahre älter sind als zur Zeit, da Sie sich in Ihrem unterirdischen Gemach zur Ruhe begaben, Ihr Aussehen sich nicht verändert hat. Das sollte Sie nicht in Verwunderung setzen. Gerade dadurch, daß die Lebensfunktionen total außer Kraft gesetzt worden sind, haben Sie diese große Zeitperiode überlebt. Wenn Ihr Körper während Ihres Starrkrampfes nur der geringsten Veränderung unterworfen gewesen wäre, so wäre er längst der Auflösung anheimgefallen.“

„Mein Herr,“ erwiderte ich, mich zu ihm wendend, „was Ihr Motiv sein mag, mir mit ernster Miene dieses merkwürdige Märchen zu erzählen, bin ich vollständig außer stande zu ahnen; aber Sie sind sicherlich selbst zu einsichtsvoll, als daß Sie glauben könnten, irgend jemand, der nicht blödsinnig ist, könnte sich dadurch täuschen lassen. Ersparen Sie mir das weitere Abhören solch ausgeklügelter Ungereimtheiten, und sagen Sie mir ein für allemal, ob Sie sich weigern, mir eine vernünftige Erklärung zu geben, wo ich bin und wie ich hierher gekommen. Wenn Sie es nicht thun, so werde ich mich selbst darüber vergewissern, und ich werde mich nicht hindern lassen."

„Sie glauben mir also nicht, daß wir das Jahr 2000 schreiben?"

„Halten Sie es wirklich für nötig, mich das zu fragen?" entgegnete ich.

„Nun denn," erwiderte mein seltsamer Wirt, „da ich Sie nicht überzeugen kann, so sollen Sie sich selbst überzeugen. Sind Sie stark genug, mir einige Stiegen hoch zu folgen?"

„Ich bin so stark, wie ich jemals war," entgegnete ich ärgerlich, „und ich werde es vielleicht zu beweisen haben, wenn dieser Scherz noch viel länger andauern sollte."

„Ich bitte Sie, mein Herr," war meines Gefährten Antwort, „geben Sie sich nicht zu sehr der Ansicht hin, daß Sie das Opfer eines Scherzes sind, auf daß nicht der Rückschlag, wenn Sie sich von der Wahrheit meiner Aussagen überzeugt haben, zu überwältigend werden möge."

Der teilnehmende, ja mitleidsvolle Ton, in welchem er dies sagte, und die vollständige Abwesenheit jedes Zeichens von Unwillen über meine heftigen Worte entmutigten mich seltsam, und ich folgte ihm aus dem Zimmer mit merkwürdig gemischten Gefühlen. Er führte mich zwei Stiegen hinauf und dann noch eine kürzere Treppe, welche uns auf das flache Dach des Hauses brachte, das mit einem Geländer umgeben war.

„Sehen Sie sich gefälligst um," sagte er, als wir oben angelangt waren, „und sagen Sie mir, ob dies das Boston des neunzehnten Jahrhunderts ist."

Zu meinen Füßen lag eine große Stadt. Kilometerlange, breite Straßen, von Bäumen beschattet und mit prächtigen Gebäuden eingefaßt, dehnten sich nach allen Richtungen aus. Die Häuser waren meistens nicht in ununterbrochener Linie gebaut, sondern standen einzeln in größeren oder kleineren Umfriedigungen. Jedes Stadtviertel enthielt weite, offene Plätze, besetzt mit Bäumen, aus denen Statuen und Springbrunnen in der späten Abendsonne hervorleuchteten. Öffentliche Gebäude von kolossalem Umfange und einer architektonischen Großartigkeit, wie sie zu meiner Zeit nicht bekannt war, ragten auf jeder Seite mit ihren stolzen Pfeilern empor.

Sicherlich, diese Stadt hatte ich nie gesehen, und keine ihr zu vergleichende. Ich richtete mein Auge endlich auf den Horizont und blickte nach Westen. Jenes blaue Band da, das sich gegen den Sonnenuntergang hinschlängelte, war es nicht der windungsreiche Charlesfluß? Ich blickte nach Osten. Der Hafen von Boston dehnte sich vor mir aus, von seinen Landzungen umschlossen, und nicht eins seiner grünen Inselchen fehlte.

Nun wußte ich, daß man mir die Wahrheit gesagt und jenes wunderbare Geschick mich wirklich betroffen hatte.

Viertes Kapitel.

Ich wurde nicht ohnmächtig, aber der Versuch, meine Lage mir deutlich vorzustellen, machte mich schwindeln, und ich erinnere mich, daß mein Gefährte mich kräftig zu stützen hatte, als er mich vom Dache in ein geräumiges Gemach des oberen Stockwerks führte, wo er mich nötigte, ein oder zwei Gläser guten Weines zu trinken und ein leichtes Mahl zu mir zu nehmen.

„Ich hoffe, nun wird Ihnen wieder wohl," sagte er munter. „Ich würde nicht ein so starkes Mittel ergriffen haben, Sie zu überzeugen, wenn nicht Ihr Verhalten, das freilich unter den obwaltenden Umständen zu entschuldigen war, mich dazu gezwungen hätte. Ich gestehe," fügte er lachend hinzu, „einen Augenblick hatte ich etwas Furcht, von Ihnen zu Boden geschlagen zu werden, wie Sie das ja wohl im neunzehnten Jahrhundert nannten, wenn ich Sie nicht schnell überführte. Ich wußte, daß die Bostoner zu Ihrer Zeit berühmte Faustkämpfer waren, und hielt es für geraten, keine Zeit zu verlieren. Ich denke, Sie sind jetzt bereit, mich von der Anklage, daß ich Ihnen einen Possen gespielt hätte, freizusprechen."

„Wenn Sie mir gesagt hätten," erwiderte ich tief bewegt, „daß tausend Jahre statt hundert verflossen wären, seitdem ich diese Stadt zum letztenmal gesehen, jetzt würde ich Ihnen glauben."

„Nur ein Jahrhundert ist verflossen," antwortete er; „aber manches Jahrtausend der Weltgeschichte hat minder außerordentliche Wandlungen gesehen."

„Und nun," fügte er hinzu, indem er mir mit unwiderstehlicher Freundlichkeit die Hand entgegenstreckte, „heiße ich Sie herzlich willkommen in dem Boston des zwanzigsten Jahrhunderts und in diesem Hause. Mein Name ist Leete; Dr. Leete nennt man mich."

„Mein Name," sagte ich, indem ich seine Hand schüttelte, „ist Julian West."

„Es freut mich sehr, Ihre Bekanntschaft zumachen, Herr West," antwortete er. „Da Sie sehen, daß dieses Haus an die Stelle des Ihrigen gebaut worden ist, so hoffe ich, daß Sie sich hier bald heimisch fühlen werden."

Nachdem ich mich erfrischt hatte, nahm ich dankbar das Anerbieten des Dr. Leete an, zu baden und die Kleidung zu wechseln.

Es schien nicht, daß große Veränderungen in der männlichen Tracht zu den Umwälzungen gehörten, von denen mein Wirt gesprochen hatte; denn von wenigen Einzelheiten abgesehen, machten mir meine neuen Kleidungsstücke keine Schwierigkeiten.

Physisch war ich nun wieder ich selbst. Aber wie es geistig um mich stand, wird der Leser ohne Zweifel wissen wollen. Was waren meine inneren Gefühle, als ich mich so plötzlich in eine neue Welt verschlagen fand? Als Erwiderung stelle ich ihm eine Gegenfrage: Angenommen, er werde plötzlich, in einem Augenblick, von der Erde, sagen wir in das Paradies oder in den Hades versetzt, – was meint er, würde sein eigener Geisteszustand sein? Würden seine Gedanken sogleich zur Erde zurückkehren, die er soeben verlassen hatte, oder würde er nicht, nachdem die erste Bestürzung überwunden, bei dem Interesse, das seine neue Umgebung erregt, sein früheres Leben eine Weile fast vergessen, obwohl er später desselben gedenken wird? Alles, was ich sagen kann, ist, daß, wenn sein Geisteszustand dem nur irgend ähnlich sein sollte, welchen ich bei dem Übergange hatte, den ich beschreibe, die letztere Hypothese sich als die richtige erweisen würde. Die Gefühle des Erstaunens und der Neugierde, welche meine neue Umgebung hervorrief, erfüllten meinen Geist, nachdem die erste Erschütterung vorüber war, und schlossen alle anderen Gedanken aus. Die Erinnerung an mein früheres Leben war für den Augenblick geschwunden.

Kaum fand ich mich durch die freundliche Fürsorge meines Wirtes körperlich gekräftigt, so fühlte ich den brennenden Wunsch, auf das Dach des Hauses zurückzukehren; und alsbald saßen wir dort sehr angenehm auf bequemen Sesseln, unter uns und um uns die Stadt. Nachdem Dr. Leete meine zahlreichen Fragen in Bezug auf alte Erscheinungen, die ich vermißte, und neue, die an ihre Stelle getreten waren, beantwortet hatte, fragte er mich, welcher Unterschied zwischen der neuen und der alten Stadt mir am meisten auffiele.

„Um von den kleinen Dingen zuerst zu reden," erwiderte ich, „so glaube ich, daß das Fehlen der Schornsteine und jeglichen Rauches die Eigentümlichkeit ist, die mir zuerst aufstieß."

„Ach," rief mein Gefährte lebhaft aus, „ich hatte die Schornsteine vergessen; es ist so lange her, daß diese außer Gebrauch kamen. Seit einem Jahrhundert beinahe ist jenes rohe Verbrennungsverfahren, das Ihnen Wärme gab, veraltet."

„Was mir an der Stadt im allgemeinen am meisten auffällt, ist der Volkswohlstand, den ihre Pracht beweist."

„Ich gäbe viel darum, auf das Boston Ihrer Tage nur einen Blick werfen zu können," erwiderte Dr. Leete. „Ohne Zweifel waren, wie aus Ihrer Bemerkung hervorgeht, die Städte jener Zeit recht armselig. Wenn Sie auch den Geschmack besaßen, sie glänzend zu gestalten, – und ich bin nicht so unhöflich, dies in Frage zu stellen, – so würde Ihnen doch die allgemeine Armut, welche die Folge Ihres absonderlichen

Wirtschaftssystems war, die Mittel dazu verweigert haben. Zudem ließ der außerordentliche Individualismus, der damals herrschte, nicht viel Gemeinsinn aufkommen. Der ganze Reichtum, den Sie besaßen, scheint fast ganz für privaten Luxus verschwendet worden zu sein. Heutzutage im Gegenteil ist keine Verwendung der Überschüsse so beliebt, wie die zur Verschönerung der Stadt, an der Alle in gleichem Maße ihre Freude haben."

Die Sonne war bereits im Untergehen gewesen, als wir auf das Dach zurückkehrten, und während wir sprachen, senkte sich die Nacht auf die Stadt.

„Es wird dunkel," sagte Dr. Leete. „Lassen Sie uns hinuntergehen; ich möchte Ihnen meine Frau und meine Tochter vorstellen."

Seine Worte erinnerten mich an die weiblichen Stimmen, die ich um mich hatte flüstern hören, als ich wieder zu bewußtem Leben erwachte; und höchst neugierig zu erfahren, wie die Damen des Jahres Zweitausend aussähen, stimmte ich dem Vorschlage mit Lebhaftigkeit zu. Das Zimmer, in welchem wir die Gattin und die Tochter meines Wirtes fanden, war wie das ganze Innere des Hauses, von einem milden Lichte erfüllt, welches, wie ich wußte, künstlich sein mußte, obwohl ich die Quelle, aus der es verbreitet wurde, nicht entdecken konnte. Frau Leete war eine ausnehmend stattliche, wohl konservierte Dame, ungefähr im Alter ihres Gatten, während ihre Tochter, in der ersten jungfräulichen Blüte, das schönste Mädchen war, das ich je gesehen hatte. Ihr Antlitz war so bezaubernd, wie es tiefblaue Augen, ein zarter Teint und vollendet schöne Gesichtszüge nur machen konnten; aber selbst Wenn ihr Antlitz des besonderen Reizes ermangelt hatte, so würde doch ihr tadelloser Wuchs ihr einen Platz unter den Schönheiten des neunzehnten Jahrhunderts eingeräumt haben. Weibliche Weichheit und Zartheit war in diesem lieblichen Geschöpfe in herrlicher Weise mit der Erscheinung von Gesundheit und reicher Lebenskraft verbunden, welche bei den Mädchen, mit denen allein ich sie vergleichen konnte, nur zu oft gefehlt hatte. Ein Zusammentreffen, unbedeutend im Vergleich mit der allgemeinen Seltsamkeit der Lage, aber doch auffallend war, daß auch sie Edith hieß.

Der Abend, welcher folgte, war sicherlich einzig in der Geschichte des geselligen Verkehrs: aber anzunehmen, daß unsre Unterhaltung besonders gezwungen oder schwierig war, würde ein großer Irrtum sein. Ich glaube in der That, daß unter unnatürlichen Umständen, wie man sie nennen kann, nämlich ungewöhnlichen, die Menschen sich am natürlichsten betragen, aus dem Grunde ohne Zweifel, weil solche Umstände alles Gekünstelte verbannen. Ich weiß jedenfalls, daß meine Unterhaltung mit den Repräsentanten einer anderen Zeit und Welt an jenem Abend durch eine edle Aufrichtigkeit und Freimütigkeit ausgezeichnet war, wie sie nur selten der Lohn einer langen Bekanntschaft ist. Ohne Zweifel hatte der ausgesuchte Takt meiner Gesellschafter viel dazu beigetragen. Wir konnten natürlich von nichts anderem sprechen als von dem sonderbaren Ereignisse, infolge dessen ich dort war; aber sie sprachen darüber mit einem Interesse, das so offen und gerade in seinem Ausdrucke war, daß dem Gegenstande dadurch in hohem Grade das Zauberhafte und Unheimliche genommen wurde, das so leicht hätte überwältigend wirken können. Man hätte annehmen können, sie wären ganz daran gewöhnt, mit Wesen eines anderen Jahrhunderts sich zu unterhalten, so vollkommen war ihr Takt.

Was mich selbst anbetrifft, so kann ich mich nicht erinnern, daß jemals mein Geist lebendiger und schärfer oder meine intellektuelle Empfänglichkeit feiner gewesen wäre, als an jenem Abend. Natürlich meine ich nicht, daß das Bewußtsein meiner erstaunlichen Lage für einen Augenblick meinem Geiste fern blieb; aber seine Hauptwirkung war bisher nur ein fieberhaftes Mutgefühl, eine Art geistigen Rausches.

Edith Leete nahm wenig Teil an der Unterhaltung: aber wenn zuweilen ihre magnetische Schönheit meinen Blick auf ihr Antlitz zog, fand ich ihr Auge mit äußerster Spannung auf mich gerichtet, die fast einer Bezauberung glich. Es war offenbar, daß ich in außerordentlichem Grade ihr Interesse erregt hatte, wie das, wenn sie ein phantasievolles Mädchen war, nicht verwundern konnte. Obwohl ich annahm, daß Neugierde das Hauptmotiv ihres Interesses war, so würde es mich doch nicht so berührt haben, wenn sie weniger schön gewesen wäre.

Dr. Leete sowohl als die Damen schienen sich für meinen Bericht über die Umstände, unter denen ich mich in meinem unterirdischen Zimmer zur Ruhe begeben hatte, sehr zu interessieren. Alle hatten ihre Vermutungen, wie es wohl gekommen sein möge, daß man mich dort vergessen habe: und die Annahme, über welche wir uns schließlich einigten, bietet wenigstens eine wahrscheinliche Erklärung, obwohl natürlich niemand wissen kann, ob sie in ihren Einzelheiten richtig ist. Die über dem Gemache gefundene Aschenschicht bewies, daß das Haus niedergebrannt war. Nehmen wir an, daß das Feuer in jener Nacht ausbrach, in welcher ich einschlief. Dann brauchen wir nur noch die Voraussetzung zu machen, daß Sawyer bei dem Brande oder einem damit zusammenhängenden Ereignis sein Leben verlor, und das übrige folgt natürlich genug. Niemand außer ihm und Dr. Pillsbury wußte von der Existenz des Gemaches oder meinem Aufenthalt darin, und Dr. Pillsbury, welcher noch in derselben Nacht nach New-Orleans abgereist war, hatte von dem Feuer wahrscheinlich überhaupt nie etwas gehört. Meine Freunde und das Publikum mußten also schließen, daß ich verbrannt sei. Selbst eine Ausgrabung der Trümmer, außer wenn sie sehr gründlich gewesen wäre, würde nicht zu einer Entdeckung des Gemaches in den Grundmauern geführt haben. Freilich, wenn das Grundstück unmittelbar darauf wieder bebaut worden wäre, so würde eine solche Ausgrabung notwendig gewesen sein; aber die unruhigen Zeiten und die ungünstige Lage des Ortes konnten wohl einen Neubau verhindert haben. Die Größe der Bäume in dem Garten, welche jetzt an jener Stelle standen, bewies, sagte Dr. Leete, daß derselbe seit wenigstens einem halben Jahrhundert unbebaut geblieben sei.

Fünftes Kapitel.

Als im Laufe des Abends die Damen sich zurückgezogen und Dr. Leete und mich allein gelassen hatten, erkundigte er sich, ob ich Neigung zum Schlaf hätte; wenn ich müde sei, so sei mein Bett für mich bereit; wenn ich aber zu längerem Aufbleiben geneigt sei, so würde ihm nichts lieber sein, als mir Gesellschaft zu leisten. „Ich bin selbst ein später Vogel,“ sagte er, „und ohne daß Sie Schmeicheleien argwöhnen werden, kann ich sagen, daß man sich einen interessanteren Gesellschafter als Sie kaum denken kann. Man hat entschieden nicht oft Gelegenheit, sich mit einem Manne des neunzehnten Jahrhunderts zu unterhalten." Nun hatte ich während des ganzen Abends mit einiger Furcht an die Zeit gedacht, wo ich allein sein würde, nachdem ich mich für die Nacht zurückgezogen hätte. Umgeben von diesen höchst freundlichen Fremden, angeregt und unterstützt durch ihr sympathisches Interesse, war ich fähig gewesen, mein geistiges Gleichgewicht zu bewahren. Selbst damals jedoch hatten mich in den Pausen der Unterhaltung wie Blitze die Vorgefühle des Grausens durchzuckt, das mich erwarten werde, wenn ich nicht mehr über Zerstreuung zu gebieten haben würde. Ich wußte, daß ich in jener Nacht nicht schlafen konnte, und ich bin sicher, es beweist keine Feigheit, wenn ich bekenne, daß ich mich vor dem Wachliegen und Nachdenken fürchtete. Als ich, in Erwiderung der Frage meines Wirtes, ihm dies offen sagte, entgegnete er, es würde merkwürdig sein, wenn mir nicht so zu Mute wäre; ich könnte jedoch hinsichtlich des Schlafens ohne Sorge sein: sobald ich zu Bett zu gehen wünschte, würde er mir ein Mittel geben, welches mir unfehlbar einen gesunden Schlaf verschaffen werde. Am nächsten Morgen würde ich ohne Zweifel so ruhig sein, als ob ich schon lange ein Bürger der neuen Welt wäre.

„Ehe das geschieht," erwiderte ich, „muß ich ein wenig mehr von dem Boston wissen, in dem ich wiedererschienen bin. Sie sagten mir, als wir auf dem Dache des Hauses waren, daß, obwohl nur ein Jahrhundert verflossen sei, dasselbe in dem Zustande der Menschheit durch größere Veränderungen gekennzeichnet sei, als manches vorangegangene Jahrtausend. Mit der Stadt zu meinen Füßen konnte ich das wohl glauben; aber ich bin sehr neugierig, etwas von diesen Veränderungen zu erfahren. Um irgendwo einen Anfang zu machen – denn der Gegenstand ist zweifellos ein umfassender, – welche Lösung haben Sie für die Arbeiterfrage gefunden, wenn Sie eine gefunden haben? Sie war im neunzehnten Jahrhundert das Rätsel der Sphinx; und als ich verschwand, drohte die Sphinx die Gesellschaft zu verschlingen, weil diese keine

Antwort fand. Es lohnt sich wohl, hundert Jahre zu schlafen, um zu erfahren, was die rechte Antwort war, – wenn Sie dieselbe in der That gefunden haben."

„Da heutzutage nichts dergleichen wie eine Arbeiterfrage bekannt ist," erwiderte Dr. Lette, „und es keine Möglichkeit gibt, daß sie wiedererstehen könnte, so können wir, denke ich, behaupten, sie gelöst zu haben. Die Gesellschaft würde wirklich vollkommen verdient haben, verschlungen zu werden, wenn sie ein so durchaus einfaches Rätsel nicht hätte lösen können. In der That, ganz buchstäblich, die Gesellschaft hatte es überhaupt gar nicht nötig, das Rätsel zu lösen: es löste sich selbst. Die Lösung kam als das Ergebnis eines Prozesses wirtschaftlicher Entwicklung, welche gar nicht in anderer Weise enden konnte. Alles, was die Gesellschaft zu thun hatte, war, diese Entwickelung anzuerkennen und zu unterstützen, sobald ihre Tendenz unverkennbar geworden war."

„Ich kann nur sagen," antwortete ich, „daß zu der Zeit, da ich einschlief, noch niemand eine solche Entwicklung erkannte."

„Es war im Jahre 1887, als Sie in diesen Schlaf verfielen, sagten Sie, denke ich."

„Ja, am 30. Mai 1887."

Mein Gefährte sah mich einige Augenblicke sinnend an. Dann bemerkte er: „Und Sie sagen mir, daß selbst damals die Natur der Krisis, welcher die Gesellschaft sich näherte, noch nicht allgemein erkannt worden war? Natürlich schenke ich Ihrer Erklärung vollkommen Glauben. Die eigentümliche Blindheit Ihrer Zeitgenossen gegenüber den Zeichen der Zeit ist eine Erscheinung, welche viele unserer Geschichtschreiber erörtert haben; aber wenige Thatsachen der Geschichte sind für uns schwerer vorstellbar – so augenscheinlich und unverkennbar sind, wenn wir zurückblicken, die Anzeichen der bevorstehenden Umwandlung, welche doch auch Ihnen vor Augen getreten sein müssen. Es würde mich sehr interessieren, Herr West, wenn Sie mir eine etwas bestimmtere Vorstellung von der Anschauung geben würden, welche Sie und Männer Ihres Bildungsgrades hinsichtlich des Zustandes und der Aussichten der

Gesellschaft im Jahre 1887 hatten. Es muß Ihnen wenigstens klar gewesen sein, daß die weitverbreiteten wirtschaftlichen und socialen Unruhen, die ihnen zu Grunde liegende Unzufriedenheit aller Klassen mit der gesellschaftlichen Ungleichheit und das allgemeine Elend der Menschheit Vorboten irgend welcher großer Veränderungen waren."

„Das war uns in der That ganz klar," erwiderte ich. „Wir fühlten, daß die Gesellschaft den Anker verlor und ein Spiel der Wellen zu werden drohte. Wohin sie treiben werde, konnte niemand sagen, aber alle fürchteten die Klippen."

„Nichtsdestoweniger," sagte Dr. Leete, „wäre die Richtung der Strömung vollkommen erkennbar gewesen, wenn Sie sich nur die Mühe gegeben hätten, sie zu beobachten, und sie führte nicht nach den Klippen hin, sondern in tieferes Fahrwasser."

„Wir hatten ein Volkssprichwort," erwiderte ich, „daß die Herren immer klüger sind, wenn sie vom Rathause kommen, als vorher; die Bedeutung desselben werde ich jetzt ohne Zweifel mehr denn je zu schätzen wissen. Alles, was ich sagen kann, ist, daß, als ich mich zu jenem langen Schlaf anschickte, die Aussichten derartig waren, daß ich nicht überrascht gewesen wäre, wenn ich von Ihrem Dache heute auf ein moosbewachsenes Trümmerfeld anstatt auf diese herrliche Stadt geblickt hätte."

Dr. Leete hatte mir mit gespannter Aufmerksamkeit zugehört und nickte nachdenklich, als ich zu sprechen aufhörte. „Was Sie da sagen," bemerkte er, „wird als eine höchst wertvolle Rechtfertigung Storiots angesehen werden, dessen Darstellung Ihres Zeitalters man gewöhnlich für übertrieben gehalten hat in seiner Schilderung der Düsterheit und Verwirrung der Menschengeister. Daß eine Übergangsperiode wie jene voller Bewegung und Aufregung sein mußte, war in der That zu erwarten; aber wenn man sieht, wie klar die Richtung der bewegenden Kräfte hervortrat, so hätte man weit eher glauben sollen, daß Hoffnung, als daß Furcht das im Volke herrschende Gefühl gewesen sei."

„Sie haben mir noch nicht gesagt, welches die Antwort auf das Rätsel war, die Sie gefunden haben," sagte ich. „Ich bin begierig, zu erfahren, durch welche Umkehrung des natürlichen Verlaufs der Friede und Wohlstand, deren Sie sich jetzt zu erfreuen scheinen, das Ergebnis eines Zeitalters wie des meinigen werden konnten."

„Entschuldigen Sie," erwiderte mein Wirt, „rauchen Sie?" Erst als wir unsere Cigarren angezündet und in Zug gebracht hatten, fuhr er fort: „Da Sie mehr in der Stimmung zu reden als zu schlafen sind, wie es sicher auch mein Fall ist, so kann ich vielleicht nichts Besseres thun, als zu versuchen, Ihnen insoweit eine Vorstellung von unserem heutigen Wirtschaftssystem zu geben, daß dadurch wenigstens der Eindruck verscheucht wird, es sei in dem Entwicklungsprozesse desselben irgend etwas Geheimnisvolles. Die Bostoner Ihrer Zeit standen in dem Rufe, große Frager zu sein, und ich will meine Abkunft zeigen, indem ich mit einer Frage an Sie beginne. Was würden Sie wohl als den hervorstechendsten Zug in den Arbeiterwirren Ihrer Zeit nennen?"

„Nun, die Ausstände natürlich," erwiderte ich.

„Ganz recht; aber was machte die Ausstände so furchtbar?"

„Die großen Arbeiterorganisationen."

„Und was war das Motiv für diese großen Organisationen?"

„Die Arbeiter behaupteten, sie müßten sich verbinden, um den großen Korporationen gegenüber zu ihrem Rechte zu kommen," erwiderte ich.

„Das ist es gerade," sagte Dr. Leete; „die Arbeiterorganisationen und die Ausstände waren nur eine Wirkung der Konzentration des Kapitals, das sich in größeren Massen als je zuvor aufgehäuft hatte. Ehe diese Konzentration begann, und als Handel und Industrie noch von unzähligen kleinen Geschäften mit geringem Kapital, anstatt von einer kleinen Anzahl großer Geschäfte mit großem Kapital, betrieben wurde, hatte der einzelne Arbeiter dem Unternehmer gegenüber eine verhältnismäßig wichtige und unabhängige Stellung. So lange ferner ein geringes Kapital oder eine neue Idee hinreichten, jemanden ein eigenes

Geschäft beginnen zu lassen, wurden Arbeiter beständig zu Unternehmern und gab es keine feste Grenze zwischen den beiden Klassen. Arbeiterverbindungen waren damals unnötig und allgemeine Ausstände konnten nicht vorkommen. Aber als der Ära der kleinen Geschäfte mit kleinem Kapital die der großen Kapitalansammlungen folgte, ward alles anders. Der einzelne Arbeiter, der für den kleinen Unternehmer relativ wichtig gewesen war, wurde den großen Korporationen gegenüber bedeutungs- und machtlos, während ihm zugleich der Weg aufwärts zur Stellung eines Unternehmers abgeschnitten wurde. Die Notwehr trieb ihn zur Vereinigung mit seinen Genossen.

„Die Berichte aus jener Periode zeigen, daß der Aufschrei gegen die Konzentration des Kapitals furchtbar war. Die Menschen glaubten, daß jene die Gesellschaft mit einer Form der Tyrannei bedrohe, die abscheulicher sei, als irgend eine zuvor erduldete. Sie glaubten, daß die großen Korporationen ein Joch schimpflicherer Sklaverei für sie vorbereiteten, als je dem Menschengeschlecht auferlegt worden sei: eine Sklaverei nicht unter Menschen, sondern unter seelenlosen Maschinen, die jedes Motivs außer unersättlicher Gier unfähig sind. Wenn wir zurückblicken, können wir uns über ihre Verzweiflung nicht wundern, denn gewiß stand die Menschheit niemals vor einem elenderen und gräßlicheren Lose, als jene Ära der Tyrannei von Korporationen gewesen sein würde, welche sie erwarteten.

„Inzwischen nahm, ganz ungehindert durch alle Klagen, die Aufsaugung der Geschäfte durch immer weiter sich ausdehnende Monopolisierungen ihren Fortgang. In den Vereinigten Staaten, wo diese Tendenz sich weiter entwickelt hatte, als in Europa, konnte nach dem Beginn des letzten Viertels des neunzehnten Jahrhunderts kein individuelles Unternehmen in irgend einem wichtigen Gebiete der Industrie gelingen, wenn nicht ein großes Kapital dahinter stand. Im letzten Jahrzehnt des Jahrhunderts waren die kleinen Geschäfte, welche noch geblieben waren, schnell zu Grunde gehende Überreste einer vergangenen Epoche oder bloße Parasiten der großen Korporationen, oder aber sie existierten auf

Gebieten, die zu klein waren, um die großen Kapitalisten anzuziehen. Die Kleinbetriebe, welche sich noch hielten, waren auf den Zustand von Ratten und Mäusen heruntergekommen, die in Löchern und Winkeln hausen und, um das Dasein zu fristen, unbeachtet zu bleiben suchen. Die Eisenbahnen waren weiter und weiter vereinigt worden, bis einige wenige große Syndikate jede Schiene im Lande in ihrer Gewalt hatten. Auch im Fabrikswesen wurde jeder wichtige Artikel durch ein Syndikat beherrscht. Diese Syndikate, Ringe oder Trusts, was nun ihr Name sein mochte, setzten die Preise fest und schlugen alle Konkurrenz nieder, außer wenn Verbindungen entstanden, die ebenso mächtig waren wie sie selbst. Dann folgte ein Kampf, der in einer noch größeren Konsolidierung des Kapitals endete. Der große Bazar in der Stadt vernichtete seine Konkurrenten auf dem Lande durch Zweiggeschäfte und sog in der Stadt selbst seine kleineren Konkurrenten auf, bis der Handel eines ganzen Viertels unter einem Dache vereinigt war, wo hundert früher selbständige Kaufleute als Kommis dienten. Da der kleine Kapitalist sein Geld nicht in ein eigenes Geschäft stecken konnte, so fand er, während er in den Dienst der großen Gesellschaft trat, keine andere Anlage für sein Geld, als in deren Aktien, und wurde so doppelt abhängig von ihr. „Die Thatsache, daß der verzweifelte Widerstand des Volkes gegen die Vereinigung des Geschäftsbetriebes in wenigen mächtigen Händen erfolglos blieb, beweist, daß es für dieselbe einen starken wirtschaftlichen Grund gegeben haben muß. Die kleinen Kapitalisten mit ihren unzähligen winzigen Geschäften hatten in der That darum dem Großkapital das Feld geräumt, weil sie einer Periode voll kleinlicher Verhältnisse angehörten und den Anforderungen eines Zeitalters des Dampfes und der Telegraphie und dem Riesenmaß seiner Unternehmungen in keiner Weise gewachsen waren. Die frühere Ordnung der Dinge wiederherstellen, wenn das möglich gewesen wäre, hieß zu den Tagen der Postkutschen zurückkehren. So drückend und unerträglich die Herrschaft des Großkapitals auch sein mochte, so mußten doch selbst dessen Opfer, wahrend sie es verwünschten, die wunderbare Zunahme der Leistungsfähigkeit, welche die nationale Industrie erfahren hatte, die großen Ersparnisse, welche durch die Konzentration des Betriebes und die Einheitlichkeit der Leitung erzielt wurden, anerkennen und zugestehen, daß, seit das neue System an die Stelle des alten getreten, der Reichtum der Welt sich in einem früher ungeahnten Maße gesteigert habe. Ohne Zweifel, diese ungeheure Zunahme desselben hatte hauptsächlich dahin gewirkt, die Reichen reicher zu machen und die Kluft zwischen ihnen und den Armen zu erweitern; aber die Thatsache blieb bestehen, daß, lediglich als ein Mittel, Reichtum zu schaffen, betrachtet, das Kapital sich in dem Maße seiner Konsolidierung leistungsfähig bewiesen hatte. Die Wiedereinführung des alten Systems mit seiner Verteilung des Kapitals, würde, wenn sie möglich gewesen wäre, in der That vielleicht eine größere Gleichheit in der Lebenslage mit größerer persönlicher Würde und Freiheit hergestellt haben; aber allgemeine Armut und Stillstand alles materiellen Fortschritts würden der Preis dafür gewesen sein." „Gab es denn also kein Mittel, sich jenes mächtige, Reichtum erzeugende Prinzip des konsolidierten Kapitals dienstbar zu machen, ohne sich einer Plutokratie gleich der Karthagos zu unterwerfen? Sobald die Menschen sich diese Frage vorzulegen begannen, fanden sie die fertige Antwort. Die Bewegung in der Richtung eines durch immer größere und größere Kapitalien geleiteten Geschäftsbetriebes, die Tendenz zu Monopolen, der man sich so verzweifelt und vergeblich widersetzt hatte, wurde endlich in ihrer wahren Bedeutung erkannt: als ein Prozeß, der nur seine logische Entwicklung zu vollenden brauchte, um der Menschheit eine goldene Zukunft zu eröffnen.

„Am Anfange des letzten Jahrhunderts war der Entwicklungsprozeß durch die schließliche Konsolidierung des gesamten Kapitals der Nation vollendet. Industrie und Handel des Landes, nicht mehr durch eine Gruppe unverantwortlicher, aus Privatpersonen bestehender Korporationen und Aufsichtsräte nach eigener Laune und für eigenen Nutzen geleitet, waren einem einzigen Aufsichtsrat, welcher das Volk repräsentierte, anvertraut, um im Interesse und zum Nutzen Aller geregelt zu werden. Das heißt, die Nation organisierte sich zu dem einen großen Geschäftsverbande, in welchem alle anderen Verbände aufgingen; sie wurde der einzige Kapitalist, an Stelle aller anderen Kapitalisten, der einzige Unternehmer, der letzte Monopolist, der alle früheren und kleineren Monopole verschlang, ein Monopolist, an dessen Gewinn und Ersparnis alle Bürger Teil hatten. Die Epoche der Ringe hatte mit ›dem großen Ring‹ geendigt. Mit einem Worte, das Volk der Vereinigten Staaten beschloß, die Leitung seines Geschäfts selbst in die Hand zu nehmen, gerade so wie es hundert Jahre zuvor die Leitung seiner Regierung selbst in die Hand genommen hatte, indem es sich jetzt zu industriellen Zwecken auf genau derselben Grundlage organisierte, auf welcher es sich damals zu politischen Zwecken organisiert hatte. Endlich, seltsam spät in der Weltgeschichte, gewahrte man die augenscheinliche Thatsache, daß kein Geschäft so wesentlich das Geschäft des Staates ist, wie Handel und Gewerbe, von denen des Volkes Lebensunterhalt abhängt, und daß, diese Privatpersonen anzuvertrauen, welche sie zu ihrem Privatvorteil betreiben, eine Thorheit ist, ähnlich der, doch bei weitem größer als die, daß man einst die Funktionen der politischen Regierung Privatpersonen überließ, welche sie zu ihrer persönlichen Verherrlichung führten."

„Solch ein erstaunlicher Wandel, wie Sie ihn beschreiben," sagte ich, „konnte natürlich nicht ohne großes Blutvergießen und schreckliche Erschütterungen Platz greifen."

„Ganz im Gegenteil," erwiderte Dr. Leete, „es fand nicht die geringste Gewalttätigkeit statt. Der Wandel war längst vorausgesehen worden. Die öffentliche Meinung war dazu völlig reif geworden, und die ganze Masse des Volkes stand dahinter. Es war so wenig mehr möglich, ihm durch Gewalt wie durch Gründe Widerstand zu leisten. Andrerseits hatten die Gefühle des Volkes den großen Gesellschaften und deren Vertretern gegenüber ihre Bitterkeit verloren, da es deren Notwendigkeit als eines Gliedes, einer Übergangsphase in der Entwicklung des wahren Wirtschaftssystems erkannte. Die heftigsten Gegner der großen Privatmonopole waren nun gezwungen, die unschätzbaren und unentbehrlichen Dienste anzuerkennen, welche dieselben darin geleistet hatten, das Volk bis zu dem Punkte zu erziehen, wo es die Verwaltung seines Geschäfts selbst übernehmen konnte. Fünfzig Jahre zuvor würde die Vereinigung der Industrien des Landes unter staatlicher Leitung selbst dem sanguinischsten Menschen als ein sehr gewagtes Experiment erschienen sein. Aber durch einen Anschauungsunterrichts-Kursus, den alle mitmachten, hatten die großen Betriebsgesellschaften dem Volk ganz neue Ideen über diesen Gegenstand gelehrt. Es hatte viele Jahre lang Einkünfte, größer als die von Staaten, durch Syndikate verwalten und durch sie die Arbeit von Hunderttausenden von Menschen mit einem Erfolge und einer Sparsamkeit leiten sehen, wie sie in kleineren Betrieben unerreichbar sind. Es war als ein Axiom anerkannt worden, daß, je größer der Betrieb, um so einfacher die darauf anzuwendenden Prinzipien seien, und daß, wie die Maschine zuverlässiger ist als die Hand, so das System, welches in einem großen Betriebe das leistet, was in einem kleinen das Auge des Herrn, sicherere Ergebnisse erziele. So kam es denn, dank den Betriebsgesellschaften selbst, daß, als der Vorschlag gemacht wurde, der Staat solle deren Funktionen übernehmen, dieser Rat nichts enthielt, was selbst dem Ängstlichen unthunlich erschienen wäre. Sicherlich war es ein Schritt, größer als je einer gethan worden; aber man sah, daß gerade die Thatsache, daß die Nation die einzige übrig bleibende Betriebsgesellschaft sein würde, das Unternehmen von vielen Schwierigkeiten befreien werde, mit denen die Einzelgesellschaften zu kämpfen gehabt hätten."

Sechstes Kapitel.

Doktor Leete hörte auf zu reden, und ich verharrte im Schweigen, indem ich mir eine allgemeine Vorstellung von den Veränderungen in der Gesellschaftsordnung zu bilden suchte, welche durch eine so ungeheure Umwälzung wie die von ihm beschriebene hatte herbeigeführt werden müssen.

Endlich sagte ich: „Die Idee einer solchen Ausdehnung der Regierungsthätigkeit ist, gelinde gesagt, ein wenig überwältigend."

„Ausdehnung!" wiederholte er, „wieso Ausdehnung?"

„Zu meiner Zeit“ versetzte ich, „war man der Ansicht, daß sich die Aufgaben der Regierung, genau genommen, auf die Aufrechterhaltung des Friedens und die Verteidigung des Volkes gegen den Feind, das heißt, auf die Ausübung der polizeilichen und militärischen Gewalt, beschränkten.“

„Und in des Himmels Namen, wo sind denn die Feinde des Volkes?“ rief Doktor Leete aus. „Sind es Frankreich, England, Deutschland, oder Hunger, Kälte und Blöße? Zu Ihrer Zeit pflegten die Regierungen bei dem geringsten internationalen Mißverständnisse die Leiber von Bürgern mit Beschlag zu belegen und sie zu Hunderttausenden dem Tode und der Verstümmelung preiszugeben, indem sie zugleich deren Reichtümer wie Wasser vergeudeten, – und alles das meist ohne jeden denkbaren Nutzen für die Opfer. Wir haben jetzt keine Kriege und unsre Regierung hat keine Kriegsmacht; aber zu dem Zwecke, jeden Bürger gegen Hunger, Kälte und Blöße zu schützen und für alle seine körperlichen und geistigen Bedürfnisse zu sorgen, wird ihr, jedesmal für eine bestimmte Reihe von Jahren, die Aufgabe übertragen, seine Gewerbethätigkeit zu leiten. Nein, Herr West, ich bin sicher, wenn Sie nachdenken, werden Sie gewahren, daß Wohl zu Ihrer, nicht aber zu unsrer Zeit die Ausdehnung der Regierungsthätigkeit eine außerordentliche war. Selbst nicht für die besten Zwecke würden die Menschen jetzt ihren Regierungen eine Macht einräumen, wie sie damals zu den unheilvollsten ausgeübt wurde.“

„Ich will keine Vergleiche anstellen,“ sagte ich, „aber das Demagogentum und die Bestechlichkeit unsrer Politiker würde zu meiner Zeit als ein unüberwindlicher Einwand gegen die Übernahme der Verwaltung der nationalen Industrie durch den Staat gegolten haben. Wir würden gedacht haben, daß keine Einrichtung schlimmer sein könnte, als die Politiker mit der Leitung der Reichtum schaffenden Produktionsmittel des Landes zu betrauen. Die materiellen Interessen waren schon unter den damals bestehenden Verhältnissen nur zu sehr der Spielball von Parteien.“ „Ohne Zweifel hatten Sie recht,“ entgegnete Doktor Leete, „aber alles das ist jetzt anders. Wir haben keine Parteien oder Politiker, und was das Demagogentum und die Bestechlichkeit anbetrifft, so sind das Worte, die nur noch eine historische Bedeutung haben."

„Dann muß sich die menschliche Natur selbst sehr geändert haben," sagte ich.

„Ganz und gar nicht," war Doktor Leetes Entgegnung; „aber die menschlichen Lebensbedingungen haben sich geändert und mit ihnen die Motive des menschlichen Handelns. Die Einrichtung der Gesellschaft war zu Ihrer Zeit eine derartige, daß die Beamten stets in Versuchung waren, ihre Gewalt zum eigenen oder zu anderer Vorteil zu mißbrauchen. Unter solchen Umständen erscheint es beinahe befremdlich, daß Sie ihnen überhaupt die Leitung Ihrer Angelegenheiten anvertrauen konnten. Jetzt dagegen ist der Staat so eingerichtet, daß ein Beamter, wie sehr er auch dazu geneigt sein möchte, durch Mißbrauch seiner Amtsgewalt absolut keinen Vorteil für sich oder andere erzielen könnte. Mag er ein noch so schlechter Beamter sein, bestechlich ist er nicht, weil ihm das Motiv dazu genommen ist. Unser sociales System setzt keine Prämie mehr auf die Unehrlichkeit. Aber das sind Dinge, welche Sie erst werden verstehen können, wenn Sie im Laufe der Zeit mit uns besser bekannt geworden sind."

„Aber Sie haben mir noch nicht gesagt, wie Sie die Arbeiterfrage erledigt haben. Bisher haben wir das Problem des Kapitals erörtert," bemerkte ich. „Nachdem die Nation die Leitung der Fabriken, der Maschinen, der Eisenbahnen, des Land- und Bergbaus und überhaupt alles Kapitals des Landes übernommen hatte, blieb die Arbeiterfrage doch bestehen. Mit der Übernahme der Aufgaben des Kapitals hatte die Nation auch die Schwierigkeiten der Stellung des Kapitalisten übernommen."

„In dem Augenblicke, wo die Nation die Aufgaben des Kapitals übernahm, verschwanden diese Schwierigkeiten," erwiderte Doktor Leete. „Die nationale Organisation der Arbeit unter einer Leitung war die vollständige Lösung dessen, was zu Ihrer Zeit und unter Ihrem System mit Recht als die unlösbare Arbeiterfrage angesehen wurde. Als die Nation der einzige Unternehmer ward, da wurden alle Bürger infolge ihres

Bürgerrechts Arbeiter, die den Bedürfnissen der Industrie gemäß verteilt wurden."

„Das heißt," bemerkte ich, „Sie haben einfach das Prinzip der allgemeinen Wehrpflicht, wie es zu meiner Zeit verstanden wurde, auf die Arbeiterfrage angewandt."

„Ja," sagte Doktor Leete, „das war etwas, was sich von selbst ergab, als die Nation der einzige Kapitalist geworden war. Das Volk war bereits an die Vorstellung gewöhnt, daß die Wehrpflicht jedes nicht physisch unfähigen Bürgers, welche die Verteidigung der Nation sicherte, eine gleiche und absolute sei. Daß es in gleicher Weise die Pflicht jedes Bürgers sei, für den Unterhalt der Nation seinen Teil gewerblicher oder geistiger Arbeit beizusteuern, war gleich augenscheinlich, obwohl erst, als der Staat der Arbeitgeber wurde, die Bürger diese Dienstpflicht mit einem Scheine der Allgemeinheit oder Gleichheit erfüllen konnten. Keine Organisation der Arbeit war möglich, so lange das Unternehmertum unter Hunderte oder Tausende von Individuen oder Gesellschaften verteilt war, zwischen denen eine Einhelligkeit irgend welcher Art weder verlangt wurde, noch in der That möglich war. Es geschah daher beständig, daß eine große Anzahl von Personen, welche gern arbeiten wollten, keine Beschäftigung finden konnten; und andererseits konnten die, welche sich ganz oder teilweise ihrer Verpflichtung entziehen wollten, dies leicht thun."

„Die Teilnahme an der vom Staate organisierten Arbeit ist jetzt also wohl für alle obligatorisch?" bemerkte ich.

„Sie ist zu sehr eine Sache, die sich von selbst versteht, als daß es des Zwanges bedürfte," entgegnete Dr. Leete. „Sie wird für so absolut natürlich und vernünftig angesehen, daß man an die Vorstellung, daß sie ein Zwang ist, gar nicht mehr denkt. Man würde die Person für unglaublich verächtlich halten, die in einem solchen Falle des Zwanges bedürfte. Nichtsdestoweniger würde, vom Dienste als von einer Zwangspflicht zu reden, ein nur schwacher Ausdruck für dessen absolute Unvermeidlichkeit sein. Unsere ganze Gesellschaftsordnung ist so völlig darauf gegründet und daraus abgeleitet, daß, wenn es denkbar wäre, daß ein Mensch sich ihr entzöge, ihm kein Mittel bleiben würde, für seinen Unterhalt zu sorgen. Er würde sich aus der Welt ausgeschlossen, von seinesgleichen abgeschnitten, mit einem Worte, Selbstmord begangen haben."

„Ist die Dienstzeit in dieser industriellen Armee eine lebenslängliche?"

„O nein; sie beginnt später und endet früher, als die durchschnittliche Arbeitsperiode zu Ihrer Zeit. Ihre Werkstätten waren mit Kindern und Greisen gefüllt; aber uns gilt die Periode der Jugend als der Erziehung, und die Periode der Reife, wo die Körperkräfte abzunehmen beginnen, als der Ruhe und angenehmen Erholung geweiht. Die Arbeitsdienstzeit währt vierundzwanzig Jahre: sie beginnt am Schlusse des Erziehungskursus mit einundzwanzig und endet mit fünfundvierzig. Nach dem fünfundvierzigsten Jahre kann der Bürger, obwohl der allgemeinen Arbeitspflicht enthoben, doch noch im Notfalle, wenn ein plötzlicher großer Mehrbedarf an Arbeitskräften eintritt, wieder einberufen werden, bis er das Alter von fünfundfünfzig Jahren erreicht; solche Einberufungen finden jedoch selten, in der That fast niemals statt. Der fünfzehnte Oktober jedes Jahres heißt bei uns der Musterungstag, weil dann diejenigen, welche das Alter von einundzwanzig erreicht haben, zum Arbeitsdienste ausgehoben und zugleich die, welche nach vierundzwanzigjährigem Dienste das Alter von fünfundvierzig Jahren erreicht haben, ehrenvoll entlassen werden. Das ist bei uns das große Ereignis des Jahres, von dem an wir alle anderen Ereignisse rechnen, – unsere Olympiade, nur daß sie jährlich ist."

Siebentes Kapitel.

„Nachdem Sie Ihre industrielle Armee ausgehoben haben," sagte ich, „muß, so würde ich erwarten, die Hauptschwierigkeit beginnen; denn hier hört die Analogie mit dem Kriegsheere auf. Soldaten haben alle dasselbe zu thun, und zwar etwas sehr Einfaches, nämlich sich in der Handhabung der Waffen zu üben, zu marschieren und Wache zu stehen. Aber das

Arbeitsheer muß zwei- oder dreihundert verschiedene Gewerbe und Berufsarten lernen und ausüben. Welches Verwaltungstalent kann der Aufgabe gewachsen sein, weise zu entscheiden, welches Gewerbe oder Geschäft jeder einzelne in einer großen Nation betreiben soll!“

„Die Verwaltung hat mit der Entscheidung dieses Punktes nichts zu thun.“

„Wer hat ihn denn zu entscheiden?“ fragte ich.

„Jedermann für sich selbst, gemäß seinen natürlichen Anlagen, da man sich die größte Mühe gegeben hat, jeden dazu zu befähigen, daß er ausfindig mache, worin seine natürlichen Anlagen wirklich bestehen. Das Prinzip, nach welchem unsre industrielle Armee organisiert ist, ist dieses: daß eines Menschen natürliche Anlagen, die geistigen und die körperlichen, darüber entscheiden, welche Arbeit er zum größtmöglichen Nutzen für die Nation und zu seiner eigenen größten Befriedigung übernehmen könne. Während der allgemeinen Dienstpflicht überhaupt sich niemand entziehen kann, hängt von der freien Wahl eines jeden, die nur einer notwendigen Regulierung unterworfen ist, die Entscheidung ab, welche besondere Dienstleistung er zu übernehmen habe. Da des einzelnen Zufriedenheit während seiner Dienstzeit dadurch bedingt ist, daß er eine Beschäftigung hat, die nach seiner Neigung ist, so achten Eltern und Lehrer schon von den ersten Jahren an auf Anzeichen einer besonderen Anlage der Kinder. Ein wichtiger Teil unserer Erziehung ist das eingehende Studium unseres nationalen Industriesystems und seiner Geschichte, sowie die Kenntnis der Anfangsgründe aller großen Gewerbe. Während die industrielle Ausbildung nicht die allgemeine geistige Kultur, welche in unsern Schulen angestrebt wird, beeinträchtigen darf, wird sie doch hinreichend betrieben, um unserer Jugend neben der theoretischen Kenntnis der nationalen Industrien eine gewisse Vertrautheit mit den Werkzeugen und deren Anwendung zu verschaffen. Unsere Schüler besuchen häufig unsere Werkstätten, und man macht oft längere Ausflüge mit ihnen, damit sie gewisse industrielle Unternehmungen kennen lernen. Zu Ihrer Zeit brauchte sich niemand zu schämen, wenn er in allen Geschäften außer seinem eigenen unwissend war; bei uns würde eine solche Unwissenheit nicht mit der Idee vereinbar sein, daß ein jeder in der Verfassung sein sollte, sich mit offenen Augen eine Beschäftigung, für welche er Fähigkeit und Neigung hat, zu wählen. Gewöhnlich hat der junge Mann schon lange vor seiner Einmusterung sich für einen Beruf entschieden, eine gewisse Kenntnis desselben erworben, und wartet mit Ungeduld darauf, eingereiht zu werden."

„Sicherlich," sagte ich, „ist es kaum möglich, daß die Anzahl der sich für ein Gewerbe meldenden Freiwilligen genau der erforderlichen Arbeiterzahl entspricht. Sie muß in der Regel entweder hinter der Nachfrage zurückbleiben oder sie übersteigen."

„Man erwartet immer, daß das Angebot von Freiwilligen der Nachfrage völlig entsprechen werde," erwiderte Dr. Leete. „Es ist die Aufgabe der Verwaltung, dafür zu sorgen. Man achtet genau auf die Freiwilligenzahl in jedem Gewerbe. Wenn sich zeigt, daß in einem Gewerbe der Andrang Freiwilliger das Maß des Bedarfs merklich überschreitet, so schließt man, daß das Gewerbe eine größere Anziehungskraft hat, als andere. Wenn andrerseits die Freiwilligenzahl für ein Gewerbe die Neigung zeigt, hinter der Nachfrage zurückzubleiben, so schließt man, daß es für anstrengender gilt. Es ist die Aufgabe der Verwaltung, die Anziehungskraft der Gewerbe, soweit die Arbeitsbedingungen in denselben in Betracht kommen, beständig im Gleichgewicht zu halten, so daß alle Gewerbe für Personen, die eine natürliche Neigung für sie haben, gleich anziehend sind. Dies geschieht dadurch, daß man die Arbeitszeit in den verschiedenen Gewerben gemäß deren Schwere verschieden sein läßt. Die leichteren Berufsarten, die unter den angenehmsten Verhältnissen ausgeübt werden, haben in dieser Weise die größte Stundenzahl, während ein schwerer Beruf, wie der Bergbau, eine sehr kurze Arbeitszeit hat. Eine Theorie, eine apriorische Regel, durch welche die verhältnismäßige Anziehungskraft der Berufe bestimmt wird, gibt es nicht. Wenn die Regierung der einen Klasse von Arbeitern Lasten abnimmt und sie anderen auflegt, so folgt sie einfach den Schwankungen in der Meinung der Arbeiter selbst, wie sie sich in dem Zudrange von Freiwilligen kundgibt. Der Grundsatz ist, daß keines Menschen Arbeit im großen und ganzen für ihn schwerer sein sollte, als die irgend eines anderen für diesen ist, wobei die Arbeiter selbst die Richter sein müssen. Die Anwendung dieser Regel ist uneingeschränkt. Wenn irgend eine besondere Verrichtung so anstrengend oder drückend ist, daß, um ihr Freiwillige zuzuführen, das Tagewerk in derselben auf zehn Minuten herabgesetzt werden müßte, so würde es geschehen. Wenn selbst dann noch niemand willens sein würde, sie zu thun, so unterbleibt sie. Aber thatsächlich reicht natürlich eine mäßige Herabsetzung der Arbeitszeit oder die Gewährung anderer Vorzüge hin, die nötigen Freiwilligen für irgend eine der Menschheit notwendige Verrichtung zu sichern. Aber wenn wirklich die unvermeidlichen Schwierigkeiten und Gefahren solch einer notwendigen Arbeit so groß wären, daß kein Anreiz durch anderweitige Vorteile die Abneigung der Menschen gegen sie überwinden würde, so brauchte die Verwaltung dieselbe nur aus der allgemeinen Klasse der Gewerbe durch die Erklärung herauszunehmen, daß sie ein „besonderes Wagnis“ und diejenigen, welche sie übernähmen, der Dankbarkeit der Nation besonders würdig seien, um von Freiwilligen überlaufen zu werden. Unsere jungen Leute sind sehr ehrgeizig und lassen sich eine solche Gelegenheit nicht leicht entgehen. Natürlich werden Sie sehen, daß diese Abhängigkeit der Industrie von der völlig freien Berufswahl die Beseitigung jedes irgendwie gesundheitswidrigen Umstandes oder jeder besonderen Gefahr für Leib und Leben in allen Betrieben zur Voraussetzung hat. Gesundheit und Sicherheit sind bei allen Gewerben verbürgt. Die Nation verstümmelt und schlachtet nicht ihre Arbeiter zu Tausenden, wie die Privatkapitalisten und Aktiengesellschaften Ihrer Zeit es thaten.“

„Wenn ihrer nun mehr sind, die in einen besonderen Beruf eintreten wollen, als Platz für sie da ist, wie entscheidet man da zwischen den Bewerbern?“ fragte ich.

„Man gibt denjenigen den Vorzug, welche sich hinsichtlich des Berufes, den sie wählen wollen, die meisten Kenntnisse erworben haben. Niemandem jedoch, der jahrelang bei seinem Wunsche verharrt, zu zeigen, was er in einem besonderen Gewerbe leisten kann, wird die

Gelegenheit dazu andauernd verschlossen. Inzwischen pflegt derjenige, welcher anfänglich zu dem Berufe, den er vorzieht, keinen Zutritt gewinnen kann, auch noch für einen oder mehrere andere Berufe eine gewisse Neigung und eine gewisse, wenn auch nicht die höchste, Befähigung zu haben. In der That wird von jedem erwartet, er werde seine Anlagen so ausbilden, daß er nicht nur für ein Fach, sondern auch für ein zweites und drittes befähigt wird. Falls er alsdann, sei es schon zu Beginn seiner Laufbahn oder später, infolge des Fortschrittes der Erfindungen oder veränderter Anforderungen unfähig werden sollte, seinen ersten Beruf zu erfüllen, so könnte er dann doch immer noch eine ihm verhältnismäßig zusagende Beschäftigung finden. Dies Prinzip einer an zweiter Stelle beabsichtigten Berufswahl ist in unserem System von großer Wichtigkeit. Ich sollte noch hinzufügen, daß, wenn in einem besonderen Gewerbe ein plötzlicher Mangel an Freiwilligen eintritt oder eine erhöhte Thätigkeit plötzlich notwendig wird, die Verwaltung, während sie sich der Regel nach hinsichtlich der Füllung der Gewerbe auf das Wahlsystem verläßt, im Notfall immer noch die Möglichkeit hat, besondere Freiwillige einzuberufen oder aus anderen Berufszweigen die nötigen Kräfte herbeizuziehen. Im allgemeinen jedoch können alle Bedürfnisse dieser Art durch Aushebungen aus der Klasse der ungelernten oder gewöhnlichen Arbeiter befriedigt werden."

„Wie wird diese Klasse der gewöhnlichen Arbeiter rekrutiert?" fragte ich. „Sicherlich wird in diese niemand freiwillig eintreten."

„Es ist der Grad, dem alle Rekruten in den ersten drei Jahren angehören. Erst nach dieser Periode, während welcher sie für jede Art der Arbeit ihren Vorgesetzten zur Verfügung stehen, dürfen sie einen besonderen Beruf wählen. Von diesen drei Jahren ernster Zucht wird niemand dispensiert, und unsere jungen Leute freuen sich sehr, wenn sie von dieser strengen Schule zu der größeren Freiheit des selbst erwählten Berufes übergehen können. Wenn aber jemand so stumpf wäre, daß er für keine Beschäftigung eine besondere Vorliebe zeigte, so würde er einfach ein gewöhnlicher Arbeiter bleiben. Solche Fälle kommen jedoch, wie Sie sich denken können, nicht oft vor."

„Wenn man einmal einen Beruf erwählt hat und in ihn eingetreten ist, so muß man wohl," fragte ich, „zeitlebens in demselben verbleiben?"

„Das ist nicht notwendig," erwiderte Dr. Leete. „Obwohl ein häufiger und rein launenhafter Berufswechsel nicht ermutigt und sogar nicht gestattet wird, so steht es doch, natürlich unter gewissen Bedingungen und in Übereinstimmung mit den Anforderungen des Dienstes, jedem Arbeiter frei, zu einem andern Industriezweige überzugehen, wenn er glaubt, daß er sich für denselben besser als für den zuerst erwählten eigne. In diesem Falle wird seine Bewerbung unter denselben Bedingungen angenommen, als wenn er zum erstenmale eine Wahl träfe. Und zudem kann ein Arbeiter es auch, unter gewissen Bedingungen und nicht zu häufig, erlangen, daß er einem Betriebe derselben Industrie in einem andern Theile des Landes zugeteilt wird, wenn er eine solche Versetzung aus irgend einem Grunde wünscht. Unter Ihrem System konnte ein unzufriedener Arbeiter allerdings seine Arbeit nach Belieben aufgeben, aber er gab damit auch seinen Unterhalt auf und stellte seine ganze Zukunft in Frage. Wir finden, daß die Anzahl derjenigen, welche eine gewohnte Beschäftigung um einer neuen willen aufzugeben oder alte Freunde und Genossen gegen neue auszutauschen wünschen, gering ist. Es sind nur die schlechteren Arbeiter, die solche Veränderungen wählen, so oft unsre Vorschriften es gestatten. Versetzungen und Entlassungen, welche der Gesundheitszustand verlangt, werden natürlich immer bewilligt."

„Für die handwerksmäßigen Betriebe, denke ich, muß dies System außerordentlich erfolgreich sein," sagte ich; „aber ich sehe nicht, daß es für die höheren Berufe, für die Menschen, welche der Nation mit dem Kopfe anstatt mit der Hand dienen, Sorge trägt. Ohne die Kopfarbeiter können Sie ja doch natürlich nicht auskommen. Wie werden diese denn nun von denjenigen, welche als Landleute oder Handwerker zu dienen haben, ausgeschieden? Das muß, sollte ich meinen, einen sehr feinen Sichtungsprozeß erfordern."

„So ist es auch," erwiderte Dr. Leete, „die sorgfältigste Prüfung ist hier nötig, und daher überlassen wir die Frage, ob jemand mit dem Kopfe oder mit der Hand arbeiten soll, ihm selbst. Am Ende der dreijährigen Dienstzeit, die jeder als gewöhnlicher Arbeiter durchmachen muß, hat er sich, seinen natürlichen Neigungen gemäß, zu entscheiden, ob er sich für eine Kunst oder einen gelehrten Beruf ausbilden oder Landmann oder Handwerker werden will. Wenn er meint, daß er mit dem Hirn besser als mit den Muskeln arbeiten kann, so ist ihm jede mögliche Gelegenheit geboten, die Nachhaltigkeit der vorausgesetzten Neigung festzustellen, sie auszubilden und ihr, wenn er dazu befähigt ist, als seinem Berufe zu folgen. Die Lehranstalten für Technik, Medizin, Plastik und Malerei, Musik, Schauspielkunst und höhere wissenschaftliche Studien sind den Bewerbern stets bedingungslos geöffnet.“

„Sind die Schulen nicht von jungen Leuten überfüllt, deren einziges Motiv ist, sich der Arbeit zu entziehen?“

Dr. Leete lächelte ein wenig boshaft. „Seien Sie versichert,“ sagte er, „nicht einer wird in diese Berufsschulen eintreten zu dem Zwecke, sich der Arbeit zu entziehen. Sie sind für diejenigen bestimmt, welche für die Zweige, die sie lehren, eine besondere Befähigung haben, und jeder andere würde es leichter finden, die doppelte Zahl von Stunden in seinem Gewerbe zu arbeiten, als in jenen Schulen durchzukommen zu versuchen. Natürlich irren sich viele in ihrem Berufe und geben denselben, wenn sie sich den Anforderungen der Schule nicht gewachsen finden, auf und kehren zum gewerblichen Dienste zurück. Damit ist kein Makel verbunden, denn es entspricht dem öffentlichen Wohle, die Entwicklung aller vermuteten Talente zu ermutigen, deren Vorhandensein nur durch entsprechende Leistungen erwiesen werden kann. Die Kunst- und Gelehrtenschulen Ihrer Zeit hingen in ihrer Existenz von dem Besuche der Schüler ab, und es scheint ein allgemeiner Brauch gewesen zu sein, Zeugnisse an unfähige Personen zu erteilen, die dann ihren Weg in die betreffenden Berufe fanden. Unsere Schulen sind Nationalinstitute, und ihre Prüfungen bestanden zu haben, ist ein Beweis einer unzweifelhaften besonderen Befähigung.

„Diese Gelegenheit zu berufsmäßiger Ausbildung,“ fuhr der Doktor fort, „bleibt jedem offen, bis er das Alter von dreißig Jahren erreicht hat, nach welchem Studierende nicht mehr angenommen werden, da sonst der Zeitraum, in welchem er der Nation in seinem Berufe dienen könnte, bevor er das Alter der Entlassung erreicht, zu kurz werden würde. Zu Ihrer Zeit mußten die jungen Leute schon sehr früh ihre Beschäftigung wählen, und sie verfehlten deshalb in sehr vielen Fällen gänzlich ihren Beruf. Heutzutage ist anerkannt, daß sich bei manchen die natürlichen Fähigkeiten später entwickeln als bei anderen, und deshalb bleibt die Berufswahl, während sie schon mit vierundzwanzig Jahren stattfinden kann, noch sechs weitere Jahre offen."

Eine Frage, welche mir schon ein dutzendmal auf den Lippen geschwebt hatte, fand jetzt Ausdruck, – eine Frage, welche einen Punkt berührte, der zu meiner Zeit für den schwierigsten hinsichtlich der endgültigen Lösung des industriellen Problems angesehen worden war. „Es ist etwas sehr Merkwürdiges," sagte ich, „daß Sie mir noch kein Wort über die Art der Festsetzung der Löhne gesagt haben. Da die Nation der einzige Unternehmer ist, so muß die Regierung die Höhe der Löhne anordnen und bestimmen, wieviel jeder, vom Doktor bis zum Tagelöhner, verdienen soll. Alles, was ich sagen kann, ist, daß dieses System bei uns nie durchzuführen gewesen wäre, und ich sehe nicht, wie es jetzt geschehen kann, falls nicht die menschliche Natur sich geändert hat. Zu meiner Zeit war niemand mit seinem Lohn oder Gehalt zufrieden. Selbst wenn er wußte, daß er genug erhielt, so war er doch sicher, daß sein Nachbar zu viel hatte, was ebenso schlimm war. Wenn die allgemeine Unzufriedenheit in dieser Beziehung, anstatt sich in Verwünschungen und Streiks, die gegen unzählige Unternehmer sich richteten, zu zersplittern, auf einen sich hätte konzentrieren können, und zwar auf die Regierung, so würde die stärkste, die jemals existiert hat, nicht zwei Zahltage erlebt haben."

Dr. Leerte lachte herzlich.

„Sehr wahr, sehr wahr," sagte er, „ein allgemeiner Ausstand würde höchstwahrscheinlich dem ersten Zahltage gefolgt sein, und ein gegen eine Regierung gerichteter Ausstand ist eine Revolution."

„Wie verhüten Sie denn, daß nicht an jedem Zahltage eine Revolution ausbricht?“ fragte ich. „Hat irgend ein gewaltiger Philosoph einen neuen Kalkül erfunden, durch den der genaue und relative Wert einer jeden Arbeit, sei sie die der Muskeln oder des Hirns, der Hand oder der Stimme, des Ohres oder des Auges, zur Zufriedenheit aller bestimmt werden kann? Oder hat sich die menschliche Natur selbst verändert, sodaß keiner mehr auf seinen eigenen Vorteil sieht, sondern jeder auf den seines Nächsten? Das eine oder das andere dieser Ereignisse muß die Erklärung sein.“

„Weder das eine noch das andere,“ war meines Wirtes lachende Antwort. „Und nun, Herr West,“ fuhr er fort, „müssen Sie daran denken, daß Sie mein Patient sowohl wie mein Gast sind, und mir erlauben, Ihnen Schlaf zu verordnen, bevor wir uns weiter unterhalten. Es ist drei Uhr vorüber.“

„Das ist ohne Zweifel eine weise Verordnung,“ sagte ich, „ich will nur hoffen, daß ich sie befolgen kann.“

„Dafür werde ich sorgen,“ erwiderte der Doktor, und er that es, denn er gab mir ein Weinglas mit irgend einem Trank, der mir Schlaf brachte, sobald mein Kopf das Kissen berührt hatte.

Achtes Kapitel.

Als ich erwachte, suhlte ich mich sehr erfrischt und blieb noch eine beträchtliche Weile im Halbschlummer liegen, das Gefühl meines körperlichen Wohlbehagens genießend. Die Erfahrungen des vorangegangenen Tages, mein Erwachen im Jahre 2000, der Anblick des neuen Boston, mein Wirt und seine Familie und die wunderbaren Dinge, die ich gehört hatte, waren völlig aus meinem Gedächtnis entschwunden. Ich glaubte, ich wäre in meinem Schlafgemach daheim, und die Phantasiegebilde, die ich, halb träumend, halb wachend, an meinem Geiste vorüberziehen sah, hatten auf die Ereignisse und Erfahrungen meines früheren Lebens Bezug. Halb im Traum gedachte ich der Begebenheiten des Dekorationstages, meines Ausfluges mit Edith und ihrer Familie nach Mount Auburn und unsres gemeinschaftlichen Abendessens nach unsrer Rückkehr zur Stadt. Ich erinnerte mich, wie schön Edith ausgesehen hatte, und ich dachte dann an unsre Heirat; aber kaum hatte meine Einbildungskraft dieses erfreuliche Thema auszuspinnen begonnen, als mein wachender Traum durch die Erinnerung an den Brief abgeschnitten wurde, den ich am Abend zuvor vom Baumeister erhalten, und der mir angezeigt hatte, daß der Ausbruch des Streiks die Vollendung meines Hauses auf unbestimmte Zeit hinausschieben könnten. Der Ärger, den diese Erinnerung mit sich brachte, machte mich völlig wach. Es fiel mir ein, daß ich mit dem Baumeister eine Zusammenkunft um elf Uhr verabredet hatte, um mit ihm über den Streik Rücksprache zu nehmen, und blickte, meine Augen öffnend, nach der Uhr über dem Fußende meines Bettes, um zu sehen, wie spät es wäre. Aber keine Uhr war zu sehen, und was mehr war, ich gewahrte sofort, daß ich nicht in meinem Zimmer sei. Auf meinem Lager emporschnellend, starrte ich wild in dem fremden Räume umher.

Ich denke, viele Sekunden lang muß ich so im Bette aufgerichtet gesessen und um mich gestiert haben, ohne imstande gewesen zu sein, den Leitfaden zu meiner persönlichen Identität wiederzufinden. Ich war während dieser Augenblicke ebensowenig fähig, mich vom reinen Sein zu unterscheiden, als der erste Entwurf einer Seele es sein würde, bevor er sein besonderes Merkzeichen, die individualisierende Berührung empfangen hat. Sonderbar, daß das Gefühl dieses Unvermögens eine solche Qual ist! Aber so sind wir beschaffen. Es gibt keine Worte für die geistige Marter, die ich durchlitt während dieses hilflosen, blinden Suchens nach mir selbst in einer grenzenlosen Leere. Keine andere Erfahrung des Bewußtseins gleicht wahrscheinlich irgendwie dem Gefühle absoluten geistigen Stillstandes, wie es beim Verluste unseres inneren Stützpunktes, des Ausgangspunktes für das Denken, während des Augenblicks einer solchen Verdunkelung der Empfindung persönlicher Identität eintritt. Ich hoffe, so etwas nimmer wieder zu erleben.

Ich weiß nicht, wie lange dieser Zustand angehalten hatte, – er schien eine Unendlichkeit, – als wie ein Blitz die Erinnerung an alles Geschehene mich durchzuckte. Ich erinnerte mich, wer und wo ich sei und wie ich hierhergekommen, und daß diese Scenen. die durch meinen Geist gezogen waren, als ob sie sich erst gestern ereignet hätten, eine Generation betrafen, die lange, lange schon in Staub zerfallen war. Aus dem Bette aufspringend, stand ich inmitten des Zimmers und umklammerte mit aller Kraft meine Schläfen mit den Händen, um sie am Zerspringen zu hindern. Dann fiel ich auf mein Lager zurück und lag, das Gesicht in die Kissen gegraben, ohne Bewegung. Die unvermeidliche Reaktion nach der geistigen Erhebung, dem intellektuellen Fieber, welches die erste Wirkung meines furchtbaren Erlebnisses gewesen, war gekommen. Die Gemütskrise, welche nur auf die völlige Vergegenwärtigung meiner wirklichen Lage und alles dessen, was sie einschloß, wartete, war eingetreten; und mit zusammengebissenen Zähnen und schwer atmender Brust, krampfhaft die Bettpfosten packend, lag ich da und kämpfte um meinen Verstand. In meinem Geiste hatte sich alles losgerissen, – Gefühlsgewohnheiten, Gedankenverbindungen, Vorstellungen von Personen und Dingen, alles hatte sich aufgelöst und den Zusammenhang verloren und wogte zusammen zu einem anscheinend unentwirrbaren Chaos. Da war kein Sammelpunkt mehr, nichts war fest geblieben. Nur der Wille allein war noch da, – und war irgend ein menschlicher Wille stark genug, solch einem tobenden Meere zuzurufen: „Friede, sei still“? Ich durfte nicht denken. Jeder Versuch, mir das, was mir zugestoßen sei und was es in sich schlösse, vorzustellen, verursachte meinem Hirn unerträglichen Schwindel. Die Idee, daß ich aus zwei Personen bestehe, daß meine Identität eine doppelte sei, begann, als die einfachste Erklärung meiner Erfahrung, mich zu bestricken.

Ich wußte, daß ich an der Grenze des Wahnsinns stand. Wenn ich so liegen blieb, war ich verloren. Zerstreuung irgend welcher Art mußte ich haben, wenigstens die Zerstreuung körperlicher Anstrengung. Ich sprang auf, kleidete mich hastig an, öffnete die Thür und eilte die Treppe hinunter. Es war noch sehr früh, noch kaum hell, und ich fand niemanden in dem unteren Geschosse des Hauses. Im Flur hing ein Hut, und die Hausthür öffnend, welche mit einer Nachlässigkeit geschlossen war, die anzeigte, daß der Einbruch nicht zu den Gefahren des modernen Boston gehörte, fand ich mich auf der Straße. Zwei Stunden lang ging oder rannte ich durch die Straßen der Stadt, indem ich die meisten Viertel ihres Halbinselteiles besuchte. Nur ein Altertumsforscher, der etwas von dem Gegensatze weiß, den das heutige Boston zu dem des neunzehnten Jahrhunderts bildet, kann annähernd schätzen, was für eine Reihe verwirrender Überraschungen ich während dieser Zeit erfuhr. Am Tage zuvor vom Dache des Hauses aus gesehen, war mir die Stadt in der That fremd erschienen; aber das betraf nur ihren allgemeinen Anblick. Wie vollständig die Veränderung war, gewahrte ich erst jetzt, als ich die Straßen durchwanderte. Die wenigen alten Merkzeichen, die noch geblieben waren, verstärkten nur diesen Eindruck; denn ohne dieselben hätte ich glauben können, mich in einer fremden Stadt zu befinden. Es kann jemand seine Geburtsstadt in seiner Kindheit verlassen und fünfzig Jahre später zurückkehren, sie vielleicht in vielen Stücken umgewandelt zu finden. Er ist erstaunt, aber nicht verwirrt. Er ist sich des großen Zeitraums bewußt, der verflossen ist, und der Veränderungen, die gleicherweise auch in ihm inzwischen sich ereignet haben. Er erinnert sich nur noch dunkel der Stadt, wie er sie als Kind kannte. Aber man bedenke, daß in mir kein Gefühl von dem Ablauf eines Zeitraums war. Soweit mein Bewußtsein in Betracht kam, war es erst gestern, erst vor wenigen Stunden gewesen, daß ich diese Straßen durchwandert hatte, in welchen kaum ein Stück einer vollständigen Verwandlung entgangen war. Das geistige Bild der alten Stadt war so frisch und stark, daß es dem Eindrucke der wirklichen Stadt nicht wich, sondern damit kämpfte, sodaß es erst das Eine und dann das Andere war, das als das Unwirklichere erschien. Alles, was ich sah, war in ähnlicher Weise verwischt, wie übereinander photographierte Gesichter.

Zuletzt stand ich wieder an der Thür des Hauses, aus dem ich fortgegangen war. Meine Füße mußten mich instinktiv an die Stelle meines alten Heims zurückgetragen haben; denn ich hatte keine klare Vorstellung davon, daß ich dahin zurückgekehrt sei. Dies Haus war für mich nicht mehr ein Heim, als irgend ein anderer Fleck in dieser Stadt einer unbekannten Generation, und seine Bewohner waren nicht weniger gänzlich und unvermeidlich Fremde, als alle die andern Männer und Frauen, die jetzt auf der Erde lebten. Wäre die Thür des Hauses verschlossen gewesen, so hätte mich deren Widerstand daran erinnert, daß ich dort nichts zu suchen hatte, und ich würde mich entfernt haben; aber sie gab meiner Hand nach, ich ging mit unsicherem Schritt durch den Hausflur und trat in eines der anstoßenden Zimmer.

Ich warf mich in einen Stuhl und bedeckte meine brennenden Augen mit den Händen, um die Schrecken all des Fremden auszuschließen. Meine geistige Verwirrung hatte einen solchen Grad, daß sie physische Übelkeit erzeugte. Die Angst dieser Augenblicke, während deren mein Gehirn sich aufzulösen schien, oder dieses äußerste Gefühl der Hilflosigkeit, – wie kann ich es beschreiben? In meiner Verzweiflung stöhnte ich laut. Ich begann zu fühlen, daß, wenn jetzt nicht irgend welche Hilfe käme, ich wahnsinnig werden würde. Und gerade jetzt kam sie. Ich hörte das Rauschen eines Kleides und blickte auf. Edith Leete stand vor mir. Ihr schönes Antlitz war voll des schmerzlichsten Mitgefühls.

„O, was ist geschehen, Herr West?“ fragte sie. „Ich war hier, als Sie eintraten. Ich gewahrte, wie furchtbar unglücklich Sie aussahen, und als ich Sie stöhnen hörte, konnte ich nicht länger still bleiben. Was ist Ihnen begegnet? Wo sind Sie gewesen? Kann ich irgend etwas für Sie thun?“

Vielleicht hatte sie unwillkürlich mit einer Bewegung des Mitleids die Hände mir entgegengestreckt, während sie sprach. Jedenfalls ergriff ich sie mit meinen eigenen und klammerte mich an sie an mit einem ebenso instinktiven Impulse, wie der ist, der den Ertrinkenden antreibt, das ihm im letzten Augenblicke zugeworfene Seil zu ergreifen und sich daran anzuklammern. Als ich in ihr mitleidvolles Antlitz und in ihre feuchten Augen blickte, ließ das schwindelnde Gefühl in meinem Kopfe nach. Das süße menschliche Mitgefühl, welches in dem sanften Drucke ihrer Finger bebte, hatte mir den Halt gebracht, dessen ich bedurfte. Sein beruhigender und besänftigender Einfluß war wie der eines wunderwirkenden Elixiers.

„Gott segne Sie," sagte ich nach einigen Augenblicken. „Er muß Sie mir gesandt haben gerade jetzt. Ich glaube, ich war in Gefahr, wahnsinnig zu werden, wenn Sie nicht gekommen wären."

Die Thränen traten ihr in die Augen. „O, Herr West!" rief sie aus. „Für wie herzlos müssen Sie uns gehalten haben! Wie konnten wir Sie so lange sich selbst überlassen! Aber jetzt ist es vorüber, nicht wahr? Gewiß fühlen Sie sich besser."

„Ja," sagte ich, „dank Ihnen. Wenn Sie noch ein Weilchen bleiben, so werde ich bald wieder ich selbst sein."

„Wahrlich, ich will nicht fortgehen," sagte sie, während über ihr Antlitz ein leises Zittern flog, welches ihr Mitgefühl mehr ausdrückte, als tausend Worte es gethan hätten. „Sie müssen nicht glauben, daß wir so herzlos sind, wie wir zu sein scheinen, weil wir Sie so allein ließen. Ich habe in der letzten Nacht kaum geschlafen, da ich immer daran denken mußte, wie seltsam Ihr Erwachen diesen Morgen sein würde; aber mein Vater sagte, Sie würden lange schlafen. Er sagte, es würde besser sein, Ihnen zuerst nicht zu viel Mitgefühl zu zeigen, sondern Sie zu zerstreuen zu suchen und Sie fühlen zu lassen, daß Sie unter Freunden sind."

„Sie haben mich das in der That fühlen lassen," antwortete ich. „Aber Sie sehen, es ist ein ziemlicher Stoß, hundert Jahre zu überspringen; und obwohl ich gestern Abend das nicht so sehr zu empfinden schien, habe ich doch heute Morgen recht üble Gefühle gehabt." Während ich ihre Hand hielt und mein Auge auf ihrem Antlitz ruhen ließ, konnte ich über meinen Zustand sogar schon ein wenig scherzen.

„Niemand dachte an so etwas, wie daß Sie ausgehen würden in die Stadt, allein, so früh am Morgen," fuhr sie fort. „Wo sind Sie gewesen, Herr West?"

Da erzählte ich ihr denn von meinen Morgenerlebnissen, von meinem ersten Erwachen an bis zu dem Momente, wo ich, aufblickend, sie vor mir sah, – wie ich es eben erzählt habe. Während des Berichtes wurde sie von schmerzlichem Mitleid bewegt, und obwohl ich eine ihrer Hände losgelassen hatte, versuchte sie doch nicht, mir die andere zu entziehen, ohne Zweifel, weil sie sah, wie wohl es mir that, sie zu halten. „Ich kann es mir ein wenig vorstellen, wie dieses Gefühl gewesen sein muß,“ sagte sie. „Es muß fürchterlich gewesen sein. Und daran zu denken, daß Sie allein gelassen waren, mit demselben zu kämpfen! Können Sie uns je vergeben?“

„Aber es ist jetzt vorüber. Sie haben es für diesmal gänzlich verscheucht,“ sagte ich.

„Sie werden nicht leiden, daß es wiederkehrt?“ fragte sie ängstlich.

„Das kann ich nicht ganz sagen,“ erwiderte ich. „Es möchte zu früh sein, das zu sagen, wenn ich erwäge, wie fremdartig immer noch alles für mich sein wird.“

„Aber Sie werden wenigstens nicht mehr versuchen, allein dagegen anzukämpfen,“ verlangte sie. „Versprechen Sie, daß Sie zu uns kommen, uns an Ihrem Ergehen teilnehmen und uns versuchen lassen wollen, Ihnen zu helfen. Vielleicht können wir nicht viel thun; aber es wird sicher besser sein, als wenn Sie solche Gefühle allein zu tragen versuchen.“

„Ich will zu Ihnen kommen, wenn Sie es mir erlauben,“ sagte ich.

„O ja, ja, ich bitte Sie darum,“ rief sie eifrig. „Ich würde alles thun, was ich kann, Ihnen zu helfen.“

„Alles, was Sie zu thun brauchen, ist, Teilnahme für mich zu haben, wie Sie sie jetzt zu haben scheinen.“

„Es ist also abgemacht,“ sagte sie, unter Thränen lächelnd, „daß Sie das nächste Mal zu mir zu kommen und es mir zu berichten haben und nicht mehr durch ganz Boston unter Fremde laufen werden.“

Diese Annahme, daß wir nicht Fremde seien, schien mir kaum fremdartig, so nahe hatten uns mein Leid und ihre teilnehmenden Thränen in diesen wenigen Minuten einander gebracht.

„Ich will versprechen, wenn Sie zu mir kommen,“ fügte sie mit einem Ausdruck reizender Schelmerei hinzu, der aber, als sie fortfuhr, in einen solchen der Begeisterung überging, „zu versuchen, mir den Anschein zu geben, als ob ich Sie so sehr bedauerte, wie Sie es nur wünschen mögen; aber Sie dürfen auch nicht einen Augenblick annehmen, daß ich Sie wirklich irgendwie bedauere, oder daß ich meine, Sie würden sich noch lange selbst bedauern. Das weiß ich, wie ich weiß, daß die Welt jetzt ein Himmel ist, verglichen mit der, wie sie zu Ihrer Zeit war, daß das einzige Gefühl, welches Sie binnen kurzem haben werden, eines der Dankbarkeit gegen Gott sein wird, daß Ihr Leben in jenem Zeitalter so seltsam abgeschnitten wurde, um Ihnen in diesem wiedergegeben zu werden.“

Neuntes Kapitel.

Dr. Leete und seine Frau waren, als sie jetzt eintraten, augenscheinlich nicht wenig erstaunt, zu erfahren, daß ich diesen Morgen allein in der ganzen Stadt umhergelaufen sei, und waren offenbar angenehm überrascht, mich nach diesem Erlebnisse anscheinend so wenig aufgeregt zu finden.

„Ihre Wanderung muß ja wohl sehr interessant gewesen sein,“ sagte Frau Leete, als wir bald darauf bei Tisch saßen. „Sie müssen recht viel Neues gesehen haben.“

„Ich sah sehr wenig, was nicht neu war,“ erwiderte ich. „Aber ich denke, was mich mindestens ebenso sehr wie irgend etwas anderes überraschte, war, auf der Washingtonstraße keine Läden und in der Statestraße keine Bankgeschäfte zu finden. Was haben Sie mit den Kaufleuten und den Bankiers gemacht? Vielleicht sie alle aufgehängt, wie die Anarchisten zu meiner Zeit es wünschten?“

„So schlimm ist es nicht geworden,“ erwiderte Dr. Leete. „Wir brauchen sie einfach nicht mehr. In der modernen Welt hat ihre Thätigkeit aufgehört.“

„Wer verkauft Ihnen die Sachen, wenn Sie sie kaufen wollen?“ fragte ich.

„Es gibt heutzutage weder ein Verkaufen noch ein Kaufen; die Verteilung der Güter wird in anderer Weise bewirkt. Was die Bankiers anbetrifft, so haben wir, da wir kein Geld haben, kein Bedürfnis nach diesen Herren."

„Fräulein Leete," sagte ich, indem ich mich an Edith wandte, "ich fürchte, daß Ihr Herr Vater Scherz mit mir treibt. Ich tadle ihn nicht, denn die Versuchung, in welche meine Einfalt ihn führen muß, ist sicher außerordentlich groß. Aber mein Glaube an die möglichen Veränderungen der Gesellschaftsordnung hat wirklich seine Grenzen."

„Mein Vater denkt gar nicht daran zu scherzen," versicherte sie mit einem beschwichtigenden Lächeln.

Die Unterhaltung nahm nun eine andere Wendung, – wenn ich mich recht erinnere, lenkte Frau Leete sie auf die weiblichen Moden im neunzehnten Jahrhundert, – und erst nach dem Frühstück, als ich einer Einladung des Doktors auf das Dach des Hauses gefolgt war, welches einer seiner Lieblingsplätze zu sein schien, kam er auf den Gegenstand zurück.

„Sie waren überrascht," bemerkte er, „als ich sagte, daß wir ohne Geld und Handel auskämen; aber eine kurze Überlegung wird Ihnen zeigen, daß nur darum zu Ihrer Zeit Handel existierte und Geld nötig war, weil die Produktion Privathänden überlassen war, und daß beides folglich jetzt überflüssig ist."

„Ich sehe nicht sogleich ein, inwiefern das folgt," erwiderte ich.

„Es ist sehr einfach," sagte Dr. Leete. „Als unzählige, in keinem Zusammenhange stehende und voneinander unabhängige Personen die verschiedenen, für Leben und Wohlsein nötigen Dinge produzierten, da mußte ein endloser Austausch zwischen den einzelnen Personen stattfinden, damit diese sich mit dem versorgen konnten, was sie wünschten. Dieser Austausch bildete den Handel, und Geld war das notwendige Medium. Aber sobald die Nation der einzige Produzent aller Waren wurde, da hatten die Individuen, um das zu erhalten, was sie brauchten, keinen Austausch mehr nötig. Alles konnte man aus einer Quelle und nichts anderswoher beziehen. Ein System direkter Verteilung aus den nationalen Warenlagern trat an die Stelle des Handels, und zu jenem war das Geld unnötig."

„Wie geschieht diese Verteilung?“ fragte ich.

„Auf die möglichst einfache Weise,“ erwiderte Dr. Leete. „Ein Kredit, der seinem Anteil an der jährlichen Produktion des Landes entspricht, wird jedem Bürger am Anfange eines jeden Jahres in der Staatsbuchführung eingeräumt und eine Kreditkarte wird ihm ausgestellt, auf Grund welcher er sich aus den öffentlichen Warenlagern, die es in jeder Gemeinde gibt, das besorgt, was er nur wünscht und wann er es wünscht. Diese Einrichtung beseitigt, wie Sie sehen, vollständig die Notwendigkeit aller Handelsgeschäfte zwischen einzelnen Personen. Vielleicht möchten Sie sehen, wie eine solche Kreditkarte aussieht.“

„Sie bemerken,“ fuhr er fort, als ich neugierig das Stück Kartonpapier betrachtete, welches er mir gegeben hatte, „daß diese Karte auf eine gewisse Anzahl Dollars ausgestellt ist. Wir haben das alte Wort behalten, aber nicht die Sache. Der Ausdruck, wie wir ihn brauchen, entspricht nicht einem wirklichen Dinge, sondern dient nur als ein algebraisches Zeichen, um die Werte der verschiedenen Produkte miteinander zu vergleichen. Zu diesem Zwecke ist für alle ein Preis in Dollars und Cents festgesetzt, ganz wie zu Ihrer Zeit. Der Wert der von mir auf Grund dieser Karte entnommenen Gegenstände wird von dem Beamten gebucht, welcher aus diesen Reihen von Vierecken den Preis des von mir Bestellten ausschneidet.“

„Wenn Sie von Ihrem Nachbar etwas zu kaufen wünschten, könnten Sie ihm dann einen Teil Ihres Kredits als Entschädigung übertragen?“ fragte ich.

„Zunächst,“ erwiderte Dr. Leete, „haben unsre Nachbarn uns nichts zu verkaufen; aber jedenfalls würde unser Kredit nicht übertragbar sein, da er streng persönlich ist. Bevor die Nation auch nur daran denken könnte, irgend eine solche Übertragung, von der Sie reden, anzuerkennen, würde sie verbunden sein, alle Einzelheiten der Verhandlung zu untersuchen, um im stande zu sein, sich von deren völliger Rechtmäßigkeit zu überzeugen. Es würde Grund genug gewesen sein, selbst wenn es keinen anderen gegeben hätte, das Geld abzuschaffen, daß der Besitz desselben kein Beweis des rechtmäßigen Anspruchs auf dasselbe war. In den Händen des Menschen, der es gestohlen oder durch Mord erlangt hatte, war es ebensoviel wert, wie in den Händen desjenigen, der es durch seinen Fleiß erworben. Die Menschen tauschen heutzutage Gaben der Freundschaft untereinander aus; aber Kaufen und Verkaufen gilt für etwas, das unverträglich ist mit dem gegenseitigen Wohlwollen und der Uneigennützigkeit, welche zwischen den Bürgern herrschen sollten, und mit dem Gefühle der Gemeinsamkeit der Interessen, auf welchem unsre Gesellschaftsordnung beruht. Nach unseren Ansichten ist Kaufen und Verkaufen in allen seinen Folgen gesellschaftsfeindlich. Es erzieht zur Selbstsucht auf Kosten anderer; und kein Gemeinwesen, dessen Bürger in einer solchen Schule gebildet worden sind, kann sich über einen sehr niedrigen Grad der Civilisation erheben."

„Wie nun aber, wenn Sie einmal mehr ausgeben müssen, als Ihre Karte Ihnen zugesteht?" fragte ich.

„Der Betrag ist so reichlich, daß es wahrscheinlicher ist, daß wir ihn bei weitem nicht ausgeben werden," erwiderte Dr. Leete. „Aber wenn außerordentliche Ausgaben ihn erschöpfen sollten, so können wir einen beschränkten Vorschuß von dem Kredit des nächsten Jahres erhalten, obwohl man diesen Brauch nicht ermutigt und einen großen Abzug macht, um ihm Einhalt zu thun. Natürlich, wenn jemand sich als ein sorgloser Verschwender erweisen sollte, so würde er sein Gehalt monatlich oder wöchentlich erhalten, oder wenn es notwendig wäre, würde es ihm überhaupt nicht gestattet werden, dasselbe zu verwalten."

„Wenn Sie Ihr Guthaben nicht verbrauchen, so wächst es wohl an?"

„Das ist bis zu einem gewissen Umfange auch gestattet, falls eine besondere Ausgabe zu erwarten ist. Aber wenn nicht das Gegenteil angezeigt wird, so wird angenommen, daß der Bürger, welcher seinen Kredit nicht völlig ausnutzt, keine Gelegenheit dazu gehabt hat, und der Rest wird zu dem allgemeinen Überschuß hinzugeschlagen."

„Ein solches System ermutigt die Bürger nicht eben zur Sparsamkeit," sagte ich.

„Das soll es auch nicht,“ war die Antwort. „Die Nation ist reich, und sie wünscht nicht, daß man sich irgend welches Gute versage. Zu Ihrer Zeit waren die Menschen genötigt, Geld und Gut aufzuspeichern, um sich gegen künftige Verluste zu schützen und für ihre Kinder zu sorgen. Die Notwendigkeit machte die Sparsamkeit zur Tugend. Aber jetzt würde sie kein solch löbliches Ziel haben, und da sie ihre Nützlichkeit eingebüßt hat, wird sie nicht mehr als eine Tugend angesehen. Niemand sorgt mehr für den kommenden Tag, weder für sich noch für seine Kinder; denn die Nation verbürgt die Ernährung, die Erziehung und den behaglichen Unterhalt eines jeden Bürgers, von der Wiege bis zum Grabe.“

„Das ist eine gar große Bürgschaft!“ sagte ich. „Welche Sicherheit besteht, daß der Wert der Arbeit eines Menschen die Nation für ihre Auslagen entschädigen wird? Im ganzen mag die Gesellschaft im stande sein, den Unterhalt aller ihrer Glieder zu beschaffen; aber einige müssen weniger erwerben, als für ihren Unterhalt hinreicht, und andere mehr: und das bringt uns wieder zur Lohnfrage zurück, über welche Sie bisher noch gar nichts gesagt haben. Wenn Sie sich erinnern, war es gerade dieser Punkt, bei dem unsere Unterhaltung gestern abbrach; und ich sage abermals, daß nach meiner Meinung hier ein nationales Industriesystem, wie das Ihrige, seine Hauptschwierigkeit finden muß. Wie, so frage ich nochmals, können Sie in befriedigender Weise die verhältnismäßigen Löhne und Entgelte für die Menge der so verschiedenen und unvergleichbaren Berufsarten feststellen, welche der Dienst der Gesellschaft erfordert? Zu unserer Zeit bestimmte der Marktpreis den Preis aller Arten von Arbeit sowohl als von Gütern. Die Unternehmer bezahlten so wenig und die Arbeiter nahmen so viel, wie sie konnten. Moralisch, das gebe ich zu, war dies kein schönes System; aber es gewährte uns wenigstens eine brauchbare ungefähre Formel zur Entscheidung einer Frage, welche jeden Tag zehntausendmal entschieden werden mußte, wenn die Welt überhaupt vorwärts kommen sollte. Es schien uns kein anderes anwendbares Mittel zu geben.“

„Ja,“ erwiderte Dr. Leete, „es war auch das einzige anwendbare Mittel unter einem Systeme, welches das Interesse eines jeden Individuums zu dem jedes andern in Gegensatz brachte; aber es würde erbärmlich gewesen sein, wenn die Menschheit niemals einen bessern Plan hätte ersinnen können; denn der Ihrige war nur die Anwendung der Teufelsmaxime ›Deine Not ist mein Nutzen‹ auf die gegenseitigen Beziehungen der Menschen. Die Belohnung für irgend eine Dienstleistung hing nicht von ihrer Schwierigkeit, Unannehmlichkeit oder Gefahr ab, – denn es scheint, daß in der ganzen Welt die gefährlichste, härteste und widerwärtigste Arbeit von den am schlechtesten bezahlten Klassen geleistet wurde; – sondern lediglich davon, wieviel die, welche den Dienst brauchten, zu geben gezwungen waren."

„Alles das ist zuzugeben," sagte ich. „Aber bei allen seinen Mängeln war doch das Verfahren, die Preise nach Angebot und Nachfrage zu regeln, eine praktische Methode; und ich kann mir nicht denken, welchen befriedigenden Ersatz Sie dafür ersonnen haben können. Da der Staat der einzige Unternehmer ist, so gibt es natürlich keinen Arbeitsmarkt oder Marktpreis. Die Löhne aller Art müssen von der Regierung willkürlich festgesetzt werden. Ich kann mir keine verwickeltere und heiklere Aufgabe denken, als diese sein muß, – keine, die, wie immer sie gelöst werden möge, so sicher ist, allgemeine Unzufriedenheit hervorzurufen."

„Ich bitte um Verzeihung," erwiderte Dr. Leete, „ich denke, Sie übertreiben die Schwierigkeit. Nehmen Sie an, eine aus verständigen Männern bestehende Behörde wäre damit beauftragt, die Löhne für alle Arten von Gewerben unter einem Systeme festzusetzen, welches, wie das unsrige, bei freier Wahl des Berufes Allen Beschäftigung verbürgt. Sehen Sie nicht, daß, wie ungenügend auch die erste Abschätzung sein möge, die Fehler sich bald von selbst berichtigen würden? Die begünstigten Gewerbe würden zu viele Freiwillige, und die zurückgesetzten zu wenige haben, bis der Fehler verbessert wäre. Aber das bemerke ich nur nebenbei; denn obwohl dieser Plan, denke ich, praktisch genug sein würde, so ist er doch kein Teil unsres Systems."

„Wie regeln Sie denn nun also die Löhne?" fragte ich noch einmal.

Dr. Leete antwortete erst nach mehreren Augenblicken schweigenden Nachsinnens. „Ich weiß natürlich," sagte er endlich, „genug von der alten Ordnung der Dinge, um genau zu verstehen, was Sie mit jener Frage meinen; aber die gegenwärtige Ordnung ist in diesem Punkte so ganz anders, daß ich ein wenig verlegen bin, wie ich Ihre Frage am besten beantworte. Sie fragen mich, wie wir die Löhne regeln; ich kann nur erwidern, daß es in der modernen Nationalökonomie keinen Begriff gibt, welcher irgendwie dem entspricht, der zu Ihrer Zeit unter Lohn verstanden wurde."

„Sie meinen wohl, daß Sie kein Geld haben, worin der Lohn gezahlt wird?" sagte ich. „Aber der dem Arbeiter gewährte Anspruch auf Bezug von Waren aus den öffentlichen Vorräten entspricht dem, was bei uns Lohn war. Wie wird nun die Höhe des Kredits, der den Arbeitern in den verschiedenen Berufszweigen eröffnet wird, bestimmt? Unter welchem Rechtstitel beansprucht der Einzelne seinen besonderen Anteil? Was ist die Grundlage der Verteilung?"

„Sein Rechtstitel," erwiderte Dr. Leete, „ist sein Menschentum. Sein Anspruch ruht auf der Thatsache, daß er ein Mensch ist."

„Auf der Thatsache, daß er ein Mensch ist!" wiederholte ich ungläubig. „Sie meinen damit doch nicht etwa, daß alle den gleichen Anteil haben?"

„Ganz sicher."

Die Leser dieses Buches, welche nie eine andere Einrichtung praktisch kennen gelernt und nur durch geschichtliche Studien davon Kunde haben, daß in früheren Epochen ein ganz anderes System herrschte, können sich unmöglich das an Betäubung grenzende Erstaunen vorstellen, in welches Dr. Leetes einfache Erklärung mich versetzte.

„Sie sehen," sagte er lächelnd, „es liegt nicht bloß daran, daß wir kein Geld haben, worin wir den Lohn bezahlen können, sondern daß wir, wie ich sagte, überhaupt nichts haben, was Ihrem Begriffe des Lohnes entspricht."

Inzwischen hatte ich mich hinreichend erholt, um einigen der kritischen Einwände Ausdruck geben zu können, welche mir, dem Manne des neunzehnten Jahrhunderts, gegen diese mich verblüffende Einrichtung zuerst aufstießen. „Manche leisten noch einmal so viel als andere!“ rief ich aus. „Sind die geschickten Arbeiter mit einem Systeme zufrieden, das sie mit den mittelmäßigen auf eine Linie stellt?“

„Wir lassen nicht den geringsten Grund übrig, irgendwie über Ungerechtigkeit zu klagen,“ erwiderte Dr. Leete, „da wir von allen genau dasselbe Maß der Dienstleistung verlangen.“

„Wie können Sie das, möchte ich gern wissen, da es doch kaum zwei Menschen gibt, deren Kräfte die gleichen sind?“

„Nichts kann einfacher sein,“ war Dr. Leetes Erwiderung. „Wir verlangen von jedem, daß er die gleiche Anstrengung macht; das heißt, wir fordern von ihm die beste Leistung, deren er fähig ist.“

„Und angenommen, alle leisten das Beste, was sie können,“ antwortete ich, „so wird doch das Arbeitsprodukt des einen noch einmal so groß sein, wie das des andern.“

„Sehr wahr,“ erwiderte Dr. Leete; „aber die Größe des Arbeitsproduktes hat gar nichts mit unserer Frage zu thun, die eine Frage des Verdienstes ist. Verdienst ist ein moralischer Begriff, und die Größe des Arbeitsproduktes ein materieller. Es würde eine sonderbare Art von Logik sein, welche eine moralische Frage durch einen materiellen Maßstab zu entscheiden versuchte. Der Grad der Anstrengung allein kommt beim Verdienst in Frage. Alle, welche ihr Bestes leisten, leisten das Gleiche. Die Begabung eines Menschen, so göttlich sie auch sein möge, bestimmt nur das Maß seiner Verpflichtung. Der hochbegabte Mensch, der nicht alles thut, was er kann, wird, ob er auch mehr leiste als der wenig begabte, welcher sein Bestes thut, für einen minder verdienstvollen Arbeiter gehalten als der letztere, und stirbt als Schuldner seiner Mitmenschen. Der Schöpfer stellt den Menschen ihre Aufgaben durch die Fähigkeiten, welche er ihnen verleiht; wir fordern nur deren Erfüllung.“

„Ohne Zweifel ist das eine sehr edle Philosophie," sagte ich; „nichtsdestoweniger erscheint es hart, daß derjenige, welcher zweimal soviel schafft als ein anderer, gesetzt auch, daß beide ihr Bestes thun, nur denselben Gewinnanteil haben sollte."

„Erscheint es Ihnen in der That so?" antwortete Dr. Leete. „Mir nun wieder erscheint *dies* seltsam. Die Art, wie heutzutage die Menschen die Sache auffassen, ist: daß jemand, der mit der gleichen Anstrengung zweimal so viel als ein anderer leisten kann, anstatt dafür belohnt zu werden, bestraft werden sollte, wenn er es nicht thut. Belohntet Ihr wohl im neunzehnten Jahrhundert ein Pferd, weil es eine schwerere Last zog, als eine Ziege? Wir würden es tüchtig peitschen, wenn es das nicht gethan hätte, aus dem Grunde, weil es das hätte thun sollen, da es ja so viel stärker ist. Es ist sonderbar, wie sich die moralischen Maßstäbe ändern." Der Doktor sagte dies mit einem solchen Zwinkern in seinem Auge, daß ich lachen mußte.

„Ich vermute," sagte ich, „daß der wahre Grund, weswegen wir die Menschen für ihre Anlagen belohnten, während wir die von Pferden und Ziegen nur als einen Umstand ansehen, welcher die streng von ihnen zu fordernde Leistung festsetzte, der war, daß die Tiere, als vernunftlose Geschöpfe, von Natur das Beste thaten, was sie konnten, während die Menschen nur dadurch dazu bestimmt werden konnten, daß man sie nach der Größe ihrer Leistung belohnte. Das läßt mich fragen, ob Sie nicht, falls sich nicht die menschliche Natur in den hundert Jahren gewaltig verändert hat, derselben Notwendigkeit unterworfen sind."

„Das sind wir," erwiderte Dr. Leete. „Ich glaube nicht, daß sich in dieser Hinsicht die menschliche Natur seit Ihrer Zeit irgendwie verändert hat. Sie ist immer noch so beschaffen, daß besondere Reizmittel in der Gestalt von Preisen und zu erringenden Vorteilen erforderlich sind, um beim Durchschnittsmenschen in irgend einer Richtung die höchste Anspannung seiner Kräfte hervorzurufen."

„Aber welche Antriebe," fragte ich, „kann ein Mensch haben, die höchsten Anstrengungen zu machen, wenn, wie viel oder wie wenig er auch vollbringen möge, sein Einkommen dasselbe bleibt? Erhabene Charaktere können unter jeder Gesellschaftsordnung durch die Hingabe an das Gemeinwohl bewegt werden; aber hat nicht der Durchschnittsmensch die Neigung, mit seinem Streben nachzulassen, indem er denkt, daß es ja keinen Zweck hat, sich zu bemühen, da alle Anstrengung sein Einkommen doch nicht vermehren und die Unterlassung derselben es nicht vermindern wird?“

„Scheint es Ihnen also wirklich so,“ antwortete mein Gefährte, „daß die menschliche Natur für alle anderen Motive außer der Furcht vor Mangel und der Liebe zum Wohlleben unempfindlich ist, so daß Sie erwarten müssen, mit der Sicherheit und Gleichheit des Unterhalts werde jeglicher Antrieb zu Anstrengungen aufhören? Ihre Zeitgenossen glaubten es thatsächlich nicht, ob sie sich gleich eingebildet haben mögen, es zu glauben. Wenn es sich um die höchsten Arten der Anstrengung handelte, um die völlige Selbstaufopferung, dann verließen sie sich auf ganz andere Antriebe. Nicht höherer Lohn, sondern Ehre und die Hoffnung auf die Dankbarkeit der Menschen, Vaterlandsliebe und Pflichtgefühl waren die Motive, welche sie ihren Soldaten zeigten, wenn es sich darum handelte, für sein Volk zu sterben; und nie gab es ein Zeitalter der Welt, wo diese Motive nicht das Beste und Edelste im Menschen hervorriefen. Und nicht nur dies; sondern wenn Sie die Liebe zum Gelde, welche der gewöhnliche Trieb zur Anstrengung in Ihren Tagen war, untersuchen, so werden Sie finden, daß die Furcht vor Mangel und der Wunsch nach Wohlleben nicht die einzigen Motive waren, welche dem Streben nach Gelderwerb zu Grunde lagen. Bei vielen Menschen waren andere Motive weit einflußreicher: das Streben nach Macht, nach gesellschaftlicher Stellung, nach der Ehre, als Mann von Talent und Erfolg zu gelten. So sehen Sie denn, daß, obwohl wir die Armut und die Furcht davor, übermäßigen Luxus und die Hoffnung darauf beseitigt haben, wir den größeren Teil der Motive, die in früheren Zeiten der Liebe zum Gelde zu Grunde lagen, und alle diejenigen, welche die erhabeneren Arten der Thätigkeit beseelten, unberührt gelassen haben. Die roheren Beweggründe, die uns nicht mehr antreiben, sind durch höhere ersetzt worden, welche dem bloßen

Lohnarbeiter Ihrer Zeit völlig unbekannt waren. Jetzt, da der Gewerbfleiß jeder Art nicht mehr Selbstdienst, sondern Dienst der Nation ist, wird der Arbeiter, wie zu Ihrer Zeit der Soldat, durch Patriotismus und Liebe zur Menschheit angetrieben. Das Heer der Arbeit ist ein Heer, nicht allein durch seine vollkommene Organisation, sondern auch durch den Opfermut, der seine Glieder beseelt.

„Aber wie Sie die Motive der Vaterlandsliebe durch die Liebe zum Ruhme zu ergänzen pflegten, um die Tapferkeit Ihrer Soldaten anzuspornen, so thun auch wir es. Da unser industrielles System auf dem Prinzip beruht, von einem jeden das gleiche Maß von Anstrengung zu verlangen, nämlich das Beste, was er leisten kann, so werden Sie sehen, daß die Mittel, durch welche wir die Arbeiter antreiben, ihr Bestes zu thun, ein sehr wesentlicher Teil unsres Systems sind. Bei uns ist Eifer im Dienste der Nation der einzige und der sichere Weg zu öffentlicher Anerkennung, socialer Auszeichnung und amtlicher Macht. Der Wert der Dienste eines Menschen für die Gesellschaft bestimmt seinen Rang in derselben. Verglichen mit unseren Mitteln, die Menschen zu eifriger Thätigkeit anzuspornen, halten wir Ihre Methode, sich auf die Wirkung des Anblicks drückender Armut und üppiger Pracht zu verlassen, für ebenso schwach und unsicher, wie sie barbarisch war. Die Gier nach Ehre trieb selbst in Ihrer niedrig gesinnten Zeit anerkanntermaßen die Menschen zu verzweifelteren Anstrengungen an, als es die Liebe zum Gelde vermocht hätte."

„Es würde mich außerordentlich interessieren," sagte ich, etwas Näheres über diese socialen Einrichtungen zu erfahren.

„Das System ist natürlich bis ins einzelne ausgearbeitet," erwiderte der Doktor, „denn es ist die Grundlage der gesamten Organisation unsres Arbeiterheeres; aber einige Worte werden Ihnen eine allgemeine Vorstellung davon geben."

In diesem Augenblicke wurde unser Gespräch durch das Erscheinen Ediths auf unsrer luftigen Plattform angenehm unterbrochen. Sie war zum Ausgehen angekleidet und war gekommen, um mit ihrem Vater über eine Besorgung zu sprechen, die er ihr aufgetragen hatte.

„Da fällt mir ein, Edith," rief er, als sie im Begriffe war, uns zu verlassen, „ob es Herrn West nicht interessant sein würde, mit dir den Bazar zu besuchen? Ich habe ihm etwas von unserer Art der Verteilung der Produkte erzählt, und vielleicht würde er sie gern praktisch kennen lernen."

„Meine Tochter," fügte er, sich zu mir wendend, hinzu, „ist eine unermüdliche Bazarbesucherin und kann Ihnen von denselben mehr mitteilen, als ich es vermag."

Der Vorschlag war mir natürlich sehr erfreulich; und da Edith so freundlich war zu sagen, daß ihr meine Begleitung angenehm sein würde, so verließen wir zusammen das Haus.

Zehntes Kapitel.

„Wenn ich Ihnen unsre Art der Wareneinholung erklären soll," sagte meine Gefährtin, als wir die Straße entlang gingen, "so müssen Sie mir auch von der Ihrigen erzählen. Ich bin nie im stande gewesen, dieselbe zu verstehen, trotz alles dessen, was ich über den Gegenstand gelesen habe. Zum Beispiel, wenn es bei Ihnen eine so große Anzahl von Läden gab, von denen jeder einen andern Wareninhalt hatte, wie konnte sich da eine Dame je zum Kaufe entschließen, bevor sie nicht alle die Läden besucht hatte? Denn ehe sie dies gethan, konnte sie nicht wissen, was zur Auswahl vorhanden war."

„Es verhielt sich so, wie Sie annehmen: das war die einzige Art, wie sie es erfahren konnte," erwiderte ich.

„Vater nennt mich eine unermüdliche Bazarbesucherin; aber ich würde bald recht müde sein, wenn ich das gleiche zu thun hätte," bemerkte Edith lachend.

„Der Zeitverlust beim Wandern von Laden zu Laden war eine Sache, über welche die thätigen Frauen sich bitter beklagten," sagte ich; „aber für die Frauen der müßigen Gesellschaftsklassen, die sich freilich auch darüber beklagten, war dieses System wirklich eine Gottesgabe, da es ihnen ein Mittel verschaffte, die Zeit totzuschlagen."

„Aber sagen wir, es seien tausend Läden in einer Stadt gewesen, hundert vielleicht von derselben Art, wie konnten da selbst die Müßigsten Zeit finden, die Runde zu machen?"

„Sie konnten in der That nicht alle besuchen, natürlich," erwiderte ich. „Diejenigen, welche viel einkauften, lernten mit der Zeit, wo sie erwarten durften, das gewünschte zu finden. Diese Klasse hatte aus der Kenntnis der Ladenspecialitäten eine eigene Wissenschaft gemacht und kaufte mit Vorteil, indem sie stets das Meiste und Beste für das mindeste Geld erhielt. Es bedurfte jedoch einer langen Erfahrung, diese Kenntnis zu erlangen. Diejenigen, welche zu beschäftigt waren oder zu wenig kauften, um sie zu erwerben, ließen es auf den Zufall ankommen und waren dabei gewöhnlich nicht glücklich, indem sie das Wenigste und Schlechteste für das meiste Geld erhielten. Es war der reine Zufall, wenn im Ladenbesuch Unerfahrene preiswürdig Einkäufe machten."

„Aber warum ertrugen Sie ein so ärgerlich unbequemes System, wenn Sie doch dessen Fehler so klar sahen?"

„Es verhielt sich hiermit wie mit allen unseren gesellschaftlichen Einrichtungen. „Sie können deren Fehler kaum klarer sehen, als wir sie sahen; aber wir fanden kein Mittel gegen sie."

„Hier sind wir im Bazare unsres Bezirks," sagte Edith, als wir durch das große Portal eines der prachtvollen öffentlichen Gebäude traten, welche ich auf meiner Morgenwanderung bemerkt hatte. Es war in der äußeren Erscheinung des Gebäudes nichts, was einen Menschen des neunzehnten Jahrhunderts an ein Kaufhaus erinnert hätte. Da war keine Ausstellung von Waren in den großen Fenstern, noch irgend ein Schild zur Ankündigung von Artikeln oder zur Anlockung von Kunden. Auch war keinerlei Zeichen oder Aufschrift an der Front des Gebäudes, welche den Charakter des dort betriebenen Geschäfts angegeben hätte; sondern an dessen Stelle trat über dem Portal eine majestätische Gruppe lebensgroßer Statuen aus der Front hervor, deren Hauptfigur ein weibliches Sinnbild der Fruchtbarkeit mit dem Füllhorn war. Nach der ein- und ausströmenden Menge zu urteilen, war das Verhältnis der Geschlechter unter den Einkaufenden ungefähr dasselbe wie im neunzehnten Jahrhundert.

Als wir eintraten, sagte Edith, es gäbe in jedem Bezirke der Stadt eine dieser großen Verteilungsanstalten, so daß niemand von seiner Wohnung aus mehr als fünf oder zehn Minuten zu einem Gange dahin brauche. Es war das erste Mal, daß ich das Innere eines öffentlichen Gebäudes des zwanzigsten Jahrhunderts sah, und der Anblick machte natürlich einen tiefen Eindruck auf mich. Ich war in einer gewaltigen Halle, welche eine Fülle des Lichts erhielt nicht nur von allen Seiten durch die Fenster, sondern auch von oben durch eine Kuppel, die sich hundert Fuß hoch über uns wölbte. Unter ihr, inmitten der Halle, spielte ein prächtiger Springbrunnen, der die Luft mit köstlicher Kühle und Frische erfüllte. Wände und Decke hatten Freskomalerei in zarten Farben, die darauf berechnet waren, das Licht, welches hereinflutete, zu mildern, ohne es aufzusaugen. Um den Springbrunnen waren Sessel und Sofas aufgestellt, auf denen viele Personen plaudernd saßen. Aufschriften ringsum an den Wänden gaben an, für welche Klasse von Waren die darunter befindlichen Ladentische bestimmt waren. Edith lenkte ihre Schritte zu einem derselben, wo Muslinproben von erstaunlicher Mannigfaltigkeit ausgelegt waren, und begann sie zu besichtigen.

„Wo ist der Kommis?“ fragte ich; denn es stand keiner hinter dem Ladentisch, und es schien auch keiner zu kommen, den Kunden zu bedienen.

„Ich brauche jetzt noch keinen Kommis,“ sagte Edith; „ich habe meine Wahl noch nicht getroffen.“

„Zu meiner Zeit,“ erwiderte ich, „war es die Hauptaufgabe des Verkäufers, den Leuten bei ihrer Auswahl behilflich zu sein.“

„Wie, den Leuten zu sagen, was sie brauchten?“

„Ja; und noch öfter, sie zu veranlassen zu kaufen, was sie nicht brauchten."

„Aber fanden die Damen das nicht sehr unbescheiden?" fragte Edith verwundert. „Was konnte es die Kommis interessieren, ob die Leute kauften oder nicht?"

„Es war ihr einziges Interesse," antwortete ich. „Sie waren zu dem Zwecke gedungen, die Waren los zu werden, und hatten ihr Äußerstes zu thun, bis hart an die Grenze der Gewaltanwendung, um jenes Ziel zu erreichen."

„Ach ja! Wie gedankenlos ich bin, das zu vergessen!" sagte Edith. „Der Lebensunterhalt des Ladenbesitzers und seiner Kommis hing zu Ihrer Zeit davon ab, daß sie die Waren verkauften. Das ist jetzt natürlich alles anders. Die Waren gehören der Nation. Sie sind hier für die, welche sie brauchen, und es ist die Aufgabe der Kommis, die Leute zu bedienen und ihre Aufträge entgegenzunehmen; aber der Kommis oder die Nation hat kein Interesse daran, eine Elle oder ein Pfund einer Sache an jemanden los zu werden, der sie nicht braucht." Sie lächelte, während sie hinzufügte: „Wie äußerst wunderlich muß es doch gewesen sein, Ladendiener um sich zu haben, die einen veranlassen wollten, zu nehmen, was man nicht brauchte oder worüber man zweifelhaft war!"

„Aber sogar ein Kommis des zwanzigsten Jahrhunderts könnte sich nützlich machen, indem er Ihnen über die Waren Auskunft gäbe, obwohl er Ihnen nicht zuredete, sie zu kaufen," bemerkte ich.

„Nein," sagte Edith, „das ist nicht das Amt des Kommis. Diese gedruckten Karten, für welche die Regierungsbehörden verantwortlich sind, geben uns alle erforderliche Auskunft."

Ich sah nun, daß an jeder Probe eine Karte befestigt war, welche in kurzer Form alle nötigen Angaben über Fabrikation, Stoff, Beschaffenheit und Preis der Waren enthielt, sodaß keinerlei Frage mehr übrig blieb.

„Der Kommis hat also in betreff der Waren, welche er verkauft, nichts zu sagen?" fragte ich.

„Nein, gar nichts. Es ist nicht nötig, daß er irgend etwas über sie weiß oder zu wissen vorgibt. Artigkeit und Aufmerksamkeit in der Entgegennahme von Aufträgen sind alles, was man von ihm verlangt."

„Welche ungeheure Menge von Lügen doch diese einfache Einrichtung erspart!" rief ich aus.

„Wollen Sie damit sagen, daß zu Ihrer Zeit alle Kommis über die Waren Falsches aussagten?" fragte Edith.

„Gott behüte!" erwiderte ich. „Es gab viele, die das nicht thaten: und sie verdienten besondere Anerkennung; denn als der eigene Unterhalt und der von Weib und Kind davon abhing, wieviel Waren man loswerden konnte, da war die Versuchung, den Kunden zu täuschen, oder ihn sich selbst täuschen zu lassen, fast überwältigend. – Aber, Fräulein Leete, ich ziehe Sie durch mein Geschwätz von Ihrer Besorgung ab."

„Durchaus nicht. Ich habe meine Wahl getroffen." Bei diesem Worte berührte sie einen Knopf, und in einem Augenblicke erschien ein Kommis. Er schrieb ihren Auftrag auf eine Tafel mit einem Stift, welcher zwei Kopien herstellte, von denen er das eine Exemplar ihr gab und das andere, nachdem er es in einen kleinen Behälter gethan hatte, in ein Leitungsrohr warf.

„Das Duplikat des Auftrags," sagte Edith, als sie sich vom Ladentische entfernte, nachdem der Kommis den Wert ihres Einkaufs aus der Kreditkarte, die sie ihm reichte, coupiert hatte, „wird dem Käufer gegeben, damit jeder Irrtum in der Aufzeichnung leicht bemerkt und berichtigt werden kann."

„Sie haben Ihre Wahl sehr schnell getroffen," sagte ich. „Darf ich fragen, woher Sie wußten, daß Sie nicht in einem der anderen Warenhäuser etwas Passenderes hätten finden können? Aber wahrscheinlich müssen Sie in Ihrem eigenen Bezirke kaufen."

„O nein," erwiderte sie, „wir kaufen, wo wir wollen, jedoch meistens natürlich in unsrer Nähe. Aber es hätte mir nichts genützt, wenn ich andere Warenhäuser besucht hätte. Der Inhalt ist in allen genau der gleiche: er besteht in allen Fällen aus Proben sämtlicher Artikel, welche in den Vereinigten Staaten hergestellt oder eingeführt werden. Deshalb kann man sich schnell entscheiden und braucht niemals zwei Bazare zu besuchen."

„Und ist dies nur ein Probenlager? Ich sehe keinen Kommis Waren fortnehmen oder Pakete bezeichnen."

„Alle unsre Bazare enthalten nur Proben, mit Ausnahme einiger weniger Arten von Artikeln. Die Waren befinden sich, mit diesen Ausnahmen, sämtlich in dem großen Centralwarenlager der Stadt, wohin sie direkt von den Produktionsstätten geschafft werden. Wir bestellen nach der Probe und der gedruckten Angabe über Stoff, Fabrikation, und Qualität. Die Bestellungen werden nach dem Warenlager gesandt, und von dort aus werden die Artikel verschickt."

„Das muß eine erstaunliche Menge von Arbeit ersparen," sagte ich. „Bei unserm System verkaufte der Fabrikant an den Großhändler, der Großhändler an den Kleinhändler, der Kleinhändler an den Konsumenten, und mit den Waren mußte dabei jedesmal gehandelt werden. Sie ersparen das Handeln mit den Waren und beseitigen den Kleinhändler mit seinem großen Gewinne und seinem Heere von Gehülfen gänzlich. Ja, Fräulein Leete, dieses Haus ist nur das Musterlager eines Engrosgeschäftes und hat kein größeres Personal, als das eines Großhändlers. Unter unserm System, die Waren anzufassen, den Kunden zum Kauf derselben zu überreden, sie abzumessen und zu verpacken, würden nicht zehn Kommis thun, was hier einer thut. Die Ersparnis muß enorm sein."

„Das denke ich wohl," sagte Edith; „aber wir haben natürlich nie ein anderes Verfahren gekannt. Aber, Herr West, Sie müssen nicht unterlassen, meinen Vater zu ersuchen, daß er Sie einmal in das Centralwarenlager führt, wo die Bestellungen aus den verschiedenen Probenhäusern der ganzen Stadt eintreffen und von wo die Waren verpackt und an ihre Bestimmung gesandt werden. Vor kurzem führte er mich dorthin, und es war ein wundervoller Anblick. Die ganze

Einrichtung ist gewiß vollkommen. Zum Beispiel: dort drüben in jenem Raume ist der expedierende Beamte. Die in den verschiedenen Abteilungen dieses Hauses erteilten Aufträge werden durch Leitungsrohre ihm zugesandt. Seine Gehülfen sortieren sie und verteilen sie je nach ihrer Art in verschiedene besondere Büchsen. Der expedierende Beamte hat ein Dutzend Rohrpostleitungen vor sich, von denen jede mit der entsprechenden Abteilung des Lagerhauses in Verbindung steht. Er steckt die Büchse mit den Bestellungen in das dazu bestimmte Rohr, und wenige Augenblicke später fällt sie auf einen besonderen Tisch im Lagerhause, wo auch alle Bestellungen derselben Art aus den anderen Probenhäusern anlangen. Die Aufträge werden mit Blitzesschnelle gelesen, gebucht und zur Ausführung gebracht. Diese Ausführung erschien mir als der interessanteste Teil. Tuchballen zum Beispiel werden auf Spindeln gerollt und durch Maschinen gedreht, und der Zuschneider, welcher sich auch einer Maschine bedient, verarbeitet einen Ballen nach dem andern, bis seine Zeit um ist, worauf eine andere Person seinen Platz einnimmt. Ähnlich verhält es sich mit denjenigen, welche die Bestellungen anderer Artikel ausführen. Die Pakete werden dann durch weite Röhren in die verschiedenen Stadtbezirke befördert und von dort in die Häuser versandt. Wie schnell dies alles geschieht, werden Sie begreifen, wenn ich Ihnen sage, daß mein Einkauf wahrscheinlich früher zu Hause sein wird, als es der Fall sein würde, wenn ich ihn von hier mitnähme."

„Wie richten Sie es aber in den dünn bevölkerten ländlichen Bezirken ein?" fragte ich.

„Das System ist dasselbe," erklärte Edith. „Die Probenlager in den Dörfern sind durch Leitungsrohren mit dem Centralwarenlager des Kreises verbunden, welches mehrere Meilen entfernt sein kann. Die Leitung ist jedoch so schnell, daß der Zeitverlust äußerst gering ist. Aber der Kostenersparnis wegen verbindet in manchen Kreisen nur *eine* solche Röhrenlinie mehrere Dörfer mit dem Warenlager, und dann tritt Zeitverlust ein, wenn das eine Dorf auf das andere warten muß. Manchmal dauert es zwei oder drei Stunden, bis man die bestellten

Waren erhält. Dies geschah in dem Orte, wo ich mich im letzten Sommer aufhielt, und ich fand es sehr lästig.“ “Die ländlichen Probenhäuser stehen ohne Zweifel auch in anderen Beziehungen hinter dem städtischen zurück?“ fragte ich.

„Nein,“ antwortete Edith, „sie sind im übrigen genau ebenso gut. Das Probenlager des kleinsten Dorfes bietet alle Artikel des Landes geradeso zur Auswahl, wie dieses; denn das ländliche Probenlager hat dieselbe Bezugsquelle wie das städtische.“

Als wir weitergingen, machte ich meine Bemerkungen über die große Verschiedenheit in der Größe und Kostbarkeit der Häuser. „Wie kann dieser Unterschied,“ fragte ich, „mit der Thatsache vereinbar sein, daß alle Bürger das gleiche Einkommen haben?“

„Es liegt daran,“ antwortete Edith, „daß, obwohl das Einkommen das gleiche ist, doch der persönliche Geschmack über dessen Verwendung entscheidet. Die einen lieben schöne Pferde, andere, wie ich, ziehen schöne Kleider vor; und noch andere wünschen eine wohlbesetzte Tafel. Die Miete, welche die Nation für diese Häuser erhält, ist je nach der Größe, Eleganz und Lage derselben verschieden, so daß jeder finden kann, was ihm genehm ist. Die größeren Häuser werden gewöhnlich von großen Familien bewohnt, von deren Gliedern mehrere zur Miete beitragen; während kleine Familien, wie die unsrige, kleinere Häuser bequemer und billiger finden. Es ist ganz und gar eine Sache des Geschmacks und der Bequemlichkeit. Ich habe gelesen, daß in alten Zeiten die Leute oft eine große Wohnung hatten und andere Ausgaben machten, ohne das Vermögen dazu zu besitzen, um andere glauben zu machen, sie seien reicher, als sie wirklich waren. Verhielt es sich in der That so, Herr West?“

„Ich muß es zugeben,“ erwiderte ich.

„Nun, Sie sehen, heutzutage könnte das nicht vorkommen; denn eines jeden Einkommen ist bekannt und man weiß, daß, was in der einen Weise ausgegeben wird, in einer andern gespart werden muß.“

Elftes Kapitel.

Als wir zu Hause ankamen, war Dr. Leete noch nicht zurückgekehrt und Frau Leete war nicht zu sehen.

„Lieben Sie Musik, Herr West?“ fragte Edith.

Ich versicherte ihr, daß sie nach meiner Meinung das halbe Leben sei.

„Ich sollte wegen meiner Frage um Entschuldigung bitten,“ sagte sie. „Es ist nicht eine Frage, wie wir sie heutzutage aneinander richten; aber ich habe gelesen, daß es zu Ihrer Zeit selbst in der gebildeten Klasse Leute gab, die sich aus der Musik nichts machten.“

„Als Entschuldigung hierfür müssen Sie bedenken,“ sagte ich, „daß wir einige ziemlich abgeschmackte Arten von Musik hatten.“

„Ja,“ sagte sie, „ich weiß es; ich fürchte, sie hätte mir auch nicht gefallen. Würden Sie jetzt etwas von unserer hören wollen, Herr West?“

„Nichts würde mir eine so große Freude machen, als Ihnen zu lauschen,“ sagte ich.

„Mir!“ rief sie lachend aus. „Glaubten Sie, ich wollte Ihnen etwas vorspielen oder vorsingen?“

„Ich hoffte es, gewiß,“ erwiderte ich.

Da sie sah, daß ich etwas beschämt war, unterdrückte sie ihre Heiterkeit und klärte mich auf: „Natürlich, wir singen heutzutage alle, da das zur Ausbildung der Stimmen gehört, und einige lernen zu ihrem eigenen Vergnügen ein Instrument spielen; aber die berufsmäßig ausgeübte Musik ist so viel herrlicher und vollkommener, als irgend eine unsrer Leistungen, und sie ist so leicht zu haben, wenn wir sie zu hören wünschen, daß wir nicht daran denken, unser Singen oder Spielen überhaupt Musik zu nennen. Alle die wirklich guten Sänger und Spieler stehen im Musik-Staatsdienste, und wir übrigen Verhalten uns meistens still. Aber würden Sie wirklich etwas Musik hören wollen?“

Ich versicherte ihr noch einmal, daß dies mein Wunsch sei.

„So kommen Sie denn in das Musikzimmer," sagte sie, und ich folgte ihr in einen Raum, welcher ganz in Holz ausgelegt war, ohne Tapeten, auch der Boden von poliertem Holze. Ich hatte mich auf ganz neue Arten von Instrumenten gefaßt gemacht; aber ich sah nichts in dem Zimmer, was man selbst mit der größten Anstrengung der Einbildungskraft dafür hätte halten können. Es war augenscheinlich, daß mein verdutztes Aussehen Edith höchlichst amüsierte.

„Bitte, sehen Sie sich das heutige Programm an," sagte sie, indem sie mir eine Karte reichte, „und sagen Sie mir, was Sie vorziehen würden. Es ist jetzt fünf Uhr, müssen Sie wissen."

Die Karte trug das Datum „Den 12. September 2000" und enthielt das größte Konzertprogramm, das ich je gesehen hatte. Es war so mannigfaltig, wie es lang war, und enthielt eine außerordentliche Anzahl von Solos, Duetts und Quartetts für Vokal- und Instrumentalmusik und viele Orchesterkompositionen. Die erstaunliche Liste setzte mich in Verwirrung, bis Ediths rosige Fingerspitze auf eine besondere Abteilung derselben hinwies, die den Vermerk hatte „fünf Uhr nachmittags." Nun bemerkte ich, daß dieses gewaltige Programm sich auf den ganzen Tag bezog und in vierundzwanzig Abteilungen zerfiel, die den Stunden entsprachen. In der Abteilung „fünf Uhr nachmittags" waren nur wenige Stücke, und ich zeigte auf eine Orgelkomposition, die ich zu wählen wünschte.

„Es freut mich, daß Sie die Orgel lieben," sagte sie. „Ich glaube, es gibt kaum eine andere Musik, die meiner Stimmung öfter zusagt."

Sie ließ mich Platz nehmen, durchschritt das Zimmer und berührte nur, so viel ich sehen konnte, eine oder zwei Schrauben: und sofort ward das Zimmer durch die erhabenen Töne eines Orgelchors erfüllt, – erfüllt, nicht durchbraust, denn in irgendeiner Weise war die Stärke des Klanges genau der Größe des Raumes angepaßt worden. Ich lauschte, kaum atmend, bis zum Ende. Solche Musik, mit solcher Vollkommenheit vorgetragen, hatte ich nie zu hören erwartet.

„Herrlich!“ rief ich aus, als die letzte große Schallwelle langsam verklungen war. „Ein Bach muß diese Orgel gespielt haben. Aber wo ist die Orgel?“

„Bitte, warten Sie noch einen Augenblick,“ sagte Edith, „ich möchte Sie gern noch diesen Walzer hören lassen, bevor Sie irgend welche Fragen stellen. Ich halte ihn für ganz reizend,“ und wie sie das sagte, erfüllten Violinentöne das Zimmer mit dem Zauber einer Sommernacht. Als auch der Walzer geendet hatte, sagte sie: „Bei der Musik ist nicht das mindeste Geheimnisvolle, wie Sie anzunehmen scheinen. Sie stammt nicht von Feen und Elfen, sondern von guten, ehrlichen und außerordentlich geschickten Menschenhänden. Wir haben einfach den Gedanken der Arbeitsersparnis durch Zusammenwirken, wie auf alles Andere, so auch auf die Musik übertragen. Es gibt in der Stadt eine Anzahl von Musiksälen, deren Akustik den verschiedenen Arten von Musik vollkommen angepaßt ist. Diese Säle sind durch Telephon mit allen Häusern der Stadt verbunden, deren Bewohner den geringen Beitrag zahlen wollen, – und man kann sicher sein, daß es keinen gibt, der das nicht thut. Das Musikcorps, welches zu jedem Saale gehört, ist so zahlreich, daß das Tagesprogramm, obwohl jeder einzelne Musiker und jede Gruppe derselben nur einen kleinen Teil auszuführen hat, doch die vollen vierundzwanzig Stunden ausfüllt. Auf der heutigen Karte werden Sie, wenn Sie sich dieselbe genauer ansehen, je ein Programm von vier solchen Konzerten bemerken, deren jedes eine besondere Musikgattung vertritt und zu gleicher Zeit mit den anderen stattfindet: und jedes der vier Stücke, welche jetzt gespielt werden, können Sie hören, wenn Sie bloß auf den Knopf drücken, dessen Draht Ihr Haus mit dem Saale, in welchem es gespielt wird, in Verbindung setzt. Die Programme sind so zusammengestellt, daß die Stücke, welche in den verschiedenen Sälen gleichzeitig gespielt werden, gewöhnlich eine Auswahl verstatten nicht nur zwischen Instrumental- und Vokalmusik und den verschiedenen Arten von Instrumenten, sondern auch zwischen den einzelnen Motiven, von den ernsten bis zu den heiteren, so daß jeder Geschmack und jede Stimmung befriedigt werden kann.“

„Es scheint mir, Fräulein Leete," sagte ich, „daß, wenn wir eine Einrichtung hätten ersinnen können, jedem bei sich zu Hause Musik zu verschaffen, vollkommen in ihrer Art, unbeschränkt in ihrer Dauer, jeder Stimmung angemessen und nach Wunsch beginnend und aufhörend, wir die Grenze menschlicher Glückseligkeit schon erreicht geglaubt und aufgehört hätten, nach weiteren Verbesserungen zu streben."

„Ich konnte mir wirklich nie recht vorstellen, wie diejenigen unter Ihnen, denen die Musik überhaupt ein Bedürfnis war, das altmodische System, es zu befriedigen, ertragen konnten," erwiderte Edith. „Eine wirklich hörenswerte Musik muß, denke ich, den Massen völlig unzugänglich und den Meistbegünstigten nur gelegentlich erreichbar gewesen sein, mit großen Unbequemlichkeiten, erstaunlichen Kosten, und dann jedesmal nur während einer kurzen Zeit, welche von jemand anders willkürlich festgesetzt wurde, und in Verbindung mit unerwünschten Umständen aller Art. Ihre Konzerte zum Beispiel und Ihre Opern! Wie schrecklich muß es gewesen sein, um eines oder zweier Musikstücke willen, die Ihnen gefielen, stundenlang dasitzen und Sachen anhören zu müssen, an denen Ihnen nichts gelegen war! Bei Tisch nun kann man die Gänge, an denen einem nichts gelegen ist, vorübergehen lassen. Wer würde jemals, wie hungrig er auch wäre, an einer Mahlzeit teilnehmen, wenn er gezwungen wäre, alles zu essen, was auf die Tafel kommt? Und ich bin sicher, des Menschen Gehör ist ganz so empfindlich wie sein Geschmack. Ich meine, es waren diese Schwierigkeiten, wirklich gute Musik zu erlangen, welche Sie bei sich zu Hause so viel Spielen und Singen von Menschen ertragen ließen, die nur die Anfangsgründe der Kunst besaßen."

„So ist es," erwiderte ich: „für die meisten von uns gab es nur diese Art von Musik oder gar keine."

„Ach ja!" seufzte Edith, „wenn man es recht bedenkt, ist es nicht so sonderbar, daß die Menschen in jenen Tagen so allgemein kein Interesse für die Musik hatten. Ich muß sagen, ich würde sie auch verabscheut haben."

„Habe ich Sie recht verstanden," fragte ich, „daß dieses Musikprogramm sämtliche vierundzwanzig Stunden ausfüllt? Nach dieser Karte scheint es allerdings so; aber wer wird denn, sagen wir, zwischen Mitternacht und Morgen Musik hören wollen?"

„O, viele," erwiderte Edith. „Wir nutzen alle Stunden aus. Aber selbst wenn die Musik von Mitternacht bis Morgen für niemand anders sorgte, so würde sie es doch für die Schlaflosen, die Kranken und die Sterbenden. Alle unsere Schlafzimmer sind am Kopfende des Bettes mit einer Telephoneinrichtung versehen, wodurch sich jeder, der schlaflos ist, nach Belieben Musik verschaffen kann, wie sie seiner Stimmung entspricht."

„Befindet sich eine solche Einrichtung auch in dem mir zugewiesenen Zimmer?"

„Ja, gewiß, – und wie gedankenlos, wie sehr gedankenlos von mir, daß es mir nicht einfiel, Ihnen gestern Abend davon Mitteilung zu machen! Mein Vater wird Ihnen aber die Einrichtung zeigen, ehe Sie heute zu Bett gehen; und ich bin ganz sicher, mit dem Schalltrichter an Ihrem Ohre werden Sie allen Arten von unheimlichen Gefühlen ein Schnippchen schlagen können, wenn sie je wiederkommen und Sie beunruhigen sollten."

Abends erkundigte sich Dr. Leete nach unserem Besuche im Bazare, und bei der flüchtigen Vergleichung der Verhältnisse des neunzehnten Jahrhunderts mit denen des zwanzigsten, welche jenem Berichte folgte, kamen wir auf die Erbschaftsfrage. "Ich nehme an," sagte ich, „die Vererbung von Eigentum ist jetzt nicht mehr erlaubt."

„Im Gegenteil," erwiderte Dr. Leete, „dem steht nichts entgegen. In der That, Sie werden finden, Herr West, wenn Sie uns näher kennen lernen, daß es heutzutage weit weniger Beschränkungen der persönlichen Freiheit gibt, als zu Ihrer Zeit. Wir fordern freilich durch Gesetz, daß jeder der Nation während eines bestimmten Zeitraums diene, anstatt ihm, wie Sie es thaten, die Wahl zu lassen, zu arbeiten, zu stehlen oder zu verhungern. Mit Ausnahme dieses Grundgesetzes jedoch, welches in der That nur die genauere Formulierung eines Naturgesetzes ist – des Edikts von Eden, – durch welche dessen Druck für alle gleich gemacht wird, beruht unsre Gesellschaftsordnung in keinem Punkte auf gesetzlichem Zwange, sondern sie ist etwas gänzlich Freiwilliges, – die logische Folge der Bethätigung der menschlichen Natur unter vernünftigen Verhältnissen. Die Beerbungsfrage erläutert gerade diesen Punkt. Die Thatsache, daß die Nation der einzige Kapitalist und Grundeigentümer ist, beschränkt natürlich den Besitz des Einzelnen auf seinen jährlichen Kredit und die durch denselben erworbenen Gebrauchs- und Haushaltsgegenstände. Sein Kredit hört, wie zu Ihrer Zeit eine Pension, bei seinem Tode auf, mit Gewährung einer bestimmten Summe für das Begräbnis. Was er sonst besitzt, hinterläßt er, wem er will."

„Wodurch wird nun dafür gesorgt," fragte ich, „daß sich nicht im Laufe der Zeit wertvolle Dinge in den Händen einzelner derartig anhäufen, daß dadurch die Gleichheit in den Umständen der Bürger ernstlich gefährdet wird?"

„Diese Sache ordnet sich sehr einfach selbst," war die Erwiderung. „Bei der gegenwärtigen Einrichtung der Gesellschaft sind Anhäufungen von Privateigentum eine Last, sobald sie über das hinausgehen, was wirklich die Behaglichkeit erhöht. Zu Ihrer Zeit wurde einer, der sein Haus mit Gold- oder Silbergerät, feinem Porzellan, kostbaren Möbeln und ähnlichen Dingen vollgestopft hatte, für reich gehalten; denn diese Dinge hatten Geldeswert und konnten jederzeit in Geld umgesetzt werden. Heutzutage würde ein Mensch, den die Legate von hundert gleichzeitig sterbenden Verwandten in eine ähnliche Lage versetzten, für sehr unglücklich gehalten werden. Da die Artikel nicht verkauft werden können, so würden sie für ihn nur insofern Wert haben, als er sie wirklich brauchen oder sich an ihrer Schönheit erfreuen könnte. Da andrerseits sein Einkommen dasselbe bleibt, so würde er seinen Kredit damit erschöpfen müssen, Häuser zu mieten, um die Güter darin aufzustellen, und ferner noch die Dienste derer zu bezahlen, die sie in Ordnung zu halten hätten. Sie können ganz sicher sein, daß der Betreffende keine Zeit verlieren würde, diese Dinge, deren Besitz ihn nur um so ärmer machen würde, unter seine Freunde zu verteilen, und daß keiner dieser Freunde mehr annehmen würde, als er in seinen Räumen bequem unterbringen und selbst im stande halten könnte. Sie sehen also, daß es von seiten der Nation eine überflüssige Vorsichtsmaßregel sein würde, die Vererbung persönlichen Eigentums in der Absicht zu verbieten, das Anwachsen der Privatvermögen zu verhindern. Man darf es dem einzelnen Bürger selbst überlassen, darauf zu sehen, daß er nicht überbürdet wird. So vorsichtig ist er in dieser Beziehung, daß die Verwandten gewöhnlich auf den größten Teil des Nachlasses ihrer Verstorbenen verzichten und sich nur einzelne besondere Gegenstände vorbehalten. Die Nation übernimmt alsdann die übrigen und schlägt diejenigen, welche von Wert sind, wieder zum Gemeingut."

„Sie sprachen von einer Bezahlung für den Dienst, die Häuser in Ordnung zu halten," sagte ich; „das bringt mich auf eine Frage, die ich schon mehrmals hatte stellen wollen. Wie haben Sie das Problem der häuslichen Dienstleistung gelöst? Wer will noch Diener sein in einem Gemeinwesen, wo alle gesellschaftlich einander gleich stehen? Schon für unsere Damen war es schwer genug, Dienstmädchen zu finden, obwohl damals von socialer Gleichstellung nicht viel die Rede war."

„Gerade weil wir alle einander gesellschaftlich gleichstehen und diese Gleichheit durch nichts gefährdet werden kann, und weil der Dienst ehrenvoll ist in einer Gesellschaft, deren Grundprinzip ist, daß alle wechselseitig einander dienen sollen, würden wir uns leicht eine Dienerschaft, wie Sie sich nie eine hätten träumen lassen, verschaffen können, wenn wir sie brauchten," erwiderte Dr. Leete. „Aber wir brauchen sie nicht."

„Wer besorgt dann die Hausarbeit?" fragte ich.

„Es gibt keine," antwortete Frau Leete, an welche ich diese Frage gerichtet hatte. „Wir lassen zu sehr billigen Preisen in öffentlichen Anstalten waschen und unsre Mahlzeiten durch öffentliche Küchen besorgen. Alles, was wir tragen, wird in öffentlichen Werkstätten gemacht und ausgebessert. Die Elektricität liefert die nötige Heizung und Erleuchtung. Man wählt ein Haus, das nicht größer ist, als man es nötig hat, und möbliert es so, daß es einem möglichst wenig Arbeit macht, es in Ordnung zu halten. Wir bedürfen keiner Dienstboten.“

„Der Umstand,“ sagte Dr. Leete, „daß Sie in den ärmeren Klassen ein unbeschränktes Angebot von Leibeigenen hatten, denen Sie jede Art lästiger und unangenehmer Arbeit aufbürden konnten, machte Sie gleichgültig gegen Erfindungen, welche die Notwendigkeit von Dienstboten beseitigt hätten. Aber jetzt, da wir Alle, wenn die Reihe an uns kommt, alle gesellschaftlich notwendige Arbeit verrichten müssen, hat jeder einzelne in der Gesellschaft dasselbe Interesse, ein ganz persönliches Interesse daran, daß Mittel gefunden werden, die Last zu erleichtern. Dieser Umstand hat einen gewaltigen Anstoß zu Arbeit ersparenden Erfindungen in allen Arten der Thätigkeit gegeben; und die Vereinigung der größtmöglichen Behaglichkeit mit der geringstmöglichen Arbeit in der Einrichtung des Haushalts war eines der ersten Ergebnisse.

„Im Falle besonderer Vorkommnisse im Haushalt,“ fuhr Dr. Leete fort, „wie bei einer allgemeinen Reinigung oder Ausbesserung, oder bei Krankheit in der Familie, können wir uns stets die nötige Hilfe aus dem Heere der Arbeiter beschaffen.“

„Aber wie vergelten Sie diese Dienste, da Sie doch kein Geld haben?“

„Wir bezahlen natürlich nicht diese Personen, sondern zahlen für sie an die Nation. Man kann ihre Dienste erlangen, wenn man sich an das betreffende Bureau wendet, und der Wert derselben wird aus der Kreditkarte des Bestellers coupiert.“

„Welch ein Paradies für die Frauen muß die Welt jetzt sein!“ rief ich aus. „Zu meiner Zeit befreiten selbst Reichtum und zahlreiche Dienerschaft sie nicht von Haushaltssorgen, während die Frauen der bloß wohlhabenden und der ärmeren Klassen als Märtyrer derselben lebten und starben.“

„Ja,“ sagte Frau Leete, „ich habe etwas davon gelesen, – genug, um mich zu überzeugen, daß, so schlecht auch die Männer zu Ihrer Zeit daran waren, sie doch immer noch glücklicher waren, als ihre Mütter und Frauen.“

„Die breiten Schultern der Nation,“ sagte Dr. Leete, „tragen jetzt wie eine Feder die Last, welche den Rücken der Frauen Ihrer Zeit niederbeugte. Das Elend derselben, wie all Ihr übriges Elend, entsprang aus jener Unfähigkeit, zusammenzuwirken, welche eine Folge des Individualismus war, auf dem Ihre Gesellschaftsordnung beruhte, – aus Ihrer Unfähigkeit einzusehen, daß Sie einen zehnmal so großen Nutzen aus Ihren Mitmenschen hätten ziehen können, wenn Sie sich mit ihnen vereinigten, als wenn Sie mit ihnen stritten. Zu verwundern ist nicht, daß Sie nicht angenehmer lebten, sondern, daß Sie überhaupt zusammen zu leben vermochten, da Sie doch alle eingestandenermaßen darauf ausgingen, den andern zu knechten und den Besitz seiner Güter sich anzueignen.“

„Halt ein, Vater! Wenn du so heftig bist, wird Herr West glauben, du schiltst ihn aus,“ unterbrach Edith ihn lachend. “Wenn Sie einen Arzt brauchen,“ fragte ich, „wenden Sie sich dann einfach an das betreffende Bureau und nehmen jeden, der gesandt werden mag?“

„Die allgemeine Regel würde sich nicht bewähren, wenn man sie auch auf die Ärzte anwenden wollte,“ erwiderte Dr. Leete. „Der Erfolg des Arztes hängt großenteils von seiner Bekanntschaft mit der Konstitution des Patienten ab. Dieser muß also einen bestimmten Arzt herbeirufen können, und er thut es, gerade so wie die Patienten zu Ihrer Zeit. Der einzige Unterschied ist der, daß der Arzt sein Honorar nicht für sich selbst, sondern für die Nation einzieht, indem er den Betrag nach der Medizinaltaxe aus der Kreditkarte des Patienten heraussticht.“

„Ich kann mir denken,“ sagte ich, „daß, wenn das Honorar stets das gleiche ist und der Arzt, wie ich annehme, seine Hilfe keinem Patienten versagen darf, die guten Ärzte fortwährend in Anspruch genommen werden und die schlechten müßig bleiben.“

„Zunächst, wenn Sie die anscheinende Eitelkeit dieser Bemerkung aus dem Munde eines alten Arztes übersehen wollen,“ erwiderte Dr. Leete lächelnd, „haben wir keine schlechten Ärzte. Jetzt darf nicht mehr jeder, dem es beliebt, ein paar medizinische Ausdrücke auswendig zu lernen, mit Leib und Leben der Bürger experimentieren, wie zu Ihrer Zeit. Nur Studierende, welche die strengen Prüfungen bestanden und ihren Beruf zum Arzte unzweifelhaft dargethan haben, werden zur Praxis zugelassen. Ferner müssen Sie auch beachten, daß heutzutage kein Arzt seine Praxis auf Kosten anderer Ärzte zu vergrößern trachtet: dazu würde kein Motiv vorliegen. Und endlich haben die Ärzte über ihre Thätigkeit regelmäßig an die Medizinalbehörden Bericht zu erstatten; und wenn sie nicht hinreichend beschäftigt sind, so wird ihnen Arbeit zugewiesen."

Zwölftes Kapitel.

Die Fragen, welche ich zu stellen hatte, ehe ich auch nur eine oberflächliche Kenntnis der Einrichtungen des zwanzigsten Jahrhunderts erwerben konnte, waren unendlich, gleich Dr. Leetes Güte, und so blieben wir, nachdem die Damen sich zurückgezogen hatten, noch mehrere Stunden lang auf. Indem ich meinen Wirt an den Punkt erinnerte, bei dem wir unser Gespräch jenen Morgen abgebrochen hatten, drückte ich meinen Wunsch aus zu erfahren, wie die Organisation des Arbeiterheeres eingerichtet sei, um den Eifer des Arbeiters anzuspornen, nachdem jede Sorge um seinen Lebensunterhalt beseitigt sei.

„Sie müssen zunächst wissen," erwiderte der Doktor, „daß, Beweggründe zu angestrengter Thätigkeit zu liefern, nur der eine der Zwecke ist, welche wir bei der, für das Heer angenommenen Organisation verfolgen. Der andere und ebenso wichtige ist der, für die niederen und höheren Offizierstellen und für die hohen nationalen Ämter Männer von erprobter Tüchtigkeit zu gewinnen, in deren eigenem Interesse es liegt, ihre Untergebenen zur höchsten Anspannung ihrer Kräfte anzuhalten und keine Trägheit zu dulden. Mit Rücksicht auf diese beiden Ziele ist das Arbeiterheer organisiert. Zuerst kommt der nicht weiter eingeteilte Grad der gewöhnlichen Arbeiter, Männer jedes Gewerbes. Zu diesem Grade gehören alle Rekruten während ihrer drei ersten Jahre. Dieser Grad ist eine Art Schule und zwar eine sehr strenge, in welcher die jungen Leute an Gehorsam, Unterordnung und Hingabe an die Pflicht gewöhnt werden.

Obwohl die Verschiedenartigkeit der Arbeiten, welche von diesen Mannschaften geleistet werden, ein systematisches Aufsteigen der Arbeiter, welches später möglich ist, nicht erlaubt, so wird doch über die Leistungen jeder Person Buch geführt, und die besondere Tüchtigkeit erhält ihre Auszeichnung, während die Nachlässigkeit ihre Strafe findet. Wir halten es jedoch nicht für weise, zu gestatten, daß jugendliche Sorglosigkeit oder Unbesonnenheit, falls sie keine erheblichere Schuld einschließt, die künftige Laufbahn der jungen Leute schädige; und allen, welche jenen ersten Grad ohne ernstliche Vergehen durchgemacht haben, steht in gleicher Weise die Wahl des Lebensberufes, für den sie die meiste Neigung haben, offen. Nachdem sie einen Beruf erwählt haben, treten sie als Lehrlinge in denselben ein. Die Länge der Lehrzeit ist natürlich in den verschiedenen Gewerben verschieden. Nach Ablauf derselben wird der Lehrling ein voller Arbeiter und selbständiges Mitglied seines Gewerbes. Während der Lehrzeit wird nicht nur das Zeugnisbuch für einen jeden fortgeführt und darin seine Fähigkeit und sein Fleiß genau vermerkt, auch besondere Tüchtigkeit durch angemessene Auszeichnungen belohnt, sondern es hängt auch von der Durchschnittsbeschaffenheit des Zeugnisbuches während der Lehrzeit der Rang ab, den er unter den vollen Arbeitern erhält.

„Obwohl die innere Organisation der verschiedenen Gewerbzweige in Industrie und Ackerbau der Eigentümlichkeit ihrer besonderen Bedingungen gemäß verschieden ist, stimmen sie doch in der allgemeinen Einteilung ihrer Arbeiter, je nach ihrer Fähigkeit, in solche ersten, zweiten und dritten Grades überein; und in vielen Fällen sind diese Grade noch in eine erste und eine zweite Klasse eingeteilt. Gemäß seinen Leistungen als Lehrling erhält der junge Mann den Rang als Arbeiter ersten, zweiten oder dritten Grades. Natürlich gehen nur junge Leute von ungewöhnlichen Fähigkeiten von dem Lehrlingsgrade sogleich zum ersten Grade der Arbeiter über. Die meisten kommen in die unteren Grade und steigen erst, wenn sie erfahrener werden, in den periodisch wiederkehrenden neuen Feststellungen der Rangordnung aufwärts. Diese letzteren finden in jedem Gewerbzweige in Zwischenräumen statt, welche der Länge der

Lehrzeit in jenem Gewerbe entsprechen, sodaß das Verdienst nie lange zu warten braucht, bis es emporkommt, und andererseits niemand auf seinen vergangenen Leistungen ausruhen kann, wenn er nicht zu einem niederen Range hinabsinken will. Ein besonderer Vorteil eines hohen Grades ist das Recht, welches derselbe dem Arbeiter verleiht, sich innerhalb der verschiedenen Zweige oder Verrichtungen seines Gewerbes eine Specialität auszuwählen. Man beabsichtigt natürlich nicht, daß irgend eine dieser Verrichtungen unverhältnismäßig schwer sei; dennoch aber besteht oft ein großer Unterschied zwischen ihnen, und das Recht der Wahl derselben wird demgemäß sehr hochgeschätzt. So weit wie möglich werden zwar selbst die Neigungen des schlechtesten Arbeiters bei der Zuweisung der ihm obliegenden Arbeit berücksichtigt, weil nicht nur sein Glück, sondern auch der Nutzen, den er leistet, dadurch erhöht wird. Aber obwohl auch die Wünsche der Arbeiter eines niederen Grades Berücksichtigung finden, soweit die Anforderungen des Dienstes es gestatten, so geschieht dies doch erst dann, wenn für die Arbeiter der höheren Grade gesorgt worden ist; und so müssen sie oft mit einer, ihnen erst an zweiter oder dritter Stelle zusagenden Wahl vorlieb nehmen, oder es wird ihnen sogar ohne weiteres direkt eine Arbeit übertragen, wenn dies nötig wird. Dieses Wahlrecht tritt bei jeder neuen Feststellung des Ranges in Kraft; und wenn jemand seinen Rang verliert, so läuft er auch Gefahr, die Art Arbeit, welche er liebt, mit einer anderen vertauschen zu müssen, welche ihm weniger gefällt. Die Resultate jeder solchen Neuordnung, welche den Rang eines jeden in seinem Gewerbe angeben, werden in den öffentlichen Zeitungen bekannt gemacht, und diejenigen, welche seit der letzten Neuordnung befördert worden sind, empfangen den Dank der Nation und werden öffentlich mit den Zeichen ihres neuen Ranges belohnt."

„Was sind das Wohl für Zeichen?" fragte ich.

„Jedes Gewerbe hat sein besonderes Sinnbild," erwiderte Dr. Leete, „und dieses in Form einer Medaille, die so klein ist, daß man sie übersehen kann, wenn man nicht weiß, an welcher Stelle sie zu suchen ist, ist das einzige Abzeichen, welches die Männer des Arbeiterheeres tragen, außer wo das öffentliche Interesse eine bestimmte Uniform verlangt. Dieses Zeichen ist der Form nach für alle Grade eines Gewerbes gleich; aber während das Zeichen des dritten Grades von Eisen ist, ist das des zweiten von Silber und das des ersten von Gold.

„Abgesehen von dem gewaltigen Antriebe, sich anzustrengen, welcher durch die Thatsache hervorgerufen wird, daß die hohen staatlichen Ämter nur den Männern des ersten Grades zugänglich sind, und daß für die große Mehrzahl, welche sich nicht der Kunst, der Litteratur und den gelehrten Berufen widmet, der Rang im Heere die einzige Art der socialen Auszeichnung bildet, werden noch verschiedene Anreize einer niederen, aber vielleicht ebenso wirksamen Art durch die besonderen Vorrechte und Freiheiten geschaffen, welche die Männer der höheren Klassen genießen. Während diese Vorrechte für die minder Erfolgreichen so wenig wie möglich gehässig sein sollen, haben sie doch die Wirkung, es jedem stets gegenwärtig zu halten, wie wünschenswert es ist, den nächsthöheren Grad zu erreichen.

„Es ist augenscheinlich von Wichtigkeit, daß nicht nur die guten, sondern auch die mittelmäßigen und die schlechten Arbeiter den Ehrgeiz nähren können, emporzusteigen. In der That, da die Anzahl der Letzteren so viel größer ist, so ist es sogar noch wesentlicher, daß unsre Rangordnung nicht darauf hinwirkt, sie zu entmutigen, als daß sie die anderen anfeuert. Zu diesem Zwecke sind die Grade in Klassen eingeteilt. Da nun die Grade sowohl wie die Klassen bei jeder Neuordnung numerisch gleich gemacht werden, so befindet sich, wenn man die Offiziere, die unklassifizierten Arbeiter und die Lehrlinge abzieht, niemals mehr als der neunte Teil des Arbeiterheeres in der untersten Klasse; und die meisten von dieser Zahl sind Leute, die eben erst ihre Lehrzeit beendigt haben und emporzusteigen erwarten. Diejenigen, welche während ihrer ganzen Dienstzeit in der untersten Klasse verbleiben, bilden nur einen verschwindenden Bruchteil des Arbeiterheeres, und man kann annehmen, daß sie hinsichtlich ihrer Stellung ebensowenig Empfindlichkeit haben wie Fähigkeit, sie zu verbessern.

„Es ist nicht einmal nötig, daß ein Arbeiter zu einem höheren Grade befördert wird, wenn er wenigstens ahnen soll, was Ruhm ist. Während zur Beförderung ein allgemein günstiges Zeugnis über seine Thätigkeit verlangt wird, werden gute Zeugnisse, welche zur Beförderung des Arbeiters noch nicht hinreichen, und ebenso auch besondere Handlungen und einzelne Leistungen in den verschiedenen Gewerben durch ehrenvolle Erwähnungen und mannigfache Arten von Preisen belohnt. Es gibt nicht nur innerhalb der Grade, sondern auch innerhalb der Klassen viele kleinere Rangunterschiede, von denen jede für eine Gruppe von Personen als Sporn dient. Man will, daß keine Form des Verdienstes ganz ohne Anerkennung bleibe.

„Was wirkliche Nachlässigkeit der Arbeit, positiv schlechte Arbeit und offenbare Trägheit von seiten solcher Menschen anbetrifft, die edlerer Motive nicht fähig sind, so ist die Disciplin im Arbeiterheere viel zu streng, als daß irgend etwas der Art geduldet werden könnte. Ein Mensch, der fähig ist, Dienst zu thun, sich dessen aber hartnäckig weigert, wird zu Isolierhaft bei Wasser und Brot verurteilt, bis er sich willig zeigt.

„Die niedrigsten Offiziersstellen unsres Heeres, die der Hilfsmeister oder Lieutenants, werden aus der Zahl der Personen besetzt, welche sich zwei Jahre lang in der ersten Klasse des ersten Grades behauptet haben. Wenn diese Zahl noch eine zu große ist, so ist nur die erste Gruppe dieser Klasse wählbar. Niemand gelangt so dazu, anderen zu befehlen, bis er gegen dreißig Jahre alt ist. Nachdem jemand Offizier geworden ist, hängt seine Beförderung natürlich nicht mehr von der Tüchtigkeit seiner eigenen Arbeit, sondern von der seiner Untergebenen ab. Die Meister werden aus der Klasse der Hilfsmeister ernannt, wobei wiederum eine kluge Auswahl aus einer beschränkten Zahl derselben stattfindet. Bei der Ernennung zu den noch höheren Graden wird ein anderes Prinzip eingeführt, welches Ihnen zu erklären zu viel Zeit beanspruchen würde.

„Natürlich würde ein solches Klassifizierungssystem, wie ich es beschrieben habe, in den kleinen Betrieben Ihrer Zeit nicht durchführbar gewesen sein; in einigen derselben waren ja kaum so viele Arbeiter, daß für jede Klasse eine einzige Person geblieben wäre. Sie dürfen nicht vergessen, daß unter der nationalen Organisation der Arbeit alle Gewerbe von großen Körperschaften betrieben werden. Auch haben wir es nur dem großen Maßstabe, in welchem alle Industrien organisiert sind, sowie dem Umstande zu verdanken, daß nebeneinander geordnete Etablissements in allen Teilen des Landes bestehen, daß wir imstande sind, durch Austausch von Stellen und Versetzungen, in einem solchen Umfange einem jeden die Art von Arbeit zu verschaffen, welche er am besten leisten kann.

„Und nun, Herr West, nachdem ich Ihnen einen allgemeinen Umriß unseres Systems gegeben habe, wollen Sie selbst entscheiden, ob diejenigen, welche besonderer Reizmittel bedürfen, um ihr Bestes zu thun, derselben in unsrer Heeresorganisation ermangeln. Scheint es Ihnen nicht, daß die Menschen, welche sich früher gezwungen sahen, zu arbeiten, ob sie es nun wünschten oder nicht, unter einem solchen System angespornt werden würden, ihr Bestes zu leisten?"

Ich erwiderte, mir schiene es, daß, wenn überhaupt eine Einwendung gemacht werden sollte, es die wäre, daß jene Reizmittel zu stark seien und einen zu heißen Wetteifer erzeugten. Und das ist in der That, möchte ich mit aller Achtung hinzufügen, noch jetzt meine Meinung, nachdem ich durch längeren Aufenthalt in dieser neuen Welt mit dem ganzen Gegenstande besser bekannt geworden bin.

Dr. Leete gab mir jedoch zu bedenken, – und ich bin bereit zuzugeben, daß dies vielleicht eine hinreichende Antwort auf meinen Einwand ist, – daß der Unterhalt des Arbeiters in keiner Weise von seinem Range abhängt und daher die Sorge um diesen seine Enttäuschungen niemals noch bitterer machen kann, daß ferner die Arbeitsstunden kurz sind, regelmäßig Ferien wiederkehren und aller Wetteifer mit dem fünfundvierzigsten Jahre, der Mitte des Lebens, aufhört.

„Um Mißverständnissen vorzubeugen." fügte er hinzu, „sollte ich noch zwei oder drei Punkte erwähnen. Zunächst widerstreitet unser System, welches dem besseren Arbeiter vor dem weniger guten einen Vorzug einräumt, in keiner Weise der Grundidee unsrer Gesellschaftsordnung, daß alle, die ihr Bestes thun, gleiches Verdienst haben, ob dieses Beste nun groß oder klein sein möge. Ich habe Ihnen gezeigt, daß unser System so eingerichtet ist, daß es die Schwachen sowohl wie die Starken durch die Hoffnung auf Beförderung antreibt; während die Thatsache, daß die Stärkeren in die leitenden Stellungen kommen, durchaus keinen Tadel der Schwächeren ausdrückt, sondern eine Maßregel ist, welche das allgemeine Wohl verlangt.

„Sie dürfen auch nicht glauben, daß darum, weil unter unserm System dem Sporne des Wetteifers freies Spiel gelassen ist, wir denselben für ein Motiv halten, das bei edleren Naturen zu erwarten oder ihrer würdig ist. Diese finden ihre Motive in sich, nicht außer sich, und bemessen ihre Pflicht nach ihrer eigenen Begabung, nicht nach der anderer. So lange ihre Leistungen ihren Kräften entsprechen, würden sie es für verkehrt halten, Lob oder Tadel zu erwarten, weil jene zufälligerweise groß oder klein ausgefallen sind. Solchen Naturen erscheint der Wetteifer in philosophischer Hinsicht als thöricht und in moralischer als verächtlich, weil er in unserer Haltung gegenüber den Erfolgen und Mißerfolgen anderer an die Stelle der Bewunderung den Neid und an die Stelle teilnehmenden Bedauerns egoistisches Frohlocken setzt.

„Aber selbst im letzten Jahre des zwanzigsten Jahrhunderts stehen nicht alle Menschen auf dieser hohen Stufe; und die für diese anderen erforderlichen Anspornungsmittel müssen deren niederer Natur angepaßt sein. Für diese also soll der heftigste Wetteifer ein beständiger Sporn sein. Diejenigen, welche dieses Motivs bedürfen, werden es fühlen. Diejenigen, welche über den Einfluß desselben erhaben sind, bedürfen seiner nicht."

„Ich muß auch noch erwähnen," fuhr der Doktor fort, „daß wir für diejenigen, welche in geistiger oder körperlicher Hinsicht zu schwach sind, als daß sie billigerweise in das Hauptheer der Arbeiter eingereiht werden konnten, eine besondere Klasse haben, die außer Zusammenhang mit den andern ist, – eine Art Invalidencorps, dessen Mitgliedern leichtere, ihren Kräften angemessene Arten von Arbeiten zugewiesen werden. Alle unsre geistig oder körperlich Kranken, alle unsre Taubstummen, Lahmen, Blinden und Krüppel und selbst unsre

Irrsinnigen gehören zu diesem Invalidencorps und tragen dessen Abzeichen. Die Stärksten unter ihnen leisten oft beinahe die volle Mannesarbeit, die Schwächsten natürlich nichts, aber keiner, der irgend etwas thun kann, will die Arbeit ganz aufgeben. In ihren lichten Augenblicken beeifern sich sogar unsre Irren, zu thun, was sie können."

„Die Idee des Invalidencorps ist wirklich gut," sagte ich. „Selbst ein Barbar aus dem neunzehnten Jahrhundert muß das einsehen. Sie ist eine sehr schöne Art, die Mildthätigkeit zu verhüllen, und muß für die Gefühle der die Gaben Empfangenden sehr wohlthuend sein."

„Mildthätigkeit!" wiederholte Dr. Leete. „Meinten Sie, daß wir die Klasse der Untauglichen, von der wir sprechen, als Gegenstände der Mildthätigkeit ansehen?"

„Nun, natürlich," sagte ich, „da sie ja doch unvermögend sind, sich selbst den Unterhalt zu erwerben."

Aber hier griff mich der Doktor lebhaft an.

„Wer ist denn dessen fähig?" fragte er. „In einer civilisierten Gesellschaft gibt es nichts dergleichen wie Selbstunterhalt. In einem Gesellschaftszustande, der so barbarisch ist, daß er nicht einmal ein Zusammenwirken der Familie kennt, kann möglicherweise jeder einzelne sich selbst erhalten, obwohl selbst dann nur für einen Teil seines Lebens; aber von dem Augenblicke an, wo die Menschen zusammenzuleben beginnen und auch nur die roheste Form einer Gesellschaft begründen, wird Selbstunterhalt unmöglich. Mit der Steigerung der Civilisation und der Zunahme der Arbeitsteilung wird eine vielfache gegenseitige Abhängigkeit die schlechthin allgemeine Regel. Jedermann, wie in sich abgeschlossen seine Beschäftigung auch erscheinen möge, ist ein Glied einer unendlich großen Gewerbsgenossenschaft, welche so groß ist wie die Nation, ja so groß wie die Menschheit. Die Notwendigkeit gegenseitiger Abhängigkeit sollte daher die Erfüllung der Pflicht gegenseitiger Unterstützung verbürgen; und daß dies zu Ihrer Zeit nicht der Fall war, das bildete eben die wesentliche Grausamkeit und Unvernunft Ihres Systems."

„Das mag alles so sein," erwiderte ich; „aber es berührt nicht den Fall derer, welche unvermögend sind, überhaupt an der Produktion teilzunehmen."

„Gewiß sagte ich Ihnen diesen Morgen, – ich denke wenigstens, daß ich es that," erwiderte Dr. Leete, „daß das Recht eines Menschen auf seinen Unterhalt am Tische der Nation auf der Thatsache beruht, daß er ein Mensch ist, – und nicht auf dem Grade der Gesundheit und Kraft, die er haben mag, – so lange er nur leistet, was er zu leisten vermag."

„Das sagten Sie mir," antwortete ich: „aber ich nahm an, dieser Grundsatz bezöge sich nur auf die Arbeiter von verschiedener Befähigung. Gilt er denn auch für diejenigen, welche gar nichts leisten?"

„Sind sie nicht auch Menschen?"

„Soll ich Sie also dahin verstehen, daß die Lahmen, die Blinden, die Kranken und Gebrechlichen sich ebensogut stehen wie die tüchtigsten Arbeiter und dasselbe Einkommen beziehen?"

„Gewiß," war die Antwort.

„Die Vorstellung einer Mildthätigkeit in solchem Maßstabe," antwortete ich, „würde selbst unsern begeistertsten Philanthropen den Atem benommen haben."

„Wenn Sie daheim einen kranken, arbeitsunfähigen Bruder hätten," erwiderte Dr. Leete, „würden Sie ihm eine schlechtere Nahrung, Kleidung und Wohnung geben, als sich selbst? Weit wahrscheinlicher ist es, daß Sie ihn bevorzugen würden; und Sie würden auch nicht daran denken, das Mildthätigkeit zu nennen. Würde nicht dieses Wort in dieser Verbindung Sie mit Unwillen erfüllen?"

„Natürlich," sagte ich, „aber die Fälle sind einander nicht gleich. In einem gewissen Sinne sind ohne Zweifel alle Menschen Brüder; aber diese allgemeine Art der Verbrüderung ist, es sei denn für rhetorische Zwecke, mit der Verbrüderung des Blutes gar nicht zu vergleichen: sie begründet weder die gleichen Gefühle noch die gleichen Verbindlichkeiten."

„Aus Ihnen spricht das neunzehnte Jahrhundert!“ rief Dr. Leete aus. „Ach, Herr West, es unterliegt keinem Zweifel, daß Sie sehr lange geschlafen haben. Wenn ich Ihnen in einem Satze den Schlüssel zu den Geheimnissen geben sollte, die für einen Mann Ihrer Zeit in unserer Civilisation liegen, so würde ich sagen, er sei die Thatsache, daß die Solidarität der Gattung und die Verbrüderung der Menschheit, welche für Sie nur schöne Phrasen waren, für unser Denken und Fühlen ebenso wirkliche und ebenso starke Bande sind, wie die Blutsverwandtschaft.

„Aber selbst, wenn ich von dieser Erwägung absehe, kann ich nicht begreifen, weswegen es Sie so überrascht, daß denjenigen, welche nicht arbeiten können, das volle Recht eingeräumt wird, von der Produktion derer zu leben, welche es können. Sogar zu Ihrer Zeit hatte die militärische Dienstpflicht zum Schutze der Nation, der unsre industrielle Dienstpflicht entspricht, obwohl sie für die Wehrfähigen obligatorisch war, nicht die Wirkung, die Dienstuntauglichen ihres Bürgerrechts zu berauben. Sie blieben zu Hause und wurden von denjenigen beschützt, welche in den Kampf zogen, und niemand stellte ihr Recht darauf in Frage oder dachte deswegen schlechter über sie. Ebenso hat jetzt die Forderung des industriellen Dienstes, welche an die arbeitsfähigen Mannschaften gestellt wird, nicht die Wirkung, den, welcher nicht arbeiten kann, des Bürgerrechts zu berauben, zu welchem jetzt auch der Unterhalt des Bürgers gehört. Der Arbeiter ist nicht Bürger, weil er arbeitet, sondern er arbeitet, weil er Bürger ist. Wie Sie die Pflicht des Starken, für die Schwachen zu kämpfen, anerkennen, so erkennen wir jetzt, nachdem aller Kampf vorbei ist, seine Pflicht, für ihn zu arbeiten, an.

„Eine Lösung, welche einen nicht aufgehenden Rest übrig läßt, ist überhaupt keine Lösung; und auch unsre Lösung des Problems der menschlichen Gesellschaft würde gar keine gewesen sein, wenn sie die Lahmen, die Kranken und die Blinden nicht berücksichtigt, und es ihnen wie den Tieren überlassen hätte, sich durchs Leben zu schlagen, so gut sie können. Weit besser wäre es gewesen, die Starken und Gesunden, als diese Mühseligen und Beladenen sich selbst zu überlassen, für die jedes Herz schlagen muß und für deren geistiges und körperliches

Wohlbefinden vor allem zu sorgen ist. Daher kommt es, wie ich Ihnen schon diesen Morgen sagte, daß das Recht eines jeden Mannes, eines jeden Weibes und eines jeden Kindes auf die Mittel der Existenz auf der sicheren, breiten und einfachen Grundlage der Thatsache ruht: daß sie Glieder der einen menschlichen Familie sind. Die einzige gangbare Münze ist die Ebenbildlichkeit Gottes: wer sie aufweisen kann, mit dem teilen wir alles, was wir haben.

„Es gibt, glaube ich, keinen Zug in der Civilisation Ihres Zeitalters, welcher dem heutigen Bewußtsein so abstoßend erscheint, wie Ihre Vernachlässigung der von Ihnen abhängigen Klassen. Selbst wenn Sie kein Mitleid, kein Gefühl der Brüderlichkeit hatten, wie konnten Sie nicht sehen, daß Sie die Klasse der Schwachen ihres klaren Rechtes beraubten, indem Sie für dieselben nicht sorgten?“

„Ich kann Ihnen hierin nicht ganz folgen,“ sagte ich. „Den Anspruch dieser Klasse auf unser Mitleid gebe ich zu; aber wie könnten die, welche nichts produzieren, einen Anteil am Arbeitsprodukte als ihr Recht verlangen?“

„Wie kam es denn,“ antwortete Dr. Leete, „daß Ihre Arbeiter mehr zu produzieren im stande waren, als eine gleiche Anzahl von Wilden hätten schaffen können? Geschah es nicht ganz allein darum, weil sie die Kenntnisse und Errungenschaften vergangener Geschlechter geerbt hatten? Geschah es nicht darum, weil sie den ganzen Mechanismus der Gesellschaft, dessen Herstellung Jahrtausende beansprucht hatte, fertig in die Hand bekommen hatten? Wie gelangten Sie in den Besitz dieser Kenntnisse und dieses Mechanismus, welchem neun Zehntel des Wertes Ihres Arbeitsproduktes zu verdanken sind? Sie haben sie geerbt, nicht wahr? Und waren nicht diese anderen, diese unglücklichen und lahmen Brüder, welche Sie ausstießen, Ihre gleichberechtigten Miterben? Was thaten Sie mit ihrem Anteil? Beraubten Sie dieselben nicht, da Sie diejenigen mit Brotrinden abfertigten, welche das Recht hatten, unter den Erben zu sitzen, und fügten Sie zum Raube nicht noch den Schimpf, indem Sie die Brotrinden Almosen nannten?

„Ach, Herr West," fuhr Dr. Leete fort, als ich nicht antwortete, „selbst wenn ich von allen Erwägungen der Gerechtigkeit und brüderlichen Liebe gegen die Schwachen und Gebrechlichen absehe, kann ich es nicht verstehen, wie die Arbeiter Ihrer Zeit freudig ans Werk gehen konnten, da sie doch wußten, daß ihre Kinder oder Kindeskinder, wenn das Unglück sie befallen sollte, der Annehmlichkeiten und selbst der dringendsten Bedürfnisse des Lebens beraubt sein würden. Es ist mir rätselhaft, wie Menschen, welche Kinder hatten, eine Gesellschaftsordnung begünstigen konnten, unter der sie selbst vor den körperlich oder geistig minder Begabten bevorzugt wurden. Denn durch die nämliche Unterscheidung, aus welcher der Vater Nutzen zog, konnte der Sohn, für den er sein Leben hingegeben hätte, zur Bettelarmut verurteilt werden, weil er vielleicht schwächer war, als andere. Wie Männer damals den Mut haben konnten, Kinder zu hinterlassen, habe ich nie begreifen können."

Anmerkung. Dr. Leete hatte in seinem Gespräche am vergangenen Abend nachdrücklich auf die Sorge hingewiesen, die man trüge, jeden in den Stand zu setzen, seine natürlichen Anlagen kennen zu lernen und ihnen bei der Wahl eines Berufes zu folgen. Aber erst als ich erfahren hatte, daß das Einkommen des Arbeiters in allen Berufen gleich ist, ward es mir klar, wie sicher man darauf rechnen könne, daß er es thun und durch die Wahl des Geschirrs, welches ihm das bequemste ist, dasjenige herausfinden werde, in welchem er am besten ziehen kann. Daß es meinem Zeitalter nicht gelang, in irgendwie systematischer und wirksamer Weise die natürlichen Anlagen der Menschen für die Gewerbe und die intellektuellen Berufe zu entwickeln und nutzbar zu machen, war einer der großen Verluste sowohl wie eine der Ursachen des Unglücks jener Zeit. Meine Zeitgenossen waren zwar dem Namen nach frei, sich eine Beschäftigung zu wählen, in Wirklichkeit aber wählten fast alle von ihnen dieselbe überhaupt nicht, sondern wurden durch die Umstände zu einer Arbeit gezwungen, in welcher sie verhältnismäßig nur geringes leisten konnten, weil sie keine natürlichen Anlagen dazu hatten. Die Reichen hatten in dieser Hinsicht vor den Armen wenig voraus. Die letzteren, fast stets der Bildung beraubt, hatten freilich meist nicht einmal die Gelegenheit, sich der natürlichen Anlagen, welche sie haben mochten, zu vergewissern, und selbst wenn sie solche entdeckt hatten, waren sie, ihrer Armut wegen, nicht im stande, sie durch Pflege zu entwickeln. Die eine höhere Bildung voraussetzenden Berufe waren ihnen, falls nicht ein günstiger Zufall im Spiele war, verschlossen, – zu ihrem großen Schaden und dem der Nation. Die Wohlhabenden andererseits wurden, obwohl sie über Bildung und günstige Gelegenheiten gebieten konnten, kaum weniger durch sociale Vorurteile gehindert, welche ihnen das Ergreifen eines Handwerks untersagten, selbst wenn sie Anlagen dazu hatten, und sie, ob sie nun dazu befähigt waren oder nicht, zur Wahl eines höheren Berufes bestimmten, wodurch mancher trefflicher Handwerker verloren ging. Pekuniäre Erwägungen, welche die Menschen dazu verleiteten, einträgliche Beschäftigungen zu wählen, für welche sie nicht geeignet waren, anstatt minder lohnenden Gewerben sich zu widmen, für welche sie geeignet waren, wurden die Ursache einer weiteren, ungeheuren Vergeudung von Talent. Das hat sich jetzt alles geändert. Gleiche Ausbildung und gleiche Gelegenheit muß notwendig alle die Fähigkeiten, welche ein Mensch besitzt, an den Tag bringen, und weder sociale Vorurteile noch pekuniäre Erwägungen hindern ihn in der Wahl seines Lebenswerkes.

Dreizehntes Kapitel.

Als ich mich zurückzog, begleitete mich Dr. Leete in mein Schlafzimmer, um mir, wie mir Edith versprochen hatte, die Einrichtung des Musiktelephons zu erklären. Er zeigte mir, wie man durch Drehen einer Schraube bewirken konnte, daß die Musik bald mit voller Macht den Raum erfüllte, bald zu einem so zarten und fernen Echo dahinstarb, daß man fast zweifeln konnte, ob man sie wirklich höre, oder sich dies nur einbilde. Wenn von zwei in dem nämlichen Zimmer ruhenden Personen, die eine der Musik lauschen, die andere schlafen wollte, so konnte es so eingerichtet werden, daß die Töne nur für die eine hörbar, von der anderen aber nicht vernommen wurden.

„Wenn Sie es können, so würde ich Ihnen sehr anraten, heute Nacht lieber zu schlafen, Herr West, als der besten Musik in der Welt zuzuhören," sagte Dr. Leete, nachdem er mir jene Erklärung gegeben hatte. „Bei den aufregenden Erlebnissen, die Sie jetzt durchzumachen haben, ist der Schlaf ein geradezu unersetzliches Stärkungsmittel."

Ich gedachte der Erfahrungen, die ich diesen Morgen gemacht hatte, und versprach seinem Rate Folge zu leisten.

„Gut," sagte er, „dann werde ich das Telephon auf acht Uhr stellen."

„Wie meinen Sie das?" fragte ich.

Er erklärte mir, wie man vermittelst eines Uhrwerkes es einrichten könne, zu irgend einer beliebigen Stunde durch Musik geweckt zu werden.

Jetzt begann sich herauszustellen, was sich auch in der Folge als völlig zutreffend bewährt hat, daß ich meine Neigung zur Schlaflosigkeit mit den anderen Unannehmlichkeiten des Lebens im neunzehnten Jahrhundert hinter mir zurückgelassen hatte. Ebenso wie die Nacht zuvor, versank ich, ohne ein Schlafmittel genommen zu haben, in Schlummer, sobald ich nur die Kissen berührt hatte.

Mir träumte, ich säße auf dem Throne der Abencerragen in der Banketthalle der Alhambra, wo ich ein Fest gab für meine Edelleute und Generale, die am nächsten Tage dem Halbmonde gegen die Christenhunde von Spanien folgen sollten. Die Luft wurde durch einen Springbrunnen abgekühlt und war von Blumenduft erfüllt. Eine Schar von Tänzerinnen mit runden Gliedern und rosigen Lippen tanzten mit entzückender Anmut zur Musik der Cymbeln und Saiteninstrumente. Wenn man zu der vergitterten Galerie aufblickte, fing man dann und wann einen Blitzstrahl auf vom Auge einer Schönen aus dem königlichen Harem, welche von dort herabsah, um die Blüte der maurischen Ritterschaft zu bewundern. Der Schall der Cymbeln ertönte lauter und lauter, wilder und wilder drehte sich der Reigen, bis das Blut der Wüstensöhne dem kriegerischen Fanatismus nicht länger widerstehen konnte und die gebräunten Helden von ihren Sitzen aufsprangen.

Tausend Klingen flogen aus den Scheiden und der Ruf: „Allah il Allah!“ dröhnte durch die Halle und weckte mich. Ich fand, daß es bereits heller Tag war, und daß durch mein Zimmer die elektrisierende Musik der türkischen Reveille erbrauste.

Beim Frühstück erzählte ich meinem Wirte die Erlebnisse dieses Morgens und erfuhr, es sei nicht bloßer Zufall gewesen, daß die Klänge, welche mich aufgeweckt hätten, gerade die einer Reveille gewesen seien. Die Melodien, die während der Morgenstunden in einer der Hallen gespielt würden, hätten stets einen belebenden und aufmunternden Charakter.

„Übrigens, da wir gerade von Spanien sprechen,“ bemerkte ich, „fällt mir ein, daß ich Sie noch gar nicht gefragt habe, wie die Zustände sich in Europa gestaltet haben. Hat sich auch in den gesellschaftlichen Verhältnissen der alten Welt die nämliche Wandlung vollzogen?“

„Gewiß,“ erwiderte Dr. Leete. „Die großen Nationen Europas, sowie Australien, Mexiko und Teile von Südamerika sind jetzt industrielle Republiken wie die Vereinigten Staaten. Diese Letzteren hatten nur die Bahn für diese Entwicklung gebrochen. Die friedlichen Verhältnisse dieser Nationen zu einander sind durch die lockere Form einer bundesstaatlichen Vereinigung gesichert, welche die ganze Welt umschließt. Ein internationaler Rat regelt den Handel und Verkehr der Verbandsstaaten und die gemeinsamen Maßregeln, die den mehr zurückgebliebenen Rassen gegenüber angewendet werden, um sie nach und nach zu einer höheren Bildung zu erziehen. Innerhalb ihrer eigenen Grenzen erfreut sich jede Nation vollständiger Autonomie.“

„Wie betreiben Sie aber Handel ohne Geld?“ fragte ich. “Wenn Sie auch bei den inneren Angelegenheiten der Nation ohne Geld fertig werden können, so muß doch irgend eine Art Geld vorhanden sein, wenn Sie mit einer anderen Nation Geschäfte treiben wollen?“

„O nein, Geld ist auch in diesem Verhältnis überflüssig. Solange der Handel zwischen fremden Staaten durch den Unternehmungsgeist von Privatpersonen betrieben wurde, war Geld notwendig, um die verschiedenen Verwicklungen auszugleichen; aber heutzutage ist der Handelsverkehr Sache der Nationen als Einheiten. Heute gibt es demnach nur etwa ein Dutzend Kaufleute in der Welt, und da ihr Geschäft von dem Bundesrat beaufsichtigt wird, so genügt ein einfaches Buchführungs- und Abrechnungssystem vollständig, um ihren Verkehr miteinander zu regeln. Es gibt natürlich keine Zölle. Eine Nation importiert nur solche Artikel, die deren Regierung als dem allgemeinen Interesse zuträglich anerkennt. Jede Nation besitzt ein Bureau, welches den Güteraustausch mit den fremden Nationen vermittelt. Wenn z. B. das amerikanische Bureau es für nötig hält, eine so und so große Quantität französischer Waren in einem gegebenen Jahre für Amerika zu beziehen, so sendet es eine Ordre an das französische Bureau, welches wiederum seine Aufträge dem unsrigen übermittelt. Dasselbe geschieht in gleicher Weise unter allen andern Nationen." „Wie werden aber die Preise für fremde Waren festgestellt, da es doch keine Konkurrenz gibt?"

„Der Preis, um welchen die eine Nation der andern die bestellten Güter abläßt," erwiderte Dr. Leete, „muß derselbe sein, den sie sich von den eignen Bürgern bezahlen läßt; dadurch wird jede Gefahr eines Mißverständnisses vermieden. In der Theorie ist keine Nation verpflichtet, die andere mit dem Produkte ihrer eigenen Arbeit zu versehen, dennoch aber liegt es im Interesse aller, die erforderlichen Güter untereinander auszutauschen. Wenn eine Nation eine andere regelmäßig mit gewissen Waren versorgt, so wird gegenseitig über jede eintretende Veränderung, die für diese geschäftlichen Beziehungen von Wichtigkeit sein könnte, Bericht erstattet."

„Gesetzt aber, eine Nation hätte in Bezug auf ein Naturprodukt ein Monopol und würde sich weigern, andere Nationen, oder eine derselben, damit zu versehen?"

„Ein solcher Fall ist niemals vorgekommen und würde dem sich weigernden Teile weit mehr Schaden zufügen als dem anderen," erwiderte Dr. Leete. „Dem Gesetze nach darf kein Vorzug gewährt werden, und jede Nation ist verpflichtet, mit den anderen in allen Beziehungen auf genau demselben Fuße zu Verkehren. Ein solches Verhalten, wie Sie es sich denken, würde die Nation, welche sich desselben schuldig machte, vollständig von dem Verkehr mit den übrigen Ländern der Erde ausschließen. Jene Möglichkeit ist also keine solche, daß wir uns ihretwegen große Sorge zu machen hätten."

„Aber," sagte ich, „wenn eine Nation, die hinsichtlich einer Gütergattung ein natürliches Monopol besitzt, mehr davon exportiert, als sie selbst verbraucht, und alsdann den Preis in die Höhe schraubt, um, ohne geradezu die Ausfuhr abzuschneiden, Nutzen aus der Not des Nachbarn zu ziehen, was geschieht dann? Die Bürger dieses Staates würden zwar dadurch einen höheren Preis für Güter dieser Art zahlen, als Gesamtheit aber würden sie nichtsdestoweniger einen Vorteil durch ihre Ausfuhr erzielen, der ihren Verlust reichlich aufwiegen würde."

„Wenn Sie erst verstehen lernen," antwortete Dr. Leete, „wie heute die Preise aller Güter festgestellt werden, so werden Sie leicht einsehen, wie unmöglich es ist, sie abzuändern, außer wegen einer Schwankung in der Zeitdauer und der Schwere der Arbeit, welche ihre Herstellung verlangt." Dieses Prinzip enthält dieselbe Garantie für den internationalen wie für den nationalen Verkehr; aber selbst ohne dies ist das Gefühl für die Gemeinsamkeit der Interessen, mögen sie national oder international sein, sowie die Überzeugung, daß Selbstsucht eine Thorheit ist, zu tief bei uns eingewurzelt, als daß solch eine unredliche Handlungsweise, wie Sie befürchten, vorkommen könnte. Sie müssen wissen, daß wir alle eine schließliche Vereinigung sämtlicher Staaten der Welt zu einer einzigen Nation erwarten. Dies wird ohne Zweifel die letzte Form der Gesellschaft sein und wird gewisse Vorteile mit sich bringen, die dem gegenwärtigen System eines Bundes gleichberechtigter Staaten noch fehlen. In der Zwischenzeit jedoch befriedigen uns die gegenwärtigen Zustände so vollständig, daß wir es gern unseren Nachkommen überlassen, jenen Plan zu vollenden. Es gibt sogar einige, welche meinen, daß es dazu niemals kommen werde, weil die Form eines Staatenbundes nicht bloß eine provisorische Lösung des Problems der menschlichen Gesellschaft, sondern dessen beste und endgültige Lösung sei."

„Was thun Sie aber dann,“ fragte ich, „wenn in den Büchern zweier Nationen der Jahresabschluß kein Gleichgewicht der beiderseitigen Leistungen ergibt? Gesetzt den Fall, wir importierten von Frankreich mehr, als wir dorthin exportierten.“

„Am Ende jedes Jahres,“ sagte Dr. Leete, „werden die Bücher jeder Nation durchgesehen. Wenn Frankreich uns schuldet, so schulden wir vielleicht einer andern Nation, die ihrerseits an Frankreich schuldet, und in gleicher Weise geht es mit den übrigen Nationen. Der Unterschied, der übrig bleibt, nachdem die Rechnungen durch den internationalen Bundesrat zusammengestellt worden sind, ist niemals groß. Welches aber auch der Betrag sein möge, der Bundesrat verlangt, daß derselbe alle paar Jahre ausgeglichen wird, und er kann dessen Berichtigung zu jeder Zeit verlangen, wenn er zu groß wird; denn man wünscht nicht, daß die eine Nation allzusehr bei einer andern in Schuld gerät, damit das freundschaftliche Gefühl, welches zwischen ihnen herrschen soll, nicht geschädigt werde. Aus dem nämlichen Grunde überwacht der Bundesrat die Waren, die zwischen den Nationen ausgetauscht werden, und achtet darauf, daß deren Qualität eine vollkommene ist.“

„Womit aber werden denn die Überschüsse ausgeglichen, wenn doch kein Geld vorhanden ist?“

„In den nationalen Hauptprodukten der Länder. Man hat sich von vornherein darüber geeinigt, welche Produkte und in welchen Quantitäten solche an Zahlungsstatt angenommen werden müssen.“

„Wie verhält es sich mit der Auswanderung? Da eine jede Nation als geschlossene gewerbliche Gemeinschaft organisiert ist und alle Produktionsmittel monopolisiert hat, so müßte ein Einwanderer, selbst wenn es ihm erlaubt wäre zu landen, Hungers sterben. Es kann also, wie ich annehme, von Auswanderung heutzutage nicht mehr die Rede sein.“

„Im Gegenteil, wir haben eine fortwährende Auswanderung, worunter Sie ja wohl einen Umzug nach fremden Ländern zum Zwecke dauernder Niederlassung verstehen,“ erwiderte Dr. Leete. „Alles ist hier durch eine einfache internationale Vereinbarung über die zu leistenden

Entschädigungen geregelt. Wenn zum Beispiel ein Mann von einundzwanzig Jahren von England nach Amerika übersiedelt, so verliert England seine Ausgaben für dessen Unterhalt und Erziehung, während Amerika einen Arbeiter umsonst erhält. Amerika entschädigt alsdann natürlich England dafür. Dasselbe Prinzip findet überall entsprechende Anwendung. Wenn ein Mann nahe am Ende seiner Dienstzeit auswandert, so erhält das Land, welches ihn aufnimmt, die Entschädigung. Für arbeitsunfähige Personen muß die eigne Nation Sorge tragen, und die Einwanderung derselben wird nur dann gestattet, wenn deren eigne Nation ihnen den Unterhalt garantiert. Unter diesen Bedingungen bleibt das Recht eines jeden, jederzeit auszuwandern, unangetastet."

„Wenn nun aber jemand nur eine Vergnügungs- oder Forschungsreise unternehmen will? Wie kann ein Fremder in einem Lande reisen, dessen Bewohner kein Geld in Zahlung nehmen und ihrerseits das notwendige zum Leben aus einer Grundlage gewinnen, an welcher jener keinen Anteil hat? Seine eigene Kreditkarte kann doch natürlich nicht in einem andern Lande gültig sein. Wie bezahlt er seine Reise?" „Eine amerikanische Kreditkarte," erwiderte Dr. Leete, „ist jetzt in Europa gerade so gut, wie amerikanisches Gold es einst war, und zwar genau unter derselben Bedingung, nämlich der, daß sie in die übliche Münze des Landes, in welchem man gerade reist, umgewechselt wird. Ein Amerikaner, der Berlin besucht, bringt seine Kreditkarte zum Lokalbureau des Bundesrats und empfängt für denselben Betrag oder einen Teil desselben eine deutsche Kreditkarte, wofür jedoch die Vereinigten Staaten als Schuldner Deutschlands in den internationalen Büchern belastet werden.

„Herr West mochte vielleicht heute im „Elefanten" zu Mittag speisen," sagte Edith, als wir den Frühstückstisch verließen.

„So nennen wir nämlich das Speisehaus unsers Bezirks," erklärte mir ihr Vater. „Nicht nur wird all unser Kochen in den öffentlichen Küchen besorgt, wie ich Ihnen gestern Abend erzählte, sondern auch die Qualität der Mahlzeiten und die Bedienung ist viel mehr zufriedenstellend, wenn dieselben im Speisehause eingenommen werden. Frühstück und Abendbrot nimmt man zu Hause ein, da sie nicht der Mühe des Ausgehens wert sind. Mittags pflegt man außerhalb zu speisen. Seit Sie bei uns sind, haben wir es nicht gethan, da wir lieber warten wollten, bis Sie ein wenig besser mit unseren Sitten vertraut geworden sein würden. Was meinen Sie, wollen wir heute im Speisehause zu Mittag essen?"

Ich erwiderte, daß dies mir sehr erwünscht sein würde. Kurze Zeit darauf kam Edith lächelnd zu mir und sagte:

„Als ich gestern überlegte, wie ich Ihnen unser Haus gemütlich machen könnte, bis Sie sich an uns und unsere Sitten gewöhnt haben würden, kam mir ein Gedanke. Was würden Sie dazu sagen, wenn ich Sie in die Gesellschaft einiger sehr netter Leute aus Ihrer eignen Zeit brachte, mit denen Sie sicherlich recht vertraut gewesen sind?"

Ich erwiderte ziemlich unbestimmt, daß es mir gewiß sehr angenehm sein würde, ich aber noch nicht recht sehen könne, wie sie dies anstellen wolle.

„Kommen Sie mit mir," war ihre lachende Antwort, „und sehen Sie, ob ich nicht mein Wort halten werde."

Meine Empfänglichkeit für Überraschungen war zwar durch die zahlreichen Anstöße, welche sie erlitten hatte, so ziemlich erschöpft; dennoch war ich in einer gewissen Spannung, als mich Edith in ein Zimmer führte, welches ich vorher noch nicht betreten hatte. Es war ein trauliches Stübchen, dessen Wände aus Bücherschränken bestanden.

„Hier sind Ihre Freunde," sagte Edith, indem sie auf einen derselben deutete; und als ich meine Augen über die Namen auf den Rücken der Bände schweifen ließ: Shakespeare, Milton, Wordsworth, Shelley, Tennyson, Defoe, Dickens, Thackeray, Hugo, Hawthorne, Irving und eine Menge anderer großer Schriftsteller meiner und aller Zeiten, da verstand ich sie. Sie hatte wirklich Wort gehalten, und zwar in einer Weise, daß im Vergleich mit derselben die buchstäbliche Erfüllung ihres Versprechens mir eine Enttäuschung bereitet haben würde. Sie hatte mich in einen Kreis von Freunden eingeführt, welche durch das Jahrhundert, das verflossen war, seit ich mich zuletzt mit ihnen beschäftigt hatte, so wenig gealtert waren, wie ich selbst. Ihr Geist war noch gerade so erhaben, ihr Witz noch gerade so scharf, ihr Lachen und ihr Weinen so ansteckend wie damals, als ihre Worte den Menschen eines verflossenen Jahrhunderts die Stunden dahineilen machten. Einsam war ich nun nicht mehr und konnte in solch guter Gesellschaft auch fernerhin mich nicht mehr einsam fühlen, wie weit auch die Kluft sein mochte, die zwischen mir und meinem früheren Leben lag.

„Nicht wahr, es ist Ihnen lieb, daß ich Sie hierher gebracht habe?" rief Edith freudestrahlend aus, als sie in meinem Gesichte den Erfolg ihres Versuches las. „Nicht wahr, es war eine gute Idee, Herr West? Wie unüberlegt, daß ich nicht schon früher daran gedacht habe. Ich werde Sie nun mit Ihren alten Freunden allein lassen, denn ich weiß, daß es jetzt für Sie keine bessere Gesellschaft gibt als diese, aber denken Sie daran, daß Sie über den alten Freunden nicht Ihre neuen vergessen dürfen!"

So verwarnte sie mich lächelnd und ließ mich allein.

Ein Name, der mir von allen der vertrauteste war, hatte für mich besondere Anziehungskraft: ich nahm einen Band Dickens heraus, setzte mich und begann zu lesen. Dickens war von jeher mein Lieblingsdichter unter den Schriftstellern des Jahrhunderts gewesen, – ich meine des neunzehnten Jahrhunderts, – und selten war eine Woche in meinem Leben vergangen, ohne daß ich irgend einen Band seiner Werke hervorgesucht und damit eine müßige Stunde vertrieben hatte. Jedes beliebige Werk, mit dem ich früher bekannt gewesen war, würde unter den gegenwärtigen Umständen einen außerordentlichen Eindruck auf mich gemacht haben; aber meine ganz besondere Vertrautheit mit Dickens und die daraus hervorgehende Gewalt, mit der er die früheren Erinnerungen meines Lebens wach rief, bewirkten, daß seine Schriften mich mehr erschütterten, als es die irgend eines andern Dichters vermocht hätten: denn durch die Macht des Kontrastes verstärkten sie in hohem Grade meine Empfänglichkeit für das Fremdartige meiner gegenwärtigen Lage. So neu und erstaunlich auch die Umgebung einer Person sein möge, so neigt diese doch schon so bald dahin, sich als einen

Teil derselben zu fühlen, daß fast gleich zu Anfang das Vermögen, sie objektiv zu betrachten und ihre Fremdartigkeit völlig zu ermessen, verloren wird. Dieses Vermögen war in meinem Falle schon etwas abgeschwächt worden; aber als ich Dickens durchblätterte, da wurde es wieder frisch: denn durch die Gedanken, welche seine Schilderungen in mir hervorriefen, wurde ich auf den Standpunkt zurückgeführt, den ich in meinem früheren Leben eingenommen hatte. Mit einer Klarheit, die ich früher nicht hatte erlangen können, sah ich nun die Vergangenheit und die Gegenwart wie Kontrastbilder nebeneinander.

Das Genie des großen Romanschriftstellers des neunzehnten Jahrhunderts kann in der That, wie das Homers, der Zeit Trotz bieten; aber der Gegenstand seiner ergreifenden Erzählungen, das Elend der Armen, die Ungerechtigkeiten der Mächtigen, die mitleidslose Grausamkeit der gesellschaftlichen Einrichtungen, – das alles war von der Erde so vollständig verschwunden, wie Circe und die Sirenen, Charybdis und die Cyclopen.

Während der ein oder zwei Stunden, die ich so dasaß, mit dem offnen Buche vor mir, hatte ich in der That nicht mehr als ein paar Seiten gelesen. Jeder Absatz, jede Zeile eröffnete mir einen neuen Ausblick auf die Weltumwandlung, welche stattgefunden hatte, und führte meine Gedanken auf weite und vielverzweigte Abwege. Während ich in solcherweise in Dr. Leetes Bibliothek in tiefes Grübeln versunken war, erlangte ich allmählich einen klareren und zusammenhängenderen Begriff von dem eigenartigen Schauspiel, welches zu sehen mir in so wunderbarer Weise ermöglicht worden war; und mächtig wuchs meine Verwunderung über die anscheinende Launenhaftigkeit des Schicksals, welches einem, der es so wenig verdiente oder irgendwie dazu bestimmt zu sein schien, allein unter seinen Zeitgenossen das Vermögen verliehen hatte, in diesen späten Zeiten auf Erden zu weilen. Ich hatte weder diese neue Welt vorausgesehen, noch für sie gearbeitet, wie es so viele in meiner Umgebung gethan hatten, ohne sich um den Spott der Narren oder die Mißdeutung der Guten zu kümmern. Sicherlich würde es angemessener erschienen sein, wenn eine jener prophetischen und tapferen Seelen befähigt worden wäre, den Erfolg ihrer Mühen zu sehen und sich an demselben zu erfreuen.

Als Dr. Leete mich einige Stunden später aufsuchte, fand er mich noch in der Bibliothek. „Edith," sagte er, „erzählte mir von ihrem Einfall und ich hielt ihn für vortrefflich. Ich war ein wenig neugierig zu sehen, welchen Schriftsteller Sie sich zuerst zuwenden würden. Ah, Dickens! Also Sie sind auch einer seiner Bewunderer? In diesem Punkte stimmen wir Neuen mit Ihnen überein. Nach unserem Maßstabe gemessen, überragt er alle Schriftsteller seiner Zeit, nicht, weil sein Genie glänzender war, sondern weil sein großes Herz für die Armen schlug, weil er die Sache der Opfer der Gesellschaft zu der seinigen machte und seine Feder der Aufgabe widmete, ihre Grausamkeit und ihren Trug bloßzustellen. Kein Mann seiner Zeit hat so viel gethan wie er, das Nachdenken der Menschen auf das Unrecht und das Elend der alten Ordnung der Dinge zu richten und ihre Augen der Notwendigkeit der kommenden großen Umwandlung zu öffnen, obwohl er selbst sie nicht klar voraussah."

Vierzehntes Kapitel.

Während des Vormittages fing es heftig zu regnen an und ich hatte gedacht, daß der Zustand der Straßen ein derartiger sein werde, daß meine Wirte den Plan, das Mittagsmahl auswärts einzunehmen, würden aufgeben müssen, obgleich unsere Speisehalle, wie ich erfahren hatte, sehr nahe lag. Ich war daher nicht wenig erstaunt, als zur Mittagsstunde die Damen fertig zum Ausgehen erschienen, jedoch ohne Überschuhe und Regenschirme. Das Rätsel löste sich mir, als wir auf die Straße traten. Ein fortlaufendes, wasserdichtes Dach war über das ganze Trottoir niedergelassen worden und verwandelte dieses in einen gut erleuchteten und vollkommen trockenen Korridor, auf welchem sich ein Strom von Damen und Herren, alle zum Mittagessen festlich gekleidet, dahin bewegte. An den Ecken führten leichtgebaute, ähnlich überdachte Brücken über die Straßen. Edith Leete ging neben mir und es schien sie zu interessieren und ihr völlig neu zu sein, als ich ihr sagte, daß die

Straßen Bostons zu meiner Zeit in schlechtem Wetter überhaupt unpassierbar gewesen seien, es sei denn für diejenigen, die sich mit Regenschirmen, Gummischuhen oder wasserdichter Kleidung versehen hatten.

„Gab es denn gar keine Bedachungen für die Trottoirs?“ fragte sie.

„Es gab solche,“ antwortete ich, „aber da diese nur Privatunternehmungen waren, so kamen sie nur sehr vereinzelt und unvollkommen vor.“

Sie erzählte mir, daß gegenwärtig alle Straßen in der nämlichen Weise, wie ich es hier sähe, gegen ungünstiges Wetter geschützt wären, und daß die Vorrichtung aufgerollt würde, wenn sie nicht mehr nötig wäre. Sie meinte, daß man es jetzt für sehr thöricht ansehen würde, wollte man dem Wetter irgend einen Einfluß auf die gesellschaftlichen Unternehmungen der Menschen gestatten. Dr. Leete, der ein wenig vorausgegangen war und etwas von unserm Gespräch gehört hatte, wandte sich um und sagte, der Unterschied zwischen dem Zeitalter des Individualismus und dem des Zusammenwirkens werde sehr gut durch diese Thatsache gekennzeichnet, daß im neunzehnten Jahrhunderte, wenn es regnete, die Bewohner Bostons dreihunderttausend Regenschirme über ebensoviel Köpfen aufspannten, während man im zwanzigsten Jahrhundert nur einen einzigen Regenschirm über allen diesen Köpfen ausbreite.

Als wir weitergingen, sagte Edith: „Der Privatregenschirm ist meines Vaters Lieblingsbild, wenn er die alte Weise, in der ein jeder nur für sich und seine Familie lebte, illustrieren will. In unserer Kunstgalerie befindet sich ein Bild aus dem neunzehnten Jahrhundert, welches eine Menschenmenge im Regen vorstellt. Ein jeder hält seinen Regenschirm über sich und seine Frau und gibt seinem Nachbar die Traufe. Mein Vater meint, der Künstler habe es als eine Satire auf sein Zeitalter gemalt.“

Wir betraten nun ein großes Gebäude, in das sich ein Strom von Menschen ergoß. Ich konnte die Fassade des Schutzdaches wegen nicht sehen, aber wenn sie der Ausstattung des Inneren glich, das noch viel schöner war als der Bazar, welchen wir am Tage zuvor besucht hatten, so mußte sie prachtvoll sein. Meine Gefährtin bemerkte, daß die gemeißelte Gruppe über dem Eingange ganz besonders bewundert werde. Wir stiegen eine großartige Treppe hinauf und gingen einen breiten Korridor entlang, in welchen viele Thüren mündeten. Eine derselben trug meines Wirtes Namen, wir traten ein, und befanden uns in einem elegant ausgestatteten Speisezimmer, das einen für vier Personen gedeckten Tisch enthielt. Die Fenster gingen auf einen Hof, in dem ein Springbrunnen seinen Strahl hoch in die Luft sandte, während Musik die Luft elektrisierte.

„Sie scheinen hier zu Haus zu sein,“ sagte ich, als wir uns zu Tische setzten, und Dr. Leete eine Klingel berührte.

„Wir sind hier in der That in einem Teile unseres Hauses,“ antwortete er, „wenn auch in einem etwas abgesonderten. Jede Familie des Bezirks hat für einen geringen jährlichen Zins ein Zimmer in diesem großen Gebäude für ihren ausschließlichen Gebrauch zur Verfügung. Um Reisende und einzelne Personen zu bedienen, sind in einem anderen Stockwerke die nötigen Einrichtungen getroffen. Wenn wir hier zu speisen wünschen, so machen wir unsere Bestellung am Abend vorher und wählen dabei auf Grund des täglich in den Zeitungen enthaltenen Verzeichnisses irgend etwas von dem, was zu haben ist. Die Mahlzeit kann so üppig oder so einfach sein, wie wir sie nur wünschen, aber natürlich ist alles bei weitem billiger und besser, als wenn es zu Hause zugerichtet worden wäre. Es gibt wirklich nichts, was unsere Leute mehr interessierte, als die Vervollkommnung ihrer Küche; und ich gestehe zu, daß wir ein wenig eitel auf den Erfolg sind, den dieser Zweig unseres Dienstes erreicht hat. Mein lieber Herr West, obwohl manche andere Seiten Ihrer Civilisation tragischer waren, so kann ich mir doch nicht denken, daß irgendeine niederschlagender war, als die elenden Mahlzeiten, welche Sie zu essen hatten, ich meine alle diejenigen, welche nicht sehr reich waren.“

„Sie würden niemanden unter uns gefunden haben,“ sagte ich, „der Ihnen in diesem Punkte widersprochen hätte.“

Der Kellner, ein hübscher junger Mann, der eine nur sehr wenig von der gewöhnlichen Kleidung abweichende Uniform trug, trat jetzt ein. Ich beobachtete ihn genau, da es das erste Mal war, daß ich das Benehmen eines aktiven Mitgliedes der industriellen Armee studieren konnte. Dieser junge Mann mußte nach allem, was man mir gesagt hatte, hochgebildet sein und in jeder Hinsicht denen vollkommen gleichstehen, welche er jetzt bediente. Es war jedoch augenscheinlich, daß die Lage weder den einen noch den anderen Teil im geringsten in Verlegenheit setzte. Dr. Leete redete den jungen Mann in einem Tone an, der, wie es bei einem gebildeten Manne selbstverständlich ist, weder Überhebung noch Herablassung kund gab, während das Benehmen des jungen Mannes einfach das eines Menschen war, der sich bemüht, ein Geschäft, für welches er angestellt ist, pünktlich zu besorgen, ohne jede Vertraulichkeit oder Unterwürfigkeit. Es war in der That das Betragen eines Soldaten auf seinem Posten, jedoch ohne die militärische Steifheit.

Als der junge Mann das Zimmer verlassen hatte, sagte ich: „Ich muß mich immer wieder wundern, solch' einen jungen Mann so zufrieden in der Stellung eines Dienstboten zu sehen."

„Was ist das für ein Wort: ›Dienstbote‹?" sagte Edith. „Ich habe es nie gehört."

„Es ist jetzt veraltet," bemerkte ihr Vater. „Wenn ich es recht verstehe, so bezog es sich auf diejenigen Personen, welche Arbeiten für andere vollführten, die diesen ganz besonders unangenehm und widerwärtig erschienen und deshalb etwas Verächtliches in sich trugen. Nicht wahr, Herr West?"

„So ist es ungefähr," sagte ich. „Persönliche Dienste, wie bei Tische aufwarten, galt als Gesindedienst und wurde zu meiner Zeit als so herabwürdigend betrachtet, daß gebildete Leute eher jedes Ungemach erduldet haben würden, als sich dazu zu erniedrigen."

„Welch merkwürdig verkünstelte Idee," rief Frau Lette verwundert aus.

„Aber diese Dienste mußten doch geleistet werden," sagte Edith.

„Natürlich," erwiderte ich. „Aber wir legten sie den Armen auf oder denjenigen, die sonst keine andere Wahl hatten, als Hungers zu sterben."

„Und vergrößerten die Last, die Sie ihnen auferlegten, noch dadurch, daß Sie Ihre Verachtung hinzufügten," bemerkte Dr. Lette.

„Ich kann mir nicht denken, daß ich Sie recht verstehe," sagte Edith. „Sie wollen doch nicht sagen, daß Sie es zuließen, daß Menschen Ihnen Dienste leisteten, wegen deren sie dieselben verachteten, oder daß Sie Dienste von ihnen annahmen, die Sie ihnen nicht in der gleichen Weise hätten erwidern wollen? Das können Sie doch nicht gemeint haben, Herr West?"

Ich mußte zugestehen, daß dies in der That der Fall gewesen sei. Dr. Lette jedoch kam mir zu Hilfe.

„Um Ediths Erstaunen zu begreifen," sagte er, „müssen Sie wissen, daß es gegen unsere moralischen Grundsätze ist, von einem andern einen Dienst anzunehmen, den man nicht, wenn es nötig wäre, in der nämlichen Art erwidern würde. Das wäre ebenso, als wenn man borgen wollte mit der Absicht, seine Schuld niemals zu bezahlen; während das Unterfangen, einen solchen Dienst zu erzwingen, indem man die Armut oder Not einer Person ausnutzt, eine Ausschreitung wie der Raub sein würde. Das schlimmste bei jedem System, welches die Menschen in Klassen oder Kasten einteilt oder eine solche Einteilung zuläßt, ist dies, daß es das Gefühl des gemeinsamen Menschentums schwächt. Die ungleiche Verteilung des Reichtums und noch viel wirksamer die ungleiche Gelegenheit, Erziehung und Bildung zu erlangen, zerriß die Gesellschaft zu Ihrer Zeit in Klassen, welche einander in vielen Beziehungen als verschiedene Rassen betrachteten. Im Grunde besteht hinsichtlich der gegenseitigen Dienstleistungen zwischen unseren und Ihren Vorstellungen gar kein solcher Unterschied, wie es zunächst scheinen könnte. Die Damen und Herren der gebildeten Klassen Ihrer Zeit würden eben so wenig von Personen ihrer eigenen Klasse sich haben Dienste erweisen lassen, die sie zu erwidern verschmähen würden, als wir dies thun. Auf die Armen und Ungebildeten jedoch blickten sie herab, als wären sie eine andere Klasse von Wesen. Der gleiche Reichtum und der gleiche Bildungsgrad, deren sich jetzt alle erfreuen, haben uns einfach alle zu Mitgliedern einer Klasse gemacht, die der am meisten begünstigten Klasse Ihrer Zeit entspricht. Bevor nicht diese Gleichheit der Lebensbedingungen herbeigeführt war, konnte die Vorstellung der Solidarität und Verbrüderung aller Menschen niemals die wirkliche Überzeugung und der praktische Grundsatz des Handelns werden, wie sie es heute ist. Zu Ihrer Zeit wurden in der That dieselben Ausdrücke gebraucht, aber sie waren nur Phrasen."

„Wird man Kellner auch infolge freiwilliger Wahl dieses Berufes?"

„Nein," antwortete Dr. Leete. „Die Kellner sind junge Leute aus derjenigen Abteilung des Arbeiterheeres, welche noch nicht einer bestimmten Berufsklasse zugeteilt ist. Den Angehörigen dieser Abteilung werden alle möglichen Arbeitsleistungen zugewiesen, für die es einer besonderen technischen Fertigkeit nicht bedarf. Tischbedienung ist eine dieser Arbeiten, und jeder Rekrut muß eine Zeitlang als Kellner dienen. Ich selbst wartete vor ungefähr vierzig Jahren einige Monate in diesem selben Speisehause auf. Sie müssen wiederum daran denken, daß kein Unterschied der Würde in den von der Nation verlangten Arbeiten anerkannt wird. Ein Mann, der andere bedient, betrachtet weder sich selbst als deren persönlichen Diener, noch wird er von anderen als solcher angesehen; auch ist er in keiner Weise von ihnen abhängig. Es ist immer die Nation, der er dient. Kein Unterschied wird anerkannt zwischen den Leistungen eines Kellners und denen irgend eines anderen Arbeiters. Die Thatsache, daß es ein Dienst ist, der von Person zu Person geleistet wird, ist von unserem Gesichtspunkte aus gleichgültig. Beim Arzte ist der Fall der nämliche. Ich würde ebenso gut erwarten, daß unser heutiger Kellner auf mich herabblicken werde, weil ich ihm als Arzt diente, als daran denken, auf ihn herabzublicken, weil er mir die Dienste eines Kellners leistet."

Nach der Mahlzeit führten mich meine Wirte durch das Gebäude, dessen Ausdehnung, prächtige Architektur und reiche Ausstattung mich in Erstaunen setzten. Es schien nicht bloß eine Speisehalle zu sein, sondern auch ein großes Vergnügungshaus und der gesellige Sammelpunkt für den Bezirk, und keine Einrichtung, die zur Unterhaltung oder Erholung beitragen konnte, fehlte.

Als ich meine Bewunderung ausdrückte, sagte Dr. Leete: „Sie finden hier erläutert, was ich Ihnen bei unserer ersten Unterhaltung sagte, als Sie über die Stadt blickten: in Bezug auf die Pracht unseres öffentlichen und gemeinsamen, im Vergleiche mit der Einfachheit unseres privaten, häuslichen Lebens steht unser zwanzigstes Jahrhundert zu dem neunzehnten in einem großen Gegensatze. Um uns unnütze Lasten zu ersparen, haben wir zu Haus so wenige Gerätschaften um uns, als sich mit unserer Behaglichkeit verträgt; unser geselliges Leben aber hat einen Schmuck und einen Luxus, wie die Welt nie ähnliches zuvor gesehen hat. Alle gewerblichen und anderweitigen Berufsgenossenschaften haben Klubhäuser in einem Umfange wie dieses, und ebenso Häuser auf dem Lande, in den Bergen und an der Seeküste, um sich dort während der Ferien zu erholen.“

Anmerkung. Gegen Ende des neunzehnten Jahrhunderts kam es an einigen Universitäten der Vereinigten Staaten häufig vor, daß arme Studenten während der langen Sommerferien in den Hotels Stellungen als Kellner annahmen, um die Mittel zu ihrem Studium zu erwerben. Denjenigen gegenüber, welche, den Vorurteilen der Zeit entsprechend, behaupteten, daß Personen, welche freiwillig eine solche Beschäftigung übernähmen, keine Gentlemen sein könnten, ward geltend gemacht, daß sie Lob verdienten, weil sie durch ihr Beispiel die Würde jeder ehrlichen und notwendigen Arbeit verteidigten. Die Benutzung dieses Arguments ist eine Illustration zu einer gewissen Gedankenverwirrung, die unter meinen früheren Zeitgenossen herrschte. Das Geschäft, bei Tische aufzuwarten, bedurfte eben so wenig der Verteidigung, wie die meisten anderen Beschäftigungen, durch welche man damals seinen Lebensunterhalt gewann; aber unter dem damals herrschenden System von einer Würde der Arbeit zu reden, war verkehrt. Seine Arbeit für den höchsten Preis verkaufen, den man dafür erlangen kann, ist nicht mehr würdevoll, als Waren für den höchsten Preis verkaufen. Beides waren Handelsangelegenheiten, die vom Geschäftsstandpunkte aus zu beurteilen waren. Indem der Arbeiter für seinen Dienst einen Geldpreis forderte, nahm er das Geld als den Maßstab dafür an und verzichtete auf jede Berechtigung, nach einem andern beurteilt zu werden. Den Schmutzfleck, welchen diese Notwendigkeit selbst den höchsten und edelsten Formen des Dienstes mitteilte, empfanden die feineren Seelen schmerzlich; aber man konnte ihm nicht ausweichen. Wie erhaben auch die Art des Dienstes war, die Notwendigkeit, um seinen Marktpreis zu feilschen, hatte keine Ausnahme. Der Arzt mußte sein Heilen und der Apostel seine Predigten verkaufen. Der Prophet, welcher den Willen Gottes geahnt hatte, mußte um den Preis der Offenbarung schachern, und der Dichter mit seinen Gedanken auf dem Büchermarkte hausieren. Wenn ich das Glück nennen sollte, durch welches sich dieses Zeitalter von dem, in welchem ich geboren bin, am meisten unterscheidet, so würde ich sagen, daß es mir in der Würde zu bestehen scheine, welche man der Arbeit jetzt dadurch gegeben hat, daß man sich weigert, einen Preis auf sie zu setzen, und daß man sie so dem Markte für immer entzieht. Indem man von jedem sein Bestes verlangt, hat man Gott zu seinem Aufseher bestellt, und indem man die Ehre zum einzigen Lohn für jedes tüchtige Werk gemacht, hat man allen Dienstleistungen jene Auszeichnung mitgeteilt, welche zu meiner Zeit denen des Soldaten eigentümlich war.

Fünfzehntes Kapitel.

Im Laufe unserer Besichtigungstour kamen wir auch in die Bibliothek und konnten der Versuchung nicht widerstehen, uns in den luxuriösen Ledersesseln auszuruhen, mit denen sie ausgestattet war. Wir ließen uns in einer der von Bücherregalen umgebenen Nischen nieder und plauderten". "Edith sagt mir," begann Frau Leete, „daß Sie den ganzen Morgen in der Bibliothek gewesen sind. Glauben Sie mir, daß ich Sie für den Beneidenswertesten der Sterblichen halte, Herr West."

„Ich möchte gern wissen warum," antwortete ich.

„Weil Ihnen die Bücher der letzten hundert Jahre neu sein müssen," erwiderte sie. „Sie werden so viele hochinteressante Bücher zu lesen haben, daß Ihnen während der nächsten fünf Jahre kaum Zeit zum Essen bleiben wird. Ach, was würde ich alles darum geben, wenn ich Berrians Novellen noch nicht gelesen hätte."

„Oder die von Nesmyth," fügte Edith hinzu.

„Jawohl, oder ›Oates Gedichte‹ oder ›Vergangenheit und Gegenwart‹ oder ›Im Anfang‹ oder, – o ich könnte ein Dutzend Bücher nennen, von welchen jedes ein Jahr des Lebens wert ist," rief Frau Leete enthusiastisch aus.

„Ich schließe daraus, daß dieses Jahrhundert sich litterarisch ausgezeichnet hat."

„Ja," antwortete Dr. Leete. „Es war ein Zeitalter von beispiellosem geistigen Glanze. Wahrscheinlich hat die menschliche Gesellschaft niemals zuvor eine moralische und materielle Entwicklung durchgemacht, die so gewaltig in ihrem Umfange und so kurz in der Zeit ihrer Verwirklichung gewesen wäre, wie die aus der alten Ordnung zur neuen im Anfange dieses Jahrhunderts. Als die Menschen die Größe des Glückes, welches ihnen zugefallen war, zu begreifen anfingen und fanden, daß die Umwälzung, welche sie durchgemacht hatten, nicht nur eitle Verbesserung ihrer Lage im Einzelnen, sondern eine Erhebung des Menschengeschlechts zu einer höheren Stufe der Existenz war, die einen unbegrenzten Fortschritt in Aussicht stellte, da wurde ihr Geist in all seinen Fähigkeiten so angespornt, daß der Anbruch der mittelalterlichen Renaissance nur eine schwache Vorstellung davon geben kann. Es folgte eine Periode mechanischer Erfindungen, wissenschaftlicher Entdeckungen, einer Schöpferkraft in den Künsten, in der Musik, in der Litteratur, womit nichts in irgend einem früheren Zeitalter der Welt zu vergleichen ist.

„Da wir gerade über Litteratur sprechen, so möchte ich fragen," sagte ich, „wie denn jetzt die Bücher veröffentlicht werden. Geschieht das auch durch die Nation?"

„Gewiß."

„Aber wie richten Sie das ein? Publiziert die Regierung alles, was geschrieben wird, aus öffentliche Kosten, oder behält sie sich das Recht der Censur vor und läßt nur das im Drucke erscheinen, was sie billigt?"

„Weder das Eine, noch das Andere. Die Behörde für Drucksachen hat keine Censurgewalt. Sie ist verpflichtet, alles zu drucken, was ihr vorgelegt wird, aber sie thut es nur unter der Bedingung, daß der Verfasser die ersten Kosten aus seinem Kredit trägt. Er muß für das Vorrecht, öffentlich gehört zu werden, bezahlen, und wenn jemand etwas zu berichten hat, das des Anhörens wert ist, so meinen wir, daß er gern dazu bereit sein wird. Wenn natürlich die Einkommen ungleich wären, wie es in den früheren Zeiten der Fall war, so würde dieses Gesetz nur dem Reichen erlauben, Schriftsteller zu werden; nun aber, da alle Bürger gleichgestellt sind, dient es einfach als ein Maßstab für die Stärke der Motive eines Schriftstellers. Die Kosten der Auflage eines Buches von gewöhnlichem Umfange können aus dem Kredit eines Jahres durch Sparsamkeit und einige Entbehrungen gedeckt werden. Wenn ein Buch publiziert ist, wird es von der Nation zum Verkaufe ausgestellt."

„Der Verfasser, würde ich annehmen, erhält einen Prozentsatz vom Verkauf, wie bei uns geschah," bemerkte ich. "Nicht gerade genau wie bei Ihnen," erwiderte Dr. Leete; „aber immerhin in gewisser Weise. Der Preis eines Buches wird durch die Kosten seiner Publikation und den Prozentsatz für den Autor bestimmt. Der Verfasser bestimmt die Höhe dieses Prozentsatzes. Wenn er diesen zu hoch ansetzt, ist es natürlich sein eigner Schaden, denn das Buch findet dann keine Abnehmer. Der Betrag, den dieser Prozentsatz bringt, wird dem Verfasser gut geschrieben, und er selbst wird von jedem anderen Dienste, den er der Nation zu leisten verpflichtet ist, für so lange beurlaubt, als dieser Betrag zu seinem Unterhalte hinreicht.

„Wenn sein Buch nur einigermaßen erfolgreich ist, so kann er dadurch einen Urlaub für mehrere Monate, ja für ein, zwei oder drei Jahre gewinnen; und wenn er in der Zwischenzeit andere erfolgreiche Werke hervorbringt, so wird seine Dienstfreiheit so lange ausgedehnt, als der Verkauf seiner Bücher ihn dazu berechtigt. Ein vielgelesener Autor ist im stande, durch seine Feder während seiner ganzen Dienstzeit seinen Unterhalt zu gewinnen; und der Grad der schriftstellerischen Befähigung eines Autors, wie er durch die öffentliche Meinung festgesetzt wird, ist so das Maß der ihm gebotenen Gelegenheit, seine Zeit der litterarischen Thätigkeit zu widmen. In dieser Hinsicht weicht das Endergebnis unseres Systems von dem des Ihrigen nicht sehr ab; aber es bestehen zwei wichtige Unterschiede. Erstens gibt die allgemeine Höhe der Bildung dem Volksurteile über den wirklichen Wert einer schriftstellerischen Leistung heutzutage eine entscheidende Bedeutung, wie sie dem Ihrer Tage nicht im mindesten zukommen konnte. Zweitens gibt es heute kein Bevorzugungssystem irgend welcher Art, welches der Anerkennung des wahren Verdienstes im Wege stehen könnte. Jedem Verfasser ist genau dieselbe Gelegenheit gegeben, sein Werk dem Publikum vorzulegen. Den Klagen der Schriftsteller Ihrer Zeit nach zu urteilen, würde eine solche absolute Gleichheit von ihnen sehr geschätzt worden sein.“ “In der Anerkennung des Verdienstes auf anderen Gebieten, in welchen die natürliche Begabung das Entscheidende ist, wie in der Musik, Malerei, Skulptur, technischen Erfindung, folgen Sie wohl,“ sagte ich, „einem gleichen Prinzip?“

„Ja,“ erwiderte er, „obgleich ein Unterschied in den Einzelheiten stattfindet. In der Kunst zum Beispiel ist das Volk, wie in der Litteratur, der alleinige Richter. Es stimmt ab über die Aufnahme von Statuen und Gemälden in die öffentlichen Gebäude, und sein günstiges Urteil bringt dem Künstler den Erlaß anderer Arbeiten und erlaubt ihm, sich seiner Kunst ganz hinzugeben. Durch Kopien seiner Arbeit, die verkauft werden, erhält er dieselben Vorteile, die der Verfasser von dem Verkauf seiner Bücher erhält. In all den Fächern, in welchen angeborne Begabung in Betracht kommt, ist der Plan, den man verfolgt, derselbe: nämlich allen Bewerbern ein freies Feld zu eröffnen und, sobald außerordentliches Talent sich zeigt, dasselbe von allen Fesseln zu befreien und ihm freien Lauf zu lassen. Die Befreiung von andern Diensten ist in allen diesen

Fällen nicht als ein Geschenk oder eine Belohnung zu betrachten, sondern als ein Mittel, mehr und höher geartete Dienstleistungen zu erlangen. Wir haben natürlich verschiedene Institute für Wissenschaft, Litteratur und Kunst, deren Mitgliedschaft hochgeschätzt und nur den berühmten Männern angetragen wird. Die höchste aller Ehrenbezeugungen der Nation, höher selbst als die der Präsidentschaft, deren Erlangung ja nur durch gesunden Verstand und treue Pflichterfüllung bedingt wird, ist das rote Band, welches durch Volksabstimmung den großen Autoren, Künstlern, Ingenieuren, Ärzten und Erfindern des Zeitalters zuerkannt wird. Nicht über hundert tragen es zu gleicher Zeit, obgleich jeder befähigte junge Mann im Lande zahllose Nächte schlaflos verbringt, träumend von jener Ehre. Selbst mir ging es nicht anders."

„Als ob Mama und ich mehr von dir gehalten hätten, wenn du es bekommen hättest," rief Edith aus; „aber natürlich will ich damit nicht sagen, daß es zu besitzen, nicht sehr schön wäre."

„Du, meine Liebe, hattest keine Wahl," erwiderte Dr. Leete. „Du mußtest deinen Vater nehmen, wie du ihn fandest, und dir das Beste aus ihm machen; aber was deine Mutter da anbetrifft, so würde sie mich nie genommen haben, hätte ich ihr nicht versichert, daß ich das rote oder wenigstens das blaue Band erringen müßte."

Frau Leetes einzige Antwort darauf war ein Lächeln.

„Wie verhält es sich mit den Zeitschriften und Zeitungen?" fragte ich. „Ich will nicht leugnen, daß Ihr System des Buchverlages vor dem unsrigen beträchtliche Vorzüge voraus hat, sowohl in seiner Tendenz, die wahren Talente zu ermutigen, als auch, was ebenso wichtig ist, solche Leute zu entmutigen, die nur elende Skribenten werden könnten. Aber ich sehe nicht ein, wie dasselbe auch auf Magazine und Zeitungen Anwendung finden kann. Man kann wohl jemanden zwingen, für die Veröffentlichung eines Buches zu zahlen, weil eine solche Ausgabe nur einmal vorkommt; niemand jedoch würde im stande sein, die Kosten für die Veröffentlichung einer täglich erscheinenden Zeitung aufzubringen. Das zu thun, erforderte die tiefen Taschen unsrer Privatkapitalisten, und es erschöpfte sogar oft selbst diese, ehe sich das Unternehmen bezahlt machte. Wenn Sie überhaupt Zeitungen haben, so müssen diese, denke ich mir, durch die Regierung auf allgemeine Kosten veröffentlicht werden, mit einem von der Regierung angestellten Redakteur, der die Meinung der Regierung wiedergibt. Wenn ihr System nun so vollkommen ist, daß nie das Geringste in der Leitung der öffentlichen Angelegenheiten zu tadeln ist, so mag eine solche Einrichtung gut sein; ist dies jedoch nicht der Fall, so muß, sollte ich meinen, der Mangel eines unabhängigen, nicht amtlichen Organs für den Ausdruck der öffentlichen Meinung höchst unglückliche Folgen haben. Gestehen Sie es nur, Herr Doktor, daß die freie Presse mit allem, was sie enthielt, etwas recht Gutes in dem alten System war, als das Kapital sich in Privathänden befand, und daß Sie den Verlust dieses Gutes von dem Gewinn, den Sie in anderer Hinsicht gehabt haben, in Abzug bringen müssen."

„Ich bedauere," erwiderte Dr. Leete lachend, „daß ich Ihnen auch diesen Trost nicht lassen kann. Zunächst, Herr West, ist die periodische Presse keineswegs das einzige und, wie es uns scheint, auch nicht das beste Mittel, öffentliche Angelegenheiten mit Ernst zu besprechen. Uns erscheint das Urteil Ihrer Zeitungen über solche Gegenstände im allgemeinen unreif und leichtfertig sowohl wie stark durch Vorurteile und Bitterkeit gefärbt. Sofern man sie für den Ausdruck der öffentlichen Meinung hält, geben sie eine ungünstige Vorstellung von der Intelligenz des Volkes; während, sofern sie die öffentliche Meinung selbst geschaffen haben mögen, die Nation nicht zu beglückwünschen war. Wenn heutzutage ein Bürger in Bezug auf irgend eine öffentliche Angelegenheit einen ernsthaften Einfluß auf die öffentliche Meinung auszuüben wünscht, so gibt er ein Buch oder eine Broschüre heraus, die wie andere Bücher verlegt werden. Es geschieht dies aber nicht darum, weil uns Zeitungen oder Zeitschriften fehlten, oder weil sie der absolutesten Freiheit ermangelten. Die Tagespresse ist so organisiert, daß sie die öffentliche Meinung in weit vollkommnerer Weise zum Ausdruck bringt, als dies zu Ihrer Zeit der Fall sein konnte, wo das Kapital sie kontrollierte und sie in erster Linie als Geldgeschäft, und erst in zweiter Linie als Mundstück für das Volk dienen ließ."

„Aber," sagte ich, „wenn die Regierung eine Zeitung auf öffentliche Kosten druckt, so muß sie doch notwendig deren Tendenz kontrollieren? Wer anders ernennt die Redakteure als die Regierung?"

„Die Regierung zahlt weder die Ausgaben einer Zeitung, noch ernennt sie deren Redakteure, noch übt sie den geringsten Einfluß auf ihre Tendenz aus," erwiderte Dr. Leete. „Die Leute, welche die Zeitung lesen, tragen die Kosten des Blattes, wählen ihren Redakteur, und entlassen ihn, wenn er ihnen nicht zusagt. Sie werden, denke ich, schwerlich sagen, daß solch eine Presse nicht ein freies Organ der öffentlichen Meinung ist."

„Entschieden nicht," erwiderte ich, „aber wie ist das ausführbar?"

„Nichts kann einfacher sein. Gesetzt, einige meiner Nachbarn und ich selbst wünschen eine Zeitung zu haben, die unsere Ansichten wiedergibt und im besondern das Interesse unseres Ortes, unseres Gewerbes oder Berufes im Auge hat, so sammeln wir Unterschriften, bis wir so viel Teilnehmer haben, daß ihr jährlicher Beitrag die Kosten der Zeitung deckt, welche geringer oder größer ausfallen, je nach der Zahl der Teilnehmer. Der Subskriptionsbeitrag eines jeden wird von dessen Kredit abgezogen, und demnach kann die Nation bei der Herausgabe der Zeitung niemals einen Verlust erleiden, wie es ja auch sein muß, da sie lediglich das Amt eines Verlegers übernimmt, der keine Wahl hat, die verlangte Leistung abzulehnen. Die Subskribenten erwählen alsdann jemanden zum Redakteur, der, wenn er das Amt annimmt, während der Zeit dieser seiner Obliegenheit von anderen Diensten entbunden wird. Anstatt ihm einen Gehalt zu zahlen, wie zu Ihrer Zeit, zahlen die Subskribenten der Nation eine dem Preise für seinen Unterhalt gleichkommende Entschädigung dafür, daß sie ihn dem allgemeinen Dienste entziehen. Er leitet die Zeitung gerade wie es die Redakteure Ihrer Zeit thaten, nur daß er sich nicht finanziellen Rücksichten zu unterwerfen, noch die Interessen des privaten Kapitals dem öffentlichen Wohle gegenüber zu verteidigen hat. Am Ende des ersten Jahres erwählen die Subskribenten entweder den früheren Redakteur für das kommende Jahr wieder, oder besetzen seine Stelle mit einem anderen. Ein tüchtiger Redakteur behält natürlich seine Stelle fortwährend. Wenn die Subskriptionsliste größer wird und dadurch die Einnahmen der Zeitung sich steigern, so wird dieselbe dadurch vervollkommnet, daß bessere Mitarbeiter geworben werden, gerade so, wie dies zu Ihrer Zeit geschah."

„Wie werden die Mitarbeiter belohnt, da sie doch nicht mit Geld bezahlt werden können?"

„Der Redakteur kommt mit ihnen über den Preis ihrer Ware überein. Der Betrag wird von dem garantierten Kredit der Zeitung auf ihren individuellen Kredit übertragen, und dem Mitarbeiter wird für einen Zeitraum Dienstbefreiung gewährt, welcher dem ihm zugeschriebenen Betrage entspricht, gerade so wie anderen Autoren. Bei Zeitschriften befolgen wir dasselbe System. Diejenigen, bei welchen der Prospekt einer neuen Zeitschrift Interesse erregt, zeichnen einen Beitrag, welcher ausreicht, um dieselbe ein Jahr lang erscheinen zu lassen, erwählen einen Redakteur, der seine Mitarbeiter, ganz wie in dem andern Falle, bezahlt; während, wie sich von selbst versteht, die Staatsdruckerei die nötige Arbeitskraft und das nötige Material für die Veröffentlichung besorgt. Wenn die Dienste eines Redakteurs nicht mehr gewünscht werden und er das Anrecht auf freie Verwendung seiner Zeit nicht durch andere litterarische Arbeiten erringen kann, so tritt er einfach wieder in die industrielle Armee zurück. Ich sollte noch hinzufügen, daß, obgleich gewöhnlich ein Redakteur für ein volles Jahr gewählt wird und in der Regel Jahre lang im Dienste bleibt, dennoch dafür gesorgt ist, daß die Subskribenten ihn sofort entlassen können, wenn er den Ton der Zeitung plötzlich ändern und dieselbe nicht mehr im Sinne seiner Auftraggeber leiten sollte."

Als die Damen sich an jenem Abende zurückzogen, brachte mir Edith ein Buch und sagte:

„Wenn Sie heut nicht bald einschlafen sollten, Herr West, so würde es Sie vielleicht interessieren, diese Erzählung Berrians anzusehen. Sie wird für sein Meisterwert gehalten und wird Ihnen wenigstens eine Vorstellung davon geben, wie die Erzählungen heutzutage sind.“

Ich blieb in meinem Zimmer die ganze Nacht auf, bis der Morgen dämmerte und las „Penthesilea,“ und legte das Buch nicht aus der Hand, bis ich es ausgelesen hatte. Möge keiner der Bewunderer des großen Romanschriftstellers des zwanzigsten Jahrhunderts es mir übelnehmen, wenn ich sage, daß beim erstmaligen Lesen, was am meisten auf mich Eindruck machte, nicht das war, was in dem Buche stand, sondern gerade das, was ausgelassen war. Die Schriftsteller meiner Zeit würden die Aufgabe, Ziegelsteine ohne Stroh herzustellen, leicht gefunden haben, verglichen mit der, einen Roman zu schreiben, in welchem alle Wirkungen, die aus dem Gegensatze des Reichtums zur Armut, der Bildung zur Unwissenheit, der Rohheit zur feinen Sitte, des hohen zum niedrigen Stande entspringen, ausgeschlossen, von welchem alle Motive, deren Ursprung socialer Stolz und Ehrgeiz, der Wunsch reicher oder die Furcht ärmer zu werden, nebst der gemeinen Sorge irgend welcher Art um seiner selbst oder anderer willen verbannt sein sollte, ein Roman, in welchem in der That Liebe im Überfluss sein sollte, aber Liebe, die ungehemmt ist durch künstliche Schranken, die durch Verschiedenheiten der Stellung und des Besitzes geschaffen sind, da sie kein anderes Gesetz kennt, als das des Herzens. Die Lektüre von „Penthesilea“ nützte mir mehr, einen allgemeinen Eindruck von dem gesellschaftlichen Zustande des zwanzigsten Jahrhunderts zu gewinnen, als die längsten Erklärungen es vermocht hätten. Dr. Leetes Berichte waren allerdings, was die thatsächlichen Verhältnisse anbetraf, sehr eingehend; aber sie hatten auf meinen Geist nur eine Reihe abgesonderter Eindrücke gemacht, welche in Zusammenhang zu bringen mir bisher nur sehr unvollkommen gelungen war. Berrian stellte sie mir zu einem Bilde zusammen.

Sechzehntes Kapitel.

Den nächsten Morgen stand ich etwas vor der Frühstücksstunde auf. Als ich die Treppe hinabging, trat Edith in die Halle. Sie kam aus dem Zimmer, welches der Schauplatz jener früher beschriebenen Morgenbegegnung gewesen war.

„Ah!“ rief sie mit einem bezaubernd schelmischen Ausdrucke, „Sie dachten wohl wieder heimlich fortzuschlüpfen zu einem jener einsamen Morgenschwärmereien, welche Ihnen so trefflich bekommen? Aber Sie sehen, diesmal bin ich für Sie zu früh aufgestanden. Ich habe Sie gefangen!“

„Sie unterschätzen den Erfolg Ihrer eigenen Kur,“ sagte ich, „wenn Sie annehmen, daß solches Schwärmen jetzt noch böse Folgen für mich haben würde.“

„Es freut mich sehr, das zu hören,“ sagte sie. „Ich war in jenem Zimmer damit beschäftigt, einen Blumenstrauß für den Frühstückstisch zu binden, als ich Sie herunterkommen hörte, und meinte, ich hätte eine gewisse Heimlichkeit in Ihrem Schritte auf der Treppe entdeckt.“

„Sie thaten mir Unrecht,“ sagte ich. „Ich dachte gar nicht daran, auszugehen.“

Ungeachtet ihrer Bemühung, mich glauben zu machen, daß sie nur zufällig mich abgefangen habe, kam mir doch ein gewisser Verdacht, – der, wie ich später erfuhr, der Thatsache entsprach, – daß nämlich dieses holde Geschöpf in Erfüllung des selbstauferlegten Hüteramtes an den letzten zwei oder drei Morgen zu einer unerhört frühen Stunde aufgestanden war, um der Möglichkeit vorzubeugen, daß ich wieder allein ausschwärmte, falls ich in jene Gemütsstimmung verfiele, wie bei der früheren Gelegenheit. Sie gab mir die Erlaubnis, ihr beim Binden des Straußes zu helfen, und ich folgte ihr in das Zimmer, aus welchen sie gekommen war.

„Sind Sie sicher,“ fragte sie, „daß Sie über die schrecklichen Empfindungen, welche Sie an jenem Morgen hatten, hinaus sind?“

„Ich kann nicht leugnen, daß ich zu Zeiten Gefühle habe, die entschieden wunderlich sind,“ erwiderte ich, „Augenblicke, wo nur die Identität meiner Person als eine offene Frage erscheint. Es wäre zu viel, nach dem, was ich erlebt habe, zu erwarten, daß ich nicht mehr gelegentlich solche Empfindungen haben sollte; aber ich denke, die Gefahr, gänzlich zusammenzubrechen, wie es mir an jenem Morgen beinahe begegnet wäre, ist vorüber.“

„Ich werde nie vergessen,“ sagte sie, „wie Sie an jenem Morgen aussahen.“

„Wenn Sie nur mein Leben gerettet hätten,“ fuhr ich fort, „könnte ich vielleicht Worte finden, meine Dankbarkeit auszudrücken, aber es war meine Vernunft, welche Sie retteten, und da gibt es keine Worte, welche dem, was ich Ihnen schulde, einen vollkommenen Ausdruck würden geben können.“ Ich sprach mit Bewegung, und ihre Augen wurden plötzlich feucht.

„Es ist zu viel, dies alles zu glauben.“ sagte sie, „aber es ist sehr angenehm, es Sie sagen zu hören. Was ich that, war sehr wenig. Sehr groß war mein Schmerz um Sie, das weiß ich. Mein Vater meint, nichts sollte uns in Erstaunen setzen, was sich wissenschaftlich erklären läßt, wie dies ja wohl auch für Ihren langen Schlaf gilt; aber der bloße Gedanke, in Ihrer Lage zu sein, macht mich schwindeln. Ich weiß, daß ich es überhaupt nicht hätte ertragen können.“

„Das hängt davon ab,“ erwiderte ich, „ob ein Engel kommen würde, Sie in dem entscheidenden Augenblicke mit seiner Sympathie zu unterstützen, wie ein solcher mir nahte.“ Wenn mein Gesicht irgendwie das Gefühl ausdrückte, welches ich rechtmäßig gegen dieses holde, liebenswürdige junge Mädchen hegen durfte, welches eine solche Engelsrolle mir gegenüber gespielt hatte, so konnte dessen Ausdruck damals kein anderer als der einer andächtigen Verehrung sein. Dieser Ausdruck, oder die Worte, oder beides zusammen, hatten zur Folge, daß sie jetzt mit einem reizenden Erröten ihre Augen senkte.

„Um bei diesem Gegenstande," sagte ich, „zu bleiben: Wenn das, was Sie erlebt haben, auch nicht so aufregend gewesen ist, wie das, was ich erlebt habe, so muß es doch überwältigend gewesen sein, einen Mann, der einem fremden Jahrhundert angehörte, und der anscheinend seit hundert Jahren tot war, ins Leben zurückgerufen zu sehen."

„Es schien in der That anfangs unbeschreiblich seltsam," sagte sie; „aber als wir uns in Ihre Lage zu versetzen begannen und daran dachten, wie viel fremdartiger Ihnen alles erscheinen müsse, da vergaßen wir, glaube ich, zum guten Teile unsre Gefühle, mir wenigstens, weiß ich, erging es so. Es erschien uns dann nicht sowohl erstaunlich, als interessant und ergreifend, mehr als irgend etwas, wovon man je zuvor gehört hatte."

„Aber überkommt es Sie nicht als etwas Erstaunliches, daß Sie mit mir am Tische sitzen, nun, da Sie wissen, wer ich bin?"

„Sie müssen bedenken," antwortete sie, „daß Sie uns nicht so fremd erscheinen, wie wir Ihnen. Wir gehören einer Zukunft an, von der Sie keine Idee haben konnten, einer Generation, von der Sie nichts wußten, bis Sie uns sahen. Aber Sie gehören einem Geschlechte an, welches das unsrer Voreltern ist. Es ist uns wohl bekannt; die Namen vieler Menschen jener Zeit sind oft in unserm Munde. Wir haben aus Ihrer Denk- und Lebensweise ein Studium gemacht. Nichts, was Sie sagen und thun, überrascht uns; während wir nichts sagen und thun, was Ihnen nicht fremdartig erscheint. Sie sehen also, Herr West, daß, wenn Sie fühlen, Sie werden sich mit der Zeit an uns gewöhnen können, es Sie kaum überraschen darf, daß Sie uns von Anfang an kaum wie ein Fremder vorgekommen sind."

„Unter diesem Gesichtspunkt hatte ich die Sache noch nicht betrachtet," erwiderte ich, „Es liegt wirklich viel Wahres in dem, was Sie sagen. Man kann leichter tausend Jahre zurückblicken als fünfzig Jahre in die Zukunft. Für einen Rückblick sind hundert Jahre gar keine so lange Zeit. Ich hätte ganz wohl Ihre Urgroßeltern kennen können. Vielleicht kannte ich sie wirklich. Lebten sie in Boston?"

„Ich glaube, ja." "Sie wissen es also nicht gewiß?"

„Ja," erwiderte sie, „ich denke, sie wohnten hier."

„Ich hatte einen großen Bekanntenkreis in der Stadt," sagte ich. „Es ist nicht unwahrscheinlich, daß ich sie kannte oder doch wenigstens etwas von ihnen gehört habe. Vielleicht habe ich sie sogar ganz gut gekannt. Würde es Sie nicht interessieren, wenn ich Ihnen zufällig die allergenauesten Nachrichten z. B. über Ihren Urgroßvater geben könnte?"

„Das würde mich sehr interessieren."

„Kennen Sie Ihre Familiengeschichte genau genug, um mir sagen zu können, welche von Ihren Vorfahren zu meiner Zeit in Boston lebten?"

„O ja."

„Vielleicht nennen Sie mir einmal die Namen des einen oder andern von ihnen?"

Sie war gerade damit beschäftigt, einen störrischen Zweig in dem Strauße zurechtzustecken und antwortete nicht gleich. Schritte auf der Treppe verkündeten, daß die übrigen Familienglieder zu uns herunterkamen.

„Vielleicht einmal," sagte sie.

Nach dem Frühstück schlug Dr. Leete mir vor, das Centralwarenlager mit ihm zu besichtigen und die Verteilungseinrichtungen, die mir Edith beschrieben hatte, in voller Thätigkeit zu sehen. Als wir fortgingen, sagte ich: Ich nehme nun schon mehrer Tage lang in Ihrem Hause eine höchst eigentümliche Stellung oder, richtiger gesagt, überhaupt gar keine Stellung ein. Ich habe diesen Punkt noch nicht eher Ihnen gegenüber berührt, weil so viele noch weit ungewöhnlichere Eindrücke auf mich einwirkten. Jetzt aber, wo ich anfange, etwas Boden unter den Füßen zu fühlen und mir klar zu machen, daß, wie auch immer ich hierher gekommen bin, ich nun einmal hier bin und mich so gut wie möglich in meine Lage hineinzufinden habe, – jetzt muß ich über diesen Punkt mit Ihnen reden."

„Darüber, daß Sie als Gast in meinem Hause leben," erwiderte Dr. Leete, „dürfen Sie sich jetzt noch keine Gedanken machen, denn ich hoffe, daß wir Sie noch lange bei uns behalten werden. Ihre Bescheidenheit in Ehren, – aber das müssen Sie doch einsehen, daß ein Gast wie Sie eine Eroberung ist, die man nicht so gern aufgibt.“

„Vielen Dank, Herr Doktor,“ sagte ich.

„Es würde sicherlich eine alberne Ziererei von mir sein, wenn ich mich weigerte, auf einige Zeit Ihre Gastfreundschaft in Anspruch zu nehmen. Verdanke ich es ja doch Ihnen, daß ich nicht noch jetzt lebendig im Grabe liege und dort das Ende der Welt erwarte. Wenn ich aber dazu berufen bin, für die Dauer ein Bürger dieses Jahrhunderts zu werden, so muß ich in demselben doch irgend eine Stellung ausfüllen. Zu meiner Zeit nun würde es in dem großen unorganisierten Haufen gar nicht aufgefallen sein, wenn ein Mensch mehr oder weniger auf der Welt wäre, möchte er nun hineingekommen sein, wie er wollte. Er würde sich irgendwo, wo es ihm beliebte, einen Platz verschafft haben, vorausgesetzt, daß er dazu stark genug gewesen wäre. Heutzutage aber ist jedermann ein Teil eines organisierten Systems und hat seinen bestimmten Platz und seine ihm zugewiesene Thätigkeit. Ich stehe außerhalb dieses Systems und sehe nicht, wie ich in dasselbe eingereiht werden könnte; es scheint keine Möglichkeit zu geben, einen Platz in demselben zu erlangen, außer wenn man darin geboren wird oder von einem anderen ebenso organisierten Gemeinwesen zugewandert kommt.“

Dr. Leete lachte herzlich. „Ich gebe zu,“ sagte er, „daß unsere Staatseinrichtung insofern mangelhaft ist, als in derselben für Fälle, wie der Ihrige, keine Vorkehrungen getroffen sind. Wie Sie sehen, hat niemand daran gedacht, daß die Welt einmal auf einem anderen als dem gewöhnlichen Wege einen Zuwachs erhalten könnte. Sie brauchen jedoch nicht zu fürchten, daß wir nicht einen Platz und geeignete Beschäftigung seiner Zeit für Sie finden werden. Sie sind bis jetzt nur mit den Mitgliedern meiner Familie in Berührung gekommen; aber Sie müssen nicht glauben, daß wir aus Ihrer Existenz ein Geheimnis gemacht haben. Im Gegenteil hat Ihr Fall schon vor Ihrer Wiederauferweckung und seitdem noch vielmehr allgemein das höchste Interesse erregt. In Rücksicht auf Ihren schonungsbedürftigen Zustand hielt man es für das Beste, daß ich Sie zuerst unter meine ausschließliche Obhut nähme und daß Sie weitere Bekanntschaften nicht eher machen sollten, als bis Sie durch mich und meine Familie eine allgemeine Vorstellung davon erhalten hätten, in was für eine Art von Welt Sie zurückgekehrt sind. Eine geeignete Stellung für Sie in der Gesellschaft zu finden, darüber war man keinen Augenblick in Verlegenheit. Wenigen von uns ist es gegeben, der Nation einen so großen Dienst zu erweisen, wie Sie es werden thun können, wenn Sie, woran Sie übrigens noch lange nicht denken dürfen, mein Haus verlassen werden."

„Was könnte ich denn thun?" fragte ich. „Vielleicht denken Sie, daß ich ein Gewerbe, eine Kunst verstehe, oder mir sonst besondere Fertigkeiten angeeignet habe. Ich versichere Sie aber, daß das keineswegs der Fall ist. Ich habe in meinem Leben nie einen Dollar verdient und nie eine Stunde lang gearbeitet. Ich bin stark und könnte vielleicht ein gewöhnlicher Arbeiter werden, mehr aber nicht!"

„Wenn das der erfolgreichste Dienst wäre, den Sie der Nation leisten könnten, so würden Sie finden, daß dieser Beruf für ebenso ehrenvoll gehalten wird, wie irgend ein anderer," erwiderte Dr. Leete; „aber Sie können etwas anderes besser leisten. Sie sind allen unsern Geschichtsforschern bei weitem überlegen in Bezug auf Fragen, welche den socialen Zustand am Ausgange des neunzehnten Jahrhunderts betreffen, einer Periode, welche für uns ein ganz besonders hervorragendes Interesse besitzt. Wenn Sie seiner Zeit hinreichend mit unsern Einrichtungen sich werden vertraut gemacht haben und bereit sein werden, uns über diejenigen Ihrer eignen Zeit zu belehren, so werden Sie eine Stelle als Lehrer der Geschichtswissenschaft an einer unserer Universitäten offen finden."

„Sehr gut! wirklich sehr gut!" sagte ich und atmete erleichtert auf, da die Angelegenheit, auf welcher dieser so praktische Vorschlag sich bezog, mich bereits beunruhigt hatte. „Wenn Ihre Landsleute sich wirklich so sehr für das neunzehnte Jahrhundert interessieren, dann würde das allerdings eine Beschäftigung sein, die wie für mich gemacht wäre. Ich glaube kaum, daß sich sonst für mich irgend eine Thätigkeit finden ließe, durch die ich mein Brot verdienen könnte; aber das könnte ich sicher ohne Überhebung behaupten, daß ich für eine Stellung wie die von Ihnen beschriebene, eine gewisse besondere Befähigung habe.“

Siebzehntes Kapitel.

Ich fand den Geschäftsgang in dem Warenhause ganz so interessant, wie ich es nach Ediths Beschreibung erwartet hatte. Zu dem Satze, daß eine vollkommene Organisation der Arbeit den Erfolg derselben auf wunderbare Weise vervielfältigt, bot sich mir hier eine so bemerkenswerte Illustration dar, daß ich geradezu in Enthusiasmus geriet. Das Warenlager erschien mir wie eine ungeheure Mühle, in deren Rumpf die Waren in ganzen Wagen- und Schiffsladungen beständig hineingeschüttet werden, um an dem anderen Ende in Paketen von einigen Pfund oder Gramm, einigen Ellen oder Centimetern, einigen Ankern oder Litern wieder hervorzukommen, entsprechend den Bedürfnissen von einer halben Million Menschen. Ich beschrieb dem Dr. Leete, wie zu meiner Zeit der Verkauf von Waren vor sich ging, und er rechnete mir auf Grund meiner Angaben vor, welch' erstaunliche Ersparnisse durch das neue System erzielt würden.

Auf dem Heimwege sagte ich: „Wenn ich das heute Gesehene mit dem zusammenhalte, was Sie mir erzählt haben, und was ich unter Fräulein Leetes Führung im Bazare erfahren habe, glaube ich einen ziemlich klaren Begriff von Ihrem Verteilungssystem gewonnen zu haben, und ich begreife jetzt, wie dasselbe jeden Zwischenhandel durch Mittelspersonen entbehrlich macht. Aber ich möchte gern auch etwas mehr über das System erfahren, nach welchem diese Waren produziert werden. Sie haben mir im allgemeinen erklärt, auf welche Weise Ihr Arbeiterheer ausgehoben und organisiert wird, aber wer leitet dessen Thätigkeit? Wer hat die höchste Entscheidung darüber zu treffen, was in jeder Abteilung gethan werden soll, damit von Allem eine ausreichende Quantität erzeugt und doch keine Arbeit verschwendet wird? Das scheint mir eine wunderbar verwickelte und schwierige Aufgabe zu sein, zu deren Lösung ganz ungewöhnliche Fähigkeiten erforderlich sind."

„Scheint Ihnen das wirklich so?" antwortete Dr. Leete. „Ich versichere Sie, daß dies keineswegs der Fall ist. Im Gegenteil, das System ist so einfach und stützt sich auf so klare und leicht durchzuführende Grundsätze, daß die Beamten in Washington, die mit dieser Arbeit betraut sind, nichts weiter als durchschnittliche Fähigkeiten zu besitzen brauchen, um ihre Aufgabe zur vollen Zufriedenheit der Nation zu erledigen. Die Maschine, welche sie leiten, ist allerdings ungeheuer groß, aber sie ist so logisch in ihren Prinzipien, so klar und einfach in ihrer Handhabung, daß sie fast von selbst geht und nur ein Narr sie in Unordnung bringen könnte. Sie werden mir zustimmen, wenn ich Ihnen die Sache in wenigen Worten erkläre. Da Sie von dem Gange des Verteilungsverfahrens ja schon eine ziemlich gute Vorstellung haben, wollen wir von diesem ausgehen. Schon zu Ihrer Zeit konnten die Statistiker Ihnen sagen, wie viele Ellen Baumwollenstoffe, Sammet und Wollenzeuge, wie viele Tonnen Mehl, Kartoffeln und Butter, wie viele Paar Schuhe, Hüte und Sonnenschirme die Nation in einem Jahre konsumierte. Da die Produktion in Privathänden war und man auf keine Weise eine Statistik für die tatsächliche Verteilung des Konsums herstellen konnte, so waren diese Berechnungen allerdings nicht genau, aber doch annähernd richtig. Jetzt aber, wo jede Stecknadel gebucht wird, die in irgend einem Warenlager der Nation zur Ausgabe gelangt, sind natürlich die Zahlen, die den Verbrauch für eine Woche, einen Monat, ein Jahr angeben, und die am Ende eines jeden solchen Zeitabschnittes dem Verteilungsamte zugestellt werden, völlig genau. Auf diese Zahlen gründen sich, unter Berücksichtigung der üblichen Schwankungen und der Möglichkeit des Eintrittes besonderer, die Nachfrage beeinflussender Ereignisse, die betreffenden Voranschläge für das kommende Jahr. Wenn diese Anschläge, die der Sicherheit wegen einen gewissen Spielraum lassen, von der Generalverwaltung angenommen worden sind, haben die Verteilungsämter mit der Sache nichts weiter zu thun, bis die Waren bei ihnen eingeliefert werden. Ich sprach davon, daß die Voranschläge für ein ganzes Jahr im voraus aufgestellt werden; in Wirklichkeit aber wird ein Voranschlag für eine so lange Frist nur für die großen Massenartikel aufgestellt, bei denen auf eine stetige und dauernde Nachfrage gerechnet werden kann. Bei weitaus den meisten Erzeugnissen der kleineren Gewerbe pflegt der Geschmack zu wechseln, und es kommt bei denselben häufig auf die allerneueste Mode an. Bei Waren dieser Art hält sich die Produktion lediglich auf der Höhe des jeweiligen Verbrauches, und das Verteilungsamt liefert in kurzen Zwischenräumen die nötigen Mitteilungen, welche auf dem Stande der Nachfrage im Verlaufe je einer Woche beruhen.

„Das ganze Gebiet der Güter erzeugenden und zum Gebrauch fertigstellenden Gewerbe ist nun in zehn große Berufsgenossenschaften eingeteilt, von denen jede eine Anzahl verwandter Betriebe umfaßt. Innerhalb derselben wird wiederum jedes einzelne Gewerbe durch ein besonderes Betriebsamt vertreten, welches seinerseits eine vollständige Übersicht über die einzelnen Betriebe, die Anzahl der beschäftigten Personen, über die gegenwärtige Produktion und über die Mittel, diese letztere zu steigern, besitzt. Die von der Generalverwaltung genehmigten Voranschläge der Verteilungsämter werden als Arbeitsaufträge an die zehn großen Berufsgenossenschaften gesandt, welche dieselben dann an die einzelnen, die besonderen Gewerbe repräsentierenden Betriebsämter verteilen, und diese lassen von ihren Leuten die Arbeiten ausführen. Jedes Betriebsamt ist für die ihm zuerteilte Aufgabe verantwortlich, und seine Thätigkeit wird durch die betreffende Berufsgenossenschaft und die Generalverwaltung kontrolliert; auch nimmt kein Verteilungsamt eine Warenlieferung an, ohne sich selbst von der Beschaffenheit derselben überzeugt zu haben. Ja, selbst wenn sich erst in der Hand des Konsumenten eine Ware als fehlerhaft erweist, kann, vermöge unserer Produktionseinrichtungen, der Fehler bis zu demjenigen Arbeiter zurückverfolgt werden, welcher mit der Herstellung des speciellen Stückes betraut gewesen war. Die Herstellung der für den tatsächlichen Verbrauch der Nation notwendigen Gegenstände nimmt natürlich keineswegs die gesamten Arbeitskräfte in Anspruch. Nachdem die erforderlichen Mannschaften den verschiedenen Industrien zugewiesen worden sind, bleibt noch Arbeitskraft genug zu anderer Verwendung übrig, und diese ist dazu bestimmt, festes Kapital zu schaffen, wie Gebäude, Maschinen, gewerbliche Anlagen und so weiter."

„Ein Punkt fällt mir ein," sagte ich, „der, scheint mir, Grund zur Unzufriedenheit geben könnte. Wie kann man, da Privatunternehmungen ausgeschlossen sind, mit irgendwelcher Sicherheit darauf rechnen, daß bei der Güterproduktion auch die Wünsche kleiner Minoritäten berücksichtigt werden, die eine besondere Neigung für diesen oder jenen Artikel haben, der einen irgend erheblichen anderweitigen Absatz nicht verspricht? Jeden Augenblick kann eine amtliche Verfügung sie der Möglichkeit berauben, ihre individuellen Bedürfnisse zu befriedigen, bloß weil die Mehrheit ihren Geschmack nicht teilt!"

„Das würde in der That Tyrannei sein," erwiderte Dr. Leete, „und Sie können ganz sicher sein, daß dergleichen bei uns nicht vorkommt, denen die Freiheit ebenso teuer ist, wie die Gleichheit und Brüderlichkeit. Wenn Sie erst unsere Wirtschaftsordnung besser kennen, dann werden Sie sehen, daß unsere Beamten nicht nur dem Namen nach, sondern auch in der That die Geschäftsführer und Diener des Volkes sind. Die Verwaltung hat nicht die Macht, die Herstellung irgend eines Artikels zu verhindern, für welchen noch Nachfrage vorhanden ist. Gesetzt, die Nachfrage nach einem Gegenstande sänke derartig, daß die Herstellung desselben sehr kostspielig würde, dann muß natürlich der Preis entsprechend erhöht werden; aber so lange der Konsument bereit ist, denselben zu zahlen, nimmt die Produktion ihren Fortgang. Wenn ferner eine bisher nicht produzierte Ware verlangt wird, und die Behörde im Zweifel ist, ob im gegebenen Falle wirklich eine Nachfrage bestehe, so kann dieselbe durch einen Antrag, in welchem ein bestimmter Absatz verbürgt wird, zur Herstellung des gewünschten Artikels angehalten werden. Eine Verwaltung oder eine Majorität, welche es unternehmen wollte, dem Volke oder einer Minorität vorzuschreiben, was sie essen, was sie trinken oder wie sie sich kleiden solle, wie das zu Ihrer Zeit in Amerika, glaube ich, vorkam, würde in der That als ein seltsamer Anachronismus angesehen werden. Sie hatten vielleicht Gründe, diese Beschränkungen der persönlichen Freiheit zu dulden, wir aber würden sie für unerträglich halten. Ich freue mich, daß Sie diesen Punkt berührt haben, denn er hat mir die Gelegenheit gegeben, Ihnen zu zeigen, wie viel direkter und erfolgreicher die Einwirkung ist, welche heutzutage der einzelne Bürger auf die Produktion ausübt, als dies zu ihrer Zeit der Fall war, wo die sogenannte Privatinitiative herrschte, welche man wohl richtiger eine Initiative der Kapitalisten hätte nennen können, da der gewöhnliche Bürger wenig genug darüber zu bestimmen hatte."

„Sie sprachen vorhin," sagte ich, „von einer Preiserhöhung für kostbare Artikel. Wie können überhaupt Preise festgesetzt werden in einem Lande, wo es keinen Wettbewerb zwischen Käufern oder Verkäufern gibt?"

„Es geschieht ganz so, wie bei Ihnen," erwiderte Dr. Leete. „Sie denken, das bedarf der Erklärung?" setzte er hinzu, als ich ihn etwas ungläubig anblickte. „Aber die Erklärung kann ich Ihnen in aller Kürze geben. Die Kosten der Arbeit, welche zur Herstellung eines Gegenstandes erforderlich war, wurden zu Ihrer Zeit als die natürliche Grundlage für den Preis desselben angesehen: und ebenso geschieht es auch bei uns. Damals waren es die Lohnunterschiede, welche den Unterschied in der Preislage verursachten; heute, wo die Unterhaltskosten aller Arbeiter die nämlichen sind, ist es der Unterschied in der Zahl der Stunden, welche in den verschiedenen Gewerbsarten für je einen Arbeitstag gerechnet werden. Die Kosten einer Arbeitsleistung in einem Gewerbe, welches so schwierig ist, daß, um Freiwillige anzuziehen, die Arbeitsstunden auf vier am Tage festgesetzt worden sind, sind doppelt so hoch, als in einem Gewerbe, wo die Arbeiter acht Stunden arbeiten. Das Ergebnis ist, wie Sie sehen, hinsichtlich der Kosten einer solchen Arbeitsleistung das gleiche, wie wenn dem Manne, der vier Stunden gearbeitet hatte, unter Ihrem System der doppelte Lohn gezahlt worden wäre, den die anderen erhielten. Wendet man diese Berechnung auf die sämtlichen Arbeitsleistungen an, welche zur Herstellung eines Artikels erforderlich sind, so erhält man dessen relativen Preis, das heißt seinen Preis im

Verhältnisse zu anderen Erzeugnissen. Bei einigen Warengattungen kommt neben den Produktions- und Transportkosten noch die Seltenheit des verarbeiteten Stoffes bei der Preisbildung mit in Betracht. Dieser Faktor spielt natürlich bei den großen, für den Lebensunterhalt überall erforderlichen Massengütern, von denen stets ein überreichlicher Bestand beschafft werden kann, keine Rolle. Von diesen wird immer ein reichbemessener Vorrat aufgespeichert, aus welchem alle Schwankungen, welche durch erhöhten Bedarf oder geringeres Produktionsergebnis entstehen könnten, ausgeglichen werden, und das läßt sich meistens auch dann noch erreichen, wenn wirkliche Mißernten eintreten. Die Preise dieser Massengüter sinken von Jahr zu Jahr; selten, wenn überhaupt je, steigen sie einmal. Dagegen gibt es andere Gattungen von Artikeln, bei denen fortdauernd, und noch andere, bei denen zeitweise die Nachfrage nicht völlig befriedigt werden kann. In diese Kategorie gehören zum Beispiel frische Fische und Produkte der Milchwirtschaft, in jene dagegen Waren, zu deren Herstellung es einer hohen Kunstfertigkeit oder besonders seltener Materialien bedarf. Alles, was hier geschehen kann, besteht darin, daß man die Unzuträglichkeiten auszugleichen sucht, welche aus der zeitweiligen Knappheit der betreffenden Gütergattungen entstehen könnten. Dies geschieht dadurch, daß man zeitweilig die Preise erhöht, wenn die Knappheit nur eine zeitweilige ist, oder sie überhaupt hoch stellt, wenn sie eine dauernde ist. Zu Ihrer Zeit bedeuteten hohe Preise, daß nur der Reiche sich den Genuß der betreffenden Dinge erlauben konnte: heutzutage aber, wo Alle die gleichen Mittel besitzen, ist die Wirkung lediglich die, daß nur diejenigen sich einen teuren Gegenstand kaufen werden, denen derselbe in ganz besonderem Grade begehrenswert erscheint. Wie jeder Geschäftsmann, so findet natürlich auch die Nation sich gelegentlich mit einigen Resten von Warenvorräten belastet, für welche sich Abnehmer nicht finden wollen, weil sie durch den Wechsel der Mode, durch Witterungsverhältnisse oder andere Ursachen an Wert verloren haben. Solche Waren müssen dann, ganz wie es ein Geschäftsmann zu Ihrer Zeit oft that, mit Verlust verkauft und der Ausfall muß den Geschäftskosten zugeschrieben werden. Da es jedoch so viele Abnehmer gibt, denen die Waren zu gleicher Zeit angeboten werden können, so ist es in der Regel nicht schwierig, sie mit nur geringem Verluste los zu werden. – Ich habe Ihnen nun einen allgemeinen Überblick über unser Produktions- und unser Verteilungsverfahren gegeben. Finden Sie es jetzt noch so kompliziert, wie Sie gedacht hatten?"

Ich gab zu, daß nichts einfacher sein könnte.

„Ich sage gewiß die Wahrheit," bemerkte Dr. Leete, „wenn ich behaupte, daß die Leiter irgend eines der Myriaden von Privatunternehmungen Ihrer Zeit, der mit rastloser Wachsamkeit die Schwankungen des Marktes, die Machinationen seiner Konkurrenten, die Zahlungsfähigkeit seiner Schuldner verfolgen mußte, eine weit schwierigere Aufgabe hatten, als die Männer in Washington, welche heutzutage die Produktion der ganzen Nation leiten. Alles dies, mein verehrter Freund, beweist uns, wie viel leichter es ist, wenn man seine Sache richtig anfängt, als wenn man sie am verkehrten Ende angreift. Es ist leichter für einen General, von einem Luftballon aus bei vollständiger Übersicht über das Schlachtfeld eine Million Streiter zum Siege zu führen, als für einen Unteroffizier, mit seiner Sektion in einem Dickicht zu manövrieren."

„Der General dieser Armee, welche die Blüte der Nation in sich vereinigt, muß gewiß," sagte ich, „der erste Mann im Lande sein, mächtiger als selbst der Präsident der Vereinigten Staaten."

„Er ist der Präsident der Vereinigten Staaten," erwiderte Dr. Leete, „oder genauer, die wichtigste Funktion des Präsidentenamtes ist die Führerschaft des Arbeiterheeres."

„Auf welche Weise wird der Präsident gewählt?" fragte ich.

„Als ich Ihnen beschrieb, wie stark bei allen Graden des Arbeiterheeres das Motiv des Wetteifers sich geltend mache," erwiderte Dr. Leete, „da habe ich Ihnen bereits erklärt, wie diejenigen, welche sich besondere Verdienste erwerben, durch drei Unterstufen hindurch zum Range eines Offiziers emporsteigen und dann innerhalb dieses Ranges wiederum vom Lieutenant zum Hauptmann oder ›Vormann‹, und endlich zum ›Obermeister‹ und damit zum Range eines Obersten emporsteigen. Sodann – bei einigen der größeren Gewerbe erst nach einer Zwischenstufe

– kommt der General eines Einzelgewerbes, unter dessen unmittelbarer Oberleitung alle Arbeiten dieses letzteren ausgeführt werden. Dieser Offizier steht an der Spitze des Betriebsamtes, unter welchem seine Gewerbsgenossen arbeiten, und ist der Hauptverwaltung für die Arbeiten dieser letzteren verantwortlich. Der General, welcher an der Spitze eines Gewerbes steht, hat eine glänzende Stellung, die den Ehrgeiz der meisten Menschen voll befriedigt; aber über seiner Rangstufe – die nach der Ihnen geläufigen militärischen Analogie etwa mit der eines Brigade- oder Divisionsgenerals zu vergleichen ist – steht diejenige des Chefs einer der zehn großen Berufsgenossenschaften, deren jede sich aus verwandten Gewerben zusammensetzt. Die Befehlshaber dieser zehn großen Abteilungen der Arbeiterarmee kann etwa mit Ihren kommandierenden Generalen eines Armeecorps verglichen werden, da jeder von ihnen etwa ein Dutzend Generale, die einzelnen Gewerben vorstehen, unter sich hat. Über diesen zehn Großwürdenträgern, welche zugleich sein Ministerium bilden, steht der Höchstkommandierende, der Präsident der Vereinigten Staaten.

„Der Höchstkommandierende der Arbeiterarmee muß vom einfachen Arbeiter aufwärts alle Rangstufen durchlaufen haben. Wir wollen sehen, wie das geschieht. Ich habe Ihnen schon gesagt, daß lediglich durch vortreffliche Leistungen als Arbeiter jemand durch die einfachen Grade aufsteigen und zur Bewerbung um eine Offizierstelle zugelassen werden kann. Vom Lieutenant avanciert er bis zum Obersten oder Obermeister durch Ernennung von oben herab, wobei jedoch nur diejenigen als Bewerber zugelassen werden, welche die besten Zeugnisse aufweisen können. Der General eines Gewerbes vollzieht die Ernennungen für die Rangstufen unter ihm, aber er selbst wird nicht ernannt, sondern durch Stimmenmehrheit gewählt."

„Gewählt!" rief ich aus. „Wird dadurch nicht die Disciplin unter den Gewerbegenossen zerstört, indem die Bewerber gegeneinander intriguieren, um die Arbeiter, deren Vorgesetzte sie sind, für sich zu gewinnen?"

„So würde es zweifellos kommen," erwiderte Dr. Leete, „wenn die Arbeiter das Stimmrecht auszuüben hätten oder irgendwie bei der Wahl hineinreden dürften. Aber das ist nicht der Fall. Gerade hier bewährt sich eine Besonderheit unseres Systems. Der General, der ein Einzelgewerbe leiten soll, wird aus der Zahl der Obermeister durch die Stimmen der Ehrenmitglieder des betreffenden Gewerbes gewählt, das heißt derjenigen, die ihre Zeit in dem Gewerbe abgedient und ihre Entlassung erhalten haben. Sie wissen, daß wir mit fünfundvierzig Jahren aus dem Arbeiterheere ausscheiden und den Rest unseres Lebens unserer Vervollkommnung oder Erholung widmen. Dabei bleiben wir aber natürlich mit den Körperschaften, denen wir während unserer Dienstzeit angehörten, durch mächtige Bande verknüpft. Die Freundschaften, die wir damals schlossen, dauern bis an unser Lebensende. Wir werden Ehrenmitglieder unserer früheren Gewerbe und wachen mit lebhaftem und eifersüchtigem Interesse darüber, daß dieselben auch in den Händen der jüngeren Generation gedeihen und ihren guten Ruf bewahren. In den Klubs, in denen sich die „alten Herren" zu geselligen Zwecken zusammenfinden, ist keine Art von Unterhaltung so häufig, wie Gespräche über diese Angelegenheiten; und die jungen Bewerber um die Leitung eines Gewerbes müssen schon recht Tüchtiges leisten, wenn sie vor der Kritik der alten Garde bestehen wollen. Diesem Verhältnis trägt die Nation Rechnung, indem sie den Ehrenmitgliedern eines jeden Gewerbes die Wahl des Generals desselben überträgt; und ich möchte behaupten, daß keine frühere gesellschaftliche Organisation jemals einen Wahlkörper aufweisen konnte, dessen Mitglieder eine so absolute Unparteilichkeit, eine so genaue Kenntnis hinsichtlich der besonderen Fähigkeiten und Leistungen der Bewerber, ein solches Interesse an einem möglichst guten Ergebnisse der Wahl und endlich eine so vollkommene Freiheit von selbstsüchtigen Beweggründen besessen hätten und demgemäß so vollkommen der ihnen obliegenden Aufgabe gewachsen gewesen wären.

„Jeder von den zehn kommandierenden Generalen oder Leitern der Berufsgenossenschaften wird selbst aus der Zahl der Generale derjenigen

Einzelgewerbe gewählt, aus denen sich die Berufsgenossenschaft zusammensetzt. Wähler sind die Ehrenmitglieder der sämtlichen, in der Berufsgenossenschaft vereinigten Gewerbe. Natürlich strebt jedes Einzelgewerbe danach, seinem eigenen General die Mehrheit zu verschaffen; aber in keiner Berufsgenossenschaft hat ein Einzelgewerbe jemals auch nur annähernd so viele Stimmen, daß es einen Bewerber durchbringen könnte, der nicht der Mehrheit der übrigen Gewerbe genehm wäre. Ich kann Ihnen die Versicherung geben, daß es bei diesen Wahlen recht lebhaft zugeht."

„Der Präsident," sagte ich, „wird wohl aus der Zahl der zehn Leiter der großen Berufsgenossenschaften gewählt?"

„Ganz recht; aber diese Chefs können erst dann für die Präsidentschaft kandidieren, wenn sie eine Reihe von Jahren außer Amt und Würden gewesen sind. Selten gelangt jemand vor seinem vierzigsten Jahre durch alle Rangstufen hindurch zur Leitung einer Berufsgenossenschaft, und am Schlusse seiner fünfjährigen Amtsführung in dieser Stellung ist er gewöhnlich fünfundvierzig Jahre alt. Ist er älter, so behält er sein Amt doch über dieses Lebensjahr hinaus bis zum Ablaufe der Amtsperiode; ist er bei Niederlegung desselben noch jünger als fünfundvierzig Jahre, so ist er doch vom fernern Dienste im Arbeiterheere befreit. Es würde sich nicht empfehlen, ihn wieder in Reih und Glied zurückkehren zu lassen. Die Zwischenzeit bis zu seiner Kandidatur für die Präsidentschaft soll ihn voll und ganz an den Gedanken gewöhnen, daß er nun wieder zu der großen Masse der Nation als solcher gehört, und daß er jetzt seine Interessen mehr mit denen des gesamten Volkes als mit denen des Arbeiterheeres zu identifizieren hat. Ferner erwartet man von ihm, daß er diese Zeit dazu verwenden werde, die gesamten Produktionsbedingungen auch der übrigen Berufsgenossenschaften zu studieren, anstatt sich bloß um diejenigen zu kümmern, deren Vorstand er war. Aus der Zahl der früheren Leiter der großen Berufsgenossenschaften, soweit dieselben derzeit wählbar geworden sind, wird der Präsident durch die Stimmen aller derjenigen Mitglieder der Nation gewählt, welche nicht der Arbeiterarmee angehören."

„Die Armee darf bei der Präsidentenwahl nicht mitstimmen?“ “Gewiß nicht! Das würde für die Disciplin gefährlich sein, welche der Präsident, als Vertreter der Nation in ihrer Gesamtheit, aufrechtzuerhalten berufen ist. Seine rechte Hand ist hierbei das Inspektorat, in unserm System eine sehr wichtige Behörde, vor deren Forum alle Klagen oder Berichte über Mangelhaftigkeit der Waren, Grobheit oder Untüchtigkeit der Offiziere und Übelstände aller Art kommen, die im öffentlichen Dienste zu Tage getreten sind. Das Inspektorat wartet jedoch nicht ab, bis Klage erhoben wird. Nicht nur wacht es über alle Gerüchte hinsichtlich eines Fehlers im Dienste und prüft dieselben, sondern es ist seine Aufgabe, durch systematische und beständige Beaufsichtigung jeder Abteilung des Heeres Fehler zu entdecken, die noch niemand sonst bemerkt hat. Der Präsident ist gewöhnlich zur Zeit seiner Wahl nicht weit von seinem fünfundvierzigsten Jahre, und seine Amtsperiode ist eine fünfjährige; er macht also von der Regel, welche für das fünfundvierzigste Lebensjahr den Eintritt in den Ruhestand vorschreibt, eine ehrenvolle Ausnahme. Am Ende seiner Amtszeit wird ein Nationalkongreß berufen, der seinen Rechenschaftsbericht entgegennimmt und denselben genehmigt oder verwirft. Wenn ersteres der Fall ist, so pflegt der Kongreß ihn auf weitere fünf Jahre zum Repräsentanten der Nation für den internationalen Bundesrat zu wählen. Der Kongreß prüft auch, wie ich gleich hinzufügen will, die Rechenschaftsberichte der zurücktretenden Leiter der Berufsgenossenschaften, und derjenige, dem hierbei Mißbilligung über sein Verhalten ausgesprochen wird, würde dadurch seine Wählbarkeit für den Präsidentenposten verlieren. Aber es ist in der That selten, daß die Nation Veranlassung hat, gegen ihre höheren Beamten andere Gefühle als die der Dankbarkeit, auszusprechen. Was ihre Befähigung anbetrifft, so ist die Thatsache, daß sie durch erfolgreiche Lösung mannigfaltiger und schwieriger Aufgaben sich von der untersten Stufe zu ihrer hohen Stellung emporgeschwungen haben, Beweis genug für eine ungewöhnliche Begabung; und was ihre Ehrenhaftigkeit anbelangt, so sorgt schon unsere Staatseinrichtung dafür, daß sie kein anderes Motiv für ihr Verhalten haben können als das, die Achtung ihrer Mitbürger zu gewinnen. Korruption ist ausgeschlossen in einer staatlichen Gesellschaft, wo es weder Armut gibt, die bestochen werden kann, noch Reichtum, der zu bestechen vermag, und wo durch die Art und Weise, wie man die höheren Stellen besetzt, Demagogentum und Stellenjägerei unmöglich gemacht werden."

„Eins habe ich noch nicht recht verstanden," sagte ich. „Sind auch diejenigen, welche sich einer Kunst oder Wissenschaft gewidmet haben, für das Amt eines Präsidenten wählbar? und wenn dies der Fall ist, in welchem Rangverhältnisse stehen sie zu denjenigen, die sich lediglich den gewerblichen Berufsarten zugewendet haben?"

„Sie rangieren überhaupt nicht mit ihnen," erwiderte Dr. Leete. „Die Mitglieder der technischen Professionen, wie Ingenieure und Architekten, haben ihren Rang innerhalb der übrigen, mit konstruktiven Aufgaben beschäftigten Gewerbe; dagegen gehören die übrigen Vertreter der Künste und Wissenschaften, die Ärzte, die Lehrer und diejenigen Künstler und Schriftsteller, denen der Dienst im Arbeiterheere erlassen worden ist, überhaupt nicht zu diesem. Aus eben diesem Grunde haben sie wohl eine Stimme bei der Präsidentenwahl, sind aber selbst nicht wählbar zu diesem Amte. Da eine der wesentlichsten Pflichten des Präsidenten die Kontrole und Disciplin des Arbeiterheeres betrifft, so ist es unerläßlich, daß der Präsident alle Grade desselben durchgemacht hat, damit er seinem Geschäfte gewachsen ist."

„Das ist sehr vernünftig," sagte ich. „Aber wenn Ärzte und Lehrer nicht genug vom Gewerbe verstehen, um Präsident zu werden, so kann, sollte man meinen, auch der Präsident nicht genug von Medizin und Erziehung verstehen, um in diesen Gebieten die Leitung zu übernehmen."

„Das thut er auch nicht," war die Antwort. „Abgesehen davon, daß er im allgemeinen dafür verantwortlich ist, daß die bestehenden Gesetze allen Klassen gegenüber zur Anwendung kommen, hat der Präsident weder mit den Medizinal- noch mit den Erziehungsbehörden etwas zu thun. Vielmehr stehen diese letzteren unter einem, aus ihrer Mitte gewählten Kollegium von Dekanen, in welchem dem Präsidenten nur der ständige Vorsitz mit entscheidender Stimme zukommt. Diese Dekane, welche natürlich dem Kongresse verantwortlich sind, werden durch die Ehrenmitglieder der Lehrer-, beziehungsweise der Ärzte-Genossenschaften, also durch die in den Ruhestand getretenen Lehrer und Ärzte des Landes, gewählt.“

„Wissen Sie,“ sagte ich, „daß diese Methode, die Vorstandsmitglieder durch die früheren Mitglieder einer Genossenschaft wählen zu lassen, nur im Großen die Anwendung eines Verfahrens ist, welches im Kleinen vielfach auf unseren Hochschulen für die Wahl der Vorgesetzten der Alumnen üblich war?“

„Hatten Sie wirklich eine ähnliche Einrichtung?“ rief Dr. Leete lebhaft aus. „Das ist etwas ganz Neues für mich und, wie ich glaube, auch für die meisten von uns, und ist zugleich von hohem Interesse. Man hat viel darüber gestritten, woher dieser Gedanke gekommen sei, und wir hatten uns eingebildet, daß hier einmal wirklich etwas Neues unter der Sonne zum Vorschein gekommen sei. Ei, ei! also in Ihren Hochschulen! Das ist in der That interessant. Sie müssen mir mehr davon erzählen.“

„Es ist aber wirklich,“ erwiderte ich, „sehr wenig mehr zu berichten, als was ich Ihnen bereits gesagt habe. Wenn wir zwar den Keim dieser Ihrer Einrichtung hatten, so war es doch eben nur ein Keim.“

Achtzehntes Kapitel.

An jenem Abend blieb ich noch eine Zeit lang mit Doktor Leete zusammen, nachdem sich die Damen zurückgezogen hatten. Wir sprachen über die Folgen der Einrichtung, daß Personen nach ihrem fünfundvierzigsten Lebensjahre vom ferneren Dienste befreit seien, ein Punkt, auf welchen Doktor Leetes Bericht über den Anteil, den diese in den Ruhestand getretenen Bürger an der Staatsverwaltung nehmen, uns gebracht hatte.

„Mit fünfundvierzig Jahren,“ sagte ich, „fühlt der Mensch noch zehn Jahre voller körperlicher Arbeitskraft in sich und zweimal zehn Jahre voller Kraft für geistige Thätigkeit. In diesem Alter abgedankt und auf das Altenteil gesetzt zu werden, muß von energischen Charakteren eher als eine Härte, denn als eine Gunst empfunden werden."

„Mein lieber Herr West," rief Dr. Leete belustigt aus, „Sie können sich gar nicht denken, wie interessant diese Gedanken aus dem neunzehnten Jahrhundert für uns sind, wie ganz eigenartig sie uns heute berühren! So erfahren Sie denn, Sie Kind eines anderen und doch des nämlichen Geschlechts, daß die Arbeit, die jeder für seinen Teil zu leisten hat, um der Nation die Mittel zu einer behaglichen physischen Existenz zu sichern, keineswegs als die wichtigste, interessanteste oder würdigste Anwendung unserer Kräfte gilt. Wir sehen sie als eine durch die Notwendigkeit uns auferlegte Pflicht an, von der wir erst frei sein müssen, wenn wir uns voll und ganz der höheren Bethätigung unsrer Kräfte, den geistigen und seelischen Genüssen und Bestrebungen hingeben können, welche allein das wahre Leben ausmachen. Es ist in der That alles mögliche geschehen, indem man für die gleichmäßige Verteilung der Lasten gesorgt und alle Mittel angewendet hat, um unsere Arbeit im einzelnen anziehend und anregend zu gestalten und ihr thunlichst den Charakter des Lästigen zu nehmen; und man hat es wirklich erreicht, daß die Arbeit, außer in einem relativen Sinne, gewöhnlich nicht als lästig empfunden wird, sondern oft belebend wirkt. Aber nicht unsere Arbeit, sondern die höhere und umfassendere Thätigkeit, der wir uns nach der Vollendung unseres Arbeitstagewerkes widmen können, – sie ist es. die uns als Hauptzweck des Daseins gilt.

„Natürlich haben nicht alle, nicht einmal die Mehrzahl, jene wissenschaftlichen, künstlerischen, litterarischen oder gelehrten Interessen, welche dem, der sich derselben erfreut, die Muße als das eine Gut des Lebens erscheinen lassen. Viele erblicken in der letzten Hälfte des Lebens hauptsächlich eine Zeit, in der sie sich Vergnügungen anderer Art hingeben können: sie verwenden sie zu Reisen, zum geselligen Verkehre mit alten Freunden und Arbeitsgenossen, sie geben sich mit der Verfolgung aller möglichen sie persönlich interessierenden Beschäftigungen und Probleme ab, oder sie sorgen auf alle nur denkbare

Art für ihre Erheiterung; – mit einem Worte, es ist eine Zeit des ruhigen und ungestörten Genusses aller guten Dinge auf der Welt, welche sie selbst haben schaffen helfen. Aber bei aller dieser Verschiedenheit unserer persönlichen Neigungen, denen gemäß wir die Zeit unserer Muße gestalten wollen, stimmen wir alle darin überein, daß wir auf unsere Dienstentlassung als auf den Zeitpunkt hinblicken, wo wir zuerst in den vollen Genuß unsers angeborenen Rechtes gelangen, – wo wir erst wirklich in das Alter der Großjährigkeit eintreten und frei werden von allem Zwange und aller Aufsicht; wir genießen dann den Lohn für unsere Arbeit, der, sozusagen, in uns selbst angelegt worden ist. Wie ungeduldige junge Leute zu Ihrer Zeit das einundzwanzigste Jahr kaum erwarten konnten, so blicken wir heutzutage auf das fünfundvierzigste. Mit einundzwanzig Jahren werden wir Männer, mit fünfundvierzig erneuern wir unsere Jugend. Das höhere Mannesalter und dasjenige, welches Sie Greisenalter nennen würden, gilt uns, mehr denn die Jugend, als die beneidenswerte Lebensperiode. Dank den besseren Existenzbedingungen, welche das heutige Leben bietet, und dank vor allem der völligen Freiheit von Sorgen, deren sich jeder erfreut, kommt das Greisenalter viele Jahre später heran und hat ein weit freundlicheres Angesicht, als in vergangenen Zeiten. Menschen von gewöhnlicher Konsumtion werden in der Regel fünfundachtzig oder neunzig Jahre alt, und mit fünfundvierzig sind wir, glaube ich, jünger, als Sie mit fünfunddreißig waren. Eigentümlich berührt uns der Gedanke, daß mit fünfundvierzig Jahren, wo wir gerade in die genußreichste Lebensperiode eintreten, Sie schon daran dachten, daß Sie alt würden, und schon rückwärts zu blicken begannen. Bei Ihnen war der Vormittag, bei uns ist der Nachmittag die lichtere Hälfte des Lebens.“

Hierauf kam unser Gespräch, wie ich mich erinnere, auf Spiele und Volksbelustigungen, und es wurden dabei die gegenwärtigen mit denen des neunzehnten Jahrhunderts verglichen.

„In einer Hinsicht,“ sagte Dr. Leete, „findet ein bedeutender Unterschied statt. Die berufsmäßigen Sportsmänner, diese sonderbaren Gestalten Ihrer Zeit, haben wir nicht mehr; und die Preise, um welche unsere Athleten kämpfen, sind keine Geldpreise mehr, wie in Ihren Tagen. Bei unseren Wettkämpfern handelt es sich stets nur um den Ruhm. Der edle Wetteifer zwischen den Angehörigen der verschiedenen Genossenschaften und die Anhänglichkeit jedes Arbeiters an die seinige geben eine beständige Anregung zu allen Arten von Spielen und zu mancherlei Turnieren zu Wasser und zu Lande, an denen die jungen Leute kaum mehr Interesse nehmen, als die alten ausgedienten Ehrenmitglieder der Genossenschaften. In nächster Woche findet bei Marblehead das Jachtwettsegeln der Genossenschaften statt, und Sie sollen selbst einen Vergleich anstellen zwischen dem allgemeinen Enthusiasmus, den ein solches Ereignis heutzutage erregt, und demjenigen, der bei solchen Gelegenheiten in Ihren Tagen herrschte. Das Verlangen des römischen Volkes nach ›Brot und Spielen‹ erkennt man heutzutage als völlig vernünftig an. Wenn Brot die erste Bedingung für das Leben ist, so ist Erholung nahezu die zweite und nächste, und die Nation sorgt dafür, daß beide befriedigt werden. Die Amerikaner des neunzehnten Jahrhunderts waren in der unglücklichen Lage, weder für das eine, noch für das andere dieser Bedürfnisse geeignete Vorkehrungen zu besitzen. Selbst wenn das Volk in jener Zeit sich größerer Muße erfreut hätte, so würde es, glaube ich, oft in Verlegenheit gewesen sein, wie es dieselbe angenehm zubringen solle. In dieser Lage sind wir niemals."

Neunzehntes Kapitel

Eines schönen Morgens besuchte ich Charlestown. Unter den Veränderungen, die zu zahlreich waren, um sie einzeln aufzuzählen, und die davon Kunde gaben, daß ein Jahrhundert über diesem Stadtteil dahingegangen war, fiel mir besonders auf, daß das alte Staatsgefängnis verschwunden war.

„Das wurde schon vor meiner Zeit beseitigt, aber ich erinnere mich, daß ich noch davon gehört habe," sagte Dr. Leete, als ich beim Frühstück darauf zu sprechen kam. „Wir haben keine Gefängnisse mehr. Alle Fälle von Atavismus werden in den Spitälern behandelt.“

„Atavismus!“ rief ich verwundert aus.

„Jawohl,“ erwiderte Doktor Leete. „Der Gedanke, mit Strafen gegen diese Unglücklichen vorzugehen, ist vor wenigstens fünfzig Jahren, und ich glaube fast vor noch längerer Zeit, aufgegeben worden.“

„Ich verstehe Sie nicht ganz,“ sagte ich. „Das Wort Atavismus brauchten wir zu meiner Zeit für Fälle, in denen bei einem lebenden Wesen ein Zug, der irgend einem entfernten Vorfahren desselben eigentümlich gewesen war, in bemerkbarer Weise wieder zum Vorschein kam. Wollen Sie sagen, daß man heutzutage das Vorkommen von Verbrechen aus einem Rückfalle in einen, dem Vorfahren eigentümlich gewesenen Zustand erkläre?“

„Ich bitte um Verzeihung,“ sagte Dr. Leete mit halb belustigtem, halb entschuldigendem Lächeln; „aber da Sie mich so ausdrücklich danach fragen, so muß ich gestehen, daß es sich in der That genau so verhält.“

Nach allem, was ich von dem Unterschiede zwischen den Moralvorstellungen des neunzehnten und denen des zwanzigsten Jahrhunderts mittlerweile erfahren hatte, wäre es sicherlich thöricht von mir gewesen, hierüber empfindlich zu werden; und wenn nicht Dr. Leete in so entschuldigendem Tone gesprochen hätte und Frau Leete und Edith nicht gleichfalls eine gewisse Verlegenheit gezeigt hätten, so wäre ich vielleicht nicht errötet; jetzt aber fühlte ich, daß ich rot wurde.

„Ich hatte freilich kaum eine Anlage, eitel auf die Generation zu sein, in der ich lebte,“ sagte ich, „aber in der That –“

„Die jetzige Generation ist die Ihrige, Herr West,“ unterbrach mich Edith. „Es ist diejenige, in der Sie leben; und nur weil auch wir in ihr leben, nennen wir sie die unsrige.“

„Ich danke Ihnen! Ich werde versuchen, ebenso von der Sache zu denken,“ sagte ich; und als meine Augen den ihrigen begegneten, heilte ihr Ausdruck alsbald meine thörichte Empfindlichkeit. „Übrigens bin ich in der Calvinistischen Lehre erzogen," sagte ich lachend, „und ich sollte deshalb gar nicht erstaunt sein, wenn man Verbrechen als Erbfehler bezeichnet."

„In Wahrheit," sagte Dr. Leete, „enthält der Gebrauch, den wir eben von dem Worte Atavismus machten, gar keine Anspielung auf Ihre Generation – wenn wir sie überhaupt, mit Ediths Erlaubnis, die Ihrige nennen dürfen. Es sollte damit keineswegs gesagt sein, daß wir uns, abgesehen von der Verbesserung unserer Lebensverhältnisse, für besser halten, als Sie es waren. Zu Ihrer Zeit waren volle neunzehn Zwanzigstel aller Verbrechen – wenn wir das Wort im weiteren Sinne nehmen und darunter alle Arten von Vergehen und Übertretungen einbegreifen, – durch die Ungleichheit in dem Besitzstande der Einzelnen hervorgerufen. Mangel führte den Armen in Versuchung, Gier nach größerem Gewinn oder der Wunsch, früheren Gewinn festzuhalten, verführte den Wohlhabenden. Direkt oder indirekt war der Wunsch nach Geld, welches damals gleichbedeutend mit dem Besitze aller guten Dinge war, der Beweggrund zu jeglichem Verbrechen, die Wurzel eines mächtigen Giftbaums, den der ganze große Apparat von Gesetzen, Gerichtshöfen und Polizei kaum verhindern konnte, Ihrer ganzen Civilisation den Garaus zu machen. Wir machten nun die Nation zur alleinigen Hüterin alles Reichtums und verbürgten Allen ein reichliches Auskommen: auf der einen Seite beseitigten wir allen Mangel, auf der anderen verhinderten wir die Anhäufung von Reichtümern. Dadurch schnitten wir dem Giftbaum, der Ihre ganze Gesellschaft überschattete, die Wurzel ab, und er verwelkte gleich Jonas' Kürbisranke an einem Tage. Was die verhältnismäßig kleine Anzahl von Verbrechen betrifft, die mit Gewalt gegen Personen begangen werden, ohne daß dabei Gewinnsucht mit im Spiele ist, so waren diese schon zu Ihrer Zeit ganz und gar auf die Klasse der unwissenden und vertierten Menschen beschränkt: und in unseren Tagen, wo Erziehung und gute Sitten nicht mehr das Monopol einiger Weniger, sondern Allen gemeinsam ist, hört man kaum noch von solchen Abscheulichkeiten. Sie begreifen jetzt, weshalb wir das Wort Atavismus auf Verbrechen anwenden. Es geschieht, weil beinahe für alle Arten von Verbrechen, die

Sie kannten, jetzt keine Beweggründe mehr vorhanden sind, und wenn sie dennoch vorkommen, dies allein dadurch sich erklären läßt, daß man sie auf ein Hervorbrechen von Charaktereigentümlichkeiten der Vorfahren schiebt. Sie pflegten Personen, die ohne jedes vernünftige Motiv stahlen, als Kleptomanen zu bezeichnen, und hielten es, wenn der Fall klar vorlag, für thöricht, sie als Diebe zu bestrafen. Ihr Verfahren gegen notorische Kleptomanen ist genau dasselbe wie das, welches wir gegen die Opfer des Atavismus beobachten: es besteht in einer von Mitleid durchdrungenen Behandlung und fester, aber zugleich milder Zucht."

„Ihre Gerichtshöfe," bemerkte ich, „müssen gute Tage haben; da ist keine Rede von Privateigentum, kein Streit zwischen Bürgern über geschäftliche Angelegenheiten, kein Grundeigentum zu teilen oder Schulden einzuklagen; somit können Civilklagen eigentlich gar nicht vorkommen; und da nun ferner keine Eingriffe in das Vermögen anderer stattfinden und nur wenige Kriminalfälle abzuhandeln sind, so sollte ich meinen, Sie könnten fast ganz ohne Richter und Advokaten auskommen."

„Advokaten brauchen wir auch nicht mehr, gewiß nicht," war Dr. Leetes Antwort. „Es würde uns nicht vernünftig erscheinen, in einem Falle, wo das ganze Interesse der Nation darin besteht, die Wahrheit an den Tag zu bringen, Personen an dem Verfahren teilnehmen zu lassen, welche ein anerkanntes Interesse daran haben, dieselbe zu verdunkeln."

„Aber wer verteidigt denn den Angeklagten?"

„Wenn er schuldig ist, so bedarf er keiner Verteidigung, denn er wird sich dann meistens selbst schuldig bekennen," erwiderte Dr. Leete. „Die Erklärung des Angeklagten auf die Anklage ist bei uns nicht wie bei Ihnen eine reine Formalität, sondern auf ihr beruht gewöhnlich die Entscheidung des Falles."

„Sie wollen wohl damit nicht sagen, daß, wenn jemand sich für unschuldig erklärt, er daraufhin freigesprochen wird?"

„Nein, das meine ich nicht. Niemand wird auf Grund leichter Verdachtsmomente angeklagt, und wenn er leugnet, so muß die Sache doch weiter untersucht werden. Aber das kommt selten vor; meistens legt der Schuldige ein Geständnis ab. Wenn er unwahrerweise leugnet, und dann schuldig befunden wird, so bekommt er die doppelte Strafe. Unwahrheit ist jedoch so verachtet bei uns, daß selten ein Übelthäter lügen wird, um sich dadurch zu retten.“

„Das ist das Erstaunlichste von allem, was Sie mir erzählt haben!“ rief ich aus. „Wenn das Lügen außer Mode gekommen ist, dann haben wir ja in der That jetzt ›einen neuen Himmel und eine neue Erde, in welchen Gerechtigkeit wohnet‹, wie der Prophet vorausgesagt hat.“

„Das glauben in der That heutzutage manche Leute,“ war die Antwort des Doktors. „Sie glauben, daß wir im tausendjährigen Reiche angelangt sind, und von ihrem Standpunkte aus hat dieser Glaube manches für sich. Aber daß Sie so erstaunt darüber sind, daß die Welt das Lügen aufgegeben hat, dafür gibt es wirklich keinen rechten Grund. Unwahrheiten waren doch schon in Ihren Tagen unter gesellschaftlich gleichstehenden Herren und Damen etwas Ungewöhnliches. Die Lüge aus Furcht war die Zuflucht der Feigheit, die Lüge zum Zwecke des Betruges das Mittel des Schwindlers. Die ungleiche Stellung der Menschen und ihre Gier nach Erwerb setzte damals immer wieder einen Preis auf das Lügen. Dennoch verabscheuten schon damals diejenigen, die weder einander fürchteten, noch einander betrügen wollten, die Unwahrhaftigkeit. Da wir nun alle gesellschaftlich gleichstehen, niemand etwas von dem anderen zu fürchten braucht, noch von ihm etwas gewinnen kann, indem er ihn betrügt, so ist der Abscheu vor der Unwahrhaftigkeit so allgemein geworden, daß, wie gesagt, sogar jemand, der in anderer Hinsicht ein Verbrecher ist, selten sich zu einer Lüge würde bereit finden lassen. Wenn übrigens ein Angeklagter sich aufs Leugnen verlegt, so ernennt der Richter zwei Kollegen, von denen der eine die den Beschuldigten günstigen, der andere die demselben ungünstigen Momente des Falles klarzulegen hat. Wie wenig diese Männer Ihren gemieteten Advokaten und Anklägern gleichen, welche von vornherein darauf ausgehen, den Angeklagten frei zu bekommen, oder seine Bestrafung herbeizuführen, mögen Sie daraus abnehmen, daß der Fall von neuem verhandelt werden muß, wenn nicht beide übereinstimmend zu einem bestimmten Resultate gelangen. Jegliche Voreingenommenheit auch nur in dem Tone seitens eines der Richter, die den Fall klarzustellen suchen, würde als ein unerhörter Skandal angesehen werden."

„Verstehe ich Sie recht," sagte ich, „daß es ebensowohl ein Richter ist, der über jede der beiden Seiten des Falles plädiert, wie es ein Richter ist, der die Entscheidung abzugeben hat?"

„Gewiß. Die Richter wechseln in einem bestimmten Turnus miteinander ab; bald sitzen sie auf der Gerichtsbank, bald treten sie als Staatsanwälte oder als Verteidiger auf. Ob sie nun die eine oder die andere dieser Obliegenheiten erfüllen, immer erwartet man von ihnen die nämliche richterliche Unbefangenheit. Unser Verfahren gleicht in seiner Wirkung einer Verhandlung, an welcher drei Richter teilnehmen, von denen jeder den Fall von einem anderen Gesichtspunkte aus betrachtet. Kommen sie nun alle drei zu einem und dem nämlichen Urteil, so dürfen wir wohl annehmen, daß dasselbe der absoluten Wahrheit so nahe kommt, wie Menschen dies überhaupt erreichen können."

„Sie haben also die Geschworenengerichte abgeschafft?"

„Die Geschworenengerichte mögen ein ganz gutes Korrektiv gewesen sein, als es noch gemietete Advokaten und Gerichtspersonen gab, die mitunter käuflich waren und oft sich in abhängiger Stellung befanden; jetzt sind sie nicht mehr nötig. Bei uns ist es nicht denkbar, daß eine andere Rücksicht als die auf die Gerechtigkeit unsere Richter leiten könnte."

„Wie werden diese Richter erwählt?"

„Sie bilden eine ehrenvolle Ausnahme von der Regel, welche alle Personen in dem Alter von fünfundvierzig Jahren von dem Arbeitsdienste befreit. Der Präsident der Nation ernennt alljährlich die erforderlichen Richter aus der Zahl derjenigen, die dieses Alter erreicht haben. Die Zahl der Ernannten ist natürlich außerordentlich gering, und die Ehre eine so hohe, daß sie die Verlängerung der Dienstzeit, die mit ihr verbunden ist, reichlich aufwiegt; und obgleich man die Ernennung zum Richter ablehnen kann, so kommt dies doch nur selten vor. Die Amtsdauer beträgt fünf Jahre, und eine Wiederernennung des Richters nach Ablauf derselben ist nicht statthaft. Die Mitglieder des ›Höchsten Gerichtshofes‹, welcher zugleich über die Verfassung zu wachen hat, werden aus der Zahl der gewöhnlichen Richter entnommen. Wenn eine Stelle in diesem Gerichte frei wird, so steht denjenigen Richtern, deren Amtsdauer sich ihrem Ende nähert, als letzter Akt ihrer Thätigkeit, die Wahl eines ihrer noch im Amte verbleibenden Kollegen zu, wobei sie demjenigen ihre Stimme geben, den sie für den fähigsten für jenen Posten halten."

„Da es, nach dem, was ich höre, keinen Vorbereitungsdienst gibt, in welchem jemand zum Richter ausgebildet werden kann," sagte ich, „so müssen die Richter ja direkt aus dem Rechtsunterricht auf der Universität in ihr Amt gelangen?"

„So etwas wie Unterricht in der Rechtswissenschaft gibt es bei uns gar nicht," erwiderte der Doktor lächelnd. „Die Rechtskunde hat aufgehört, eine besondere Wissenschaft zu sein. Die alte Einrichtung der Dinge, welche selbst verkünstelt war, verlangte auch ein durchgebildetes kasuistisches Rechtssystem, das seinerseits wiederum der Interpretation bedurfte. Bei dem gegenwärtigen wirtschaftlichen System dagegen finden nur einige wenige, völlig klare und einfache Rechtssätze Anwendung. Alle Beziehungen der Menschen untereinander sind unvergleichlich einfacher geworden, als sie es in Ihren Tagen waren. Wir haben keine solche haarspaltenden Juristen mehr, wie sie in Ihren Gerichtssälen präsidierten und argumentierten. Sie müssen aber nicht glauben, daß wir deshalb vor diesen würdigen alten Herren nicht den gebührenden Respekt besitzen, weil wir für sie keine Verwendung mehr haben. Im Gegenteil, wir widmen ihnen die aufrichtigste Hochachtung, ja eine fast ehrfurchtsvolle Scheu, weil sie allein Verständnis und Fähigkeit genug besaßen, um die unendlich verwickelten Materien des Eigentumsrechtes und der durch Handels- und sonstiges Obligationenrecht geschaffenen Schuldverhältnisse zu entwirren, die Ihr Wirtschaftssystem mit sich brachte. Was kann wohl einen mächtigeren und schlagenderen Beweis für die Kompliziertheit und Verkünstelung jenes Systems geben, als die Thatsache, daß es nötig war, die intelligentesten Personen einer jeden

Generation den übrigen Beschäftigungen zu entziehen, um aus ihnen ein Gelehrtenkollegium zu schaffen, dem es mit Mühe und Not gelang, das geltende Recht denen einigermaßen verständlich zu machen, deren Geschicke von demselben abhingen. Die Abhandlungen Ihrer großen Juristen, die Werke eines Blackstone und Chitty, Story und Parsons, stehen in unseren Bibliotheken neben den Bänden, welche Duns Scotus und seine scholastischen Genossen geschaffen haben, als wunderliche Denkmäler menschlichen Scharfsinns, der an Gegenstände verschwendet wurde, die in gleicher Weise weit abliegen von den Interessen des heutigen Geschlechts. Unsere Richter sind lediglich wohlunterrichtete, scharfsinnige und gewissenhafte Männer reiferen Alters.

„Ich darf nicht vergessen, einer wichtigen Aufgabe der gewöhnlichen Gerichte Erwähnung zu thun," fügte Dr. Leete hinzu. „Diese besteht darin, in allen Streitfällen ein Urteil abzugeben, in denen ein einfacher Arbeiter sich über ungebührliche Behandlung von seiten eines Vorgesetzten beklagt. Alle diese Klagen werden, ohne daß gegen die Entscheidung ein Rechtsmittel zulässig wäre, von einem Einzelrichter erledigt. Nur in schweren Fällen werden drei Richter herangezogen. Unsere gewerbliche Thätigkeit bedarf, um gute Resultate zu ergeben, der strengsten Disciplin in der Arbeiterarmee; aber der Anspruch eines jeden Arbeiters auf gerechte und rücksichtsvolle Behandlung wird durch das Gewicht der öffentlichen Meinung der ganzen Nation unterstützt. Der Offizier befiehlt und der Arbeiter gehorcht; aber kein Offizier steht so hoch, daß er es wagen dürfte, sich in hochfahrender Weise gegen einen Arbeiter der niedrigsten Klasse zu benehmen. Grobheit oder Rohheit im Betragen irgend eines Angestellten gegenüber dem Publikum ist unter den einfachen Vergehen dasjenige, welchem am schnellsten und sichersten die Strafe auf dem Fuße folgt. Nicht nur Gerechtigkeit, sondern auch Höflichkeit in allen Verkehrsbeziehungen wird von unseren Richtern erzwungen. Auch die wertvollsten Dienstleistungen fallen nicht ins Gewicht, wenn sich der Betreffende eines rohen oder verletzenden Betragens schuldig macht."

Es fiel mir auf, daß Dr. Leete bei allem, was er sagte, immer nur von der „Nation“ sprach, und gar nicht von den Regierungen der einzelnen Staaten. Ich fragte deshalb, ob mit der Zusammenfassung der Nation zu einem einheitlichen Industriestaate die Einzelstaaten in Wegfall gekommen seien. “Natürlich,“ antwortete er. „Die Einzelregierungen würden ein Hindernis in der Kontrole und Disciplinierung des Arbeiterheeres gewesen sein, welches einer einheitlichen und gleichförmigen Behandlung bedarf. Ja, wenn die Einzelregierungen nicht aus anderen Gründen ungeeignet geworden wären, so würden sie durch die wunderbare Vereinfachung, welche heutzutage in den Aufgaben der Staatsleitung eingetreten ist, überflüssig gemacht worden sein. Nahezu die einzige Aufgabe der Regierung ist heutzutage die Leitung des Gewerbebetriebes. Die meisten Dinge, mit denen sie früher sich beschäftigen mußte, sind jetzt in Wegfall gekommen. Wir haben keine Armee und keine Marine mehr und besitzen überhaupt keine militärische Organisation. Wir besitzen weder ein Ministerium für auswärtige Angelegenheiten, noch ein Schatzamt; wir haben keine Accise und keine Belastung des Einkommens, keine Steuern und keine Steuererhebungsbehörden. Die einzige, auch zu Ihrer Zeit schon vorhandene Aufgabe der Regierung, die uns noch geblieben ist, besteht in der Verwaltung der Justiz und der Polizei. Ich habe Ihnen bereits genugsam erklärt, wie einfach im Vergleiche mit Ihrem ungeheuren und komplizierten Apparate unsere Gerichtseinrichtungen sind. Die Thatsache, daß die Versuchungen, welche zu Verbrechen anlockten, und damit die Verbrechen selbst in Wegfall gekommen sind, hat, wie erwähnt, die Aufgaben des Richteramts ganz erheblich vereinfacht, und sie hat auch die Thätigkeit der Polizei auf ein Minimum reduziert.“

„Aber, wenn es keine Gesetzgebung in den Einzelstaaten und keinen Kongreß gibt, der sich, wenn auch nur alle fünf Jahre, versammelt, wie bringen Sie dann überhaupt Gesetze zu stande?“

„Wir haben keine Gesetzgebung,“ erwiderte Dr. Leete, „das heißt nahezu keine. Es kommt hin und wieder vor, daß der Kongreß, während er tagt, einige neue Gesetze in Erwägung zieht, die von Wichtigkeit zu sein scheinen. Dann darf er sie aber lediglich dem nächstfolgenden Kongresse zur Annahme empfehlen, damit nichts übereilt geschehe. Wenn Sie einen Augenblick nachdenken, Herr West, so werden Sie sehen, daß wir eigentlich nichts haben, worüber wir Gesetze machen könnten. Die Grundprinzipien, auf denen unsere Gesellschaft beruht, haben für alle Zeiten die Streitigkeiten und Mißverständnisse beseitigt, welche zu Ihrer Zeit eine Gesetzgebung nötig machten.

„Volle neunundneunzig Prozent aller Gesetze jener Zeit betrafen die Abgrenzung und den Schutz des Privateigentums und die Beziehungen zwischen Käufern und Verkäufern. Jetzt gibt es, außer an Artikeln für den persönlichen Gebrauch, kein Privateigentum mehr, und wir kennen weder ein Kaufen noch ein Verkaufen: und deshalb ist die Veranlassung zu einer Gesetzgebung, wie sie früher nötig war, fast in allen Fällen verschwunden. Zu Ihrer Zeit glich die Gesellschaft einer Pyramide, die auf die Spitze gestellt worden war: jede Schwankung in der menschlichen Natur drohte dieselbe umzustürzen, und nur durch ein wohldurchdachtes und stets der Ergänzung bedürftiges System von Stützen, Strebepfeilern und Stricken in Gestalt von Gesetzen gelang es, diese Pyramide aufrecht oder vielmehr – entschuldigen Sie das schwache Wortspiel – aufunrecht zu erhalten. Ein Gesamtkongreß und vierzig Legislaturen in den Einzelstaaten, die im Jahre an die zwanzig tausend Gesetze fabrizieren konnten, waren nicht im stande, Stützen genug herbeizuschaffen zum Ersatze für diejenigen, die alle Augenblicke brachen oder nutzlos wurden, wenn die Last, welche gegen sie drückte, sich ein wenig verschob. Jetzt dagegen ruht die Gesellschaft auf ihrer Grundfläche und bedarf so wenig wie die ewigen Berge künstlicher Stützen!"

„Aber Sie haben außer der Centralgewalt doch wenigstens städtische Verwaltungsbehörden?"

„Gewiß, und diese haben wichtige und ausgedehnte Aufgaben zu erfüllen. Sie sorgen für die Bequemlichkeit und die Erholungsbedürfnisse des Publikums, für Wohlfahrtseinrichtungen und Verschönerungen in Städten und Dörfern."

„Aber was können sie ausrichten, da sie doch weder ein Anrecht auf die Arbeit der Bürger, noch die Mittel besitzen, sich Arbeitskräfte gegen Entgelt zu verschaffen?“

„Jede Stadt oder Gemeinde hat das Recht, für ihre eigenen öffentlichen Werke einen gewissen Bruchteil von derjenigen Arbeitsleistung, die ihre Angehörigen der Nation zu leisten haben, in Anspruch zu nehmen. Diese Arbeit, auf deren Empfangnahme der Stadt gleichsam ein Kredit eröffnet wird, kann seitens derselben in beliebiger Weise verwendet werden.“

Zwanzigstes Kapitel.

An diesem Nachmittage fragte mich Edith gelegentlich, ob ich schon das unterirdische Gemach im Garten wieder besucht hätte, in welchem ich gefunden worden war.

„Bisher noch nicht,“ antwortete ich. „Offen gestanden, fürchtete ich mich bisher etwas davor, da der Besuch vielleicht alte Erinnerungen erwecken und mein geistiges Gleichgewicht allzusehr hätte erschüttern können.“

„Das ist wahr!“ sagte sie. „Ich kann mir denken, daß Sie gut daran gethan haben, davon fortzubleiben. Ich hätte mir selbst sagen müssen, daß das noch nichts für Sie wäre.“

„Im Gegenteil,“ erwiderte ich, „es ist mir lieb, daß Sie davon gesprochen haben. Wenn eine Gefahr dabei war, so war dies doch nur am ersten oder in den ersten paar Tagen der Fall. Ihnen vor allem danke ich es, daß ich mich jetzt in der neuen Welt so sicher auf meinen Füßen fühle, daß ich heute Nachmittag gern dorthin gehen möchte, wenn Sie mich begleiten und die Geister von mir fern halten wollen.“

Edith wollte anfangs nicht recht: als sie aber fand, daß es mein Ernst sei, erklärte sie sich bereit, mich zu begleiten. Man konnte den Erdhaufen, der bei der Ausgrabung aufgeworfen war, vom Hause aus zwischen den Bäumen liegen sehen, und wenige Schritte brachten uns an Ort und

Stelle. Alles war so geblieben, wie es war, als die Arbeit durch die Auffindung des Bewohners jenes Gemaches unterbrochen wurde. Nur war die Thür geöffnet und die Steinplatte an der Decke wieder eingesetzt worden. Wir stiegen die Böschung hinab in den ausgeschachteten Bauplatz, gingen zur Thür hinein und standen nun in dem spärlich erleuchteten Zimmer.

Alles war noch genau so, wie ich es zuletzt vor hundertunddreizehn Jahren an jenem Abende betrachtet hatte, bevor ich meine Augen zu meinem langen Schlafe schloß. Ich stand eine Zeitlang schweigend da und sah mich in dem Zimmer um. Meine Gefährtin schaute mich verstohlen an mit Blicken voll furchtsamer und mitleidiger Neugier. Ich streckte meine Hand aus und sie legte die ihrige hinein, – ihre zarten Finger erwiderten sanft meinen Händedruck. Endlich flüsterte sie: „Wäre es nicht besser, wir gingen jetzt wieder hinaus? Sie dürfen sich nicht zu viel zutrauen. Wie seltsam muß Ihnen zu Mute sein!"

„Im Gegenteil," erwiderte ich, „mir ist gar nicht seltsam zu Mute, und das ist das seltsamste bei der ganzen Sache."

„Wirklich nicht?" wiederholte sie.

„Nicht im geringsten," erwiderte ich. „Die Gemütsbewegungen, die Sie offenbar bei mir erwartet hatten, und von denen auch ich glaubte, daß sie sich bei diesem Besuche einstellen würden, sind einfach ausgeblieben. Ich nehme alle Eindrücke in mich auf, welche die Dinge, die mich hier umgeben, in mir hervorrufen, aber ohne die erwartete Erregung. Sie können darüber nicht mehr überrascht sein, als ich selbst es bin. Seit jenem furchtbaren Morgen, wo Sie mir zu Hilfe kamen, habe ich immer versucht, jeden Gedanken an mein früheres Leben zu verbannen, ebenso wie ich es vermieden habe, hierher zu kommen, aus Furcht vor der damit verbundenen Aufregung. Ich stehe jetzt allen diesen Eindrücken gegenüber wie ein Mann, der ein beschädigtes Glied hat ruhen lassen, ohne es zu rühren, weil er fürchtete, dies werde ihm heftige Schmerzen verursachen, und der nun versucht, es zu bewegen, und dabei bemerkt, daß es gelähmt und ohne Empfindung ist."

„Wollen Sie damit sagen, daß Ihr Gedächtnis Sie verlassen hat?“

„Keineswegs. Ich erinnere mich an alles, was mit meinem früheren Leben zusammenhängt, aber ohne irgend welche lebhaftere Empfindung. Es liegt so klar vor mir, als wäre seitdem nur ein Tag verflossen; aber die Gefühle, welche durch diese Erinnerungen erregt werden, sind so abgeblaßt, als wenn das Jahrhundert, das wirklich verflossen ist, auch vor meinem Bewußtsein vorübergezogen wäre. Vielleicht gibt es auch hierfür eine einfache Erklärung. Ein Wechsel in den Umgebungen hat ähnliche Wirkungen, wie der Ablauf einer langen Zeit: beide lassen uns die Vergangenheit in weite Ferne gerückt erscheinen. Als ich zuerst aus meinem tiefen Schlafe erwachte, da erschien mir mein früheres Leben wie der gestrige Tag; jetzt aber, wo ich meine neuen Umgebungen kennen gelernt und die wunderbaren Veränderungen, welche die Welt umgestalteten, in mich aufgenommen habe, scheint es mir nicht mehr schwierig, sondern eher leicht, mir vorzustellen, daß ich ein Jahrhundert lang geschlafen habe. Können Sie sich vorstellen, daß jemand hundert Jahre in vier Tagen durchlebt? Es kommt mir wirklich so vor, als ob es mir so ergangen sei: und dieses Gefühl ist es, was mir mein früheres Leben so weit entfernt und so schattenhaft erscheinen läßt. Können Sie sich denken, wie so etwas möglich ist?“

„Ich kann es mir ganz gut vorstellen,“ antwortete Edith namentlich, „und ich meine, wir sollten alle dankbar dafür sein, daß es so ist, denn es wird Ihnen sicherlich viel Leid ersparen.“

„Stellen Sie sich vor,“ sagte ich, indem ich mich bemühte, mir selbst ebensowohl wie ihr meinen seltsamen Gemütszustand klarzulegen, „daß jemand von einem Verluste, der ihn betroffen hat, erst viele, viele Jahre, vielleicht ein halbes Menschenalter nach dem traurigen Ereignisse, Kenntnis erhält. Ich denke mir, sein Gefühl würde mit dem meinigen eine gewisse Ähnlichkeit haben. Wenn ich an meine nächsten Angehörigen denke, die ich in der nun so weit zurückliegenden Zeit besaß, und an den Kummer, den sie um meinetwillen ausgestanden haben müssen, so erfüllt mich eher ein stilles Mitgefühl als ein heftiger Schmerz; ich denke daran wie an etwas Trauriges, was nun schon lange, lange vorbei ist.“

„Sie haben uns noch nichts von Ihren Angehörigen erzählt," sagte Edith. „Hatten Sie viele, die um Sie trauerten?"

„Gott sei Dank, ich hatte sehr wenige Verwandte und keine näheren als ein Paar Vettern," erwiderte ich. „Aber es gab ein Wesen, das zwar nicht mit mir verwandt, aber mir teurer war, als irgend ein Blutsverwandter. Sie trug Ihren Namen; sie sollte damals binnen kurzem meine Frau werden. Ach –!"

„Ach!" seufzte auch Edith. „Wie traurig wird sie gewesen sein!"

Die tiefe Empfindung dieses lieben Mädchens berührte eine Saite in meinem eigenen, bisher so starren Herzen. Meine Augen, die so lange trocken geblieben waren und denen die Thränen versagt zu sein schienen, wurden feucht, und als ich meine Fassung wiedergewonnen hatte, sah ich, daß auch sie ihren Thränen freien Lauf gelassen hatte.

„Gott segne Ihr mitleidiges Herz," sagte ich. „Möchten Sie wohl ein Bild von ihr sehen?"

Ein kleines Medaillon mit Edith Bartletts Porträt, welches mit einer goldenen Kette um meinen Hals befestigt gewesen war, hatte während des langen Schlafes auf meiner Brust gelegen; ich löste es ab, öffnete es und gab es meiner Begleiterin. Sie nahm es mit hastiger Bewegung, blickte lange auf das liebliche Angesicht und drückte es an ihre Lippen.

„Ich weiß, daß sie gut und liebenswürdig war und Ihre Thränen wohl verdiente," sagte sie; „aber vergessen Sie nicht, daß ihr Herzeleid schon lange aufgehört hat, und daß sie schon vor fast einem Jahrhundert von der Erde geschieden ist."

Es war in der That so. Wie lebhaft auch immer ihr Kummer gewesen sein mochte, – seit einem Jahrhundert hatte sie aufgehört zu weinen. Da schwand denn auch meine eigne leidenschaftliche Erregung und meine Thränen trockneten. Ich hatte sie in meinem früheren Leben sehr lieb gehabt; aber hundert Jahre waren darüber hingegangen! Ich weiß nicht, ob jemand in diesem Bekenntnis einen Beweis für meinen Mangel an tieferem Gefühle finden wird; aber ich denke, daß nicht leicht jemand eine Erfahrung besitzt, die der meinigen an die Seite zu stellen wäre und ihm gestatte, mit mir ins Gericht zu gehen. Als wir im Begriffe waren, das Zimmer zu verlassen, blieb mein Auge auf dem großen eisernen Geldschrank haften, der in einer Ecke stand. Ich machte meine Gefährtin auf denselben aufmerksam und sagte:

„Dies war zugleich mein Schlafzimmer und meine Schatzkammer. In dem Schranke da sind mehrere tausend Dollars in Gold und ein erheblicher Betrag in Wertpapieren. Hätte ich an jenem Abend beim Zubettegehen gewußt, wie lange mein Schlaf dauern würde, so würde ich bei mir gedacht haben, daß dieses Geld doch einen recht sicheren Rückhalt für mich abgeben werde, in welchem noch so entfernten Lande oder in welcher noch so fernliegenden Zeit ich auch erwachen sollte. Daß eine Zeit kommen könnte, wo es seine Kaufkraft verlieren werde, das wäre mir in meinen wildesten Traumphantasien nicht eingefallen. Und doch bin ich nun hier erwacht und finde mich unter einem Volke wieder, bei dem ich mir für eine Wagenladung voll Gold nicht einmal einen Laib Brot kaufen könnte."

Natürlich gelang es mir nicht, Edith begreiflich zu machen, was denn an dieser Thatsache Wunderbares sei.

„Weshalb in aller Welt sollte man denn für Gold Brot kaufen können?" fragte sie einfach.

Einundzwanzigstes Kapitel.

Dr. Leete hatte mir vorgeschlagen, den folgenden Morgen zur Besichtigung der Schulen und höheren Lehranstalten der Stadt zu verwenden. Er wollte dabei versuchen, mir einen Begriff von dem Erziehungswesen des zwanzigsten Jahrhunderts beizubringen.

„Sie werden sehen," sagte er, als wir uns nach dem Frühstück aufmachten, „daß sich unsere Erziehungsmethode in vielen wichtigen Punkten von der Ihrigen unterscheidet. Aber der Hauptunterschied liegt darin, daß heutzutage Allen die gleiche Gelegenheit zu höherer Bildung gewährt wird, deren sich in Ihren Tagen nur ein verschwindend kleiner Teil der Bevölkerung erfreute. Wir würden glauben, daß das, was wir hinsichtlich des physischen Wohles der Menschheit für die Gleichheit gethan haben, nicht der Rede wert sei, wenn wir nicht auch in der Erziehung diese Gleichheit hätten gewahren können."

„Die Kosten müssen sehr groß sein," sagte ich.

„Wenn sie das halbe Einkommen der Nation verschlängen, so würde niemand darüber murren," erwiderte Dr. Leete; „ja selbst dann nicht, wenn sie Alles in Anspruch nähmen und uns nur magere Hungerkost übrig ließen. Aber in Wirklichkeit kostet die Erziehung von zehntausend jungen Leuten nicht zehnmal, ja nicht einmal fünfmal so viel, wie die von tausend. Der Grundsatz, daß alle Unternehmungen, die in großem Maßstabe betrieben werden, verhältnismäßig billiger sind, als diejenigen, die sich in kleinen Verhältnissen bewegen, findet auch auf die Erziehung Anwendung."

„Eine gelehrte Bildung war zu meiner Zeit sehr teuer," sagte ich.

„Wenn unsere Geschichtsschreiber recht berichten," antwortete Dr. Leete, „so war es weniger das Lernen auf den Hochschulen, was so teuer war, als die Zerstreuungen und der Aufwand, der dort getrieben wurde! Die wirklichen Ausgaben für Unterrichtszwecke waren sehr niedrig und würden noch niedriger gewesen sein, wenn die Pflege der Wissenschaft eine allgemeinere gewesen wäre. Der höhere Schulunterricht ist heutzutage nicht kostspieliger als der niedere, da alle Lehrenden, gleich den anderen Arbeitern, den nämlichen Lebensunterhalt beziehen. Wir haben zu dem gewöhnlichen, auf dem allgemeinen obligatorischen Schulbesuch beruhenden System, wie es vor hundert Jahren in Massachusetts bestand, einfach ein halbes Dutzend höherer Klassen hinzugefügt, in denen unsere Jugend bis zum Alter von einundzwanzig Jahren erzogen wird. Hier erhalten unsere jungen Leute dasjenige, was Sie die „Erziehung eines Gentleman" zu nennen pflegten, und sie werden nicht mehr mit vierzehn oder fünfzehn Jahren in die Welt hinausgestoßen mit einer Ausstattung, die nur in einiger Fertigkeit im Lesen, Schreiben und in den vier Spezies besteht."

„Abgesehen von den direkten Kosten dieser, zu der bei uns üblichen Erziehungszeit hinzugefügten Jahre," erwiderte ich, „würden wir geglaubt haben, die betreffende Zeit den gewerblichen Unternehmungen nicht entziehen zu dürfen. Knaben aus der ärmeren Klasse traten gewöhnlich mit dem sechzehnten Jahre oder noch jünger in Arbeit und hatten mit dem zwanzigsten ihre Profession erlernt."

„Wir würden Ihnen nicht zugeben, daß Sie auf diese Weise auch nur rücksichtlich der Menge der hergestellten Produkte einen Vorsprung vor uns gehabt haben," erwiderte Dr. Leete. „Die größere Ergiebigkeit, die als Folge einer sorgfältigen Erziehung sich bei jeglicher Arbeit einstellt und höchstens bei den gröbsten Beschäftigungen ausbleiben könnte, bringt schnell die Zeit wieder ein, die an den Erwerb der höheren Bildung gewendet werden mußte."

„Wir würden auch gefürchtet haben, daß eine höhere Erziehung, wie sie vielleicht für den Gelehrtenstand von Nutzen ist, die Leute abgeneigt gemacht haben würde, sich mit groben körperlichen Arbeiten abzugeben."

„Dergleichen Wirkung hatte, wie ich gelesen habe, die höhere Bildung zu Ihrer Zeit," erwiderte der Doktor; „und das war kein Wunder: denn wer sich durch seiner Hände Arbeit den Lebensunterhalt erwarb, gehörte zu der rohen und ungebildeten Menge. Jetzt haben wir eine niedrigstehende Volksklasse überhaupt nicht mehr. Damals waren solche Befürchtungen ganz gerechtfertigt, und es kam noch hinzu, daß alle, die eine höhere Bildung erhielten, selbstverständlich für einen höheren Berufszweig oder für müßiges Wohlleben bestimmt waren. Hatte nun jemand, der weder reich war, noch den bevorzugten Ständen angehörte, eine solche Erziehung genossen, so wurde angenommen, daß er seinen Lebenszweck verfehlt oder Schiffbruch gelitten habe, und sein höherer Bildungsgrad galt eher als ein Kennzeichen der Inferiorität denn als ein solches der Überlegenheit. Heutzutage aber, wo die beste Erziehung für notwendig erachtet wird, um jedermann, ohne Rücksicht auf den von ihm zu erwählenden Beruf, einfach für das Leben tüchtig zu machen, läßt der Besitz einer höheren Bildung einen Schluß, wie Sie ihn zogen, nicht mehr zu."

„Bei alledem," sagte ich, „kann auch die vortrefflichste Erziehung die natürliche Trägheit und den Mangel geistiger Gaben nicht beseitigen. Wenn nicht heutzutage die durchschnittliche menschliche Begabung auf einer weit höheren Stufe steht, als zu meiner Zeit, so muß bei einem großen Teile der Bevölkerung eine, höhere Ziele verfolgende Erziehung nahezu als weggeworfene Mühe erscheinen. Wir hielten dafür, daß ein gewisser Grad von Empfänglichkeit für erziehliche Einwirkungen erforderlich sei, um den Unterricht lohnend zu machen, gerade so, wie der Boden eine gewisse natürliche Fruchtbarkeit haben muß, um die Kosten seiner Bestellung wieder einzutragen."

„O," sagte Dr. Leete, „ich freue mich, daß Sie gerade dieses Beispiel gewählt haben; denn es ist dasjenige, welches auch ich gebrauchen möchte, um den Gesichtspunkt, den wir Neueren bei der Erziehung im Auge haben, recht klar zu stellen. Sie sagen, daß ein Stück Land, welches so armselig ist, daß seine Erzeugnisse die Bearbeitungskosten nicht decken, auch nicht angebaut wird. Nichtsdestoweniger ist manches Fleckchen Erde, dessen Bebauung sich nicht durch die zu erwartenden Erzeugnisse lohnte, sowohl in Ihren Tagen als auch zu unserer Zeit in Kultur genommen worden. Ich meine die Gärten, Parks und Rasenplätze, überhaupt Landflächen, die so gelegen sind, daß sie, wenn man sie mit Unkraut und Dornen hätte bewachsen lassen, das Auge der Anwohner beleidigt und sie auch anderweitig beeinträchtigt haben würden. Man kultiviert deshalb dergleichen Plätze; und wenn sie auch an Produkten nur einen geringen Ertrag geben, so gibt es doch kaum ein Stück Land, dessen Bearbeitung sich, in einem weiteren Sinne gesprochen, besser lohnen könnte. Ebenso ist es mit den Männern und Frauen, mit denen wir in geselligem Verkehr stehen, deren Sprache stets in unseren Ohren widertönt, deren Betragen auf unser Wohlbehagen in mannigfaltiger Weise von Einfluß ist, – welche in der That ebensosehr zu unseren

Lebensbedingungen gehören, wie die Luft, in der wir atmen, oder die Elemente, von denen unsere Existenz abhängt. Wenn wir nun wirklich nicht im stande wären jedermann eine vollendete Erziehung zu gewähren, so sollten wir lieber die gröbsten und stumpfsinnigsten, als die vortrefflichsten Naturen auswählen, um ihnen die bestmöglichste Erziehung angedeihen zu lassen. Wer von Natur gute Anlagen besitzt, der kann weit besser ohne Erziehung auskommen, als der minder glücklich Begabte.

„Wir würden – um ein in Ihren Tagen oft gehörtes Wort zu gebrauchen – das Leben nicht für lebenswert halten, wenn wir gleich den wenigen Gebildeten zu Ihrer Zeit gezwungen wären, umgeben von einer unwissenden, groben, rohen Bevölkerung zu leben. Ist ein Mann, wenn er nur selbst wohl parfümiert ist, gern bereit, sich unter eine übelriechende Menge zu mischen? Könnte er mehr als eine höchst beschränkte Befriedigung genießen, wenn er zwar in einem Palaste wohnt, aber sämtliche Fenster auf stinkende Höfe hinausgehen? Und doch war genau das die Lage derjenigen, die zu Ihrer Zeit an Bildung und feinem Benehmen die ersten waren. Ich weiß es, daß die Armen und Unwissenden die Reichen und Gebildeten damals beneideten; aber uns scheint es, daß die Letzteren, welche inmitten solcher Unsauberkeit und Rohheit leben mußten, wenig besser daran waren, als die ersteren. Der Gebildete Ihrer Zeit glich einem Menschen, der bis an den Hals in einem widrigen Moraste steckt und sich mit einem Riechfläschchen tröstet. Sie sehen jetzt vielleicht, wie wir diese Frage der allgemeinen höheren Bildung auffassen. Nichts ist so wichtig für einen jeden, als einsichtige und gesittete Menschen zu Nachbarn zu haben. Nichts daher, was die Nation für uns thun kann, wird unser eigenes Glück so sehr erhöhen, als wenn sie unsere Nachbarn zu gebildeten Bürgern macht. Unterlaßt sie dies, so wird der Wert unserer eigenen Bildung auf die Hälfte zurückgeführt und das erworbene feinere Gefühl zu einer Quelle der Unlust.

„Wenn, wie es bei Ihnen geschah, einigen die höchste Bildung gewährt und die Masse des Volkes gänzlich ungebildet gelassen wird, so wird dadurch die Kluft zwischen denselben so vertieft, daß sie fast verschiedenen Arten von Wesen anzugehören scheinen, die kein Mittel besitzen, miteinander zu verkehren. Was könnte unmenschlicher sein, als diese Folge einer Beschränkung der Bildung auf nur einige! Die allgemeine und gleichmäßige Ausbildung läßt allerdings die Unterschiede der Begabung in eben dem Umfange bestehen, wie ein Naturzustand sie zeigen würde; aber das Niveau der am wenigsten Begabten wird durch sie gewaltig erhöht. Die Rohheit ist beseitigt. Alle haben eine Ahnung von den Wissenschaften, ein Verständnis für geistige Dinge und Bewunderung für die noch höhere Bildung, die sie selbst nicht zu erringen vermochten. In verschiedenem, aber alle doch in gewissem Grade sind sie fähig, die Freuden und Anregungen einer verfeinerten Geselligkeit zu genießen und selbst dazu beizutragen. Woraus bestand die gebildete Gesellschaft des neunzehnten Jahrhunderts anders, als aus wenigen, mikroskopisch kleinen Oasen in einer ungeheuren Wüste? Die Zahl der Individuen, die eines geistigen Interesses und eines verfeinerten Verkehrs fähig waren, pflegte im Verhältnis zur Gesamtheit ihrer Zeitgenossen so unendlich klein zu sein, daß sie in einer allgemeinen Angabe des Zustandes der damaligen Menschheit kaum Erwähnung verdiente. Eine einzige Generation der heutigen Welt stellt mehr geistiges Leben dar, als fünf Jahrhunderte der Vergangenheit.

„Es gibt," fuhr Dr. Leete fort, „noch einen anderen Punkt, den ich bei der Angabe der Gründe, weshalb man jetzt nichts minderes als die völlige Allgemeinheit der besten Erziehung und Bildung dulden würde, erwähnen sollte: das Interesse des kommenden Geschlechts, gebildete Eltern zu haben. Um die Sache ganz kurz auszudrücken: es gibt drei Grundlagen, auf denen unser Erziehungssystem ruht: erstens das Recht eines jeden Menschen auf die vollständigste Erziehung, welche die Nation ihm gewähren kann, und zwar um seiner selbst willen, als eine notwendige Bedingung seines Glückes; zweitens das Recht seiner Mitbürger auf seine Erziehung, als eine notwendige Bedingung, daß sie an seiner Gesellschaft Freude haben; und drittens das Recht der Ungeborenen, daß ihnen einsichtige und gebildete Eltern verbürgt werden."

Ich will nicht im einzelnen schildern, was ich an jenem Tage in den Schulen gesehen habe. Da ich in meinem früheren Leben für Erziehungsfragen nur ein geringes Interesse hatte, so könnte ich nur wenige bemerkenswerte Vergleiche anstellen. Nächst der Thatsache, daß der höhere sowohl wie der niedere Unterricht Allen zugänglich war, fiel mir am meisten die hervorragende Stelle auf, welche die leibliche Ausbildung einnahm, und die Thatsache, daß bei der Rangordnung der jungen Leute die Fortschritte in den gymnastischen Leistungen ebensowohl wie die in den Wissenschaften berücksichtigt wurden.

„Die Unterrichtsverwaltung," erklärte Dr. Leete, „ist für den Körper der ihr anvertrauten Jugend ebenso verantwortlich, wie für deren Geist. Die höchstmögliche, leibliche sowohl als geistige Entwicklung eines Jeden ist das doppelte Ziel unseres Schulkursus, der vom sechsten bis zum einundzwanzigsten Jahre dauert."

Die prächtige Gesundheit der Schuljugend machte einen großen Eindruck auf mich. Meine früheren Beobachtungen nicht nur hinsichtlich der bemerkenswerten äußeren Eigenschaften der Familie meines Wirtes, sondern auch hinsichtlich der Leute, die ich auf meinen Spaziergängen gesehen, hatten mich bereits auf den Gedanken gebracht, daß sich seit meiner Zeit so etwas wie eine allgemeine Vervollkommnung der physischen Verfassung des Menschengeschlechts vollzogen haben müsse; und als ich jetzt diese starken Burschen und frischen, kräftigen Mädchen mit den jungen Leuten verglich, die ich in den Schulen des neunzehnten Jahrhunderts gesehen hatte, konnte ich mich nicht enthalten, meine Gedanken dem Dr. Leete mitzuteilen. Mit großem Interesse hörte er mir zu.

„Ihr Zeugnis in dieser Sache," erklärte er, „ist unschätzbar. Wir glauben, daß eine solche Vervollkommnung, wie Sie sie erwähnen, stattgefunden hat; aber das konnte bei uns natürlich nur eine theoretische Annahme sein. Infolge Ihrer einzigartigen Stellung können Sie allein in der heutigen Welt über diese Sache mit Autorität reden. Ihr Urteil, das kann ich Ihnen versichern, wird, wenn Sie es öffentlich aussprechen, großes Aufsehen erregen. Es würde übrigens gewiß seltsam sein, wenn das

Menschengeschlecht keine Verbesserung zeigte. Zu Ihrer Zeit entartete der Reichtum die eine Klasse durch geistigen und körperlichen Müßiggang, während die Armut die Lebenskraft der Massen durch übermäßige Arbeit, schlechte Nahrung und ungesunde Wohnungen untergrub. Die Arbeit, die von den Kindern verlangt, und die Last, die den Frauen auferlegt wurde, zehrten an den Quellen des Lebens. Anstatt dieser bösen Lage ausgesetzt zu sein, erfreuen sich heute Alle der günstigsten Lebensbedingungen: die Jugend wird sorgsam ernährt und achtsam behütet; die Arbeit, welche von Allen verlangt wird, ist auf die Periode der größten körperlichen Kraft beschränkt und überschreitet nie das Maß. Die Sorge um den eigenen Lebensunterhalt und um den der Familie, die Anspannung eines unablässigen Kampfes um die Existenz – alle diese Einflüsse, welche einst so viel dazu beitrugen, Geist und Körper der Männer und Frauen zu Grunde zu richten, kennt man nicht mehr. Gewiß mußte eitle Vervollkommnung der Gattung einer solchen Veränderung folgen. Daß in gewissen bestimmten Hinsichten ein Fortschritt stattgefunden hat, wissen wir in der That. Der Wahnsinn zum Beispiel, der im neunzehnten Jahrhundert ein so schrecklich häufiges Erzeugnis Ihrer wahnsinnigen Lebensweise war, ist fast gänzlich verschwunden, und mit ihm sein Gegenstück, der Selbstmord."

Zweiundzwanzigstes Kapitel

Wir hatten uns verabredet, mit den Damen im Speisehause zum Mittagessen zusammenzutreffen. Da sie einige Besorgungen zu machen hatten, ließen sie uns dann am Tische zurück, wo wir uns bei Wein und Cigarren über viele Dinge unterhielten.

„Herr Doktor," sagte ich im Laufe unseres Gesprächs, „vom moralischen Standpunkte aus betrachtet ist Ihre Gesellschaftsordnung eine solche, daß ich unvernünftig sein müßte, wollte ich sie nicht bewundern, wenn ich sie mit irgend einer anderen, die zuvor in der Welt bestanden hat, und besonders mit der meines eigenen unglückseligen Jahrhunderts vergleiche. Sollte ich heute Abend wieder in einen Starrkrampf verfallen, der so lange dauerte, wie jener andere, und sollte die Zeit inzwischen rückwärts anstatt vorwärts fließen, und ich demnach wieder im neunzehnten Jahrhundert aufwachen, so würde jeder meiner Freunde, wenn ich ihnen erzählte, was ich gesehen habe, zugeben, daß Ihre Welt ein Paradies der Ordnung, der Gerechtigkeit und des Glückes sei. Aber meine Zeitgenossen waren ein sehr praktisches Volk, und nachdem sie ihre Bewunderung für die moralische Schönheit und den materiellen Glanz des Systems ausgedrückt hätten, würden sie sogleich zu rechnen anfangen und fragen, woher Sie denn das Geld bekommen hätten, um jedermann so glücklich zu machen; denn wahrlich, um die ganze Nation in einem solchen Wohlleben, ja selbst Luxus zu erhalten, wie ich ihn um mich her sehe, dazu bedarf es eines erstaunlich größeren Reichtums, als ihn zu meiner Zeit die Nation produzierte. Wenn ich meinen Freunden nun auch in allem Übrigen die Grundzüge Ihres Systems ziemlich genau beschreiben könnte, so würde ich doch ganz außer stande sein, diese Frage zu beantworten, und infolge dessen würden sie mir, da sie sehr genaue Rechner waren, sagen, daß ich geträumt habe, und mir überhaupt nichts mehr glauben. Ich weiß, daß zu meiner Zeit in den Vereinigten Staaten bei einer absolut gleichen Verteilung des Gesamtbetrages der Jahresproduktion nicht mehr als drei- bis vierhundert Dollars auf den Kopf gekommen sein würden, – nicht sehr viel mehr, als gerade hinreicht, um die notwendigen Lebensbedürfnisse zu befriedigen und sich einige wenige, wenn überhaupt irgend welche, Annehmlichkeiten zu verschaffen. Wie kommt es, daß Sie so viel mehr haben?“

„Das ist eine sehr berechtigte Frage, Herr West,“ erwiderte Dr. Leete, „und ich würde Ihre Freunde nicht tadeln, wenn sie in dem von Ihnen angenommenen Falle Ihre Erzählung für ein Phantasiegebilde erklärten. Es ist eine Frage, die ich nicht auf einmal erschöpfend erledigen kann, und was die genauen statistischen Nachweise für meine allgemeinen Angaben anbetrifft, so werde ich Sie auf die Bücher in meiner Bibliothek verweisen müssen; aber es wäre gewiß bedauerlich, wenn Sie in jenem Falle durch Ihre alten Bekannten in Verlegenheit gesetzt würden, nur weil ich unterlassen hätte, Ihnen einige wenige Andeutungen zu machen.

„So lassen Sie mich denn mit einigen kleinen Punkten beginnen, in denen wir, mit Ihnen verglichen, sparen. Wir haben keine Reichs-, Staats-, Provinzial- oder städtischen Schulden, deren Zinsen wir zu zahlen hätten. Wir haben keinerlei Ausgaben für ein Kriegsheer und eine Kriegsflotte, da wir nichts dergleichen besitzen. Wir zahlen keine Steuern, und die ganze Beamtenschar, die mit deren Einziehung und Verwaltung beschäftigt war, ist daher in Wegfall gekommen.

Was unser Personal von Richtern, Polizisten, Exekutivbeamten und Gefängniswärtern anbetrifft, so unterhielt zu Ihrer Zeit Massachusetts allein deren weit mehr, als jetzt für die ganze Nation hinreicht. Wir haben keine Verbrecherklasse mehr, die davon lebt, daß sie das Vermögen der Gesellschaft beraubt. Die Anzahl der Personen, die durch körperliche Gebrechen für die werkthätige Arbeit mehr oder minder verloren sind, die der Kranken, Schwachen und Krüppel, die zu Ihrer Zeit den Gesunden so sehr zur Last fielen, ist jetzt, da Alle unter gesunden und behaglichen Bedingungen leben, auf einen kaum merklichen Bruchteil der Bevölkerung zusammengeschrumpft und verschwindet mit jeder Generation immer vollständiger.

„Ein anderer Posten, wobei wir sparen, ist die Beseitigung des Geldes und der tausend Beschäftigungen, welche mit den Finanzoperationen aller Art zusammenhingen und ein Heer von Menschen der nützlichen Arbeit entzogen. Berücksichtigen Sie auch, daß die Verschwendung, welche die sehr Reichen zu Ihrer Zeit trieben, der auf ihre eigene Person verwandte unmäßige Luxus, aufgehört hat, – freilich ein Posten, dessen Bedeutung man leicht überschätzen kann. Berücksichtigen Sie ferner, daß es keine Müßiggänger mehr gibt, weder reiche noch arme, – keine Drohnen.

„Eine sehr gewichtige Ursache der früheren Armut war die gewaltige Verschwendung von Arbeit und Material, die sich aus dem Waschen und Kochen zu Hause und der getrennten Vornahme unzähliger anderer Arbeiten ergab, auf welche wir jetzt das System genossenschaftlichen Zusammenwirkens anwenden.

„Bedeutender als alle diese Ersparnisse, ja bedeutender als alle zusammengenommen, ist diejenige, welche durch die Organisation unsrer Warenverteilung erzielt wird. Die Arbeit, welche einst von Kaufleuten aller Art, den Großhändlern, Kleinhändlern, Mäklern, Agenten, Reisenden und allen den Mittelspersonen mit unmäßiger Verschwendung von Arbeitskraft in nutzlosen Verschickungen der Waren verrichtet wurde, wird jetzt vom zehnten Teile der früher erforderlichen Anzahl von Menschen ohne unnötige Umdrehung auch nur eines Rades zu stande gebracht. Sie kennen unser Verteilungssystem schon einigermaßen. Unsre Statistiker berechnen, daß ein Achtzigstel unsrer Arbeiter ausreicht, den gesamten Verteilungsprozeß zu besorgen, der zu Ihrer Zeit ein Achtel der ganzen Bevölkerung in Anspruch nahm und der produktiven Arbeit entzog."

„Ich fange an zu begreifen," sagte ich, „wie Sie zu Ihrem größeren Reichtum gelangen."

„Ich bitte um Verzeihung," entgegnete Dr. Leete, „das können Sie bis jetzt schwerlich. Die von mir bisher erwähnten Ersparnisse an Arbeit und Material mögen vielleicht, zusammengenommen, einer Vermehrung Ihrer jährlichen Gesamtproduktion um die Hälfte gleichkommen. Diese Posten sind jedoch kaum erwähnenswert gegenüber der, jetzt beseitigten, ungeheuren Verschwendung, welche aus der Überlassung der nationalen Industrie an Privatpersonen unvermeidlich folgte. So sparsam auch immer Ihre Zeitgenossen die Konsumtion hätten einrichten mögen, und so wunderbare Fortschritte auf dem Gebiete der mechanischen Erfindungen auch gemacht worden wären, so hätten sie sich doch niemals aus dem Moraste der Armut erheben können, so lange sie an jenem Systeme festhielten.

„Man hätte eine größere Verschwendung in der Nutzbarmachung menschlicher Arbeitskraft gar nicht ersinnen können, und zur Ehre des menschlichen Verstandes sollte man dessen eingedenk bleiben, daß dieses System überhaupt nicht erfunden worden ist, sondern nur ein Überbleibsel aus einem rohen Zeitalter war, in welchem der Mangel einer festen Gesellschaftsordnung jede Art des Zusammenwirkens unmöglich machte."

„Ich will gern zugeben," sagte ich, „daß unser Industriesystem in moralischer Hinsicht sehr schlecht war; aber als eine Reichtum schaffende Maschine, abgesehen von ihrer moralischen Seite, erschien sie uns bewundernswert."

„Wie ich Ihnen schon sagte," antwortete der Doktor, „ist dieser Gegenstand zu umfassend, als daß wir ihn jetzt eingehend erörtern könnten; aber wenn es Sie wirklich interessiert, die Haupteinwände kennen zu lernen, welche wir Neueren gegen Ihr Industriesystem, verglichen mit dem unsrigen, zu machen haben, so kann ich einige derselben kurz berühren.

„Vier Arten des Verlustes waren es hauptsächlich, welche daraus entstanden, daß die Leitung der Industrie unverantwortlichen, gänzlich ohne gegenseitige Vereinbarungen handelnden Individuen überlassen wurde: Erstens der Verlust durch verfehlte Unternehmungen; zweitens der Verlust durch die Konkurrenz und die gegenseitige Feindseligkeit derer, welche ein Gewerbe betrieben; drittens der Verlust durch die periodische Überproduktion, die Krisen und die ihnen folgenden Unterbrechungen jeder Gewerbthätigkeit; viertens der Verlust, den die Nichtbeschäftigung von Kapital und von Arbeitskraft zu allen Zeiten verursachte. Jeder einzelne dieser vier großen Lecke würde, wären selbst alle anderen verstopft, hinreichen, eine Nation arm zu machen.

„Beginnen wir mit dem Verluste durch verfehlte Unternehmungen. Da zu Ihrer Zeit Produktion und Konsumtion ohne einheitliche Regelung waren, so gab es kein Mittel, zu erfahren, wie groß die Nachfrage in irgend einem Artikel oder wie groß das Angebot sei. Daher war jedes geschäftliche Unternehmen eines Privatkapitalisten ein zweifelhafter Versuch. Da ihm der Überblick über das gesamte Gebiet der Produktion und Konsumtion fehlte, wie unsre Verwaltung ihn jetzt hat, so konnte er niemals weder über die Bedürfnisse des Publikums noch über die Veranstaltungen, welche andere Kapitalisten zu deren Befriedigung getroffen hatten, genau unterrichtet sein. Wenn wir dies erwägen, werden wir uns nicht wundern, zu erfahren, daß bei jedem geschäftlichen Unternehmen die Chance zu verlieren mehrmals so groß war, wie die Aussicht auf Erfolg, und daß diejenigen, welche ihr Ziel endlich erreichten, es gewöhnlich schon wiederholt verfehlt hatten. Ein Schuhmacher, der, ehe er ein paar Schuhe zu stande bringt, immer erst das Leder für vier oder fünf Paare beim Zuschneiden verdirbt, würde, die verlorene Arbeitszeit nicht zu rechnen, ungefähr ebenso viel Aussicht haben, reich zu werden, wie Ihre Zeitgenossen sie bei ihrem System der Privatunternehmungen hatten, von denen auf vier bis fünf mißlungene durchschnittlich eine erfolgreiche kam.

„Ein anderer großer Verlust entstand durch die Konkurrenz. Das Gebiet der Industrie war ein Schlachtfeld, so weit wie die Welt, auf dem die Arbeiter in gegenseitiger Bekämpfung Kräfte verschwendeten, die, wenn sie sich, wie es heute geschieht, in einheitlichem Zusammenwirken bethätigt hätten, hingereicht haben würden, alle reich zu machen. Von Gnade und Schonung war in diesem Kriege absolut keine Rede. Wenn jemand in ein Geschäftsgebiet eindrang und mit Überlegung die Unternehmungen derjenigen, welche es vorher beherrscht hatten, zerstörte, um sein eigenes Unternehmen auf deren Trümmern aufzubauen, so ward seine That unfehlbar von allem Volke bewundert. Auch erscheint der Vergleich dieser Art des Kampfes mit dem wirklichen Kriege keineswegs gesucht, wenn man die Seelenangst und die körperlichen Leiden, die jenen Kampf begleiteten, und das Elend erwägt, welchem die Besiegten und die von ihnen Abhängigen preisgegeben waren. Es gibt nun für einen Mann der Gegenwart auf den ersten Blick nichts Erstaunlicheres in Ihrem Zeitalter, als die Thatsache, daß Menschen, welche in demselben Industriezweige thätig waren, statt, als Kameraden und Mitarbeiter zu einem gemeinsamen Werke, brüderlich miteinander zu verkehren, einander als Nebenbuhler und Feinde betrachteten, die man erwürgen und vernichten müsse. Dies erscheint sicherlich wie barer Wahnsinn, wie eine Scene aus dem Tollhause. Aber wenn man näher zusieht, erkennt man, daß es gar nichts derartiges war.

Ihre Zeitgenossen mit ihrem gegenseitigen Halsabschneiden wußten sehr wohl, was sie thaten. Die Produzenten des neunzehnten Jahrhunderts arbeiteten nicht, wie die unsrigen, gemeinschaftlich für den Unterhalt der Gesamtheit, sondern jeder allein für seinen eigenen Unterhalt auf Kosten der Gesamtheit. Wenn sie bei der Arbeit zu diesem Ziele gleichzeitig den Nationalwohlstand erhöhten, so war das ein reiner Zufall. Ebenso leicht und häufig konnte es vorkommen, daß die Praktiken, durch die das eigene Vermögen vermehrt werden sollte, dem Allgemeinwohl nachteilig waren. Die schlimmsten Feinde eines Menschen waren notwendig diejenigen, die das gleiche Gewerbe betrieben; denn bei Ihrem Systeme, welches den Privatvorteil zur Triebfeder der Produktion machte, wünschte jeder Produzent, daß der von ihm erzeugte Artikel recht selten sein möchte. Es lag in seinem Interesse, daß nicht mehr davon produziert wurde, als er selbst herstellen konnte. Es war sein beständiges Bestreben, dieses hohe Ziel, soweit die Umstände gestatteten, dadurch zu erreichen, daß er diejenigen, welche in seinem Geschäftszweige thätig waren, niederschlug und entmutigte. Wenn er alle, die er konnte, aus dem Felde geschlagen hatte, war seine Politik die, sich mit denjenigen, welche er nicht besiegen konnte, zu verbinden und ihren Kampf gegeneinander in einen gemeinsamen Kampf gegen das Publikum zu verwandeln, indem sie zusammen, wie Sie es ja wohl nannten, einen Ring bildeten und die Preise bis zu dem höchsten Punkte trieben, den das Publikum noch aushielt, bevor es auf die betreffenden Artikel verzichtete. Der Herzenswunsch eines Produzenten des neunzehnten Jahrhunderts war, die Beschaffung eines unentbehrlichen Artikels allein zu beherrschen, so daß er das Volk an der Grenze des Verhungerns erhalten und für seine Artikel stets die äußersten Teuerungspreise erzielen konnte. Das nannte man im neunzehnten Jahrhunderte ein Produktionssystem. Ich überlasse es Ihnen zu entscheiden, Herr West, ob dies nicht in gewisser Hinsicht weit mehr wie ein Produktionshemmungssystem aussieht. Wenn wir einmal viel Zeit haben, will ich Sie bitten, mir genau auseinanderzusetzen, was ich nie habe begreifen können, obwohl ich ein gut Teil Studium auf die Sache verwandt habe: wie doch solche schlaue Leute, wie Ihre Zeitgenossen in vielen Hinsichten gewesen zu sein scheinen, je darauf verfallen konnten, die Sorge um den Unterhalt der Gesamtheit einer Klasse anzuvertrauen, die ein Interesse daran hatte, sie auszuhungern. Ich versichere Ihnen, daß wir uns nicht darüber wundern, daß die Welt unter einem solchen System nicht reich wurde, sondern darüber, daß sie nicht aus Mangel ganz und gar zu Grunde ging. Diese Verwunderung steigert sich noch, wenn wir einige andere gewaltige Verschwendungen betrachten, welches jenes System kennzeichneten.

„Abgesehen von der Verschwendung von Arbeit und Kapital durch falsch geleiteten Industriebetrieb und durch den beständigen Blutverlust im Konkurrenzkampfe, war Ihr System von Zeit zu Zeit Erschütterungen unterworfen, welche die Klugen sowohl wie die Thörichten, den erfolgreichen Halsabschneider sowohl wie sein Opfer zu Boden stürzten. Ich meine die in Zwischenräumen von fünf bis zehn Jahren wiederkehrenden Geschäftskrisen, welche die Industrien der Nation ruinierten, alle schwachen Unternehmungen zu Grunde richteten und die stärksten lähmten, und auf welche lange, oft mehrere Jahre dauernde Perioden sogenannter schlechter Zeiten folgten, während deren die Kapitalisten die verlorenen Kräfte langsam wiedergewannen und die Arbeiter hungerten und revoltierten. Dann pflegte wieder eine kurze Zeit günstigen Geschäftsbetriebes zu kommen, bis abermals eine Krisis und die daraus folgende jahrelange Erschöpfung eintrat. In dem Maße, als der Handel sich entwickelte und die Nationen gegenseitig voneinander abhängig machte, dehnten sich diese Krisen über die ganze Welt aus, während die Dauer des dadurch herbeigeführten Geschäftsniedergangs mit dem Gebiete, welches durch jene Erschütterungen betroffen wurde, zunahm. Je mehr die Industrien der Welt sich vervielfältigten und verwickelter wurden und je größer das in ihnen angelegte Kapital ward, um so häufiger traten diese Erschütterungen ein, bis im letzten Teile des neunzehnten Jahrhunderts zwei schlechte Jahre auf ein gutes kamen und das nie zuvor so ausgedehnte und imposante Industriesystem in Gefahr schien, unter seinem eigenen Gewicht zusammenzubrechen. Nach endlosen Erörterungen scheinen Ihre Nationalökonomen zu jener Zeit zu dem verzweifelten Schlusse gekommen zu sein, daß man diese Krisen ebensowenig verhindern oder einschränken könne, wie eine Dürre oder einen Orkan. Es blieb lediglich übrig, sie als notwendige Übel zu ertragen und, wenn sie vorüber waren, das zertrümmerte Gebäude der Industrie von neuem aufzubauen, wie die Bewohner eines von Erdbeben heimgesuchten Landes ihre Städte immer wieder auf derselben Stelle aufbauen.

„Insofern sie meinten, daß die Ursachen der Störung in ihrem Industriesystem selbst lägen, hatten Ihre Zeitgenossen sicherlich recht. Sie lagen in der eigensten Grundlage desselben und mußten notwendig immer bösartiger werden, je größer und verwickelter der Geschäftsbetrieb wurde. Eine dieser Ursachen war der Mangel jeder gemeinsamen Leitung der verschiedenen Industrien und die daraus folgende Unmöglichkeit ihrer geregelten und ebenmäßigen Entwicklung. Sie kamen unaufhörlich aus Schritt und Tritt und verloren den Zusammenhang mit dem herrschenden Bedarf.

„Um diesen zu beurteilen, gab es kein Merkmal, wie es uns die Organisation der Warenverteilung liefert, und das erste Zeichen, daß er in irgend einem Geschäftszweige überschritten war, war das Fallen der Preise, der Bankerott der Produzenten, die Einstellung der Produktion, die Herabsetzung der Löhne und Entlassung der Arbeiter. Dieser Prozeß vollzog sich in manchen Industrien selbst in den sogenannten guten Zeiten fortwährend; aber eine Krisis trat nur dann ein, wenn die betroffenen Industriegebiete sehr ausgedehnte waren. Der Markt war dann mit Artikeln überfüllt, von denen niemand selbst bei niedriger Preisstellung über seinen Bedarf hinaus etwas abnehmen wollte. Da die Löhne und die Gewinne derer, welche jene überflüssigen Artikel herstellten, sich verringerten oder ganz aufhörten, so war die Kaufkraft dieser letzteren als Konsumenten anderer Waren, von denen zuvor noch kein Überfluß vorhanden gewesen war, vermindert oder aufgehoben: und infolgedessen trat auch auf Gebieten, in welchen noch keine Überproduktion stattgefunden hatte, eine Überfüllung des Marktes ein, bis die Preise heruntergingen und die Hersteller der betreffenden Waren arbeits- und brotlos wurden. Dann war die Krisis recht ordentlich im

Gange und nichts konnte ihr Einhalt thun, bis das Vermögen einer Nation verloren war.

„Eine gleichfalls in Ihrem System liegende Ursache häufiger und immer schwererer Krisen war Ihr Geld- und Kreditverkehr. So lange sich die Produktion in vielen Privathänden befand, und Kauf und Verkauf zur Befriedigung der Bedürfnisse unumgänglich waren, war das Geld notwendig. Es unterlag aber dem augenscheinlichen Einwande, daß es an die Stelle von Nahrung, Kleidung und anderen Dingen einen bloß durch Übereinkommen angenommenen Vertreter derselben setzte. Die Begriffsverwirrung, welche hierdurch begünstigt wurde, führte zu Ihrem Kreditsystem mit seinem erstaunlichen Truge. Schon daran gewöhnt, Geld für Waren anzunehmen, nahm das Publikum demnächst Versprechungen für Geld an und hörte schließlich überhaupt auf, hinter dem Repräsentanten das repräsentierte Ding zu suchen. Geld war ein Zeichen für wirkliche Waren; aber der Kredit war bloß das Zeichen eines Zeichens. Für Gold und Silber, das ist wirkliches Geld, gab es eine natürliche Grenze, für den Kredit nicht, und das Ergebnis war, daß der Kredit, das ist das Versprechen von Geld, aufhörte, in irgend einem festzustellenden Verhältnisse zu dem Gelde oder gar zu der Ware zu stehen, welche wirklich vorhanden war. Unter einem solchen System mußten häufige und regelmäßig wiederkehrende Krisen mit derselben Naturnotwendigkeit eintreten, als ein Gebäude zusammenstürzt, dessen Schwerpunkt über seinen Unterstützungspunkt hinausragt. Es war eine Ihrer willkürlichen Annahmen, daß nur die Regierung und die von ihr autorisierten Banken Geld auf den Markt brächten, während doch ein Jeder, der für einen Thaler Kredit gewährte, sich in diesem Maße an der Emission von Geld beteiligte, welches ebenso gut wie jedes andere den Geldumlauf anschwellen machte, bis die nächste Krisis eintrat. Die gewaltige Ausdehnung des Kreditsystems war ein Kennzeichen der letzten Jahrzehnte des neunzehnten Jahrhunderts und erklärt zum großen Teile die fast unaufhörlichen Geschäftsstockungen jener Zeit. So gefährlich auch der Kredit war, so konnten Sie ihn doch nicht entbehren, da er bei dem Mangel jeder staatlichen oder sonst öffentlichen

Organisation des Kapitals des Landes Ihr einziges Mittel zur Konzentrierung und Heranziehung desselben zu den industriellen Unternehmungen war. Auf diese Weise steigerte er in hohem Maße die Hauptgefahr des Systems der Privatunternehmung in der Industrie, indem er einzelne Industrien in den Stand setzte, unverhältnismäßige Beträge von dem verfügbaren Kapital des Landes aufzusaugen und so das Unheil vorzubereiten. Die Geschäftsunternehmungen arbeiteten infolge des ihnen gewährten Kredits immer viel mit fremdem Gelde, welches sie teils voneinander, teils von den Banken und den Kapitalisten erhielten, und das schnelle Zurückziehen des Kredits beim ersten Anzeichen einer Krisis wirkte gewöhnlich darauf hin, dieselbe noch zu beschleunigen.

„Es war das Unglück Ihrer Zeitgenossen, daß sie das Gebäude ihrer Industrie mit einem Mörtel aufführen mußten, den ein Zufall in jedem Augenblicke in einen Sprengstoff verwandeln konnte. Sie waren in der Lage eines Mannes, der ein Haus mit Dynamit baut; denn der Kredit läßt sich mit nichts anderem vergleichen.

„Wenn Sie sehen wollen, wie unnötig die erwähnten Geschäftserschütterungen waren, und wie sie allein daraus hervorgingen, daß die Industrie ungeregelter Privatunternehmung überlassen wurde, so betrachten Sie jetzt das Wirken unseres Systems. Überproduktion in einzelnen Zweigen, das große Schreckgespenst Ihrer Tage, ist gegenwärtig unmöglich; denn bei der Verbindung zwischen der Produktion und der Verteilung der Waren wird das Angebot durch die Nachfrage so genau geregelt, wie der Gang einer Maschine durch deren Regulator. Aber nehmen wir einmal an, daß infolge eines Irrtums im Voranschlage eine übermäßige Produktion eines Artikels stattgefunden hätte. Die darauf folgende Einschränkung oder Einstellung der Produktion in jenem Industriezweige macht niemanden arbeitslos. Die unbeschäftigten Arbeiter finden sofort in irgend einer anderen Abteilung der ungeheuren Werkstatt Verwendung und verlieren nur die für den Wechsel erforderliche Zeit. Und was die Überfüllung des Marktes anbetrifft, so ist das Geschäft der Nation groß genug, um jede Menge eines über den Bedarf hinaus produzierten Artikels so lange auf Lager zu halten, bis die

Nachfrage das Angebot eingeholt hat. In einem solchen Falle der Überproduktion, wie ich ihn angenommen habe, gerät bei uns nicht, wie bei Ihnen, eine ganze komplizierte Maschine in Unordnung, wodurch der ursprüngliche Fehler noch tausendmal vergrößert würde. Da wir kein Geld haben, so haben wir natürlich noch weniger Kredit. Alle unsre Voranschläge behandeln unmittelbar die wirklichen Dinge, – Mehl, Eisen, Holz, Wolle und Arbeit, – deren sehr irreführende Repräsentanten bei Ihnen das Geld und der Kredit waren. In unseren Kostenberechnungen kann es keine Fehler geben. Der Jahresproduktion wird der für den Unterhalt des Volkes notwendige Bedarf entnommen und es werden diejenigen Arbeiten angeordnet, welche nötig sind, um den Bedarf für das nächste Jahr herzustellen. Der Überschuß an Material und Arbeit kann ohne Gefahr auf Verbesserungen verwandt werden. Wenn die Ernte schlecht ausfällt, so ist der Überschuß für das betreffende Jahr geringer als gewöhnlich, – das ist alles. Abgesehen von den geringen gelegentlichen Wirkungen solcher natürlicher Ursachen gibt es keine Geschäftsschwankungen: der materielle Wohlstand des Volkes fließt stetig weiter von Geschlecht zu Geschlecht, wie ein beständig sich erweiternder und vertiefender Strom.

„Ihre Geschäftskrisen, Herr West,“ fuhr der Doktor fort; „ebenso wie alle die großen Verluste, welche ich erwähnt habe, reichten für sich allein schon aus, Sie in beständiger Dürftigkeit zu erhalten; aber ich muß noch von einer anderen großen Ursache Ihrer Armut sprechen: dem Brachliegen eines großen Teiles Ihres Kapitals und Ihrer Arbeitskraft. Bei uns ist es die Aufgabe der Verwaltung, jedes Gramm von Kapital und Arbeit im Lande in beständiger Thätigkeit zu erhalten. Zu Ihrer Zeit gab es für die Verwendung derselben keine einheitliche Leitung, und ein großer Teil des Kapitals sowohl wie der Arbeitskraft fand keine Beschäftigung. ›Das Kapital‹, pflegten Sie zu sagen, ›ist von Natur furchtsam‹; und es wäre in der That leichtsinnig gewesen, wenn es nicht furchtsam gewesen wäre in einem Zeitalter, wo die Wahrscheinlichkeit so sehr überwog, daß jedes geschäftliche Unternehmen fehlschlagen würde. Wenn Sicherheit vorhanden gewesen wäre, so hätte zu jeder Zeit das in industrieller Produktion angelegte Kapital erheblich vermehrt werden können. Der Betrag, der in dieser Weise angewandt wurde, unterlag fortwährenden außerordentlichen Schwankungen, je nachdem die Geschäftslage für mehr oder minder sicher galt, sodaß der Ertrag der Industrien des Landes in den einzelnen Jahren sehr verschieden war. Aber aus demselben Grunde, aus welchem in Zeiten besonderer Unsicherheit weit weniger Kapital geschäftlich angelegt wurde, als in Zeiten etwas größerer Sicherheit, blieb ein sehr großer Teil überhaupt immer unbeschäftigt, weil eben selbst in den besten Zeiten das Risiko immer sehr groß war.

„Man muß auch noch beachten, daß die große Menge von Kapital, welches stets beschäftigt zu werden wünschte, wenn eine erträgliche Sicherheit vorhanden war, den Wettbewerb zwischen den Kapitalisten schrecklich verbitterte, sobald eine aussichtsvolle Gelegenheit sich darbot. Das Brachlegen des Kapitals, die Folge von dessen Furchtsamkeit, bedeutete natürlich in entsprechendem Grade ein Brachliegen der Arbeitskraft. Jeder Wechsel in der Art des Geschäftsbetriebes zudem, jede geringste Veränderung in der Lage von Handel und Gewerbe, nicht zu reden von den unzähligen Bankerotten, welche alljährlich selbst in den besten Zeiten stattfanden, machten fortwährend eine große Anzahl von Menschen auf Wochen, Monate oder selbst Jahre brotlos. Eine große Anzahl derselben durchstrich beständig, nach Arbeit suchend, das Land und wurde mit der Zeit zu Vagabunden und dann zu Verbrechern. ›Gebt uns Arbeit!‹ das war fast zu allen Zeiten der Schrei einer ganzen Armee Unbeschäftigter, und in schlechten Zeiten schwoll dieselbe zu einem so gewaltigen und verzweifelten Heere an, daß sie das Bestehen der Regierung bedrohte. Kann es einen bündigeren Beweis geben für die Schwäche Ihres Systems der Privatunternehmungen als eines Mittels, die Nation reich zu machen, als die Thatsache, daß in einer Zeit so allgemeiner Armut und Dürftigkeit die Kapitalisten einander vernichten mußten, um eine Gelegenheit zu finden, ihr Kapital sicher anzulegen, und die Arbeiter revoltierten und brandstifteten, weil sie keine Arbeit finden konnten?

„Und nun, Herr West,“ fuhr Dr. Leete fort, „bitte ich Sie zu erwägen, daß diese Punkte, von denen ich gesprochen habe, nur in negativer Form die Vorteile der nationalen Organisation der Industrie darlegen, indem sie gewisse verhängnisvolle Mängel und erstaunliche Schwächen des Systems der Privatunternehmungen aufdecken, welche sich in jener nicht vorfinden. Sie müssen zugeben, daß sie allein so ziemlich hinreichen würden, zu erklären, warum die Nation jetzt so viel reicher ist, als zu Ihrer Zeit. Aber die größere, die positive Hälfte der Vorteile, die wir vor Ihnen voraus haben, habe ich bisher noch kaum erwähnt. Nehmen wir einmal an, das System der Privatunternehmungen wäre mit keinem der besprochenen Mängel behaftet: es gäbe keine Verluste infolge verfehlter Unternehmungen, die in irrigen Schätzungen der Nachfrage und in der Unfähigkeit, einen Überblick über das Gesamtgebiet der Industrie zu gewinnen, ihren Grund hätten; die Konkurrenz führte nicht zu einer Lähmung und einer nutzlosen Verdoppelung der Anstrengungen; es träten durch Krisen, Bankerotte, lange Geschäftsstockungen keine Verluste ein, und keine durch Brachlegen von Kapital und Arbeitskraft. Auch wenn alle diese Übelstände, welche der privatkapitalistischen Wirtschaftsordnung notwendig anhaften, durch ein Wunder beseitigt werden könnten, ohne daß darum das System aufgegeben werden müßte: – auch dann würden die Ergebnisse des heutigen, national organisierten Gewerbebetriebes die durch Ihr System erzielten Resultate gewaltig übertreffen.

„Es gab selbst zu Ihrer Zeit ziemlich große Webereien, obgleich sie sich freilich mit den unsrigen nicht vergleichen lassen. Sie haben ohne Zweifel jene großen Fabrikanlagen besucht, welche ganze Morgen Landes bedeckten, Tausende von Händen beschäftigten und unter einem Dache, unter einer Leitung alle die hundert verschiedenen Prozesse vereinigten, die zum Beispiel einen Ballen Baumwolle in einen Ballen Kattun verwandeln. Sie haben die gewaltige Ersparnis an Arbeit und Maschinenkraft bewundert, welche durch dieses vollkommene Zusammenwirken jedes Rades und jeder Hand erzielt wird. Sie haben ohne Zweifel daran gedacht, wie viel weniger diese selbe, in der Fabrik beschäftigte Arbeitskraft leisten würde, wenn sie zersplittert wäre und jeder Mann unabhängig von den anderen für sich arbeitete. Würden Sie es für eine Übertreibung halten, wenn man sagte, daß das größtmögliche Arbeitsprodukt solcher einzeln für sich thätiger Leute, wie freundschaftlich auch ihre gegenseitigen Beziehungen sein möchten, nicht nur um einen Prozentsatz vergrößert, sondern mehrmals vervielfacht werden würde, wenn man ihre Arbeit unter einheitlicher Leitung organisierte? Nun denn, Herr West: die Organisation der nationalen Arbeit unter einheitlicher Oberaufsicht, bei welcher alle Räder des ganzen Getriebes ineinandergreifen, hat, – selbst wenn wir die erwähnten vier großen Verlustquellen außer Berechnung lassen, – die Gesamtproduktion in demselben Grade über das unter dem früheren System mögliche Maß erhoben, wie die Produktion jener Fabrikarbeiter durch Kooperation vermehrt worden ist. Die Leistungsfähigkeit der nationalen Arbeitskraft unter der tausendköpfigen Leitung des Privatkapitals verhält sich, selbst wenn die Leiter desselben nicht gegenseitige Feinde sind, zu der Leistungsfähigkeit, welche sie unter einheitlicher Organisation erlangt, ebenso, wie die militärische Wirksamkeit eines Volkshaufens oder einer Horde von Wilden unter tausend kleinen Anführern sich zu der eines wohlgeschulten Heeres unter einem General verhält, – einer solchen Kampfmaschine zum Beispiel, wie die deutsche Armee unter Moltke war."

„Nach dem, was Sie mir mitgeteilt haben," sagte ich, „wundere ich mich weniger darüber, daß die Nation reicher als damals ist, als vielmehr darüber, daß Ihre Bürger nicht sämtlich Krösusse sind."

„Nun, es geht uns ziemlich gut," erwiderte Dr. Leete. „Unsere Lebensweise ist so luxuriös, wie wir es nur wünschen können. Der Wetteifer in äußerem Prunk, welcher zu Ihrer Zeit zu einem Aufwande führte, der zu größerem Behagen keineswegs beitrug, findet natürlich in einer Gesellschaft, deren Glieder alle genau das gleiche Einkommen haben, keine Stelle; und unser Begehren erstreckt sich nur auf solche Dinge, welche wirklich der Annehmlichkeit des Lebens dienen. Jeder einzelne von uns könnte in der That ein viel größeres Einkommen haben, wenn wir den Überschuß der Produktion verteilten; aber wir ziehen es vor, ihn auf öffentliche Werke und öffentliche Vergnügungen zu verwenden, an denen Alle teil haben, – auf öffentliche Hallen und Gebäude, Kunstgalerien, Brücken, Statuen, Verkehrswege, Verschönerungen unsrer Städte, große musikalische und theatralische Aufführungen, – und in ausgedehntem Maße für die Erholung des Volkes zu sorgen. Sie haben noch gar nicht gesehen, wie wir leben, Herr West. Zu Hause haben wir unsre Bequemlichkeit, aber der Glanz unseres Daseins, an dem wir Alle gemeinsam teil haben, zeigt sich erst in unserm geselligen Leben. Wenn Sie mehr davon kennen gelernt haben, werden Sie begreifen, ›wo das Geld bleibt‹, wie Sie zu sagen pflegten; und ich denke, Sie werden uns zustimmen, daß wir Wohl daran thun, es so zu verwenden."

„Ich meine," bemerkte Dr. Leete, als wir vom Speisehause heimwärts schlenderten, „daß kein Tadel die Menschen Ihres, das Geld anbetenden Jahrhunderts empfindlicher berührt haben würde, als wenn man ihnen gesagt hätte, daß sie vom Gelderwerb nichts verständen. Nichtsdestoweniger ist eben dieses das Urteil, welches die Geschichte über sie gefällt hat. Ihr System unorganisierter und einander bekämpfender Industrien war, vom nationalökonomischen Standpunkte aus betrachtet, ebenso absurd, wie es in moralischer Hinsicht abscheulich war. Selbstsucht war ihre einzige Kunst, und in der gewerblichen Produktion ist Selbstsucht Selbstmord. Die Konkurrenz, welche der Instinkt der Selbstsucht ist, ist nur ein anderes Wort für Kraftzersplitterung, während die Vereinigung das ganze Geheimnis erfolgreicher Produktion ist: und erst dann, wenn der Gedanke, das eigene Vermögen zu vergrößern, dem Gedanken, den Gesamtbesitz zu erhöhen, gewichen ist, kann eine wirkliche industrielle Vereinigung eintreten und die Schaffung von Reichtum ihren Anfang nehmen. Selbst wenn das Prinzip der materiellen Gleichstellung Aller nicht die allein humane und vernünftige Grundlage der Gesellschaft wäre, würden wir es doch als ein nationalökonomisch zweckmäßiges Prinzip aufrecht erhalten, da wir sehen, daß, solange nicht der zersetzende Einfluß der Selbstsucht unterdrückt ist, ein wahres Zusammenwirken der Industrie nicht möglich ist."

Dreiundzwanzigstes Kapitel

Als ich am Abend mit Edith im Musikzimmer saß und einige Stücke anhörte, die in dem Tagesprogramm meine Aufmerksamkeit erregt hatten, benutzte ich eine Pause und sagte: „Ich möchte gern eine Frage an Sie richten, Fräulein Leete, wenn ich nicht fürchtete, indiskret zu sein."

„Bitte, fragen Sie nur," erwiderte sie.

„Ich bin in der Lage eines Horchers, der etwas von einer Sache gehört hat, die nicht für ihn bestimmt war, obwohl sie ihn zu betreffen schien, und nun so unbescheiden ist, sich bei dem, den er behorcht hat, nach dem Rest zu erkundigen."

„Behorcht!" wiederholte sie erstaunt.

„Ja," sagte ich, „aber ich war zu entschuldigen, wie Sie, denke ich, zugeben werden."

„Das klingt sehr geheimnisvoll," erwiderte sie. „Ja, so geheimnisvoll," sagte ich, „daß ich oft im Zweifel war, ob ich es denn wirklich gehört habe, was ich Sie fragen will, oder ob ich es bloß geträumt habe. Sie müssen mich darüber aufklären. Die Sache ist diese: Als ich aus jenem hundertjährigen Schlafe erwachte, war der erste Eindruck, dessen ich mir bewußt ward, der von Stimmen, die um mich her sprachen, – Stimmen, welche ich nachträglich als die Ihrer verehrten Eltern und als Ihre eigene erkannte. Zuerst, erinnere ich mich, sagte die Stimme Ihres Herrn Vaters: ›Er wird gleich die Augen öffnen. Es ist besser, wenn er zuerst nur einen von uns sieht.‹ Dann sagten Sie, wenn ich nicht alles träumte: ›Versprich mir also, daß du ihm nichts sagen wirst.‹ Ihr Herr Vater schien zu zögern, das Versprechen zu geben, aber Sie bestanden darauf, und da Ihre Frau Mutter sich ins Mittel legte, so versprach er endlich, und als ich die Augen öffnete, sah ich nur ihn."

Es war völlig mein Ernst gewesen, als ich sagte, ich wäre nicht sicher, ob ich die Unterhaltung, die ich gehört zu haben glaubte, nicht bloß geträumt hätte, – so unbegreiflich erschien es mir, daß diese Menschen irgend etwas von mir, dem Zeitgenossen ihrer Urgroßeltern, wissen sollten, was ich selbst nicht wußte. Aber als ich sah, welche Wirkung meine Worte auf Edith machten, wußte ich, daß es kein Traum war, sondern ein neues Geheimnis, – ein noch rätselhafteres, als alle bisherigen. Denn sobald sie merkte, worauf meine Frage hinauswollte, zeigte sie die peinlichste Verlegenheit. Ihre Augen, die immer einen so freien und offenen Ausdruck hatten, senkten sich erschreckt vor meinem Blicke, und ihr Antlitz errötete bis zur Stirn hinauf.

„Verzeihen Sie," sagte ich, sobald ich mich von dem Erstaunen über die seltsame Wirkung meiner Worte erholt hatte. „Es scheint also, daß ich nicht geträumt habe. Ein Geheimnis ist vorhanden, etwas, was mich angeht, das Sie mir vorenthalten. Wirklich, scheint es nicht etwas hart, daß einer Person in meiner Lage nicht alle mögliche Auskunft hinsichtlich ihrer selbst gegeben werden sollte?"

„Es betrifft nicht Sie, – das heißt, nicht direkt. Wirklich, es geht nicht Sie an," erwiderte sie kaum hörbar.

„Aber es betrifft mich doch in irgend einer Weise," beharrte ich. „Es muß etwas sein, was mich interessieren würde."

„Nicht einmal das weiß ich," erwiderte sie, indem sie einen Augenblick mich anzusehen wagte, wobei sie glühend errötete, während doch ein eigenes Lächeln um ihre Lippen zuckte, welches verriet, daß sie in der Situation trotz ihrer Verlegenheit etwas Komisches fand, – „ich bin nicht sicher, daß es Sie auch nur interessieren würde."

„Aber Ihr Herr Vater hätte es mir gesagt," entgegnete ich in vorwurfsvollem Tone. „Sie waren es, die ihn daran hinderten. Er schien zu meinen, daß ich es erfahren sollte."

Sie antwortete nicht. Sie war so reizend in ihrer Verwirrung, daß mich nun das Verlangen, die Situation zu verlängern, ebensosehr wie meine ursprüngliche Neugierde dazu bestimmte, noch weiter in sie zu dringen.

„Soll ich es niemals erfahren? Wollen Sie es mir niemals sagen?“ fragte ich.

„Das hängt davon ab,“ antwortete sie nach einer langen Pause.

„Wovon?“ beharrte ich.

„Ach, Sie fragen zu viel,“ erwiderte sie. Dann fügte sie hinzu, indem sie mir ihr Antlitz zuwendete, dessen unergründliche Augen, errötende Wangen und lächelnde Lippen es völlig bezaubernd machten: „Was würden Sie dazu meinen, wenn ich Ihnen sagte, daß es von – Ihnen abhängt?“

„Von mir?“ wiederholte ich. „Wie kann das sein?“

„Herr West, wir verlieren jetzt ein reizendes Stück!“ Das war ihre einzige Antwort darauf. Sie ging zu dem Telephon, berührte es mit dem Finger, und ein herrliches Adagio ertönte. Auch weiterhin sorgte sie dafür, daß die Musik keine Unterhaltung zuließ. Sie hielt ihr Gesicht von mir abgewendet und gab sich den Anschein, als ob sie sich ganz in die Melodien vertiefte; daß dies aber nur vorgegeben war, verriet hinlänglich die hohe Röte, welche immer noch ihre Wangen überflutete.

Als sie schließlich bemerkte, daß ich für diesmal genug Musik gehört hatte, und wir uns erhoben, um das Zimmer zu verlassen, trat sie gerade auf mich zu und sagte, ohne die Augen aufzuschlagen: „Herr West, Sie sagen, ich sei gut gegen Sie gewesen. Ich bin es nicht besonders gewesen; aber wenn Sie meinen, daß ich es war, so bitte ich Sie mir zu versprechen, daß Sie nicht wieder wegen der Sache in mich dringen werden, nach der Sie mich diesen Abend gefragt haben, und daß Sie auch nicht versuchen werden, es von irgend jemand anders zu erfahren, – zum Beispiel von meinem Vater oder meiner Mutter.“

Auf eine solche Bitte war nur eine Antwort möglich. „Verzeihen Sie mir, daß ich Sie gequält habe. Selbstverständlich will ich es versprechen,“ sagte ich. „Ich würde Sie niemals gefragt haben, wenn ich geahnt hätte, daß es Ihnen peinlich sein könnte. Aber tadeln Sie mich darum, weil ich neugierig war?“

„Ich tadle Sie gar nicht."

„Und später einmal," fügte ich hinzu, „wenn ich Sie nicht quäle, sagen Sie es mir aus freien Stücken. Darf ich das nicht hoffen?"

„Vielleicht," flüsterte sie.

„Nur vielleicht?"

Sie sah zu mir auf und las in meinem Antlitz mit einem tiefen, tiefen Blicke. „Ja," sagte sie, „ich denke, ich werde es Ihnen sagen – später." Und so endete unsere Unterhaltung, denn sie gab mir keine Gelegenheit, noch etwas zu sagen.

An diesem Abend, denke ich, würde selbst Dr. Pillsbury mich nicht haben in Schlaf bringen können, wenigstens nicht bis gegen Morgen. Rätsel waren nun seit Tagen meine gewohnte Speise gewesen; aber keines zuvor war so geheimnisvoll und zugleich so bestrickend wie dieses, dessen Lösung auch nur zu suchen mir Edith Leete verboten hatte. Es war ein doppeltes Rätsel. Wie war es zunächst denkbar, daß sie ein Geheimnis in Bezug auf mich wissen konnte, den Fremden aus einem fremden Zeitalter? Und ferner, selbst wenn sie solch ein Geheimnis wissen konnte, wie war es zu erklären, daß dieses Wissen sie so aufzuregen schien? Es gibt Rätsel, die so schwierig sind, daß man auch nicht einmal dahin gelangen kann, die Lösung zu ahnen; und dies schien ein solches zu sein. Ich bin sonst von einer zu praktischen Sinnesrichtung, um auf solchen Rätselkram viel Zeit zu verschwenden; aber die Schwierigkeit eines Rätsels, das in einem schönen jungen Mädchen verkörpert ist, ist nicht eben geeignet, seine Anziehungskraft zu verringern. Im allgemeinen zwar kann man zweifellos ohne Gefahr annehmen, daß der Mädchen Erröten den jungen Männern zu allen Zeiten dieselbe Geschichte erzählt; aber Ediths errötenden Wangen eine solche Erklärung zu geben, das wäre in Anbetracht meiner Lage und der Kürze unserer Bekanntschaft die äußerste Albernheit gewesen. Und dennoch war sie ein Engel, und ich hätte kein junger Mann sein müssen, wenn Vernunft und Verstand gänzlich vermocht hätten, aus meinen Träumen in jener Nacht alle Rosenfarbe zu verbannen.

Vierundzwanzigstes Kapitel.

Am Morgen ging ich früh hinab, in der Hoffnung, Edith allein zu sehen. Darin jedoch hatte ich mich getäuscht. Da ich sie nicht im Hause fand, suchte ich sie im Garten; aber auch dort war sie nicht. Bei dieser Wanderung besuchte ich mein unterirdisches Gemach und ließ mich dort nieder, um auszuruhen. Auf dem Lesetische desselben lagen verschiedene Wochenschriften und Zeitungen, und da ich meinte, es könnte Dr. Leete interessieren, ein Bostoner Tageblatt vom Jahre 1887 zu sehen, nahm ich eine der Zeitungen mit in das Haus.

Beim Frühstück traf ich Edith. Sie errötete, als sie mich begrüßte, hatte aber ihre Fassung völlig wiedergewonnen. Als wir bei Tisch saßen, amüsierte sich Dr. Leete mit der Durchsicht des von mir mitgebrachten Blattes. Wie bei allen Zeitungen jener Periode handelte ein großer Teil desselben von der Arbeiterbewegung: von Ausständen, Sperren, Boykottierungen, den Programmen der Arbeiterparteien und den wilden Drohungen der Anarchisten.

„Dabei möchte ich fragen," sagte ich, als der Doktor uns einige Abschnitte vorlas, „welchen Anteil die Anarchisten an der Neuordnung der Dinge hatten. Sie machten damals einen beträchtlichen Lärm, – das ist das Letzte, was ich von ihnen weiß."

„Sie hatten natürlich nichts damit zu thun, außer insofern sie dieselbe hinderten," entgegnete Dr. Leete. „Sie thaten das sehr erfolgreich, so lange sie existierten; denn ihr Geschwätz widerte die Menschen an, sodaß sie selbst auf die besterwogenen Vorschläge für eine sociale Reform nicht hören wollten. Die Unterstützung dieser Burschen war einer der schlauesten Kniffe der Gegner der Reform."

„Ihre Unterstützung!" rief ich erstaunt.

„Gewiß," erwiderte Dr. Leete. „Keine Autorität auf dem Gebiete der Geschichte zweifelt heute daran, daß sie von den großen Monopolisten dafür bezahlt waren, die rote Fahne zu schwingen und von Brand, Raub und Mord zu reden, um durch Einschüchterung der Furchtsamen jede wirkliche Reform zu verhindern. Was mich am meisten in Verwunderung setzt, ist der Umstand, daß Sie so arglos in die Falle gegangen sind."

„Welches sind Ihre Gründe, zu glauben, daß die Partei der roten Fahne Unterstützungen erhielt?" fragte ich.

„Nun, mein Grund ist einfach der, daß die Leute doch gesehen haben müssen, daß sie durch ihr Verhalten ihrer vorgeblichen Sache tausend Feinde für einen Freund machten. Wenn man nicht annimmt, daß sie zu der Arbeit gedungen waren, so traut man ihnen eine ganz unfaßbare Thorheit zu. In den Vereinigten Staaten zumal konnte keine Partei verständigerweise erwarten, ihr Ziel zu erreichen, wenn sie nicht zuvor die Mehrheit des Volkes für ihre Ideen gewann, wie es dann wirklich der Nationalistenpartei gelang."

„Die Nationalistenpartei!" rief ich aus. „Die muß nach meiner Zeit entstanden sein. Es war wohl eine der Arbeiterparteien?"

„O nein!" erwiderte der Doktor. „Die Arbeiterparteien als solche hätten nie etwas Großes und Dauerndes schaffen können. Für Zwecke von nationaler Bedeutung war ihre Basis, als einer bloßen Klassenorganisation, zu eng. Erst als man erkannte, daß eine Neuordnung des industriellen und socialen Systems auf einer höheren ethischen Grundlage und zum Zwecke erfolgreicherer Schaffung von Wohlstand im Interesse nicht nur einer, sondern aller Klassen liege, der Reichen und der Armen, der Gebildeten und der Ungebildeten, der Alten und der Jungen, der Schwachen und der Starken, der Männer und der Frauen, – erst da eröffnete sich die Aussicht, daß sie verwirklicht werden würde. Die Nationalistenpartei entstand, welche sie durch staatliche Mittel ausführte. Sie nahm wahrscheinlich darum diesen Namen an, weil es ihr Ziel war, die Funktionen der Produktion und der Güterverteilung zu nationalisieren. In der That hätte sie nicht gut einen anderen Namen haben können; denn ihre Absicht war, die Idee der Nation in einer Großartigkeit und Vollkommenheit zu verwirklichen, wie sie nie zuvor erfaßt worden war: – nicht als einer Vereinigung von Menschen zu gewissen bloß politischen Zwecken, die ihr Glück nur entfernt und oberflächlich berührten, sondern als einer Familie, einer inneren Einheit, eines gemeinsamen Lebens, eines mächtigen, zum Himmel aufragenden Baumes, dessen Blätter, das Volk, aus den Wurzeln ernährt werden und sie wiederum ernähren. Die patriotischste aller Parteien, suchte sie den Patriotismus zu rechtfertigen und ihn von der Stufe eines bloßen Instinkts zu der einer vernunftgemäßen Hingabe zu erheben, indem sie das Land der Geburt wahrhaft zu einem Vaterlande machte, – zu einem Vater, der das Volk am Leben erhält und nicht bloß ein Götze ist, für den es zu sterben hatte.“

Fünfundzwanzigstes Kapitel.

Die Persönlichkeit Edith Leetes hatte natürlich von vornherein einen tiefen Eindruck auf mich gemacht, seit ich in so sonderbarer Weise ein Gast in ihrem elterlichen Hause geworden war; und es war zu erwarten, daß sich nach den Ereignissen des letzten Abends meine Gedanken mehr denn je mit ihr beschäftigen würden. Von Anfang an war mir die ihr eigene heitere Offenheit und treuherzige Aufrichtigkeit aufgefallen, die mehr der eines edlen und unschuldigen Knaben glich, als der irgend eines Mädchens, das ich je gekannt hatte. Ich wünschte zu erfahren, wie weit diese bezaubernde Eigenschaft ihr eigentümlich und wie weit sie möglicherweise eine Folge von Veränderungen in der socialen Stellung der Frauen sei, die seit meiner Zeit stattgefunden haben mochten. Da sich im Laufe jenes Tages, als ich mit Dr. Leete allein war, Gelegenheit fand, so lenkte ich unser Gespräch darauf hin.

„Da die Frauen heutzutage von der Bürde der Haushaltung befreit sind,“ sagte ich, „so haben sie Wohl keine andere Beschäftigung, als der Pflege ihrer Schönheit und Anmut zu leben.“

„Was uns Männer anbelangt,“ erwiderte Dr. Leete, „so würden wir meinen, daß sie reichlich ihren Unterhalt bezahlten, um eine Ihrer Ausdruckweisen zu brauchen, wenn sie sich auf jene Beschäftigung beschränkten; aber Sie können sicher sein, daß sie viel zu viel Stolz haben, als daß sie einwilligen sollten, bloße Pfründnerinnen der Gesellschaft zu sein, selbst, wenn dies die Vergeltung dafür sein sollte, daß sie dieselbe zieren. Die Befreiung von der Hausarbeit war ihnen allerdings willkommen, weil diese nicht nur an sich selbst ausnehmend lästig, sondern zudem, mit dem Kooperativsystem verglichen, die äußerste Kraftvergeudung war: aber sie nahmen jene Erleichterung nur darum an, um in anderer, wirksamerer sowohl als angenehmerer Weise zum allgemeinen Wohle beitragen zu können. Unsere Frauen sowohl wie unsre Männer sind Glieder des Heeres der Arbeit und verlassen dieses nur, wenn Mutterpflichten sie in Anspruch nehmen. Das Resultat ist, daß die meisten Frauen zu der einen oder anderen Zeit ihres Lebens etwa fünf, zehn oder fünfzehn Jahre dienen, während die Kinderlosen die volle Dienstzeit durchmachen."

„Die Frau, welche heiratet, verläßt also nicht notwendig den industriellen Dienst?" fragte ich.

„So wenig wie der Mann," erwiderte der Doktor. „Warum in aller Welt sollte sie es denn? Die verheirateten Frauen haben jetzt, wie Sie wissen, keine Haushaltspflichten, und der Ehemann ist doch nicht ein kleines Kind, daß er gewartet werden müßte."

„Man hielt es für eine der beklagenswertesten Seiten unserer Civilisation," sagte ich, „daß wir von den Frauen so viel Arbeit verlangten; aber es scheint mir, Sie nutzen dieselben noch mehr aus, als wir es thaten."

Dr. Leete lachte. „In der That, das thun wir, gerade so, wie wir die Männer noch mehr ausnutzen. Indessen sind die Frauen dieser Zeit sehr glücklich und die Frauen des neunzehnten Jahrhunderts waren, wenn die Berichte ihrer Zeitgenossen uns nicht gänzlich irreführen, sehr unglücklich. Der Grund davon, daß die Frauen heutzutage so viel tüchtigere Mitarbeiter der Männer und zu gleicher Zeit so glücklich sind, ist der, daß wir in Bezug auf ihre Arbeit wie in Bezug auf die der Männer das Prinzip befolgen, jedem Menschen die Art der Beschäftigung zuzuweisen, für welche er am besten geeignet ist. Da die Frauen den Männern an Kraft nachstehen und auch aus anderen Gründen für gewisse

Gewerbebetriebe nicht geeignet sind, so stehen die ihnen vorbehaltenen Beschäftigungsarten und die Bedingungen, unter denen sie dieselben betreiben, in Beziehung zu diesen Thatsachen. Die schwereren Arbeiten werden überall den Männern, die leichteren den Frauen vorbehalten. Unter keinen Umständen dürfen die Frauen einer Beschäftigung nachgehen, die nicht, sowohl was die Art als was das Maß der Arbeit anbetrifft, ihrem Geschlechte vollkommen entspricht. Zudem sind die Arbeitsstunden der Frauen beträchtlich geringer als die der Männer, sie erhalten öfter Ferien und es ist große Sorge getroffen, daß sie ruhen können, wenn sie dessen bedürfen. Die Männer dieser Zeit wissen es so wohl zu würdigen, daß sie der Schönheit und Anmut der Frauen den Hauptreiz ihres Lebens und den mächtigsten Antrieb zur Anspannung aller Kräfte verdanken, daß sie ihnen überhaupt nur deshalb zu arbeiten gestatten, weil sie klar erkennen, daß ein gewisses Maß regelmäßiger Arbeit von solcher Art, wie sie ihren Fähigkeiten entspricht, während der Zeit der größten Körperkraft für Leib und Seele wohlthätig ist. Wir glauben, daß die prächtige Gesundheit, welche unsre Frauen von denen Ihrer Zeit unterscheidet, die so allgemein kränklich gewesen zu sein scheinen, großenteils dem Umstände zuzuschreiben ist, daß allen gleicherweise eine gesunde und anregende Beschäftigung zugewiesen ist."

„Wenn ich Sie recht verstehe," sagte ich, „gehören auch die Frauen dem Arbeiterheere an; aber wie können sie hinsichtlich der Leitung unter demselben System stehen, wie die Männer, wenn die Bedingungen, unter denen sie arbeiten, so ganz andere sind?"

„Sie stehen auch unter einer ganz anderen Leitung," erwiderte Dr. Leete, „und bilden eher eine Hilfstruppe, als einen integrierenden Teil des Heeres der Männer. Sie stehen unter dem Oberbefehl einer Frau und auch sonst ausschließlich unter weiblicher Leitung. Diese Oberbefehlshaberin, wie ebenso die höheren Betriebsbeamten, werden von der Gesamtheit der Frauen gewählt, welche ihre Dienstzeit durchgemacht haben, entsprechend der Art, wie die Offiziere des Männerheeres und der Präsident des Staates gewählt werden. Die Oberbefehlshaberin des Frauenheeres hat Sitz im Kabinett des Präsidenten und ein Veto bei allen

Maßregeln, welche die Frauenarbeit betreffen, bis die Frage durch den Kongreß entschieden wird. Als ich von der Gerichtsordnung sprach, hätte ich noch erwähnen sollen, daß wir in unsern Gerichten ebensowohl wie Männer so auch Frauen haben, welche von der Oberbefehlshaberin der Frauen ernannt werden. Streitfälle, in welchen beide Parteien Frauen sind, werden von ihnen abgeurteilt; und wenn ein Mann und eine Frau die streitenden Parteien sind, so muß ein Richter und eine Richterin dem Urteil zustimmen."

„Die Frauenwelt scheint in Ihrem System wie ein Staat im Staate organisiert zu sein," sagte ich.

„In gewisser Weise allerdings," erwiderte Dr. Leete; „aber dieser ›Staat‹ ist ein solcher, von dem, wie Sie zugeben werden, der Nation keine große Gefahr droht. Der Mangel irgendwelcher derartigen Anerkennung der verschiedenen Individualität der Geschlechter war einer der zahllosen Fehler Ihrer Gesellschaftsordnung. Die leidenschaftliche Anziehung, die zwischen Mann und Frau besteht, hat nur zu oft verhindert, daß die tiefe Verschiedenheit erkannt wurde, welche die Mitglieder des einen Geschlechts denen des andern in vielen Beziehungen fremd und sie der Sympathie nur mit denen ihres eigenen fähig macht. Gerade daß man den Verschiedenheiten der Geschlechter freien Spielraum gewährte, anstatt, wie es anscheinend das Bemühen einiger Reformer Ihrer Zeit war, zu versuchen sie zu vernichten, hat die Freude, welche sie an sich selbst, und den Reiz, welche sie füreinander haben, in gleichem Maße erhöht. Zu Ihrer Zeit gab es keine Laufbahn für die Frauen, in welcher sie nicht in einen unnatürlichen Wettbewerb mit den Männern geraten wären. Wir haben ihnen eine eigene Welt mit eigenen Bahnen, Wetteifer und Ehrgeiz erschlossen, und ich versichere Ihnen, sie sind sehr glücklich darin. Uns scheint, daß die Frauen mehr als irgend eine andere Klasse die Opfer Ihrer Civilisation waren. Trotz der langen Zeit, die inzwischen verflossen ist, liegt für uns etwas Ergreifendes in dem Schauspiel ihres eintönigen, unentwickelten Lebens, das im Ehestande vollends verkrüppelte, ihres engen Horizonts, der so oft physisch durch die vier Wände des Hauses und moralisch durch einen kleinen Kreis persönlicher Interessen begrenzt war. Ich spreche jetzt nicht von der ärmeren Klasse, die sich gewöhnlich zu Tode arbeitete, sondern von der wohlhabenden und reichen. Aus den großen Sorgen sowohl wie den kleinen Verdrießlichkeiten des Lebens konnten sie sich nicht in die freie Luft der Außenwelt allgemein menschlicher Angelegenheiten oder zu irgend welchen Interessen, außer denen der Familie, hinausretten. Solch‹ eine Existenz würde den Männern Gehirnerweichung zugezogen oder sie verrückt gemacht haben. Das ist jetzt alles anders. Heutzutage hört man von keiner Frau den Wunsch, ein Mann zu sein, noch von den Eltern das Verlangen, lieber Söhne zu bekommen als Töchter. Unsere Mädchen sind jetzt ebenso voll Ehrgeiz in ihrer Laufbahn, wie die Knaben. Die Heirat bedeutet für sie keine Einkerkerung und dieselbe trennt sie in keiner Weise von den großen Interessen der Gesellschaft. Nur Wenn die Mutterschaft den Geist der Frau mit neuen Interessen erfüllt, zieht sie sich eine Zeitlang aus der Welt zurück. Später und zu jeder Zeit kann sie an ihren Platz unter den Kameradinnen zurückkehren, und sie braucht niemals den Zusammenhang mit ihnen zu verlieren. Die Frauen sind heutzutage ein sehr glückliches Geschlecht, wenn wir ihren Zustand mit dem vergleichen, den sie bisher stets in der Weltgeschichte gehabt haben, und ihr Vermögen, die Männer zu beglücken, hat sich natürlich im gleichen Verhältnisse gesteigert."

„Ich würde es für möglich halten," sagte ich, „daß das Interesse, welches die Mädchen für ihre Laufbahn als Mitglieder des Arbeiterheeres und als Kandidatinnen für die dort zu erlangenden Auszeichnungen fühlen, die Wirkung hat, sie vom Heiraten abzuschrecken."

Dr. Leete lächelte. „Haben Sie darum keine Furcht, Herr West," erwiderte er. „Der Schöpfer hat es sehr fürsorglich so eingerichtet, daß, welche andere Veränderungen in den Neigungen der Männer und Frauen mit der Zeit auch eintreten mögen, doch die Anziehungskraft, welche sie aufeinander ausüben, die gleiche bleibt. Das wird schon durch die Thatsache bewiesen, daß Ehen selbst in einem Zeitalter wie dem Ihrigen geschlossen wurden, wo der Kampf ums Dasein den Menschen wenig Zeit für andere Gedanken gelassen haben muß, und wo die Zukunft so ungewiß war, daß es oft wie ein verbrecherisches Wagnis erschienen sein muß, die elterliche Verantwortlichkeit zu übernehmen. Was die Liebe, wie sie heutzutage ist, anbelangt, so sagt einer unserer Schriftsteller, daß der leere Raum, welcher durch Beseitigung der Sorge um den Unterhalt in der Seele der Männer und Frauen entstanden ist, gänzlich durch jene Leidenschaft ausgefüllt worden sei. Das aber, bitte ich Sie zu glauben, ist etwas übertrieben. Im übrigen ist die Heirat so weit davon entfernt, in der Laufbahn einer Frau ein Hemmnis zu sein, daß gerade im Gegenteil die höheren Stellen in dem weiblichen Arbeiterheere nur solchen Frauen anvertraut werden, welche sowohl Gattinnen als Mütter gewesen sind, da sie allein ihr Geschlecht voll repräsentieren.

„Werden an die Frauen ebenso wie an die Männer Kreditkarten ausgegeben?“

„Gewiß.“

„Der Kredit der Frauen lautet wohl auf geringere Summen, da sie infolge ihrer Familienpflichten ihre Arbeit häufig unterbrechen müssen?“

„Geringere!“ rief Dr. Leete aus. „O nein! Der Unterhalt aller unsrer Leute ist der gleiche. Es gibt von dieser Regel keine Ausnahme; aber wenn, mit Rücksicht auf die Unterbrechungen, von denen Sie reden, ein Unterschied gemacht werden sollte, so würde es der sein, daß der Kredit der Frauen größer und nicht kleiner gemacht werden würde. Können Sie sich einen Dienst denken, der einen größeren Anspruch auf die Dankbarkeit der Nation gäbe, als das Gebären und Ernähren der Kinder der Nation? Nach unserer Ansicht macht sich niemand so verdient um die Welt, als gute Eltern. Keine Aufgabe ist so selbstlos, so ohne Vergeltung, außer der durch das eigene Herz, wie die Erziehung der Kinder, die dereinst, wenn wir dahingegangen sind, füreinander die Welt ausmachen werden.“

„Aus dem, was Sie gesagt haben, scheint zu folgen, daß die Frauen in ihrem Unterhalt in keiner Weise von ihren Gatten abhängig sind.“

„Natürlich sind sie es nicht,“ erwiderte Dr. Leete; „und ebensowenig sind die Kinder abhängig von ihren Eltern, das heißt, was ihren Unterhalt anbetrifft, obwohl sie es natürlich hinsichtlich der Pflichten der

Zuneigung sind. Wenn das Kind herangewachsen ist, wird seine Arbeit das Gemeingut vermehren, nicht das seiner Eltern, welche tot sein werden, und es ist daher angemessen, daß es aus dem Gemeingut ernährt wird. Die Abrechnung einer jeden Person, sei sie Mann, Weib oder Kind, müssen Sie wissen, findet stets direkt mit der Nation statt und nie durch irgend eine Zwischenperson, ausgenommen natürlich, daß die Eltern in einem gewissen Umfange für die Kinder als deren Vormünder handeln. Sie sehen also, daß das Verhältnis der Individuen zur Nation, ihre Mitgliedschaft in derselben es ist, was sie zum Lebensunterhalt berechtigt; und dieses Recht steht in keinerlei Verbindung mit ihren Verhältnissen zu anderen Individuen, welche gleich ihnen Mitglieder der Nation sind. Daß irgend eine Person in ihren Mitteln zum Lebensunterhalt von einer anderen abhängig sein sollte, würde das moralische Gefühl verletzen und auch auf Grund keiner vernünftigen Socialtheorie zu verteidigen sein. Was würde bei einer solchen Anordnung aus der persönlichen Freiheit und Würde werden? Ich weiß, daß Sie im neunzehnten Jahrhundert sich frei nannten. Die Bedeutung des Wortes konnte damals aber keineswegs die gewesen sein, welche es jetzt hat, sonst würden Sie es sicherlich nicht auf eine Gesellschaft angewandt haben, in der fast jedes Mitglied hinsichtlich der notwendigsten Mittel zum Leben in bitterer Abhängigkeit von anderen stand: die Armen waren von den Reichen, die Arbeiter von den Unternehmern, die Frauen von den Männern, die Kinder von den Eltern abhängig. Anstatt das, was die Nation produzierte, direkt an die Mitglieder derselben zu verteilen, was als das natürlichste und nächstliegende Verfahren erscheinen sollte, macht es wirklich den Eindruck, als ob Sie ihren Geist angestrengt hätten, ein System der Verteilung von Hand zu Hand auszusinnen, welches für alle Klassen der Empfänger ein möglichst großes Maß persönlicher Demütigung mit sich führte.

„Was die materielle Abhängigkeit der Frauen von den Männern anbetrifft, welche damals so gewöhnlich war, so mag sie ja bei Liebesheiraten die natürliche Zuneigung erträglich gemacht haben, obwohl ich meinen sollte, daß sie für selbstbewußte Frauen immer demütigend geblieben ist Wie aber muß sie in den unzähligen Fällen gewesen sein, wo die Frauen, unter der Form der Ehe oder ohne diese Form, gezwungen waren, sich den Männern zu verkaufen, um leben zu können? Selbst Ihre Zeitgenossen, so unempfindlich sie auch gegen die empörendsten Verhältnisse ihrer Gesellschaft waren, scheinen den Gedanken gehabt zu haben, daß hier nicht alles so sei, wie es sein sollte; aber doch auch nur aus Mitleid beklagten sie das Los der Frauen. Es fiel ihnen nie ein, daß es Raub sowohl wie Grausamkeit war, wenn die Männer die gesamten Erzeugnisse der Welt an sich rissen und die Frauen um ihren Anteil bitten und betteln ließen. – Aber o Himmel, da rede ich mich ja wirklich in einen Eifer, Herr West, als ob der Raub, das Leiden und die Demütigung, welche diese armen Frauen erduldet haben, nicht schon seit einem Jahrhundert vorüber, oder als ob Sie für etwas verantwortlich wären, was Sie ohne Zweifel eben so sehr wie ich beklagt haben!“

„Ich muß meinen Teil der Verantwortlichkeit für die Welt, wie sie damals war, tragen,“ erwiderte ich. „Alles, was ich zu meiner Entschuldigung sagen kann, ist dies, daß, bevor nicht die Nation für das gegenwärtige System genossenschaftlicher Produktion und Verteilung reif war, keine durchgreifende Verbesserung in der Stellung der Frau möglich war. Die Wurzel ihrer Schwäche war, wie Sie selbst bemerkt haben, der Umstand, daß sie in ihrem Lebensunterhalte vom Manne abhängig war: und ich kann mir keine andere Gesellschaftsordnung, als die, welche Sie eingeführt haben, denken, welche die Frau von der Herrschaft des Mannes, wie auch zugleich den einen Mann von der Herrschaft anderer Männer, befreit haben würde. Ich vermute übrigens, daß eine so gänzliche Wandlung in der Stellung der Frauen nicht stattgefunden haben kann, ohne die geselligen Beziehungen der Geschlechter wesentlich zu beeinflussen. Das wird ein sehr interessantes Studium für mich sein.“

„Die hauptsächlichste Veränderung, welche Sie bemerken werden,“ sagte Dr. Leete, „wird, denke ich, in der völligen Freiheit und Unbefangenheit liegen, welche diese Beziehungen jetzt kennzeichnet, im

Gegensatze zu den verkünstelten Formen, welche zu Ihrer Zeit in ihnen geherrscht zu haben scheinen. Die Geschlechter verkehren jetzt auf vollkommen gleichem Fuße und freien einander nur aus Liebe. Zu Ihrer Zeit machte die Thatsache, daß die Frauen in ihrem Unterhalt von den Männern abhängig waren, die Frauen in Wirklichkeit zu dem hauptsächlich gewinnenden Teile. Diese Thatsache scheint, soweit wir nach den zeitgenössischen Berichten urteilen können, unter den niederen Klassen mit cynischer Offenheit anerkannt worden zu sein, während sie in den feineren Gesellschaftskreisen durch ein System gekünstelter Formen bemäntelt wurde, welches die gerade entgegengesetzte Meinung erwecken sollte, nämlich daß der Mann der hauptsächlich gewinnende Teil sei. Um diesen konventionellen Schein aufrecht zu erhalten, war es notwendig, daß stets der Mann die Rolle des Freiers spielte. Nichts wäre daher für unschicklicher gehalten worden, als wenn eine Frau ihre Zuneigung zu einem Manne verraten hätte, bevor er den Wunsch ausgedrückt hatte, sie zu heiraten. Ja, wir haben wirklich in unsern Bibliotheken von Schriftstellern Ihrer Tage Bücher, die zu keinem anderen Zwecke geschrieben worden waren, als um die Frage zu erörtern, ob unter irgend welchen denkbaren Umständen eine Frau, ohne ihrem Geschlechte Unehre zu machen, unaufgefordert ihre Liebe offenbaren dürfe. Alles dies erscheint uns äußerst absurd, und doch wissen wir, daß unter den damals gegebenen Umständen dieses Problem eine ernsthafte Seite haben mochte. Denn wenn eine Frau dadurch, daß sie einem Manne ihre Liebe gestand, thatsächlich ihn aufforderte, die Last ihres Unterhalts auf sich zu nehmen, so ist es leicht zu sehen, daß Stolz und Zartgefühl wohl das Sehnen des Herzens zurückdrängen konnten. Wenn Sie in unsre Gesellschaften kommen werden, Herr West, müssen Sie darauf gefaßt sein, daß unsere jungen Leute Ihnen über diesen Punkt viele Fragen vorlegen werden, da sie sich natürlich für diese Seite der alten Sitten sehr intere

„Und so erklären also die Mädchen des zwanzigsten Jahrhunderts ihre Liebe?“

„Wenn es ihnen gefällt," erwiderte Dr. Leete. „Sie haben nicht mehr Grund als die sie liebenden Männer, ihre Gefühle zu verbergen. Koketterie würde bei einem Mädchen ebenso verächtlich sein, wie bei einem Manne. Affektierte Kälte, die zu Ihrer Zeit selten einen Liebenden täuschte, würde ihn jetzt völlig täuschen, denn niemand denkt mehr daran, sie anzunehmen."

„Ein Ergebnis, das aus der Unabhängigkeit der Frauen folgen muß, kann ich selbst sehen," sagte ich. „Es kann jetzt nur noch Heiraten aus Liebe geben!"

„Das versteht sich von selbst," erwiderte Dr. Leete.

„Eine Welt sich zu denken, in der es nichts als reine Liebesheiraten gibt! Ach, Dr. Leete, wie ganz unmöglich es Ihnen ist, sich vorzustellen, welch' erstaunliche Erscheinung solch' eine Welt für einen Mann des neunzehnten Jahrhunderts ist!"

„Doch, einigermaßen kann ich es mir vorstellen," entgegnete der Doktor. „Aber die von Ihnen gepriesene Thatsache, daß es nichts als Liebesheiraten gibt, bedeutet sogar noch mehr, als Sie sich vielleicht im ersten Augenblicke vergegenwärtigen. Sie bedeutet, daß zum erstenmale in der Menschengeschichte das Prinzip der Geschlechtswahl mit seiner Tendenz, die besseren Typen der Gattung zu erhalten und fortzupflanzen, und die schlechteren aussterben zu lassen, ungehinderte Wirksamkeit hat. Die Bedrängnisse der Armut, das Bedürfnis, ein Heim zu haben, führen die Frauen nicht mehr in Versuchung, zu Vätern ihrer Kinder Männer anzunehmen, welche sie weder lieben noch achten können. Reichtum und Stellung ziehen nicht mehr die Aufmerksamkeit von den persönlichen Eigenschaften ab. Nicht mehr ›vergoldet Geld des Narren enge Stirn.‹ Die Gaben der äußeren Persönlichkeit, des Geistes und Charakters, wie Schönheit, Witz, Beredsamkeit, Genie, Mut sind der Übertragung auf die Nachkommenschaft sicher. Jede Generation wird durch etwas feinere Maschen gesiebt, als die ihr vorangehende. Die Eigenschaften, welche die Menschennatur bewundert, werden erhalten, die, welche ihr abstoßend sind, werden ausgemerzt. Es gibt natürlich sehr viele Frauen, die mit der Liebe Bewunderung verbinden müssen und eine ansehnliche Heirat zu machen suchen; aber diese folgen nicht weniger demselben Gesetze: denn eine ansehnliche Heirat machen heißt jetzt nicht, Männer mit Geld oder Titeln, sondern solche heiraten, welche sich durch die Tüchtigkeit oder den Glanz ihrer der Menschheit geleisteten Dienste über ihre Mitbürger erhoben haben. Diese bilden heutzutage die einzige Aristokratie, mit der eine Verbindung einzugehen Ehre bringt.

„Sie sprachen vor ein paar Tagen von der körperlichen Überlegenheit unseres Volkes im Vergleich mit Ihren Zeitgenossen. Wichtiger vielleicht als irgend eine der damals von mir erwähnten Ursachen einer Verbesserung der Gattung ist der Einfluß gewesen, welchen die ungehinderte Geschlechtswahl auf die Beschaffenheit zweier oder dreier aufeinander folgender Generationen ausgeübt hat. Ich glaube, daß wenn Sie unser Volk erst genauer beobachtet haben, Sie finden werden, daß diese Vervollkommnung nicht bloß dessen physische, sondern auch dessen geistige und moralische Seite betrifft. Es wäre seltsam, wenn es sich anders verhielte; denn nicht nur wirkt jetzt eines der großen Naturgesetze in voller Freiheit zum Heile der Gattung, sondern ein tiefes moralisches Gefühl ist ihm noch zu Hilfe gekommen. Der zu Ihrer Zeit die Gesellschaft beherrschende Individualismus wirkte nicht nur jedem lebendigen Gefühl der Brüderlichkeit und Interessengemeinschaft unter den gleichzeitig lebenden Menschen entgegen, sondern er ließ auch das Bewußtsein der Verantwortlichkeit der gegenwärtigen für die folgende Generation nicht aufkommen. Heute ist diese Verantwortlichkeit, welche in allen früheren Zeitaltern tatsächlich nicht anerkannt worden war, eine der großen ethischen Ideen der Gattung geworden, welche durch die tiefe Überzeugung der Pflicht den natürlichen Antrieb, die Besten und Edelsten des andern Geschlechts zur Ehe zu wählen, noch verstärkt. Das Resultat ist, daß alle die Ermutigungen und Reizmittel aller Art, welche wir beschafft haben, um Fleiß, Talent, Genie und jegliche Trefflichkeit zu entwickeln, in ihrer Wirkung, die sie auf die jungen Männer ausüben, gar nicht zu vergleichen sind mit der Thatsache, daß unsre Frauen als Richter der Gattung über ihnen thronen und es sich vorbehalten, durch ihre eigene Person die Sieger zu belohnen. Von all' den Peitschen und Sporen und Lockmitteln und Preisen ist keines gleich dem Gedanken, daß keines der strahlenden Antlitze sich dem Trägen zuwenden wird.

„Ehelose Männer sind heutzutage fast ausnahmslos solche, denen es mißlungen ist, ihre Lebensaufgabe mit Ehren zu erfüllen. Die Frau muß Mut haben, und noch dazu eine sehr schlechte Art von Mut, welche sich durch Mitleid für einen dieser Unglücklichen dazu bewegen läßt, der öffentlichen Meinung – denn sonst ist sie frei – so sehr zu trotzen, daß sie ihn zum Gatten nimmt. Ich sollte hinzufügen, daß sie das Urteil ihres eigenen Geschlechts strenger und unwiderstehlicher finden würde, als das des anderen Elements der öffentlichen Meinung. Unsere Frauen sind sich ihrer Verantwortlichkeit als Hüter der kommenden Welt, denen die Schlüssel der Zukunft anvertraut sind, voll bewußt. Ihr Pflichtgefühl in dieser Hinsicht steigert sich zu einer Empfindung religiöser Weihe. Es ist ein Kultus, in dem sie ihre Töchter von Kindheit an erziehen.“

Nachdem ich an jenem Abend in mein Zimmer gegangen war, blieb ich noch lange auf und las einen Roman von Berrian, welchen Dr. Leete mir gegeben hatte. Das Thema desselben drehte sich um eine Situation, welche mit jener, in seinen letzten Worten angedeuteten, modernen Auffassung von der elterlichen Verantwortlichkeit in Beziehung stand. Ein Romanschriftsteller des neunzehnten Jahrhunderts würde eine derartige Situation fast unfehlbar so behandelt haben, daß er im Leser eine krankhafte Sympathie mit der gefühlsseligen Selbstsucht der Liebenden und Unwillen gegen das ungeschriebene Gesetz, welches sie verletzten, erregt hätte. Ich brauche nicht näher auszuführen – denn wer hat nicht „Ruth Elton“ gelesen – wie anders Berrian den Gegenstand darstellt, und mit wie gewaltiger Wirkung er den Grundsatz einschärft: „Unsere Macht über die Ungeborenen ist der Gottes gleich und unsre Verantwortlichkeit gleich der Seinen gegen uns. So wie wir unsre Pflicht gegen sie erfüllen, so möge Er mit uns verfahren.“

Sechsundzwanzigstes Kapitel.

Ich denke, wenn jemand je zu entschuldigen war, daß er die Reihenfolge der Wochentage vergaß, so war ich es unter meinen Umständen. In der That, wenn man mir gesagt hätte, daß die Art der Zeitrechnung völlig verändert worden wäre und die Tage in Gruppen von fünf, zehn oder fünfzehn anstatt von sieben zusammengefaßt würden, so würde ich nach dem, was ich bereits vom zwanzigsten Jahrhundert gehört und gesehen hatte, keineswegs überrascht gewesen sein. Es war am Morgen nach der im letzten Kapitel erzählten Unterhaltung, als es mir zum erstenmale einfiel, mich nach dem Wochentage zu erkundigen. Beim Frühstück fragte mich Dr. Lette, ob ich wohl eine Predigt würde hören wollen.

„Es ist heute also Sonntag?“ rief ich aus.

„Ja,“ erwiderte er. „Am Freitag der letzten Woche war es, als wir die glückliche Entdeckung des verschütteten Zimmers machten, der wir Ihre Gesellschaft diesen Morgen verdanken. Am Sonnabend bald nach Mitternacht erwachten Sie zum erstenmale, und am Sonntag Nachmittag erwachten Sie zum zweitenmale, mit völlig wiederhergestellten Kräften.“ “So haben Sie also noch Sonntage und Predigten,“ sagte ich. „Wir hatten Propheten, welche weissagten, daß schon lange vor dieser Zeit die Welt mit beiden aufgeräumt haben werde. Ich bin sehr gespannt zu erfahren, wie die Kirchenordnung sich in Ihr übriges Gesellschaftssystem einfügt. Sie haben wohl eine Art Nationalkirche mit staatlich angestellten Geistlichen?“

Dr. Leete lachte, und Frau Leete und Edith schien die Frage sehr zu belustigen.

„Aber Herr West,“ sagte Edith, „für wie wunderliche Leute müssen Sie uns doch halten! Sie waren bereits im neunzehnten Jahrhundert über die staatlichen Religionseinrichtungen hinaus, und Sie meinen, wir seien zu denselben zurückgekehrt?“

„Aber wie ist eine freie Kirche und eine nicht staatliche Geistlichkeit mit dem Nationalbesitz aller Gebäude und dem von Allen verlangten Arbeitsdienste vereinbar?“ fragte ich.

„Die Formen der Religionsübung des Volkes haben sich natürlich im Laufe eines Jahrhunderts erheblich verändert,“ erwiderte Dr. Leete; „aber selbst angenommen, daß sie unverändert geblieben wären, würde sich doch unsre Gesellschaftsordnung ihnen vollkommen anpassen. Die Nation liefert jeder einzelnen Person oder Anzahl von Personen ein Gebäude, sofern die Miete verbürgt wird, und die Nutznießung verbleibt ihnen so lange, als sie die Miete aufbringen. Was die Geistlichen anbetrifft, so gilt einfach wieder folgendes: Wenn eine Anzahl von Personen die Dienste eines Individuums für einen besonderen, persönlichen Zweck, der mit dem Staatsdienste nicht identisch ist, in Anspruch zu nehmen wünscht, so kann sie sich dieselben, die eigene Zustimmung jenes Individuums natürlich vorausgesetzt, dadurch stets verschaffen, – gerade so, wie wir uns die Dienste eines Redakteurs sichern, – daß sie von ihren Kreditkarten der Nation eine Entschädigung für den Verlust seiner Arbeitskraft im staatlichen Industriedienste zahlt. Diese, der Nation für das Individuum gezahlte Entschädigung entspricht dem zu Ihrer Zeit dem Individuum selbst gezahlten Gehalte; und die mannigfache Anwendung dieses Prinzips läßt in allen Einzelheiten, wo die staatliche Leitung nicht durchführbar ist, der Privatunternehmung freien Spielraum. – Wenn Sie nun heute eine Predigt hören wollen, so können Sie entweder in eine Kirche gehen, sie zu hören, oder auch zu Hause bleiben.“

„Wie soll ich sie hören, wenn ich zu Hause bleibe?“

„Sie brauchen uns nur zur bestimmten Stunde in das Musikzimmer zu begleiten und sich einen bequemen Stuhl auszusuchen. Es gibt noch Leute, welche die Predigten lieber in der Kirche hören; aber meistens werden unsre Predigten, wie unsre Musikaufführungen, nicht öffentlich, sondern in akustisch gebauten Zimmern gehalten, welche mit den Häusern der Abonnenten durch den Draht verbunden sind. Wenn Sie es vorziehen, in eine Kirche zu gehen, so werde ich Sie gern begleiten; aber ich glaube wirklich nicht, daß Sie irgendwo eine bessere Rede hören würden, als hier zu Hause. Ich ersehe aus der Zeitung, daß Herr Barton heute Vormittag predigt; er predigt nur durch das Telephon, und seine Zuhörerzahl erreicht oft eine Höhe von Hundertundfünfzigtausend."

„Wenn kein anderer Grund, so würde doch schon die Neuheit des Experiments, eine Predigt unter solchen Umständen zu hören, mich dazu bestimmen, Herrn Barton zu hören," sagte ich.

Nach ein oder zwei Stunden, als ich lesend in der Bibliothek saß, erschien Edith, um mich abzuholen, und ich folgte ihr in das Musikzimmer, wo Herr und Frau Leete bereits warteten. Kaum hatten wir bequem Platz genommen, als wir ein Klingeln hörten, und wenige Augenblicke darauf redete die Stimme eines Mannes im gewöhnlichen Unterhaltungstone zu uns, als wenn sie von einer unsichtbaren Person im Zimmer ausginge. Die Stimme sprach also:

Herrn Bartons Predigt.

„Wir haben während der vergangenen Woche einen Kritiker aus dem neunzehnten Jahrhundert unter uns gehabt, einen lebenden Repräsentanten der Zeit unserer Urgroßelten. Es wäre seltsam, wenn eine so außerordentliche Thatsache unsre Einbildungskraft nicht etwas stark in Anspruch genommen hätte. Vielleicht die meisten von uns sind dadurch zu dem Versuche angeregt worden, sich die Gesellschaft, wie sie vor hundert Jahren war, vorzustellen und sich deutlich zu machen, was es geheißen haben muß, damals zu leben. Indem ich Sie nun einlade, gewisse Betrachtungen zu erwägen, auf welche dieser Gegenstand mich geführt hat, nehme ich an. daß ich dem Laufe Ihrer Gedanken vielmehr folgen, als ihn ablenken werde."

Bei diesem Punkte flüsterte Edith ihrem Vater etwas zu, worauf er beistimmend nickte und sich zu mir wandte.

„Herr West," sagte er, „Edith meint, daß es Ihnen vielleicht etwas peinlich sein könnte, einen Vortrag in der Richtung, wie Herr Barton ihn begonnen hat, zu hören; und wenn dies der Fall ist, so brauchen Sie darum die Predigt heute nicht zu verlieren. Sollten Sie es wünschen, so wird Edith uns mit Herrn Sweetsens Sprechzimmer in Verbindung sehen, und ich kann Ihnen immer noch eine sehr gute Rede versprechen."

„Nein, nein!“ entgegnete ich. „Glauben Sie mir, ich möchte viel lieber hören, was Herr Barton zu sagen hat.“

„Wie es Ihnen beliebt,“ antwortete mein Wirt.

Als ihr Vater zu mir sprach, hatte Edith eine Schraube berührt und die Stimme des Herrn Barton war plötzlich verstummt. Jetzt, bei einem anderen Drucke, erfüllte sich der Raum wieder mit den ernsten, sympathischen Tönen, welche bereits einen sehr günstigen Eindruck auf mich gemacht hatten.

„Ich wage anzunehmen, daß dieser Rückblick eine Wirkung auf uns alle ausgeübt hat: größer denn je ist unser Erstaunen über die wunderbare Wandlung, welche ein kurzes Jahrhundert in der materiellen und der moralischen Lage der Menschheit herbeigeführt hat.

„Dennoch mag der Gegensatz zwischen der Armut der Nation und der Welt im neunzehnten Jahrhundert und ihrem gegenwärtigen Reichtum vielleicht nicht größer sein, als er in der Menschengeschichte schon früher zu beobachten war, – vielleicht nicht größer, zum Beispiel, als der zwischen der Armut dieses Landes während der ersten Kolonialperiode im siebzehnten Jahrhundert und dem verhältnismäßig großen Wohlstande, den es am Ende des neunzehnten Jahrhunderts erreicht hatte, oder zwischen dem England Wilhelm des Eroberers und dem der Königin Viktoria. Obwohl der Gesamtreichtum eines Staates damals nicht, wie jetzt, einen genauen Maßstab für die Lage der Massen seines Volkes gewährte, so liefern uns doch Fälle, wie diese, eine teilweise Parallele zu der bloß materiellen Seite des Gegensatzes, der zwischen dem neunzehnten und dem zwanzigsten Jahrhundert besteht. Erst wenn wir die moralische Seite dieses Gegensatzes betrachten, finden wir uns einer Erscheinung gegenüber, für welche die Geschichte keinen Präzedenzfall darbietet, so weit wir auch zurückblicken mögen. Man wäre fast zu entschuldigen, wenn man ausriefe: „Hier ist sicher ein Wunder geschehen!“ Wenn wir jedoch vom bloßen Staunen ablassen und das anscheinend Wunderbare kritisch zu untersuchen beginnen, so finden wir, daß es gar nichts Wunderbares, viel weniger vollends ein Wunder ist.

Es ist nicht nötig, eine moralische Wiedergeburt der Menschheit oder eine gänzliche Vernichtung der Bösen und Erhaltung der Guten anzunehmen, um die vorliegende Tatsache zu begreifen. Sie findet ihre einfache und augenfällige Erklärung in der Rückwirkung einer veränderten Umgebung auf die menschliche Natur. Sie bedeutet einfach, daß eine Gesellschaftsordnung, die falsch verstandene Interessen der Selbstliebe zu ihrer Grundlage hatte und lediglich an die gesellschaftsfeindliche und tierische Seite der menschlichen Natur appellierte, durch Einrichtungen ersetzt worden ist, welche auf das wahre Selbstinteresse einer vernünftigen Selbstlosigkeit begründet sind und an die socialen und edlen Instinkte der Menschen appellieren.

„Meine Freunde, wenn Sie die Menschen wieder als die wilden Tiere sehen wollen, die sie im neunzehnten Jahrhundert zu sein schienen, so brauchen Sie nichts weiter zu thun, als das alte sociale und industrielle System wieder einzuführen, welches sie lehrte, in ihren Mitmenschen ihre natürliche Beute zu sehen und ihren Gewinn im Verluste anderer zu finden. Ohne Zweifel scheint es Ihnen so, daß keine, wenn auch noch so bittere Not Sie in Versuchung gesetzt haben würde, von dem zu leben, was Ihre größere Gewandtheit oder Kraft anderen zu entreißen, die dessen ebensosehr bedürftig waren, Sie fähig machte. Aber nehmen wir an, daß Sie nicht bloß für Ihr eigenes Leben verantwortlich wären. Ich weiß sehr wohl, daß es unter unseren Vorfahren viele gegeben haben muß, welche, wenn es sich allein um ihr eigenes Leben gehandelt hätte, es lieber aufgegeben, als es durch das Brot ernährt hätten, das sie anderen geraubt. Aber das durften sie nicht. Es gab teure Wesen, die von ihnen abhingen. Der Mann liebte das Weib damals wie heut. Gott weiß, wie sie wagen konnten, Vater zu sein; aber sie hatten Kinder, die sie ohne Zweifel ebensosehr wie wir die unsrigen liebten, – die sie ernähren, kleiden, erziehen mußten. Die sanftesten Geschöpfe werden wild, wenn sie für Junge zu sorgen haben; und in jener wölfischen Gesellschaft liehen die zärtlichsten Gefühle dem Kampfe ums Brot eine besondere Verzweiflung. Um derer willen, die von ihm abhängen, blieb dem Manne keine Wahl, – er mußte sich in den schändlichen Kampf stürzen, mußte betrügen, übervorteilen, verdrängen, unter dem Werte kaufen und zu teuer verkaufen, das Geschäft zerstören, durch welches sein Nachbar seine Kleinen ernährte, die Menschen verleiten zu kaufen, was sie nicht sollten, und zu verkaufen, was sie nicht durften, seine Arbeiter drücken, seine Schuldner peinigen, seine Gläubiger hintergehen. Ob ein Mensch ihn auch ängstlich unter Thränen suchte, es war schwer, einen Weg zu finden, auf dem er seinen Lebensunterhalt verdienen und für seine Familie sorgen konnte, ohne sich einem schwächeren Mitbewerber vorzudrängen und ihm das Brot vom Munde zu nehmen. Selbst die Diener der Religion waren dieser grausamen Notwendigkeit unterworfen. Während sie ihre Gemeinde vor der Geldgier warnten, zwang die Rücksicht auf ihre Familie sie dazu, stets den pekuniären Lohn ihres Berufs im Auge zu behalten. Die Ärmsten! sie hatten in der That eine schwere Aufgabe: den Menschen einen Edelmut und eine Selbstlosigkeit zu predigen, welche, wie sie und jedermann wohl wußten, bei dem bestehenden Zustande der Welt diejenigen, welche sie üben würden, zur Armut verurteilten; sie stellten Gesetze des Verhaltens auf, welche das Gesetz der Selbsterhaltung die Menschen zu übertreten zwang. Auf das unmenschliche Schauspiel der Gesellschaft blickend, wehklagten diese würdigen Männer über die Verderbtheit der Menschennatur, – als ob nicht auch eine Engelsnatur in solcher Teufelsschule entartet wäre! Ach, meine Freunde, glauben Sie mir, nicht jetzt in diesem glücklichen Zeitalter erweist die Menschheit die in ihr liegende Göttlichkeit, – es war vielmehr in jenen schlimmen Tagen, wo selbst der gegenseitige Kampf um das Leben, in welchem Barmherzigkeit Thorheit war, Edelmut und Güte nicht ganz von der Erde zu verbannen vermochte.

„Es ist nicht so schwer, die Verzweiflung zu begreifen, mit welcher Männer und Frauen, die unter anderen Bedingungen voll Wohlwollen und Treue gewesen wärm, in dem Haschen nach Geld einander schlugen und zerfleischten, wenn wir uns vergegenwärtigen, was es hieß, es zu entbehren, was die Armut in jener Zeit war. Für den Körper bedeutete sie Hunger und Durst, Qualen durch Hitze und Kälte, in der Krankheit Vernachlässigung, für den Gesunden unablässige Arbeit; für die moralische Natur bedeutete sie Unterdrückung, Verachtung und das duldende Ertragen schlechter Behandlung, rohen Umgang von Jugend auf und den Verlust der kindlichen Unschuld, der weiblichen Anmut, der männlichen Würde; für den Geist bedeutete sie den Tod der Unwissenheit, die Erstarrung aller der Fähigkeiten, die uns von den Tieren unterscheiden, die Erniedrigung des Lebens zu einem Kreislauf körperlicher Vorgänge.

„Ach meine Freunde, wenn Ihnen nur die Wahl gelassen würde, entweder samt Ihren Kindern ein solches Schicksal wie dieses zu erleiden, oder in jener Weise nach Gold zu trachten, wie lange, meinen Sie wohl, würde es dauern, bis Sie zu der moralischen Stufe Ihrer Vorfahren hinabgesunken wären?

„Vor zwei oder drei Jahrhunderten wurde in Indien ein Akt der Barbarei begangen, der, obwohl die Anzahl der dabei vernichteten Leben nicht sehr groß war, doch von so besonderen Schrecknissen begleitet war, daß er sich dem Gedächtnis der Menschheit für ewig eingeprägt zu haben scheint. Eine Anzahl englischer Gefangener wurde in einem Raum eingeschlossen, der nicht für den zehnten Teil von ihnen Luft genug enthielt. Die Unglücklichen waren tapfere Männer, im Dienste treue Kameraden; aber als die Todesangst des Erstickens sie zu ergreifen begann, da vergaßen sie alles und gerieten in einen gräßlichen Kampf, jeder für sich und gegen alle andern, um sich zu einer der engen Öffnungen einen Weg zu bahnen, wo es allein möglich war, einen Atemzug Luft zu erhalten. Es war ein Kampf, in welchem die Menschen zu Bestien wurden: und die Erzählung seiner Schrecken durch die wenigen Überlebenden erschütterte unsre Voreltern so, daß wir ihn noch während eines Jahrhunderts in ihrer Litteratur beständig erwähnt finden als typisches Beispiel für das äußerste moralische und physische menschliche Elend. Sie konnten schwerlich ahnen, daß das „schwarze Loch von Calcutta" mit seinem Gedränge wahnsinniger Männer, die einander niederrissen und zu Boden traten, um einen Platz an den Luftlöchern zu gewinnen, uns als ein treffendes Bild der Gesellschaft ihres Zeitalters erscheinen würde. Es fehlte jedoch noch etwas, um das Bild vollkommen zu machen: denn in dem „schwarzen Loche von Calcutta“ waren keine zarten Frauen, keine kleinen Kinder und keine Greise und Greisinnen, keine Krüppel. Es waren wenigstens alle, die da litten, starke Männer.

„Wenn wir bedenken, daß die alte Ordnung der Dinge, von der ich gesprochen habe, bis zum Ende des neunzehnten Jahrhunderts herrschte, während uns die neue Ordnung, welche ihr folgte, schon alt erscheint, da schon unsere Väter keine andere gekannt haben, so müssen wir über die Plötzlichkeit erstaunen, mit der eine Wandlung sich vollzogen haben muß, welche eingreifender war, als die Gattung je zuvor eine erfahren hatte. Eine Betrachtung des Zustandes des Menschengeistes während des letzten Viertels des neunzehnten Jahrhunderts wird jedoch dieses Erstaunen großenteils aufheben. Obgleich man nicht sagen kann, daß Intelligenz im modernen Sinne des Wortes in irgend einem Gemeinwesen jener Zeit allgemein existiert hätte, so war doch im Vergleiche mit früheren Generationen die damals lebende intelligent zu nennen. Die unvermeidliche Folge dieses auch nur geringen Grades von Intelligenz war die gewesen, daß man die Übel, an welchen die Gesellschaft krankte, so allgemein gewahrte, wie es nie zuvor geschehen war. Es ist ganz richtig, daß diese Übel in früheren Zeiten noch schlimmer, viel schlimmer gewesen waren: die größere Intelligenz der Massen war es, welche den Unterschied ausmachte, – wie die Morgendämmerung die Unsauberkeit einer Umgebung offenbart, welche in der Dunkelheit erträglich erschienen sein mochte. Der Grundton der Literatur jener Zeit war der des Mitleids mit den Armen und Unglücklichen, ein Schrei des Unwillens über die Unfähigkeit des socialen Mechanismus, dem Elende der Menschen abzuhelfen. Diese Ausbrüche sympathischen Affekts beweisen, daß die moralische Scheußlichkeit des Schauspiels, das um sie her vor sich ging, von den besten Menschen jener Zeit wenigstens blitzweise völlig erkannt worden und einigen der empfindlicheren und edelmütigeren Naturen das Leben durch die Tiefe ihres Mitgefühls fast unerträglich gemacht worden ist.

„Obwohl der Gedanke an die lebendige Einheit der Menschheitsfamilie, an die Wirklichkeit der menschlichen Verbrüderung sehr weit davon entfernt war, von ihnen als der unumstößliche moralische Grundsatz anerkannt zu werden, als welcher er uns erscheint, so ist es doch ein Irrtum, anzunehmen, daß es gar kein ihm entsprechendes Gefühl gegeben hätte. Ich könnte aus einigen ihrer Schriftsteller Stellen von großer Schönheit vorlesen, welche zeigen, daß jener Begriff von einigen Wenigen klar erfaßt und ohne Zweifel von vielen Anderen dunkel geahnt worden war. Zudem darf man nicht vergessen, daß das neunzehnte Jahrhundert dem Namen nach ein christliches war: und die Thatsache, daß die gesamte kommerzielle und industrielle Verfassung der Gesellschaft eine Verkörperung antichristlichen Geistes war, muß einige Beachtung gefunden haben, obschon ich zugebe, daß dasselbe bei den nominellen Anhängern Jesu Christi merkwürdig gering war.

„Wenn wir nachforschen, warum sie nicht mehr Gewicht hatte, warum überhaupt, lange nachdem eine große Mehrheit von Menschen die schreienden Mißstände der bestehenden Gesellschaftsordnung gemeinsam erkannt hatte, sie dieselbe dennoch ertrug oder sich damit begnügte, von kleinen Reformen in ihr zu reden, so stoßen wir auf eine ganz außerordentliche Thatsache. Es war die aufrichtige Überzeugung selbst der Besten jener Epoche, daß die einzigen dauerhaften Elemente in der menschlichen Natur, auf welche ein sociales System sicher gegründet werden könne, deren schlechteste Neigungen seien. Man hatte sie gelehrt und sie glaubten, daß Habgier und Selbstsucht alles sei, was die Menschen zusammenhalte, und daß alle menschlichen Vereinigungen sich auflösen würden, wenn man irgend etwas thäte, die Schärfe dieser Motive abzustumpfen oder ihre Wirksamkeit einzuschränken. Mit einem Worte, sie glaubten – selbst diejenigen, welche anders zu glauben sich sehnten, – das gerade Gegenteil von dem, was uns als selbstverständlich erscheint; das heißt sie glaubten, daß die antisocialen Eigenschaften der Menschen und nicht ihre socialen Eigenschaften dasjenige seien, was die bindende Kraft der Gesellschaft liefere. Es erschien ihnen vernünftig, daß die Menschen einzig aus dem Grunde zusammenlebten, um einander zu übervorteilen und zu unterdrücken und übervorteilt und unterdrückt zu werden, und daß, während eine Gesellschaft, die diesen Bestrebungen freien Spielraum gewährte, bestehen könne, eine solche, die auf die Idee des Zusammenwirkens zum Nutzen Aller sich gründete, wenig Aussicht auf Bestand habe. Es scheint absurd, zu erwarten, irgend jemand werde glauben, daß Überzeugungen wie diese je ernsthaft von Menschen gehegt worden seien; aber daß sie nicht nur von unseren Urgroßeltern gehegt wurden, sondern daß sie auch daran schuld waren, daß die Beseitigung der alten Gesellschaftsordnung so lange verzögert wurde, obgleich die Überzeugung von ihren unerträglichen Mißständen allgemein geworden war, ist eine feststehende geschichtliche Thatsache. Ebenhierin werden wir auch die Erklärung für den tiefen Pessimismus in der Litteratur des letzten Viertels des neunzehnten Jahrhunderts, für den Ton der Schwermut in dessen Dichtung und den Cynismus in dessen Humor finden.

„Man fühlte, daß die Lage des Menschengeschlechts unerträglich sei, und hatte keine klare Hoffnung auf irgend etwas Besseres. Man glaubte, daß die Entwicklung der Menschheit diese in eine Sackgasse geführt habe, aus der sie nicht mehr hinauskommen könne. Der zu dieser Zeit herrschende Geisteszustand der Menschen wird grell beleuchtet durch Abhandlungen, welche auf uns gekommen sind und noch in unseren Bibliotheken von den Wißbegierigen nachgeschlagen werden können: durch mühsame Beweisführungen suchen sie darzuthun, daß ungeachtet des elenden Zustandes der Menschen dennoch, infolge eines geringen Übergewichtes der Gründe, wahrscheinlich das Leben besser weiter zu leben als zu verlassen sei. Da man sich selbst verabscheute, verabscheute man auch den Schöpfer. Allgemein war der religiöse Glaube im Niedergange. Bleiche und wässrige Strahlen aus einem durch Zweifel und Furcht dicht bewölkten Himmel erhellten allein das Chaos der Erde. Daß Menschen an Ihm zweifeln konnten, dessen Atem in ihrer Brust war, oder die Hand Dessen fürchten, der sie geschaffen hatte, erscheint uns in der That als ein bemitleidenswerter Wahnsinn; aber wir müssen daran denken, daß Kinder, welche bei Tage mutig sind, nachts zuweilen eine thörichte Furcht zeigen. Seitdem ist der Morgen angebrochen. Im zwanzigsten Jahrhundert ist es sehr leicht, an einen Gott als den Vater der Menschen zu glauben.

„Nur kurz, wie es in einem Vortrage dieser Art nicht anders sein kann, habe ich auf einige der Ursachen hingewiesen, durch welche die Geister der Menschen auf den Übergang von der alten zur neuen Ordnung der Dinge vorbereitet wurden, sowie auch auf einige der Ursachen jenes Konservatismus der Verzweiflung, der jenen Fortschritt eine Weile aufhielt, als die Zeit für denselben bereits reif war. Sich über die Schnelligkeit wundern, mit der die Wandlung sich vollzog, nachdem die Möglichkeit erst einmal erkannt worden war, heißt die berauschende Wirkung vergessen, welche die Hoffnung auf Herzen ausübt, die lange an Verzweiflung gewöhnt waren. Der Durchbruch der Sonne nach einer so langen und dunklen Nacht mußte notwendig blendend wirken. Von dem Augenblicke an, wo die Menschen zu glauben wagten, daß die Menschheit schließlich nicht dazu bestimmt sei, ein Zwerg zu bleiben, und ihre niedergedrückte Gestalt nicht das Maß ihrer möglichen Größe sei, sondern daß sie eine grenzenlose, gottbegnadete Entwicklung vor sich habe, mußte der Rückschlag überwältigend sein. Nichts konnte der Begeisterung widerstehen, welche der neue Glaube einflößte.

„Hier, das müssen die Menschen gefühlt haben, war eine Sache, mit der verglichen die größten aller geschichtlichen Bewegungen unbedeutend waren. Gerade der Umstand, daß die Menschheit über Millionen von Märtyrern hätte verfügen können, war ohne Zweifel der Grund davon, daß sie keiner bedurfte. Der Wechsel einer Dynastie in einem Ländchen der alten Welt hat oft mehr Blut gekostet als die Umwälzung, welche das Menschengeschlecht endlich auf den richtigen Weg brachte.

„Gewiß ziemt es sich schlecht für jemanden, dem die Wohlthat gewährt worden ist, in diesem glänzenden Zeitalter zu leben, sich ein anderes Schicksal zu wünschen; und doch habe ich oft gedacht, daß ich mit Freuden meinen Anteil an dieser heiteren, goldenen Gegenwart für einen Platz in jener stürmischen Übergangsepoche hingeben würde, wo Helden das verriegelte Thor der Zukunft aufsprengten und dem leuchtenden

Blicke eines hoffnungslosen Geschlechts an Stelle der festen Mauer, die ihm den Weg versperrt hatte, eine Aussicht auf einen Fortschritt eröffneten, dessen Ziel durch die Überfülle des Lichts uns noch immer blendet. O meine Freunde, wer wird nicht sagen, daß, damals gelebt zu haben, wo der schwächste Einfluß ein Hebel war, unter dessen Drucke die Jahrhunderte erzitterten, ein Los war, das man gern gegen seinen Anteil selbst an dieser Ära des Genusses eintauschen würde?

„Sie kennen die Geschichte jener letzten, größten und unblutigsten aller Revolutionen. Im Zeitraum eines Menschenalters brachen die Menschen mit den socialen Traditionen und Sitten der Barbaren und nahmen eine Gesellschaftsordnung an, die vernünftiger und menschlicher Wesen würdig war. Sie gaben die räuberischen Gewohnheiten auf, wirkten einträchtig zusammen und fanden in der Verbrüderung auf einmal die Wissenschaft, reich und glücklich zu werden. ›Was werde ich essen? Was werde ich trinken? Womit werde ich mich kleiden?‹ – ein Problem, das mit dem eigenen Selbst begann und endigte, – war eine bange, immer wiederholte Frage. Sobald man sie aber nicht vom individuellen, sondern vom brüderlichen Standpunkte aus auffaßte: ›Was werden wir essen? Was werden wir trinken? Womit werden wir uns kleiden?‹ da verschwand ihre Schwierigkeit.

„Armut und Knechtschaft waren für die große Masse der Menschheit das Resultat des Versuches gewesen, das Problem des Lebensunterhalts vom Standpunkte des Individualismus aus zu lösen; aber kaum war die Nation der einzige Kapitalist und Unternehmer geworden, so trat nicht allein Überfluß an die Stelle des Mangels, sondern auch die letzte Spur der Leibeigenschaft verschwand von der Erde. Die so oft vergeblich bekämpfte Sklaverei war endlich getötet. Die Mittel des Unterhalts wurden nicht mehr wie ein Almosen von den Männern den Frauen, von den Unternehmern den Arbeitern, von den Reichen den Armen gespendet, sondern aus dem gemeinsamen Vorrate wie unter Kinder an des Vaters Tische verteilt. Es war unmöglich geworden, daß noch ferner ein Mensch seinen Mitmenschen als Werkzeug seines eigenen Vorteils brauchte. Dessen Achtung war die einzige Art des Gewinnes, den er hinfort aus ihm ziehen konnte. In den Beziehungen der Menschen zu einander gab es weder Anmaßung mehr noch Unterwürfigkeit. Zum erstenmale seit der Schöpfung stand der Mensch aufrecht vor Gott. Die Furcht vor Mangel und die Gier nach Gewinn waren Motive, welche verschwanden, als Allen ein reichliches Auskommen gesichert und die Erwerbung übermäßiger Besitztümer unmöglich gemacht war. Es gab keine Bettler und Almosenspender mehr. Die Gerechtigkeit ließ der Barmherzigkeit nichts zu thun übrig. Die zehn Gebote erschienen fast veraltet in einer Welt, wo es keine Versuchung gab, zu stehlen, keine Veranlassung zu lügen, sei es aus Furcht oder um eines Vorteils willen, keine Gelegenheit zum Neide, da Alle gleich waren, und geringer Anlaß zu Gewaltthätigkeit. da den Menschen die Macht genommen war, einander zu verletzen. Der alte Traum der Menschheit von Freiheit, Gleichheit und Brüderlichkeit, den so viele Zeitalter verspottet hatten, war endlich in Erfüllung gegangen.

„Wie in der alten Gesellschaft die Edelmütigen, die Gerechten, die Mitleidigen gerade durch den Besitz dieser Eigenschaften Nachteile erlitten, so fanden sich in der neuen Gesellschaft die Hartherzigen, die Habgierigen und die Selbstsüchtigen mit der Welt im Widerspruche. Jetzt, wo zum erstenmale die Lebensbedingungen nicht mehr auf eine Entwicklung der tierischen Eigenschaften der Menschennatur hinwirkten, und der Preis, der bisher die Selbstsucht ermutigt hatte, nicht allein dieser entzogen, sondern auf die Selbstlosigkeit gesetzt worden war, da war es zum erstenmale möglich zu sehen, was die unverdorbene menschliche Natur eigentlich war. Die Neigungen zum Schlechten, welche bisher in einem solchen Umfange das Gute überwuchert und in den Schatten gestellt hatten, verdorrten jetzt wie der Kellerschwamm in der freien Luft, und die edleren Eigenschaften blühten plötzlich in einer solchen Üppigkeit auf, daß die Spötter zu Lobrednern wurden und die Menschheit zum erstenmale in ihrer Geschichte in die Versuchung geriet, sich in sich selbst zu verlieben. Bald ward es völlig offenbar, was die Geistlichen und die Philosophen der alten Welt nie geglaubt haben würden, daß die menschliche Natur in ihren wesentlichen Eigenschaften gut und nicht schlecht ist, – daß die Menschen in ihrer natürlichen Richtung und Verfassung edelmütig und nicht selbstsüchtig, mitleidig und nicht grausam, sympathisch und nicht anmaßend, daß sie fromm in ihrem Streben, durch die göttlichsten Gefühle der Zärtlichkeit und Selbstopferung beseelt, wirklich Ebenbilder Gottes und nicht die Karikaturen auf Ihn sind, die sie zu sein schienen. Der beständige, seit zahllosen Generationen lastende Druck der Lebensbedingungen, der selbst Engel hätte verderben können, hatte es nicht vermocht, den natürlichen Adel des Geschlechts wesentlich zu beeinträchtigen; und sobald diese Bedingungen entfernt waren, da schnellte die Menschheit, wie ein gewaltsam niedergebeugter Baum, in ihre normale aufrechte Haltung zurück.

„Um die ganze Sache in die Nußschale einer Parabel zu bringen, möchte ich die Menschheit der alten Zeit mit einem Rosenstrauche vergleichen, der in einen Sumpf gepflanzt worden war, dessen morastiges Wasser er einsog, dessen giftige Nebelluft er am Tage atmete und von dessen verderblichem Thau er nachts befallen wurde. Zahllose Generationen von Gärtnern hatten ihr Bestes gethan, den Strauch zum Blühen zu bringen; aber wenn sich gelegentlich eine halb offene Knospe zeigte, so nagte an deren Herzen der Wurm: im übrigen aber waren ihre Bemühungen vergeblich gewesen. Viele behaupteten in der That, daß der Busch gar kein Rosenstock sondern ein schädlicher Strauch sei, den man lediglich ausreißen und verbrennen müsse. Die Gärtner jedoch meinten größtenteils, daß der Busch zur Rosengattung gehöre, aber an einem unausrottbaren Übel leide, welches die Knospen am Aufbrechen hindere und sein allgemeines Hinsiechen erkläre. Es gab allerdings auch einige Wenige, welche behaupteten, daß der Stock gut genug sei, daß das Unglück vom Sumpfe herkomme und zu erwarten sei, unter günstigeren Bedingungen werde die Pflanze besser gedeihen. Aber diese Leute waren keine zünftigen Gärtner, und da die Letzteren sie bloße Theoretiker und Träumer schalten, wurden sie vom Volke meistens für solche gehalten. Einige hervorragende Moralphilosophen machten zudem geltend: selbst einmal zugegeben, daß der Busch möglicherweise anderswo besser gedeihen könnte, so sei es doch für die Knospen eine wertvollere Zucht, zu versuchen, im Sumpfe aufzublühen, als dies unter günstigeren Bedingungen zu erreichen. Die Knospen, denen es gelänge, sich zu öffnen, würden allerdings recht selten und die Blüten blaß und geruchlos sein, aber sie würden, moralisch betrachtet, eine bei weitem größere Leistung repräsentieren, als wenn sie sich in einem Garten von selbst entfalteten.

„Die zünftigen Gärtner und die Moralphilosophen behaupteten das Feld. Der Rosenstock blieb im Sumpfe, und die alte Art der Behandlung nahm ihren Fortgang. Beständig wurden neue Sorten von Mixturen auf seine Wurzeln gegossen und unzählige Rezepte, von denen jedes von seinem Fürsprecher für das beste und allein geeignete Mittel erklärt ward, wurden angewandt, um den Wurm zu töten und den Mehlthau zu beseitigen. Das ging eine sehr lange Zeit so fort. Zuweilen wollte jemand eine leichte Besserung in dem Aussehen des Strauches bemerken; aber es gab ebenso viele, welche erklärten, daß er nicht so gut aussähe wie sonst. Im Ganzen konnte man nicht sagen, daß irgend eine merkliche Veränderung stattfand. Endlich, in einer Zeit, als man allgemein daran verzweifelte, daß aus dem Strauche da, wo er war, etwas werden könnte, wurde der Gedanke, ihn zu verpflanzen, wieder in Anregung gebracht, und diesmal fand er Beifall. ›Laßt es uns versuchen‹, sagte man allgemein. ›Vielleicht kann er anderswo besser gedeihen, und hier ist es mindestens zweifelhaft, ob er noch länger der Pflege lohnt.‹ So geschah es denn, daß der Rosenstrauch der Menschheit verpflanzt und in gute, warme, trockene Erde gesetzt wurde, wo die Sonne ihn badete, die Sterne um ihn warben und der Südwind ihn umkoste. Da zeigte es sich, daß es wirklich ein Rosenstrauch war. Wurm und Mehlthau verschwanden, und der Strauch bedeckte sich mit den schönsten roten Rosen, deren Duft die Welt erfüllte.

„Es ist ein Unterpfand der uns angewiesenen Bestimmung, daß der Schöpfer in unser Herz einen unendlichen Maßstab der Vollkommenheit gelegt hat, mit dem gemessen unsere vergangenen Errungenschaften stets unbedeutend erscheinen, während wir das Ziel nie uns näher erblicken. Hätten unsre Vorväter sich einen Zustand der Gesellschaft vorstellen können, in welchem die Menschen wie Brüder in Eintracht zusammenleben würden, ohne Streit und Neid, Gewaltthat und Übervorteilung, und wo sie in ihrem erwählten Berufe gegen Leistung eines Maßes von Arbeit, das nicht größer wäre, als es der Gesundheit zuträglich ist. völlig befreit sein würden von der Sorge um den kommenden Tag und sich nicht mehr um ihren Lebensunterhalt würden zu bekümmern brauchen, als Bäume, die durch nie versiegende Bäche bewässert werden, – hätten sie sich, sage ich, einen solchen Zustand vorstellen können, so wäre ihnen derselbe geradezu als das Paradies erschienen. Sie würden ihn mit ihrer Vorstellung vom Himmel verwechselt haben und sich nicht haben träumen lassen, daß es darüber hinaus noch irgend etwas Zu-Wünschendes und Zu-Erstrebendes geben könne.

„Aber wie ist es mit uns, die wir auf dieser Höhe stehen, zu welcher sie emporblickten? Wir haben es bereits fast vergessen, außer wenn wir durch eine Veranlassung wie die gegenwärtige besonders daran erinnert werden, daß es um die Menschheit nicht immer so bestellt war, wie jetzt. Es fällt unsrer Einbildungskraft schwer, sich die Gesellschaftsordnung unsrer unmittelbaren Vorfahren vorzustellen. Wir finden sie seltsam und komisch. Weit entfernt davon, daß uns die Lösung des Problems des physischen Unterhalts, in der Weise, daß Sorge und Verbrechen verbannt sind, als eine höchste Errungenschaft erscheine, gilt sie uns nur als eine Vorstufe zu jedem wirklichen menschlichen Fortschritt. Wir haben nur eine unnötige und thörichte Bürde abgeworfen, welche unsre Vorfahren hinderte, die wahren Daseinszwecke zu verfolgen. Wir haben uns einfach der überflüssigen Kleidung entledigt, um den Wettlauf zu beginnen, – nichts weiter. Wir sind wie ein Kind, das soeben erst aufrecht stehen und gehen gelernt hat. Es ist für das Kind eine große Begebenheit, wenn es zum erstenmale geht. Vielleicht denkt es sich, daß es nach jener Errungenschaft nur noch wenig zu erlangen gibt; aber nach einem Jahre hat es vergessen, daß es nicht immer gehen konnte. Sein Horizont wurde nur größer, als es aufstand, und erweiterte sich, als es sich bewegte. Eine wichtige Begebenheit war in der That in gewissem Sinne sein erster

Schritt; aber nur als ein Anfang, nicht als ein Ende. Seine wahre Laufbahn war jetzt eben erst betreten worden. Die im vorigen Jahrhundert vollbrachte Befreiung der Menschheit von der, alle Kräfte des Geistes und Körpers in Anspruch nehmenden Sorge um die physische Notdurft kann als eine Art Wiedergeburt betrachtet werden, ohne welche ihre erste Geburt zu einem Dasein, das nur eine Last war, für immer ungerechtfertigt geblieben wäre, durch welche sie jetzt aber vollständig gerechtfertigt ist. Seitdem ist die Menschheit in eine neue Phase geistiger Entwicklung eingetreten; höhere Fähigkeiten haben sich offenbart, von deren Vorhandensein in der menschlichen Natur unsre Vorfahren kaum etwas geahnt hatten. An Stelle der trüben Hoffnungslosigkeit des neunzehnten Jahrhunderts, ihres tiefen Pessimismus hinsichtlich der Zukunft der Menschheit, besteht die beseelende Idee des gegenwärtigen Zeitalters in einer enthusiastischen Erfassung der Gelegenheiten, welche unsre Erdenlaufbahn der unbegrenzten Entwicklung der menschlichen Natur darbietet. Die körperliche, geistige und sittliche Verbesserung der Menschheit von Geschlecht zu Geschlecht ist als das eine große Ziel erkannt worden, das der höchsten Anstrengungen und Opfer würdig ist. Wir glauben, daß die Menschheit zum erstenmale begonnen hat, Gottes Ideal zu verwirklichen, und jedes kommende Geschlecht jetzt ein Schritt aufwärts sein muß.

„Fragt man, was wir erwarten dürfen, wenn ungezählte Geschlechter dahingegangen sind? Ich antworte: weit dehnt sich der Weg vor uns aus, aber sein Ende verliert sich in Licht. Denn zwiefach ist des Menschen Rückkehr zu Gott, ›der unsre Heimat ist‹: der Einzelne kehrt zu ihm zurück auf dem Wege des Todes, und die Gattung kehrt zu ihm zurück durch die Vollendung ihrer Entwicklung, in der sich das in ihrem Keime verborgene Geheimnis vollkommen entfaltet. Mit einer Thräne für die dunkle Vergangenheit wenden wir uns der blendenden Zukunft zu und eilen, das Auge verhüllend, vorwärts. Der lange und traurige Winter der Gattung ist vorüber. Ihr Sommer hat begonnen. Die Menschheit hat ihre Puppenhülle durchbrochen. Der Himmel liegt vor ihr.“

Siebenundzwanzigstes Kapitel.

Der Sonntag Nachmittag – ich konnte nie sagen weshalb – war in meinem alten Leben stets eine Zeit gewesen, in welcher ich der Schwermut besonders ausgesetzt war; in unerklärlicher Weise erschien mir das ganze Dasein farblos und gleichgültig. Die Stunden, welche mich gewöhnlich leicht auf ihren Schwingen trugen, verloren ihr Flugvermögen und sanken gegen Ende des Tages ganz zur Erde hernieder und mußten mit aller Macht vorwärts geschleppt werden. Vielleicht war es zum Teil die Folge einer durch Gewohnheit befestigten Ideenverbindung, daß ich, ungeachtet der außerordentlichen Veränderung in meinen Umständen, am Nachmittage dieses meines ersten Sonntags im zwanzigsten Jahrhundert in einen Zustand tiefer Niedergeschlagenheit verfiel.

Bei dieser Gelegenheit jedoch war es nicht eine Niedergeschlagenheit ohne besondere Veranlassung, nicht die bloße unbestimmte Schwermut, von der ich gesprochen habe, sondern eine Gemütsstimmung, die durch meine Lage hervorgerufen und sicher ganz gerechtfertigt war. Die Predigt des Herrn Barton mit ihrem beständigen Hinweis auf die weite moralische Kluft zwischen dem Jahrhundert, dem ich angehörte, und dem, in welchem ich mich befand, hatte die Wirkung gehabt, mein Gefühl der Vereinsamung in demselben sehr zu verstärken. So gemäßigt und philosophisch er auch gesprochen hatte, konnten seine Worte doch kaum verfehlen, den Eindruck in mir zu hinterlassen, daß ich, der Repräsentant eines verabscheuten Zeitalters, in meiner Umgebung ein aus Mitleid, Neugierde und Widerwillen gemischtes Gefühl erregen müsse.

Die außerordentliche Freundlichkeit, mit welcher ich von Dr. Leete und seiner Familie behandelt worden war, und besonders die Güte Ediths, hatte mich bisher verhindert, völlig mir klar zu machen, daß ihr wirkliches Gefühl gegen mich notwendig dasselbe sein mußte, wie das der ganzen Generation, der sie angehörten. So schmerzlich diese Erkenntnis auch war, ich hätte ihr, soweit Dr. Leete und seine liebenswürdige Frau in Frage kamen, wohl standgehalten; aber die Überzeugung, daß Edith ihr Gefühl teilen müsse, war mehr, als ich ertragen konnte.

Die niederschmetternde Wirkung, welche diese verspätete Wahrnehmung einer so augenscheinlichen Thatsache auf mich ausübte, öffnete mein Auge für etwas, was der Leser vielleicht bereits vermutet hat: – ich liebte Edith.

War dies seltsam? Die ergreifende Scene, bei der unsere vertrautere Bekanntschaft begonnen hatte, als ihre Hand mich aus dem Strudel des Wahnsinns herausriß; die Thatsache, daß ihr Mitgefühl der Lebensodem war, der mich in diesem neuen Leben aufgerichtet und mich befähigt hatte, es zu ertragen; meine Gewohnheit, auf sie zu blicken als auf den Vermittler zwischen mir und der mich umgebenden Welt, in einem Sinne, wie es selbst ihr Vater nicht war: – das waren Umstände, die ein Resultat herbeigeführt hatten, welches schon die holde Lieblichkeit ihrer Erscheinung und ihres Wesens erklärlich gemacht hätte. Es war ganz unvermeidlich, daß sie mir, in einem ganz anderen Sinne, als dies sonst bei Liebenden zu geschehen pflegt, als das einzige Weib auf dieser Erde erscheinen mußte. Jetzt, wo mir plötzlich die Nichtigkeit der Hoffnungen, die ich zu hegen begonnen hatte, zum Bewußtsein gekommen war, litt ich nicht bloß wie ein anderer Liebender, sondern zudem überfiel mich das Gefühl trostlosester Einsamkeit, äußerster Verlassenheit, wie es kein anderer Liebender, wie unglücklich er auch gewesen wäre, hätte empfinden können.

Meine Wirte bemerkten augenscheinlich meine gedrückte Stimmung und thaten ihr Bestes, mich zu zerstreuen. Edith besonders, das konnte ich wohl sehen, war meinetwegen bekümmert. Aber nach der gewöhnlichen Verkehrtheit der Liebenden hatte, nachdem ich einmal so thöricht gewesen war zu träumen, ich könnte etwas mehr von ihr erhalten, eine Freundlichkeit, die, wie ich wußte, nur Mitgefühl war, keinen Wert mehr für mich.

Ich hatte mich für den größten Teil des Nachmittags in mein Zimmer zurückgezogen und ging gegen Abend in den Garten, um mir Bewegung zu machen. Der Tag war trübe, mit einem herbstlichen Dufte in der warmen, stillen Luft. Da ich mich in der Nähe des Ausgrabungsplatzes befand, trat ich in das unterirdische Gemach und ließ mich dort nieder.

„Dies,“ sagte ich zu mir selbst, „ist die einzige Heimstätte, welche ich habe. Hier will ich bleiben und sie nimmer wieder verlassen.“ Mit Hilfe der vertrauten Umgebung suchte ich eine traurige Art Trost darin zu finden, daß ich mich bemühte, die Vergangenheit ins Leben zurückzurufen und die Gestalten und Gesichter heraufzubeschwören, die in meinem früheren Leben um mich waren. Es war vergeblich. Sie hatten kein Leben mehr. Seit fast hundert Jahren hatten die Sterne auf Edith Bartletts Grab, auf die Gräber meiner ganzen Generation herabgeblickt.

Die Vergangenheit war tot, zermalmt unter der Last eines Jahrhunderts; und von der Gegenwart war ich ausgeschlossen. Nirgends gab es einen Platz für mich. Ich war weder tot, noch eigentlich lebendig.

„Verzeihen Sie, daß ich Ihnen gefolgt bin!“

Ich blickte auf. Edith stand in der Thür des unterirdischen Gemachs und sah mich lächelnd an, aber mit Augen voll teilnehmender Trauer.

„Schicken Sie mich fort, wenn ich Ihnen beschwerlich falle,“ sagte sie. „Wir sahen, daß Sie verstimmt waren, und Sie wissen, Sie hatten mir versprochen, es mir in einem solchen Falle zu sagen. Sie haben nicht Wort gehalten.“

Ich erhob mich und näherte mich der Thür, indem ich zu lächeln versuchte, was mir aber wohl recht schlecht gelang; denn der Anblick ihrer holden Gestalt ließ mich die Ursache meines Elends noch tiefer empfinden.

„Ich fühlte mich ein wenig einsam, das ist alles,“ sagte ich. „Ist Ihnen nie der Gedanke gekommen, daß meine Lage eine so äußerst vereinsamte ist, wie nie die irgend eines menschlichen Wesens je zuvor, daß man wirklich ein neues Wort haben müßte, sie zu beschreiben?“

„O, so dürfen Sie nicht reden! – Sie dürfen sich nicht solchen Gefühlen hingeben! – Sie dürfen nicht!“ rief sie mit feuchten Augen. „Sind wir nicht Ihre Freunde? Es ist Ihre eigene Schuld, wenn Sie es uns nicht gestatten wollen. Sie brauchen sich nicht einsam zu fühlen.“

„Sie sind über alles Begreifen gut zu mir," sagte ich; „aber glauben Sie denn, daß ich nicht weiß, daß es nur Mitleid ist, süßes Mitleid, aber doch nur Mitleid? Ich müßte ein Narr sein, wenn ich nicht wüßte, daß ich Ihnen nicht so erscheinen kann, wie andere Männer Ihrer eigenen Generation, sondern als ein seltsames, unheimliches Wesen, ein aus einem unbekannten Meere an den Strand geworfenes Geschöpf, dessen Hilflosigkeit Ihr Mitleid erregt, trotz seiner Sonderbarkeit. Ich war so thöricht und Sie waren so gütig, daß ich fast vergaß, wie dies notwendig so sein müsse, und mir einbildete, ich könnte einmal in diesem Zeitalter, wie wir zu sagen pflegten, mich einbürgern, sodaß ich mich als einer der Ihrigen fühlen und Ihnen wie die anderen Männer in Ihrer Umgebung erscheinen könnte. Aber die Predigt des Herrn Barton hat mich gelehrt, wie eitel eine solche Einbildung ist, wie groß die Kluft zwischen uns Ihnen erscheinen muß."

„O, diese unselige Predigt!" rief sie aus, indem sie wirklich weinte vor Mitleid. „Ich wollte ja, daß Sie sie nicht hörten. Was weiß er von Ihnen? Er hat in alten verstaubten Büchern über Ihre Zeit gelesen, das ist alles. Warum kümmern Sie sich um ihn und lassen sich durch irgend etwas, was er sagt, beunruhigen? Ist es Ihnen denn gar nichts, daß wir, die wir Sie kennen, anders fühlen? Liegt Ihnen nicht mehr daran, was wir über Sie denken, als was er denkt, der Sie nie gesehen hat? O, Herr West, Sie wissen nicht, Sie können sich nicht denken, wie es mich schmerzt, Sie so traurig zu sehen. Ich kann es nicht ertragen. Was soll ich Ihnen sagen, wie soll ich Sie davon überzeugen, wie ganz anders unsre Gefühle gegen Sie sind, als Sie glauben ?"

Wie damals, als sie in jener anderen Entscheidungsstunde meines Schicksals zu mir gekommen war, streckte sie mir mit Hilfe versprechender Gebärde die Hände entgegen, und wie damals ergriff ich sie und hielt sie in den meinen. Das Wogen ihres Busens, das Zittern in den Fingern, die ich hielt, offenbarten die Stärke ihrer Gemütsbewegung. In ihrem Antlitz stritt das Mitleid in einer Art von göttlichem Trotz gegen die Hindernisse, welche es zur Ohnmacht verurteilten. Weibliches Erbarmen erschien sicherlich nie in lieblicherer Gestalt.

Solcher Schönheit und solcher Güte vermochte ich nicht zu widerstehen, und es schien mir, daß die einzige schickliche Antwort, die ich geben könnte, die wäre, ihr geradezu die Wahrheit zu sagen. Natürlich hatte ich nicht einen Funken von Hoffnung, aber andrerseits fürchtete ich auch nicht, daß sie zornig werden würde; dazu war sie zu gütig. So sagte ich ihr denn jetzt: „Es ist sehr undankbar von mir, daß ich mich mit solcher Güte, wie Sie sie mir erzeigt haben und auch jetzt erzeigen, nicht begnüge. Aber sind Sie so blind, daß Sie nicht sehen, warum sie nicht hinreicht, mich glücklich zu machen? Sehen Sie nicht, daß es darum ist, weil ich so wahnsinnig gewesen bin, Sie zu lieben?“

Bei meinen letzten Worten errötete sie tief und ihre Augen senkten sich vor den meinigen; aber sie machte keine Anstrengung, mir ihre Hände zu entziehen. So stand sie einige Augenblicke, schwer atmend. Dann errötete sie tiefer denn je und blickte mit bethörendem Lächeln zu mir auf.

„Sind Sie sicher, daß Sie nicht selbst der Blinde sind?“

Das war alles, was sie sprach; aber es war genug, denn es sagte mir, daß, unerklärlich, unglaublich, wie es war, diese strahlende Tochter eines goldenen Zeitalters mir nicht nur ihr Mitleid, sondern auch ihre Liebe geschenkt hatte. Dennoch glaubte ich immer noch, ich müßte in einem beseligenden Traume sein, selbst als ich sie in meine Arme schloß. „Wenn ich von Sinnen bin,“ rief ich, „so laß es mich bleiben!“

„Ich bin es, die Sie von Sinnen halten müssen,“ sagte sie bebend und entwand sich meinen Armen, als ich kaum ihre Lippen berührt hatte. „Ach, was müssen Sie von mir denken, daß ich mich jemandem fast in die Arme werfe, den ich erst seit einer Woche kenne! Ich wollte nicht, daß Sie es so bald erfahren sollten; aber ich war so betrübt um Sie, daß ich nicht wußte, was ich sagte. Nein, nein, Sie dürfen mich nicht eher berühren, als bis Sie wissen, wer ich bin. Dann, mein Herr, sollen Sie mich demütig um Verzeihung bitten, daß Sie geglaubt haben, – wie ich wohl weiß, daß Sie es glauben, – ich hätte mich überschnell in Sie verliebt. Wenn Sie erst wissen, wer ich bin, werden Sie gestehen müssen, daß es nichts weiter als meine Pflicht war, mich auf den ersten Blick in Sie zu verlieben, und daß kein Mädchen von rechtem Gefühl an meiner Stelle sich anders hätte verhalten können."

Wie man sich wohl denken kann, würde es mir ganz recht gewesen sein, die Erklärungen für später aufzusparen; aber Edith war entschlossen, daß es keinen Kuß mehr geben sollte, bis sie von allem Verdachte, vorschnell ihre Liebe gewahrt zu haben, gereinigt worden sei, und ich war gezwungen, dem lieblichen Rätsel in das Haus zu folgen. Als wir zu ihrer Mutter gekommen waren, flüsterte sie ihr errötend etwas ins Ohr und eilte fort, uns beisammen lassend.

Es ward nun offenbar, daß, so seltsam auch meine Erfahrungen bisher gewesen waren, ich doch jetzt erst vernehmen sollte, was vielleicht der seltsamste Teil meines Schicksals war. Von Frau Leete erfuhr ich, daß Edith die Urenkelin keiner anderen als meiner verlorenen Geliebten Edith Bartlett war. Nachdem sie mich vierzehn Jahre lang betrauert hatte, war sie eine Ehe aus Achtung eingegangen und hatte einen Sohn hinterlassen, der Frau Leetes Vater gewesen war. Frau Leete hatte ihre Großmutter nie gesehen, aber viel von ihr gehört, und als ihre Tochter geboren wurde, gab sie ihr den Namen Edith. Dieser Umstand mochte darauf hingewirkt haben, das Interesse zu erhöhen, welches das Mädchen, als es heranwuchs, an allem, was ihre Urahne betraf, und besonders an der traurigen Geschichte von dem Tode des Liebenden nahm, dessen Weib sie werden sollte, und der mit seinem Hause verbrannte. Es war eine Erzählung, die wohl geeignet war, das Mitgefühl eines romantischen Mädchens zu erregen; und die Thatsache, daß das Blut der unglücklichen Heldin in ihren eigenen Adern floß, steigerte natürlich Ediths Interesse an derselben. Ein Bildnis Edith Bartletts und einige ihrer Papiere, worunter auch ein Paket meiner Briefe sich befand, gehörten zu den Familien-Erbstücken. Das Bild stellte ein sehr schönes junges Weib dar, bei dessen Anblick man sich leicht allerlei Liebes und Romantisches denken konnte. Meine Briefe lieferten Edith einigen Stoff, sich von meiner Person eine bestimmte Vorstellung zu bilden, und beides zusammen reichte hin, die traurige alte Geschichte ihr sehr lebendig zu machen. Sie pflegte ihren Eltern halb scherzend zu sagen, daß sie nie heiraten würde, bis sie einen Geliebten wie Julian West fände, und solche gäbe es heutzutage nicht mehr.

Alles dies nun waren natürlich nur Träume eines Mädchens, dessen Herz nie einen eigenen Liebeshandel gehabt hatte, und würde keine ernsthaften Folgen gehabt haben, wäre nicht an jenem Morgen im Garten ihres Vaters das verschüttete Gemach entdeckt und offenbar geworden, wer dessen Insasse war. Denn als man die anscheinend leblose Gestalt in das Haus getragen hatte, erkannte man das Bild in dem auf meiner Brust gefundenen Medaillon sofort als das Edith Bartletts, und aus dieser Thatsache in Verbindung mit den anderen Umständen ergab es sich, daß ich kein anderer als Julian West sei. Selbst wenn, wie es anfänglich der Fall war, an meine Wiederbelebung nicht zu denken gewesen wäre, so würde dieses Ereignis doch, meinte Frau Leete, auf ihre Tochter für ihr ganzes Leben einen entscheidenden Einfluß ausgeübt haben. Die Annahme, daß durch irgend eine geheimnisvolle Bestimmung des Schicksals ihr Los mit dem meinigen verbunden worden sei, würde unter den vorliegenden Umständen für fast jedes Weib etwas unwiderstehlich Berückendes gehabt haben.

Ich habe, sagte ihre Mutter weiter, als ich einige Stunden darauf ins Leben zurückgerufen worden sei, ihr von Anfang an eine besondere Anhänglichkeit bewiesen und anscheinend in ihrer Gesellschaft einen besonderen Trost gefunden: und ob Edith mir beim ersten Zeichen meiner Liebe zu schnell die ihrige geschenkt habe, könnte ich nun selbst beurteilen. Sollte ich es meinen, so müßte ich endlich erwägen, daß wir im zwanzigsten und nicht im neunzehnten Jahrhundert wären und die Liebe jetzt ohne Zweifel schneller im Entstehen und freimütiger im Bekennen sei, als damals.

Von Frau Leete ging ich zu Edith. Als ich sie gefunden hatte, war es mein erstes, sie bei beiden Händen zu erfassen und lange in entzückter Betrachtung ihres Antlitzes zu verweilen. Wie ich in ihrem Anblicke verloren war, lebte die Erinnerung an jene andere Edith in mir wieder auf, – eine Erinnerung, welche durch das schreckliche Ereignis, das uns getrennt hatte, gleichsam einen betäubenden Schlag erlitten hatte, – und mein Herz schmolz in zärtlichen und mitleidigen und doch auch sehr seligen Gefühlen. Denn sie, welche mich meinen Verlust so tief empfinden machte, sollte mir diesen Verlust ja auch ersetzen. Es war, als ob aus ihren Augen Edith Bartlett in die meinigen blickte und mir Trost zulächelte. Mein Schicksal war nicht allein das seltsamste, sondern auch das glücklichste, das je einen Mann betroffen hatte. Ein doppeltes Wunder war für mich gewirkt worden. Ich war nicht an der Küste dieser fremden Welt gestrandet, mich allein und ohne Gefährten zu finden. Meine Geliebte, die ich verloren geträumt hatte, war zu meinem Troste in einem neuen Körper erschienen. Als ich zuletzt, hingerissen von Dankbarkeit und Zärtlichkeit, das liebliche Mädchen in meine Arme schloß, da verschmolzen die beiden Ediths in meiner Vorstellung zu einer, und ich habe sie seitdem nimmer klar voneinander unterscheiden können. Es dauerte nicht lange, so bemerkte ich, daß auf Ediths Seite eine entsprechende Verwechslung der Persönlichkeiten stattfand. Sicherlich gab es zwischen Liebenden, die sich soeben erst gefunden hatten, nie ein so seltsames Gespräch, wie das unsrige an jenem Abende war. Sie schien es mehr zu wünschen, daß ich von Edith Bartlett, als daß ich von ihr selbst spräche, daß ich ihr sagte, wie ich jene geliebt hätte, als daß ich von meiner Liebe zu ihr redete, und sie belohnte meine leidenschaftlichen Worte, die einem andern Weibe galten, mit Thränen, zärtlichem Lächeln und Händedruck.

„Du darfst mich nicht zu sehr um meinetwillen lieben," sagte sie. „Ich werde ihretwegen sehr eifersüchtig sein. Ich werde nicht erlauben, daß du sie vergißt. Ich will dir etwas sagen, was dir vielleicht seltsam erscheinen wird. Glaubst du nicht, daß Geister manchmal in die Welt zurückkehren, um ein Werk zu vollbringen, das ihnen am Herzen lag? Wie nun, wenn ich dir sage, daß ich manchmal gedacht habe, ihr Geist lebe in mir, – Edith Bartlett, nicht Edith Leete sei mein wahrer Name? Ich kann es nicht wissen: natürlich kann niemand von uns wissen, wer wir wirklich sind; aber ich kann es fühlen. Kannst du dich wundern, daß ich ein solches Gefühl habe, da du doch siehst, wie mein Leben durch sie und durch dich beeinflußt worden war, sogar ehe du kamst? So siehst du denn, daß du dir gar nicht die Mühe zu geben brauchst, mich überhaupt zu lieben, wenn du ihr nur treu bleibst. Ich werde wohl nicht eifersüchtig werden."

Dr. Leete war jenen Nachmittag ausgegangen, und ich hatte erst später eine Unterredung mit ihm. Er war augenscheinlich nicht ganz unvorbereitet auf die Mitteilung, die ich ihm machte, und schüttelte mir herzlich die Hand.

„Unter gewöhnlichen Umständen, Herr West, würde ich sagen, daß dieser Schritt nach ziemlich kurzer Bekanntschaft stattgefunden habe; aber diese Umstände sind entschieden keine gewöhnlichen. Redlicherweise sollte ich Ihnen vielleicht sagen," fügte er lächelnd hinzu, „daß, obwohl ich zu dem Vorhaben meine freudige Zustimmung gebe, Sie sich mir nicht zu sehr verpflichtet zu fühlen brauchen, da, wie mir scheint, meine Einwilligung eine bloße Formalität ist. Von dem Augenblicke an, wo das Geheimnis des Medaillons verraten war mußte es so kommen. Ja, wahrlich, wenn Edith nicht dagewesen wäre, das Gelöbnis ihrer Urgroßmutter einzulösen, so fürchte ich wirklich, daß die Treue meiner Frau auf eine harte Probe gestellt worden wäre."

An jenem Abende war der Garten im Mondlicht gebadet, und bis Mitternacht wandelten Edith und ich auf und ab und versuchten uns an unser Glück zu gewöhnen.

„Was würde ich gethan haben, wenn du dich nicht um mich bekümmert hättest!" rief sie aus. „Ich fürchtete, ich würde dir gleichgültig bleiben. Was würde ich dann gethan haben, da ich doch fühlte, ich sei für dich bestimmt! Sobald du wieder zum Leben erwachtest, da war ich so sicher, als wenn sie es mich geheißen hätte, daß ich dir sein müßte, was sie dir nicht sein konnte; aber das konnte doch nur geschehen, wenn du es zuließest. O wie gern hätte ich dir an jenem Morgen, als du dich so schrecklich fremd unter uns fühltest, gesagt, wer ich sei; aber ich durfte ja meine Lippen nicht öffnen, auch nicht Vater oder Mutter es dir sagen lassen –"

„Das muß es gewesen sein, was du deinen Vater mir nicht sagen lassen wolltest!“ rief ich aus, in der Erinnerung an die Unterhaltung, die ich bei meinem Erwachen aus dem Starrkrampfe belauscht hatte.

„Natürlich war es das,“ lachte Edith. „Hast du das jetzt erst erraten? Da mein Vater eben nur ein Mann ist, so dachte er, es würde dich heimisch unter uns machen, wenn wir dir sagten, wer wir wären. An mich dachte er überhaupt nicht. Aber meine Mutter verstand, was ich meinte, und so ließ man mir meinen Willen. Ich hätte dir nie ins Gesicht sehen können, wenn du gewußt hättest, wer ich bin. Ich hätte mich dir ja allzu dreist aufgedrängt. Ich fürchte, du denkst, ich that es heute. Ich wollte es ganz gewiß nicht, denn ich wußte, man erwartete zu deiner Zeit, daß Mädchen ihre Gefühle verbergen, und ich hatte eine entsetzliche Furcht, dir Anstoß zu geben. Ach, wie schwer muß es doch für sie gewesen sein, ihre Liebe stets wie ein Vergehen verheimlichen zu müssen! Warum hielten sie es denn für eine solche Schande, jemanden zu lieben, ehe man es ihnen erlaubt hatte? Es ist so wunderlich, sich zu denken, daß man auf die Erlaubnis warten sollte, sich zu verlieben. Waren denn die Männer in jenen Tagen böse, wenn Mädchen sie liebten? Das ist nicht die Art, wie die Frauen jetzt empfinden, dessen bin ich sicher; und auch die Männer, denke ich, fühlen jetzt nicht so. Ich verstehe es überhaupt nicht. Das ist eines der merkwürdigen Dinge an den Frauen jener Tage, die du mir einmal zu erklären haben wirst. Ich glaube nicht, daß Edith Bartlett so närrisch war wie die andern.“

Nach verschiedenen erfolglosen Versuchen, Abschied zu nehmen, bestand sie endgültig darauf, daß wir uns gute Nacht sagen müßten. Ich war im Begriff, den wirklich letzten Kuß auf ihre Lippen zu drücken, als sie mit unbeschreiblicher Schalkhaftigkeit sagte:

„Eins beunruhigt mich noch. Bist du sicher, daß du es Edith Bartlett völlig vergeben hast, daß sie einen andern geheiratet hat? Die Bücher, die auf uns gekommen sind, stellen die Liebenden deiner Zeit als mehr eifersüchtig denn liebevoll dar, und das ist es, was mich zu fragen veranlaßt. Es wäre mir eine große Erleichterung, wenn ich sicher sein könnte, daß du nicht im mindesten eifersüchtig bist auf meinen

Urgroßvater, weil er dein Liebchen geheiratet hat. Darf ich dem Bilde meiner Urgroßmutter sagen, wenn ich in mein Zimmer gehe, daß du ihr ihre Untreue völlig vergiebst?“

Wird der Leser es glauben? Dieser schelmische Stich, ob es nun die Absicht der Redenden gewesen war oder nicht, berührte wirklich und heilte durch die Berührung ein albernes Leidgefühl von etwas wie Eifersucht, das ich stets unbestimmt empfunden hatte, seit Frau Leete mir von Edith Bartletts Heirat erzählt hatte. Selbst während ich Edith Bartletts Urenkelin in meinen Armen hielt, und bis zu diesem Augenblicke – so unlogisch sind manche unserer Gefühle – hatte ich es mir noch nicht deutlich vorgestellt, daß ohne jene Heirat ich es nicht hätte thun können. Der Verkehrtheit dieses Geisteszustandes konnte nur die Plötzlichkeit gleichkommen, mit welcher er verschwand, als Ediths mutwillige Frage den Nebel aus meinen Gedanken verscheuchte. Ich lachte und küßte sie.

„Du kannst sie,“ sagte ich, „meiner vollständigen Vergebung versichern, obwohl die Sache eine ganz andere gewesen wäre, wenn sie einen andern geheiratet hätte, als deinen Urgroßvater.“

Als ich an jenem Abend in mein Zimmer gekommen war, öffnete ich nicht, wie es schon meine Gewohnheit geworden war, das Musiktelephon, daß es mich durch seine besänftigenden Töne in Schlaf lulle. Dieses Mal machten meine Gedanken eine bessere Musik, als es selbst die Orchester des zwanzigsten Jahrhunderts vermögen, und sie hielt mich bezaubert bis nahe gegen Morgen, da ich endlich einschlief.

Achtundzwanzigstes Kapitel.

„Es ist etwas später geworden, Herr West, als ich Sie wecken sollte. Sie sind nicht so schnell erwacht, wie gewöhnlich.“

Die Stimme war die meines Dieners Sawyer. Ich fuhr im Bette empor und starrte um mich. Ich war in meinem unterirdischen Gemache. Das milde Licht der Lampe, welche stets in dem Zimmer brannte, wenn ich es benutzte, beleuchtete die mir vertrauten Wände und Möbel. An meinem

Bette, mit dem Glase Sherry in der Hand, welches ich nach Doktor Pillsburys Vorschrift gleich nach dem Erwachen aus dem magnetischen Schlafe einzunehmen hatte, um die erstarrten Lebensgeister wieder in Thätigkeit zu versetzen, stand Sawyer.

„Nehmen Sie es nur schnell ein, Herr West," sagte er, als ich ihn verständnislos anstarrte. „Sie sehen ganz verstört aus, Herr West, Sie haben es nötig."

Ich schluckte den Trank hinunter und begann mir klar zu machen, was denn mit mir vorgegangen sei. Es war natürlich sehr einfach. Alles das vom zwanzigsten Jahrhundert war ein Traum gewesen. Nur geträumt hatte ich von jenem erleuchteten und sorgenfreien Menschengeschlecht und seinen sinnreich-einfachen Einrichtungen, von dem herrlichen neuen Boston mit seinen Domen und Zinnen, seinen Gärten und Springbrunnen und seinem überall herrschenden Wohlstande. Die liebenswürdige Familie, die ich so gut kennen gelernt hatte, mein freundlicher Wirt und Mentor, Dr. Leete, seine Gattin und ihre Tochter, die zweite und schönere Edith, meine Braut, – auch diese waren nur Gebilde der Phantasie gewesen.

Eine geraume Zeit verblieb ich in der Stellung, in welcher diese Erkenntnis mich überkommen hatte: ich saß im Bette aufrecht und starrte ins Leere, versunken in der Erinnerung an die Scenen und Begebenheiten meiner Traumvision. Sawyer, den mein Aussehen beunruhigte, fragte mich inzwischen besorgt, was mir fehle. Seine lästigen Fragen brachten mich endlich völlig zu mir; ich raffte mich mit Anstrengung zusammen, fand mich in meine wirkliche Lage und versicherte dem treuen Burschen, daß alles mit mir in Ordnung sei. „Ich habe einen außerordentlichen Traum gehabt, Sawyer, das ist alles," sagte ich, „einen ganz außer-ordentlichen – Traum."

Ich zog mich mechanisch an. Merkwürdig gestört fühlte ich mich und unsicher, ob ich denn wirklich ich selbst wäre. Ich setzte mich zum Kaffee, den Sawyer mir zu meiner Erfrischung zu bringen pflegte, bevor ich das

Haus verließ. Die Morgenzeitung lag neben meinem Gedeck, ich nahm sie auf und mein Auge fiel auf das Datum: Den 31. Mai 1887.

Von dem Augenblicke an, da ich die Augen öffnete, hatte ich natürlich gewußt, daß meine langen und umständlichen Erlebnisse in einem anderen Jahrhundert ein Traum gewesen waren; und doch stutzte ich, als ich einen so bündigen Beweis davon sah, daß die Welt, seit ich mich zum Schlafen niedergelegt hatte, nur einige Stunden älter geworden sei.

Ich warf einen Blick auf das Inhaltsverzeichnis an der Spitze der Zeitung, welches eine Übersicht der Tagesneuigkeiten enthielt, und las Folgendes: "Auswärtige Angelegenheiten. – Der bevorstehende Krieg zwischen Frankreich und Deutschland. Die französischen Kammern fordern einen neuen Kredit für die Armee, um der Vermehrung des deutschen Heeres zu begegnen. Wahrscheinlichkeit, daß ganz Europa in den Krieg verwickelt wird, falls es zu einem solchen kommt. – Großes Elend unter den unbeschäftigten Arbeitern in London. Sie verlangen Arbeit. Eine Massendemonstration soll stattfinden. Die Behörden in Unruhe. – Große Aufstände in Belgien. Die Regierung bereitet sich vor, etwaige Gewaltthaten zu unterdrücken. Empörende Thatsachen hinsichtlich der Beschäftigung von Mädchen in den belgischen Kohlenbergwerken – Massenaustreibungen der Pächter in Irland.

„Innere Angelegenheiten. – Die Betrugsepidemie dauert fort. Unterschlagung einer halben Million in New-York. – Veruntreuung durch Testamentsvollstrecker. Waisen des letzten Pfennigs beraubt. – Geschickte Diebereien eines Bankkassierers: 50 000 Dollars fort. – Die Kohlenbarone beschließen einen Preisaufschlag der Kohle und Verminderung der Förderung. – Spekulanten in Chicago treiben die Weizenpreise in die Höhe. – Eine Kaffeepreissteigerung. – Enorme Ländereien von Associationen im Westen annektiert. – Enthüllungen über die entsetzliche Korruption unter den Chicagoer Beamten. Systematische Bestechung. – Die Untersuchungen über gewisse Stadtverordnete in New-York werden fortgesetzt. – Große Bankerotte von Geschäftshäusern. Befürchtung einer allgemeinen Geschäftskrisis. – Eine große Menge von Diebstählen und Einbrüchen. – Eine Frau kaltblütig ihres Geldes wegen in New-Haven ermordet. – Ein Hausbesitzer hier in der vergangenen Nacht von einem Einbrecher erschossen. – In Worcester erschießt sich ein Mann, weil er keine Arbeit finden konnte. Eine große Familie im Elend hinterlassen. – Ein altes Ehepaar in New-Jersey begeht Selbstmord, um nicht ins Armenhaus zu kommen. – Schreckliche Armut der Lohnarbeiterinnen der großen Städte. – Erstaunliche Zunahme der Unwissenheit in Massachusetts. – Mehr Irrenhäuser nötig. – Reden am Dekorationstage. Professor Brown über die moralische Höhe der Civilisation des neunzehnten Jahrhunderts."

Es war in der That das neunzehnte Jahrhundert, zu dem ich erwacht war; darüber konnte keinerlei Zweifel mehr sein. In dieser Übersicht der Tagesneuigkeiten stellte sich sein ganzer Mikrokosmus dar, selbst bis auf jenen letzten, nicht mißzuverstehenden Zug aberwitziger Selbstgefälligkeit. Da derselbe hinter einem solchen Verdammungsurteil kam, wie es in jener Chronik eines einzigen Tages mit ihren Berichten über Mord, Habsucht und Tyrannei in der ganzen Welt lag, so war er ein Hohn, würdig eines Mephistopheles. Und doch war ich unter Allen, welche diese Zeilen heute lesen, vielleicht der Einzige, der den Hohn gewahrte; und noch gestern würde ich ihn so wenig wie die andern bemerkt haben. Nur jener sonderbare Traum war es, der mir die Sache jetzt so anders erscheinen ließ. Abermals vergaß ich nun meine Umgebung, ich weiß nicht auf wie lange Zeit, und bewegte mich im Geiste wieder in jener lebendigen Traumwelt, in jener herrlichen Stadt mit ihren einfachen und so behaglichen Wohnhäusern und ihren prachtvollen öffentlichen Palästen. Um mich waren wieder Gesichter, unentstellt durch Hochmut oder Unterwürfigkeit, durch Neid oder Habgier, durch ängstliche Sorge oder fieberhaften Ehrgeiz, und stattliche Gestalten von Männern und Frauen, welche nie Furcht vor einem Nebenmenschen oder Abhängigkeit von seiner Gunst gekannt, sondern stets, um die Worte jener Predigt anzuwenden, die mir noch in den Ohren klangen, „aufrecht gestanden hatten vor Gott."

Mit einem tiefen Seufzer und einem Gefühle unersetzlichen Verlustes, der darum nicht weniger schmerzte, daß er der Verlust von etwas, was in

Wirklichkeit nie existiert hatte, war, entriß ich mich endlich meinen Träumereien und verließ bald darauf das Haus.

Wohl ein dutzendmal auf dem Wege von meiner Thür bis zur Washingtonstraße mußte ich stehen bleiben und mich gewaltsam zusammennehmen: solche Macht hatte jene Vision vom Boston der Zukunft gehabt, daß sie das wirkliche Boston mir fremd erscheinen ließ. Die Unsauberkeit und der üble Geruch der Stadt fielen mir auf, von dem Augenblicke an, da ich auf die Straße trat, wie etwas, das ich nie zuvor bemerkt hatte. Noch gestern war es mir als etwas ganz Selbstverständliches erschienen, daß einige meiner Mitbürger in Seide und andere in Lumpen einhergingen, daß einige wohlgenährt und andere hungrig aussahen. Jetzt dagegen fiel mir bei jedem Schritte die schreiende Ungleichheit in Kleidung und Aussehen der Männer und Frauen, die auf den Trottoirs aneinander vorübereilten, auf, und noch mehr die gänzliche Gleichgültigkeit, welche die Bessergestellten dem Zustande der Unglücklichen gegenüber zeigten. Waren das denn Menschen, welche das Elend ihrer Mitmenschen sehen konnten, ohne auch nur eine Miene zu verziehen? Und doch wußte ich bei alledem sehr wohl, daß ich es war, der sich verändert hatte, und nicht meine Zeitgenossen. Ich hatte von einer Stadt geträumt, deren Bewohner sich alle in den gleichen Verhältnissen befanden, wie Kinder einer Familie, und einer des andern Hüter waren in allen Dingen.

Ein anderes Merkmal des wirklichen Boston, welches jenen durchaus fremdartigen Eindruck machte, den ein neues Licht vertrauten Gegenständen verleiht, waren die zahlreichen Geschäftsankündigungen und Reklamen aller Art. Im Boston des zwanzigsten Jahrhunderts gab es keine persönlichen Geschäftsankündigungen, weil man deren nicht bedurfte; aber hier waren die Wände der Gebäude, die Fenster, die Zeitungen in jeder Hand, ja selbst das Pflaster, alles und jedes in der That, was man sehen konnte, mit Ausnahme des Himmels, bedeckt mit Anrufen von Personen, welche unter unzähligen Vorwänden andere zu Beiträgen zu ihrem Lebensunterhalte zu bestimmen suchten. Wie verschieden auch immer die Worte lauten mochten, der Inhalt dieser Anrufe war stets der nämliche:

„Helft dem John Jones! Kümmert euch nicht um die andern! Sie sind Betrüger. Ich, John Jones, bin der Rechte. Kauft von mir! Gebt mir zu thun! Kommt zu mir! Hört auf mich, den John Jones! Seht auf mich! Macht ja keine Verwechslung: John Johnes ist der Mann und keiner sonst! Laßt die andern verhungern, aber denkt um Gottes willen an John Jones."

Ob der Jammer oder ob die moralische Widerwärtigkeit des Schauspiels den stärksten Eindruck auf mich machte, der ich so plötzlich in meiner eigenen Stadt ein Fremder geworden war, das weiß ich nicht. Unglückliche, hatte ich ausrufen mögen, die ihr nicht lernen wollt, einander zu helfen, und darum, vom Niedrigsten bis zum Höchsten, verurteilt seid, einander anzubetteln! Dieses entsetzliche Babel schamlosen Eigenlobes und gegenseitiger Herabsetzung, dieser betäubende Lärm einander bekämpfender Anpreisungen, Bitten und Beschwörungen, dieses erstaunliche System frecher Bettelei, – was bedeutete alles dieses anders, als die Zwangslage einer Gesellschaft, in welcher die Möglichkeit, der Welt mit seinen Gaben zu dienen – anstatt daß sie als der erste Zweck der Gesellschaftsordnung einem jeden zugesichert wurde – erkämpft werden mußte!

Ich erreichte die Washingtonstraße an dem Punkte des größten Geschäftsverkehrs, und da blieb ich stehen und lachte zum Ärgernis der Vorübergehenden laut auf. Wenn es mein Leben gekostet hätte, ich hätte mich nicht bezwingen können, – ein so toller Humor überkam mich beim Anblick der unendlichen Ladenreihen auf beiden Seiten, Straße auf und Straße ab, so weit man blicken konnte. Um das Schauspiel noch aberwitziger zu machen, verkauften innerhalb eines Steinwurfs Dutzende von Läden denselben Artikel. Läden! Läden! Läden! Meilenweit Läden! Zehntausend Läden, um die Waren zu verteilen, die diese eine Stadt bedurfte! Und in meinem Traume war sie von einem einzigen Warenlager aus mit allen Gegenständen versorgt worden, sobald diese in einem der großen Bazare, deren jeder Stadtbezirk einen besaß, bestellt worden waren. Ohne Verlust von Zeit oder Arbeit konnte der Käufer da unter einem Dache Proben von sämtlichen Artikeln der Welt finden, die er nur begehren mochte. Die Arbeit der Verteilung der Waren war so gering gewesen, daß sie deren Preis nur um einen unmerklichen Bruchteil für den Konsumenten erhöhte. Es war so gut, als wenn er nur die Herstellungskosten bezahlte. Hier aber erhöhte das bloße Verteilen der Waren, ihr Hin- und Herschaffen, deren Preis um ein Viertel, ein Drittel, die Hälfte, ja selbst um mehr als die Hälfte der Herstellungskosten. Alle diese zehntausend Anstalten mußten bezahlt werden, mit ihren Mieten, ihren Oberaufsehern, ihren Scharen von Verkäufern, ihren Zehntausenden von Buchhaltern, Hausdienern und sonstigen Angestellten, mit allen ihren Ausgaben für Inserate und dem ganzen Konkurrenzkampf, – und die Konsumenten mußten alles bezahlen. Welch' glorreiches Verfahren, eine Nation arm zu machen!

Waren das ernste Männer, die ich um mich her erblickte, oder Kinder, die ihr Geschäft nach einem solchen System betrieben? Konnten es denkende Wesen sein, welche die Thorheit nicht sahen, die, wenn das Produkt hergestellt und zum Gebrauch fertig ist, indem sie es an den Konsumenten bringt, so viel davon verschwendet? Wenn Leute mit einem Löffel essen, der die Hälfte seines Inhalts zwischen Teller und Lippe fallen läßt, werden sie da nicht wahrscheinlich hungrig vom Tische aufstehen? Ich war früher tausendmal durch die Washingtonstraße gegangen und hatte das Verhalten der Verkäufer beobachtet; aber meine Neugierde hinsichtlich ihres Benehmens war so groß, als wenn ich es noch nie gesehen hätte. Verwundert blickte ich in die Schaufenster der Läden mit ihren Auslagen von Waren, die mit großem Aufwand von Mühe und künstlerischer Erfindungsgabe so angeordnet waren, daß sie das Auge anziehen mußten. Ich sah das Gedränge der Damen, die da hineinschauten, und die Eigentümer, die gespannt die Wirkung der Lockspeise beobachteten. Ich trat ein und bemerkte, wie der falkenäugige erste Kommis das Geschäft überwachte, die Verkäufer beaufsichtigte und sie zu ihrer Pflicht anhielt, die Kunden zu veranlassen zu kaufen, zu kaufen, zu kaufen, für Geld, wenn sie es hatten, für Kredit, wenn sie es nicht hatten, zu kaufen, was sie nicht brauchten, mehr als sie brauchten, was über ihre Mittel hinausging. Zuweilen verlor ich für einen Augenblick den Faden und wurde durch den Anblick verwirrt.

Wozu diese Anstrengung, die Leute zum Kaufe zu bewegen? Das hatte sicherlich mit dem rechtmäßigen Geschäfte, die Gegenstände denen zuzuteilen, welche sie brauchten, nichts zu thun. Es war offenbar die reinste Kraftverschwendung, den Leuten aufzudrängen, was sie nicht brauchten, was aber anderen von Nutzen sein konnte. Durch jeden derartigen Erfolg wurde die Nation um so viel ärmer. Was dachten sich diese Kaufleute eigentlich? Dann fiel mir erst ein, daß sie ja gar nicht als Warenverteiler thätig waren, wie die in dem Warenhause, das ich im Traum-Boston besucht hatte. Sie dienten nicht dem öffentlichen, sondern ihrem unmittelbaren persönlichen Interesse, und es war ihnen ganz gleichgültig, was die schließliche Wirkung ihres Verhaltens auf den Gesamtwohlstand sein würde, wenn sie nur ihr eigenes Vermögen mehrten; denn diese Waren gehörten ihnen selbst, und je mehr sie von ihnen verkauften und für sie erhielten, um so größer war ihr Gewinn. Je verschwenderischer die Leute waren, je mehr Artikel, die sie nicht brauchten, ihnen aufgedrängt werden konnten, desto besser war es für diese Verkäufer. Die Verschwendung zu befördern, war der ausdrückliche Zweck der zehntausend Läden Bostons.

Und diese Kaufleute und Handlungsgehilfen waren nicht um ein Jota schlechter als irgend jemand anders in Boston. Sie mußten ihren Lebensunterhalt erwerben und ihre Familie ernähren, – und wie sollten sie ein sie ernährendes Gewerbe finden, welches sie nicht gezwungen hätte, ihr Eigeninteresse dem Interesse Anderer und dem Aller voranzustellen? Man konnte von ihnen nicht verlangen, zu verhungern in Erwartung einer Ordnung der Dinge, wie ich sie in meinem Traume gesehen hatte, wo das Interesse des Einzelnen und das Aller eins waren. Aber war es ein Wunder, daß unter einem derartigen System, wie es um mich her in Geltung war, die Stadt so armselig aussah und die Leute so schlecht gekleidet und so viele von ihnen zerlumpt und hungrig waren?

Bald darnach geriet ich in den südlichen Stadtteil und befand mich inmitten der Fabriken. Ich war in diesem Viertel früher schon hundertmal gewesen, wie in der Washingtonstraße, aber hier sowohl wie dort erkannte ich jetzt erst die wahre Bedeutung dessen, was ich sah. Früher war ich stolz darauf gewesen, daß Boston, wie tatsächlich berechnet war, gegen viertausend voneinander unabhängige Fabriken hatte; aber gerade in dieser ihrer Menge und Unabhängigkeit fand ich jetzt das Geheimnis des unbedeutenden Gesamtproduktes ihrer Industrie.

Wenn die Washingtonstraße einem Irrenhause gleich gewesen war, so war das Schauspiel hier um so viel trübseliger, wie die Warenproduktion eine wichtigere Funktion des socialen Organismus ist, als die Warenverteilung. Denn nicht nur arbeiteten diese viertausend Fabriken nicht einhellig zusammen und aus diesem Grunde allein schon mit ungeheurem Schaden, sondern, als wenn der dadurch herbeigeführte Kraftverlust noch nicht unheilvoll genug wäre, verwandten sie ihre äußerste Geschicklichkeit darauf, einander ihre Anstrengungen zu vereiteln. Ihre Besitzer beteten des Nachts und mühten sich am Tage, ihre Unternehmungen gegenseitig zu Grunde zu richten.

Das Rollen und Pochen der Räder und Hämmer, das von allen Seiten ertönte, war nicht das Summen einer friedlichen Industrie, sondern das Geschwirr feindlich geschwungener Schwerter. Diese Fabriken und Werkstätten waren ebenso viele Festungen, jede unter eigener Flagge; ihre Geschütze waren auf die Fabriken und Werkstätten ringsumher gerichtet, und ihre Sappeurs waren unter der Erde geschäftig, sie zu unterminieren.

Innerhalb einer jeden dieser Festungen bestand man auf der straffsten Organisation der Industrie: die getrennten Betriebe arbeiteten unter einheitlicher Leitung, keinerlei Störung oder Doppelarbeit war gestattet. Jedem war seine Aufgabe zugewiesen, und keiner war müßig. An welcher Lücke im Denkvermögen, an welchem verlorenen Gliede in den Schlußfolgerungen lag es denn nun, daß man die Notwendigkeit nicht erkannte, dasselbe Prinzip auch auf die Organisation der gesamten nationalen Industrie anzuwenden, – daß man nicht sah, daß, wenn der Mangel an einheitlicher Leitung den Erfolg einer einzelnen Fabrik beeinträchtigt, derselbe in der Schwächung der Industrie der gesamten

Nation in eben dem Maße unheilvollere Folgen haben muß, als die letztere größer in ihrer Ausdehnung und verwickelter in dem gegenseitigen Verhältnisse ihrer Teile ist?

Die Leute würden gleich bei der Hand sein, ein Heer zu verspotten, in welchem es keine Compagnien, Bataillone, Regimenter, Brigaden, Divisionen und Armeecorps gäbe, – keine Gliederungen in der That, die größer wären, als eine Korporalschaft, und keine Offiziere, die mehr wären als ein Korporal, und keinen Korporal, der mehr zu sagen hätte als irgend ein anderer. Und doch waren die Fabrikbetriebe in dem Boston des neunzehnten Jahrhunderts gerade solch' ein Heer: ein Heer von viertausend selbständigen Korporalschaften unter der Führung von viertausend selbständigen Korporalen, von denen ein jeder seinen besonderen Feldzugsplan hatte.

Eine Menge von beschäftigungslosen Menschen sah man überall; einige waren müßig, weil sie überhaupt keine Arbeit finden konnten, andere, weil sie nicht den Lohn erlangen konnten, den sie für gerecht hielten.

Ich sprach einige der Letzteren an, und sie erzählten mir ihr Leid. Ich konnte ihnen nur sehr wenig Trost spenden. "Sie thun mir leid," sagte ich. „Sie erhalten wenig genug, gewiß, und doch wundere ich mich nicht darüber, daß Betriebe, welche so wie diese geleitet werden, Ihnen keinen auskömmlichen Lohn zahlen, sondern darüber, daß sie Ihnen überhaupt irgend welchen Lohn zahlen können."

Ich kehrte nun wieder nach der inneren Stadt zurück und befand mich gegen drei Uhr auf der Statestraße, wo ich, als ob ich sie nie zuvor gesehen hätte, die Bank- und Mäklergeschäfte und die anderen Finanzinstitute anstarrte, von denen es in der Statestraße meiner Vision keine Spur gegeben hatte. Geschäftsleute, Prokuristen und Laufburschen drängten sich hinein und heraus, denn es fehlten nur noch wenige Minuten bis zum Geschäftsschluß. Mir gegenüber befand sich die Bank, an der ich meine Angelegenheiten zu erledigen pflegte. Ich ging über die Straße, mischte mich unter die eintretende Menge und blieb in einer Mauernische stehen, um das Heer der mit Geld hantierenden Angestellten und die langen

Reihen von Leuten, die an den Schaltern Summen deponierten, zu beobachten. Ein alter Herr, den ich kannte, ein Direktor der Bank, ging an mir vorüber und blieb einen Augenblick stehen, als er meine Haltung bemerkte.

„Interessanter Anblick, Herr West, nicht wahr?" sagte er. „Wundervoller Mechanismus! so erscheint er auch mir. Wie Sie stelle ich mich gern zuweilen hier hin und sehe zu. Es ist ein Gedicht, ja, ein Gedicht, so muß ich es nennen. Dachten Sie wohl daran, Herr West, daß die Bank das Herz des Geschäftsbetriebes ist? Von ihm aus und zu ihm zurück fließt in endlosem Umlauf das Lebensblut. Jetzt strömt es ein; am Morgen wird es wieder ausströmen." Und über seine Idee wohlgefällig lächelnd, ging der alte Herr weiter.

Noch gestern würde ich den Vergleich treffend genug gefunden haben; aber seitdem hatte ich eine Welt besucht, die unvergleichlich reicher war als diese hier und kein Geld besaß und keins gebrauchen konnte. Ich hatte gelernt, daß es in der mich umgebenden Welt nur deshalb gebraucht wurde, weil man die Produktion des Unterhaltes der Nation nicht als die im strengsten Sinne öffentlichste und gemeinsamste Angelegenheit ansah, die als solche durch den Staat zu leiten sei, sondern sie aufs Geratewohl den Anstrengungen Einzelner überließ. Dieser Grundfehler machte einen endlosen Zwischenhandel nötig, um nur überhaupt irgend eine Art von allgemeiner Warenverteilung zu Wege zu bringen. Diesen Zwischenhandel bewerkstelligte das Geld – in wie gerechter Weise, konnte man sehen, wenn man von den ärmeren Stadtteilen zu den reichen einen Spaziergang machte, – mit seiner Inanspruchnahme einer Armee von Menschen, welche der produktiven Arbeit entzogen wurden, um mit ihm zu hantieren, mit den fortwährenden verderblichen Störungen seiner Maschinerie und seinem entsittlichenden Einflusse auf die ganze Menschheit, welcher jenes uralte Wort rechtfertigte, es sei „die Wurzel alles Übels."

Armer alter Bankdirektor mit deinem Gedicht! Er hatte das Zucken eines Geschwürs für das Pochen des Herzens gehalten! Was er einen „wundervollen Mechanismus" nannte, war ein unvollkommener Versuch, einen unnötigen Fehler zu verbessern, – die plumpe Krücke eines Krüppels, der sich selbst dazu gemacht hat.

Nachdem die Banken geschlossen waren, wanderte ich eine oder zwei Stunden lang ziellos im Geschäftsviertel umher und setzte mich später eine Weile auf eine Bank des Stadtparks. Ich fand ein Interesse daran, die vielen vorübergehenden Menschen zu beobachten, wie man ein solches hat, wenn man die Bevölkerung einer fremden Stadt studiert, – so fremd waren mir meine Mitbürger und deren Sitten seit gestern geworden. Dreißig Jahre lang hatte ich unter ihnen gelebt, und doch schien ich nie zuvor bemerkt zu haben, wie verzerrt und sorgenvoll die Gesichter waren, die der Reichen wie die der Armen, die feinen, scharf geschnittenen Gesichter der Gebildeten sowohl wie die nichtssagenden Larven der Ungebildeten. Und wohl konnte es so sein; denn ich sah jetzt, wie ich es nie zuvor so deutlich gesehen hatte, daß jeder, während er einherging, sich beständig umdrehte, um auf das Flüstern eines ihm folgenden Gespenstes zu hören, des Gespenstes der Unsicherheit „Arbeite noch so tüchtig," so flüsterte das Gespenst, „stehe früh auf und mühe dich ab bis zum späten Abend, raube listig oder diene treu, – du wirst nie die Sicherheit kennen. Du magst jetzt reich sein, und doch kannst du einst in Armut geraten. Hinterlasse deinen Kindern noch so großen Reichtum, – du kannst dir nicht die Sicherheit erkaufen, daß dein Sohn nicht einst der Diener deines Dieners wird, oder daß deine Tochter sich nicht um Brot verkaufen muß."

Ein vorübergehender Mann steckte mir eine Reklamekarte zu, welche die Vorzüge einer neuen Art von Lebensversicherung auseinandersetzte. Das erinnerte mich an das einzige Mittel – ein ergreifendes Zugeständnis der allgemeinen Not, der es so armselig abhilft, – das einzige Mittel!, welches diesen müden und abgehetzten Männern und Frauen geboten wurde, sich wenigstens teilweise gegen die Unsicherheit zu schützen. Auf diese Weise, erinnerte ich mich, konnten sich die bereits Wohlhabenden einen gewissen Grad von Zuversicht erkaufen, daß nach ihrem Tode ihre Lieben wenigstens eine Zeitlang nicht von den Menschen würden niedergetreten werden. Aber das war auch alles, und es stand nur denen zu Gebote, welche gut dafür bezahlen konnten. Wie konnten diese unseligen Bewohner des Landes Ismaels, wo die Hand eines jeden sich erhob gegen jeden andern, an eine solche wahre Lebensversicherung denken, wie ich sie unter den Bewohnern meines Traumlandes gesehen hatte, von denen jeder durch seine bloße Zugehörigkeit zur großen Familie der Nation geschützt war vor jeglicher Not durch eine Police, die unterzeichnet war von hundert Millionen von Mitbürgern.

Eine Zeit darauf, entsinne ich mich, stand ich auf den Stufen eines Gebäudes in der Tremontstraße und sah einem militärischen Schauspiel zu. Ein Regiment zog vorüber. Das war der erste Anblick an jenem traurigen Tage, welcher mir andere Gefühle einflößte, als verwundertes Mitleid und Erstaunen. Hier endlich war Ordnung und Vernunft, eine Darstellung dessen, was verständiges Zusammenwirken vollbringen kann. Konnte es denn sein, daß für die Menschen, die mit leuchtendem Antlitz zusahen, dieser Anblick lediglich das Interesse eines Schauspiels hatte? Mußten sie nicht gewahren, daß ihr vollkommen einmütiges Handeln, ihre Organisation unter einheitlicher Leitung es war, was diese Menschen zu der furchtbaren Maschine machte, die im stande war, einen zehnmal so großen Pöbelhaufen zu bezwingen? Da sie dies so klar sahen, wie konnten sie es unterlassen, die wissenschaftliche Weise, in der die Nation in den Krieg zog, mit der unwissenschaftlichen Weise zu vergleichen, in der sie an die Arbeit ging? Mußten sie nicht fragen, seit wann das Töten der Menschen eine so viel wichtigere Aufgabe sei, als ihre Bekleidung und Ernährung, daß man eine geschulte Armee nur für die erstere für nötig erachtete, während man die letztere einem Pöbelhaufen überließ?

Es brach nun der Abend an, und die Straßen füllten sich mit den Arbeitern aus den Magazinen, Werkstätten und Fabriken. Ich ließ mich von der Hauptströmung forttragen und befand mich, als es dunkel zu werden anfing, inmitten eines Schauplatzes der Unsauberkeit und menschlicher Entartung, wie ihn eben nur das südliche Arbeiterviertel aufweisen konnte. Ich hatte vorher die wahnsinnige Verschwendung menschlicher Arbeit gesehen: hier sah ich nun in gräßlichster Gestalt das Elend, welches diese Verschwendung erzeugt hatte.

Aus den schwarzen Thür- und Fensterhöhlungen der verwahrlosten Häuser zu beiden Seiten der Straße drang übelriechende Luft hervor. Die Straßen und Gäßchen trieften von einer Flüssigkeit, wie sie auf dem Zwischendeck von Sklavenschiffen sich findet. Im Vorbeigehen streifte mein Blick bleiche Kinder da drinnen, die inmitten stinkender Dünste dahinsiechten, und Frauen, aus deren Gesicht jeder Hoffnungsstrahl verschwunden war, die entstellt waren durch Mühsal und von der Weiblichkeit nichts behalten hatten als die Schwäche. Aus den Fenstern schielten Dirnen mit dreisten Mienen. Gleich den hungrigen Rudeln verwilderter Hunde, welche die türkischen Städte unsicher machen, erfüllten Scharen halbnackter, vertierter Kinder die Luft mit Schreien und Fluchen, während sie sich zwischen dem die Höfe bedeckenden Unrat balgten und wälzten.

In alledem war nichts, was mir neu war. Oft war ich durch diesen Stadtteil gegangen und hatte die hier sich abspielenden Scenen mit einer Mischung von Widerwillen und einem gewissen philosophischen Staunen gewahrt ob des äußersten Elends, das die Sterblichen ertragen können, ohne das Leben wegzuwerfen. Aber seit jener Vision eines anderen Jahrhunderts waren mir die Schuppen von den Augen gefallen, nicht nur hinsichtlich der ökonomischen Thorheiten dieses Zeitalters, sondern ebenso sehr auch hinsichtlich seiner moralischen Greuel. Nicht mehr blickte ich mit hartherziger Neugierde auf die unglücklichen Bewohner dieser Hölle wie auf kaum menschliche Wesen. Ich sah in ihnen meine Brüder und Schwestern, meine Eltern, meine Kinder, Fleisch von meinem Fleisch, Blut von meinem Blut. Die eiternde Masse menschlichen Elends um mich her verletzte jetzt nicht nur meine Sinne, sondern schnitt durch mein Herz wie ein Messer, so daß ich stöhnte und ächzte. Ich sah nicht nur, sondern ich fühlte auch in meinem Leibe alles, was ich sah.

Jetzt gewahrte ich auch, als ich die unseligen Wesen um mich her näher betrachtete, daß sie alle ganz tot waren. Ihre Leiber waren ebenso viele lebendige Gräber. Auf jeder vertierten Stirn stand deutlich geschrieben das „Hier ruht" einer gestorbenen Seele.

Als ich, von Entsetzen ergriffen, von dem einen Totenkopf zum andern blickte, hatte ich eine seltsame Hallucination. Ich sah, wie ein schwebendes, durchsichtiges Geisterantlitz, das sich über jede dieser tierischen Masken legte, das ideale, das mögliche Antlitz, welches das wirkliche geworden wäre, wenn Geist und Seele gelebt hätten. Erst als ich diese idealen Antlitze gewahrte und den Vorwurf in ihren Augen las, gegen den ich nichts erwidern konnte, offenbarte sich mir die ganze Traurigkeit der angerichteten Zerstörung. Zerknirschung und Seelenangst übermannten mich, denn ich war einer von denen gewesen, welche geduldet hatten, daß alles dieses geschähe. Ich war einer von denen gewesen, welche, wohl wissend, daß es geschähe, nicht davon hatten hören und daran denken wollen, sondern war, als ob es nicht existierte, meinem eigenen Vergnügen und Vorteil nachgegangen. Darum fand ich jetzt auf meinem Gewande das Blut dieser großen Menge erwürgter Seelen. Die Stimme ihres Blutes schrie gegen mich von der Erde. Jeder Stein des unsauberen Pflasters, jeder Ziegel dieser Pesthäuser hatte eine Zunge und schrie mir nach, als ich floh: Was hast du mit deinem Bruder Abel gethan?

Ich habe keine klare Erinnerung von dem, was folgte, bis ich auf den gemeißelten Steintreppen des prachtvollen Hauses meiner Verlobten in der Commonwealth-Avenue stand. In dem Aufruhr meiner Gedanken hatte ich an jenem Tage kaum einmal an sie gedacht; aber jetzt hatten meine Füße, einem unbewußten Triebe gehorchend, den vertrauten Weg zu ihrer Thür gefunden. Man sagte mir, daß die Familie bei Tisch sei, aber ich wurde eingeladen, mit ihr zu speisen. Außer der Familie fand ich mehrere Gäste anwesend, die mir alle bekannt waren. Die Tafel strahlte von Silbergeschirr und kostbarem Porzellan. Die Damen waren prächtig gekleidet und trugen Juwelen wie Königinnen. Es war eine Scene voll höchster Eleganz und verschwenderischem Luxus. Die Gesellschaft war in der trefflichsten Laune, es gab viel Gelächter und ein ununterbrochenes Feuer von Witzworten.

Mir war es, als sei ich von einer Richtstätte gekommen, deren Anblick mein Blut in Thränen verwandelt und mein Gemüt zur Trauer, zum

Mitleid und zur Verzweiflung gestimmt hatte, und ich sei nun plötzlich in einer Lichtung auf einen lustigen Trupp lärmender Gesellen gestoßen. Ich saß schweigend da, bis Edith mich wegen meiner finsteren Miene aufzuziehen begann. Was mir denn fehlte? Die anderen beteiligten sich sofort an den mutwilligen Angriffen und ich wurde die Zielscheibe ihrer Späße und Sticheleien. Wo ich denn gewesen sei und was ich denn gesehen hätte, daß ein so grämlicher Genosse aus mir geworden wäre?

„Ich bin auf Golgatha gewesen," antwortete ich endlich. „Ich habe die Menschheit gekreuzigt gesehen. Weiß keiner von euch, auf welche Scenen die Sonne und die Sterne in dieser Stadt herabblicken, daß ihr an irgend etwas anderes denken, von anderem reden könnt? Wißt Ihr nicht, daß dicht bei euren Thüren große Massen von Männern und Frauen, Fleisch von eurem Fleisch, ein Leben führen, das von der Wiege bis zum Grabe *ein* Todeskampf ist? Horcht! Ihre Wohnstätten sind so nahe, daß, wenn ihr stille seid mit euerm Lachen, Ihr ihre schrecklichen Stimmen vernehmen werdet, – das klägliche Schreien der Kleinen, die am Hungertuche saugen, die heiseren Flüche im Elend halb vertierter Männer, das Feilschen eines Heeres von Weibern, die sich um Brot verkaufen. Womit habt ihr eure Ohren verstopft, daß ihr diese klagenden Töne nicht hört? Ich kann nichts anderes mehr hören."

Schweigen folgte meinen Worten. Leidenschaftliches Mitgefühl hatte mich erschüttert, während ich sprach; aber als ich auf die Gesellschaft rund um mich blickte, sah ich, daß ihre Mienen, weit entfernt, wie ich erregt zu sein, ein kaltes und liebloses Erstaunen ausdrückten, das bei Edith mit tiefster Kränkung, bei ihrem Vater mit Zorn vermischt war. Die Damen tauschten beleidigte Blicke aus, während einer der Herren sich sein Glas ins Auge klemmte und mich mit einer Art wissenschaftlicher Neugierde studierte. Als ich sah. daß das, was mir so unerträglich war, sie gar nicht bewegte, daß Worte, welche mein Herz so bewegten, daß ich sie aussprechen mußte, sie nur gegen den Sprechenden einnahmen, war ich zuerst ganz bestürzt und dann überkam mich ein Gefühl der Verzweiflung und ich ward fast ohnmächtig. Was war für die Unglücklichen und für die Welt zu hoffen, wenn denkende Männer und gefühlvolle Frauen durch

Dinge wie diese nicht bewegt wurden! Dann dachte ich mir, es müßte daran liegen, daß ich nicht in der richtigen Weise gesprochen hätte. Ohne Zweifel hatte ich die Sache schlecht dargestellt. Sie waren gewiß erzürnt, weil sie glaubten, ich wollte sie ausschelten, während ich, Gott weiß es, nur an das Grauenvolle der Thatsache selbst gedacht hatte, ohne irgendwie zu versuchen, festzustellen, wer dafür verantwortlich wäre.

Ich unterdrückte meine leidenschaftliche Erregung und versuchte ruhig und logisch zu sprechen, um jenen Eindruck zu berichtigen. Ich sagte ihnen, daß ich sie nicht hätte anklagen wollen, als ob sie oder die Reichen im allgemeinen für das Elend der Welt verantwortlich wären. Es sei in der That wahr, daß der Überfluß, den sie verschwendeten, anders angewandt vielem bitteren Leiden abhelfen würde. Diese köstlichen Speisen, diese teuren Weine, diese herrlichen Stoffe und blitzenden Juwelen könnten manches Menschenleben loskaufen. Wahrlich seien sie nicht ohne die Schuld derer, welche Verschwendung treiben in einem von Hungersnot heimgesuchten Lande. Nichtsdestoweniger würde die Ersparnis alles dessen, was alle Reichen vergeuden, nur wenig dazu beitragen, die Armut aus der Welt zu schaffen. Es sei so wenig vorhanden, daß, selbst wenn die Reichen mit den Armen teilten, es für alle nur ein Gericht Brotrinden geben würde, obwohl diese dann durch brüderliche Liebe sehr süß gemacht werden würden.

Die Thorheit der Menschen, nicht ihre Hartherzigkeit sei die große Ursache der Armut der Welt. Es sei nicht der Frevel der Menschen oder irgend einer Klasse von Menschen, was die Menschheit so elend macht, sondern ein gräßlicher, entsetzlicher Irrtum, eine riesenhafte, weltverdunkelnde Verblendung. Und dann zeigte ich ihnen, wie vier Fünftel der Arbeit der Menschen vollständig vergeudet würden durch die gegenseitigen Kämpfe, durch den Mangel an einheitlichem Zusammenwirken unter den Arbeitern. Um die Sache recht klar zu machen, führte ich als Beispiel den Fall eines dürren Landes an, wo der Boden nur dann den Lebensunterhalt gewährt, wenn man die Wasserläufe sorgfältig zur Berieselung ausnutzt. Ich wies darauf hin, daß man es in solchen Ländern für die Hauptaufgabe der Regierung halte, dafür zu sorgen, daß das Wasser nicht durch die Selbstsucht oder die Unwissenheit Einzelner verschwendet werde, da sonst eine Hungersnot eintreten müßte. Zu diesem Zwecke sei der Gebrauch desselben streng geordnet und geregelt und es sei den Einzelnen nicht gestattet, es nach ihrem Gutdünken einzudämmen oder abzulenken oder es in irgend welcher Weise zu mißbrauchen.

Die Arbeit der Menschen, erklärte ich, sei der befruchtende Strom, der allein die Erde bewohnbar mache. Auch besten Falls fließe er nur spärlich und seine Benutzung müsse durch ein System geregelt werden, welches jeden Tropfen auf die vorteilhafteste Weise verwende, falls die Welt reichlich ernährt werden solle. Aber wie weit sei die tatsächliche Praxis von jeglicher systematischen Regelung entfernt! Ein jeder verbrauche das kostbare Naß, wie es ihm beliebt, und sei nur durch die beiden gleich starken Motive beseelt, seine eigene Ernte zu sichern und die seines Nachbars zu verderben, damit sich die seinige besser verkaufe. Durch diese Habgier und diese Feindseligkeit werde das eine Feld überschwemmt, während das andere verdorre und die Hälfte des Wassers gänzlich verloren gehe. In einem solchen Lande möchten wohl einige Wenige durch Macht oder List die Mittel zum Wohlleben erlangen, das Los der großen Mehrzahl aber müsse Armut und das der Schwachen und Unwissenden bitterer Mangel und beständige Hungersnot sein.

Wenn die von Hungersnot heimgesuchte Nation jene Aufgabe, welche sie vernachlässigt hatte, nur erfüllen und den Lauf des Leben spendenden Stromes für das Gemeinwohl regulieren wollte, dann würde die Erde blühen wie ein Garten und keines ihrer Kinder irgend etwas entbehren. Ich schilderte das leibliche Wohlsein, die geistige Erleuchtung und die sittliche Größe, welche das Leben aller Menschen zeigen würde. Mit Inbrunst sprach ich von jener neuen Welt, die gesegnet mit Überfluß, gereinigt durch Gerechtigkeit und beglückt durch brüderliche Liebe war, – der Welt, von der ich freilich nur geträumt hatte, die aber so leicht könnte verwirklicht werden.

Aber während ich erwartet hatte, daß sich jetzt sicherlich die Gesichter um mich her aufhellen und den meinigen ähnliche Gefühle ausdrücken würden, wurden sie nur immer finsterer, zorniger und höhnischer. Anstatt Begeisterung zeigten die Damen nur Abscheu und Schrecken, und die Männer unterbrachen mich mit Ausrufen der Verdammung und Verachtung. „Verrückter!" „Fanatiker!" „Feind der Gesellschaft!" schrieen sie, und der mit dem Augenglas rief aus: „Er sagt, wir sollen keine Armen mehr haben! Ha, ha, ha!"

„Werft den Menschen hinaus!" rief der Vater meiner Braut, und auf dieses Zeichen sprangen die Männer von ihren Stühlen auf und drangen auf mich ein.

Mir war es, als wenn mein Herz brechen sollte vor Schmerz, daß das, was mir so klar und so von höchster Wichtigkeit war, für sie bedeutungslos war, und daß ich machtlos war, es zu ändern. So heiß war mein Herz gewesen, daß ich mit seiner Glut einen Eisberg zu schmelzen gedachte, und jetzt fühlte ich nur, wie diese übermächtige Kälte mein eigenes Inneres erstarren machte. Nicht Feindschaft war es, was ich gegen sie empfand, als sie auf mich eindrangen, sondern nur Mitleid, mit ihnen und mit der Welt.

Obwohl verzweifelnd, konnte ich mich nicht ergeben. Ich rang noch mit ihnen. Thränen brachen aus meinen Augen. In meiner Aufregung konnte ich nicht mehr vernehmlich sprechen. Ich keuchte, ich schluchzte, ich stöhnte, und fand mich aufrecht sitzend im Bette in meinem Zimmer in Dr. Leetes Hause, und die Morgensonne schien durch das offene Fenster in meine Augen. Ich rang nach Atem. Die Thränen strömten meine Wangen herab und alle meine Nerven bebten.

Wie es einem entflohenen Sträfling zu Mute ist, welcher träumt, er sei wieder eingefangen und in seinen dunklen, feuchten Kerker zurückgebracht worden, und, seine Augen öffnend, das weite Himmelsgewölbe über sich sieht, so war es mir, als ich erkannte, daß meine Rückkehr ins neunzehnte Jahrhundert der Traum und meine Gegenwart im zwanzigsten die Wirklichkeit war.

Die grausamen Scenen, welche ich in meiner Vision gewahrt hatte und durch die Erfahrungen meines früheren Lebens so wohl bestätigen konnte, sie waren – ob sie gleich, ach! einst wirklich gewesen und bis ans Ende der Zeit die Zurückblickenden zu Thränen des Mitleids bewegen werden, – sie waren, Gott sei Dank, für immer vorbei! Lange schon waren Unterdrücker und Unterdrückte, Prophet und Spötter zu Staub geworden. Seit Generationen waren „reich“ und „arm“ vergessene Worte.

Aber in diesem Augenblicke, während ich noch mit unaussprechlicher Dankbarkeit an die Größe dieser Erlösung der Welt und an mein Glück, sie zu schauen, dachte, da durchdrang mich plötzlich, wie ein Messer, ein Schmerzgefühl von Scham, Gewissensbiß und verwunderter Selbstanklage, welches mein Haupt sich senken und mich wünschen machte, daß das Grab mich mitsamt meinen Genossen verschlungen haben möchte vor der Sonne. Denn ich war selbst ein Mann jener früheren Zeit gewesen. Was hatte ich gethan für diese Errettung der Welt, deren mich zu erfreuen ich mich jetzt vermaß? Ich, der ich in jenen grausamen und unvernünftigen Tagen gelebt hatte, was hatte ich gethan, ihnen ein Ende zu machen? Ich war genau ebenso gleichgültig gewesen gegen das Elend meiner Brüder, ebenso cynisch ungläubig in Bezug auf die Möglichkeit besserer Verhältnisse, ein ebenso bethörter Anbeter des Chaos und der Finsternis, wie irgend einer meiner Genossen. So weit mein persönlicher Einfluß gereicht hatte, war er eher dazu verwendet worden, die Befreiung des Menschengeschlechts, welche sich damals eben vorbereitete, zu hindern, als sie zu fördern. Welches Recht hatte ich, eine Erlösung zu begrüßen, der ich mir vorwerfen mußte, daß ich jetzt das Glück eines Tages genießen wollte, dessen Dämmern ich einst verspottet hatte?

„Besser für dich wäre es, besser für dich,“ so tönte eine Stimme in mir, „wenn dieser böse Traum die Wirklichkeit und diese schöne Wirklichkeit der Traum gewesen wäre! Eine schönere Aufgabe wäre es für dich gewesen, die Sache der gekreuzigten Menschheit gegen ein höhnendes Geschlecht zu verfechten, als hier aus Quellen zu trinken, die du nicht erschlossen, und von Bäumen zu essen, deren Pfleger du einst gesteinigt hast.“ Und meine Seele antwortete: „Besser, gewiß.“

Als ich endlich mein gebeugtes Haupt erhob und aus dem Fenster schaute, war Edith, frisch wie der Morgen, in den Garten gekommen und pflückte Blumen. Eilends stieg ich zu ihr hinab. Vor ihr niederknieend, mein Angesicht im Staube, bekannte ich mit Thränen, wie wenig ich wert sei, die Luft dieses goldenen Jahrhunderts zu atmen, und wie unendlich viel weniger, seine herrlichste Blume an meine Brust zu drücken. Glücklich ist der, welcher in einem so verzweifelten Falle wie dem meinigen einen so gnädigen Richter findet.